# 江汉谣歌

下册

献给我的曾祖母、祖父、母亲

赵照川 著

北京联合出版公司
Beijing United Publishing Co.,Ltd.

天上九凤鸟,地上湖北佬。

江汉鱼米丰,凤鸟来落草。

水中挽村坑,劳碌无晚早。

三年有两水,鱼虾菱藕也能饱。

——江汉平原谣歌

# 灾疫 第五部

## 垸董老爷

　　初秋的朝阳低低地从背后斜射过来,将垸董老爷投在灰白土路上的影子,推得像一根纤绳般又细又长。这根移动的灰黑色的"纤绳"不时折到路边的篱笆与树上去,它不厌其烦、死皮赖脸,执拗地将这个老绅士往前紧拽。垸董老爷一步一步踩着自己纤绳般的影子,沿着长川河北岸的河堤形成的村路,匆匆地往长江大堤的防汛工地紧赶。

　　自从长堤垸的青壮年一批一批地去当兵后,他这个负责民堤民垸水利事务的垸董,竟摊上了国堤——长江大堤的防汛事务。这几年,长堤垸九村十三姓精明强干的男将都去扛枪打侉老东了,剩在村垸里的,大多是老弱病残和懒汉笨人,实在缺少能顶事的男将。长堤垸民堤的水利事务,几十年来自然都是他应尽的职责,而江堤的修筑与防汛等事务,本属于政府负责,一直由各村的保长商量着办。过去,保长们也都配合得不错,可是现在的保长们,都是矮子中拔出的长子,能力与德行大都十分勉强。现在的这些保长,还大都缺少责任心,都爱把事儿推给别个。这两年,遇上江堤的修防事情,他们像是商量好了似的跟上面说,长堤垸水利上的事,一直都是垸董统筹负责,然后一个个都溜到一边歇着去了。垸董负责全垸的水利,这话似乎也有得错,但却只说对了一半,全对的说法应当是"负责全垸民间的水利",这些保长故意漏掉"民间"这两个字,模糊了责任的边界,把自己推得干干净净。乡长也不是憨包,他十分清楚长堤垸近年的防汛事务,如果分头找九个保长就十分麻烦,反正长堤垸有一个顾大义、好说话的垸董,找他省事得多,何况这个垸董的威望也还很高,于是,他也装着糊涂,把江堤的防守事务找到他赵业义的头上来了。垸董老爷也推卸过,但乡长以国难当前顾全大局为理由,恳切地求他,他实在碍不过情面,也理解眼下的国难,也就只好暂时接下了这个本不属于自己的挑子。

唉,这年头,垸董真不好当,但又不能不当,哪个叫你家中的田地在垸子里最多呢。垸董老爷心里叹道,看来,家中的田地,真的跟儿子媳妇说的一样,要尽早卖掉一些,然后推掉垸董这个苦差。只是这些田地,一部分是几代人累积置下的,一部分是家族中三户冇得后嗣的堂伯堂叔转赠的,他们一定要立他这个家中富裕的堂侄为嗣子,以靠他养老送终。长辈们都清楚,只有靠他这个既富足又心直的五服内的侄子养老送终,才真正老有所靠。还有,垸董老爷家数代单传,田地不像人丁兴旺的人家那样,都分给了子孙而化整为零了,这样一来,他名下的田地就一直居长堤垸之首。

这些上辈传下来的田地,难道真的要败掉它吗?

唉,都是该死的侉老东给闹的。侉老东要不来,江堤的防汛事务,自然有以前那些得力的保长去操心,哪里会落到他一个民堤的垸董的肩上。现在,以前的保长和有能力做保长的人,他们有的去了自卫队,有的去了游击队,有的去了中央军,都出生入死打侉老东去了。这侉老东不打垮不赶走，江堤的事务，自己就永远也推不脱身啊！

垸董这个职务，说来有些话长。不但这个称呼极为少见，这个"垸"字也极为少用。"垸"字在《康熙字典》上的解释是：湖南、湖北两省在湖泊地带挡水的堤圩，也指堤圩所围住的地区，如堤垸、垸子、垸田。此种垸堤，是湖区水乡民间自发组织挽筑的用来防洪的土围子，属于民垸民堤，与长江大堤（荆江大堤）、汉江大堤等政府组织挽筑的江堤有很大的区别。区别之一是，民堤是一个圈，是闭合型的，江堤是一长条，不闭合；区别之二是，江堤属于国堤，其修筑与维护费用由政府拿出，而民堤的修筑与维护费用，则由民间自筹；区别之三是，江堤的修防由政府组织与管理，民堤的修防则由民间自己组织管理。如此说来，垸董一职，就是民垸内组织筑堤护堤等水利事务的领头人。由此可见，垸董一职或者垸董一词，仅出现于湘鄂等地的大型湖区水乡，其责任界限也十分清楚。

总的来说，垸董职务，实为民间村垸自己管理水利的产物。历朝历代乡村自治的基层组织机构——乡（镇）保（里）甲等，虽非行政机构，但仍为政府机构在册在编的延伸与附属。旧时的乡（镇）长、保（里）长和甲长等，皆不拿薪酬，是乡间大户们的义务职务。这些大户们的田地多，与水利的利害关系自然也大，所以，他们应当多做这些公益义务劳动。他们在乡保甲里牵个头儿，既是分内之事，也是回报社会之举。这种乡村大户们自觉或半自觉地为乡村公事担责，或者由政府强加职责，久而久之，就成了约定俗成的规矩。既然跟政府办事的乡、保、甲长们都是义务劳动，那么，垸董这种少数地方因水利的需要而凑出来的这个职务，义务白干自是更不用说，它无疑是一个吃亏不讨好的角色。而且，属于政府附庸的乡、保、甲长，也不是绝对以田地多少为标准，而垸董则绝对是以田地的多少为标准。同时，乡、保、甲长还都是轮流担任的，做满一届，即可由别人接替；垸董则不仅不轮流，甚至还要世袭，只要你家在垸子里的田地始终最多，你家的男将就得世世代代当这个吃亏不讨好的垸董。所以，垸董老爷业义，真有卖掉一些田地的想法，只是他怕背败家子的名声，秦楚两难，从而一直拖着。

有谣歌唱道：

乡长和保长，

当官不拿饷，

四处得罪人，

还挨县太爷训。

力气与盘缠，

没人给你填，

干完四年期，

再当是痴人。

当乡长保长还有个期限，当垸董却像是被判了无期徒刑。

一个民垸的大小，因当地的河流湖泊等自然地理状况而定。一个垸子里面，也许是几个村子，也许是十几个村子，面积与人口相差悬殊，各垸垸董所负责的范围也相差很大。

远古的云梦泽，指湖北中南部与湖南东北部的广大地区，由一片巨大的水国与沼泽组成，经若干万年的地理变化，形成了两条主要的水道。这两条水道带来的泥沙淤积两岸，渐渐形成河岸与河床，也就形成了长江与汉江。长江与汉江虽然形成了相对固定的水道，但不时溃口和溢出，冲出一些小的河道与渊潭。经过数万年的变化，原来连为一体的云梦泽，慢慢露出大片的陆地与沼泽，从而有地可种、有鱼可捕，人们便以家庭或家族为单位，远迁此地，搭棚而居，插杆圈地，对这里的土地进行最初的开垦。这里自古降水量就大，又有长江、汉江上游泄下来的大水，更有西部高原、高山上的冰雪融化之水，于是，这儿的田地房屋被淹就成了惯常之事。人们只得在垦出的土地的周围筑上土埂将其围起来，以便在洪涝之时挡水排水，在干旱之时引水灌溉。这种土埂、土围在云梦泽如雨后春笋，遍地开花、星罗棋布。随着土埂、土围不断增高增宽，渐渐就形成了围堤。一个个巨大的围成一圈的围堤，里面建起村落，开垦田地，住着一姓或数姓的百姓，这一方巨大的水土，便被称为垸了，有点类似于四合院的意思。即使到了现在，如果从飞机上俯瞰江汉平原，你看到的也是无数的堤垸：它们围成一个又一个或方或圆或扁的圈，无数这样的圈拼在一起，看起来既像老和尚的百衲衣，更像只巨大的蠓蜂窝。这蠓蜂窝里面的人和动物，则像进出蠓蜂窝的蠓蜂。这样的围垸与围垸之间，则是较大的河流湖泊。这就是江汉平原蜂窝状地貌的来由。

有了垸堤，自然要对垸堤进行修筑与维护，还要组织排涝抗旱，于是，每个垸子就需要推举一位主事的领头人，这个人便被称为垸董。

这个垸董，类似于负责水利的乡干部或村干部。这垸董一职，一般由垸子里田地最多的人家的男子担任。垸董老爷业义和他的几代祖辈，都因为家中是长堤垸里田地最多的人家，所以都一代接一代地当着长堤垸的垸董，尽管他们的家已经搬到城里住了几代人，管理这个大垸子的水利事务并不方便，但这样吃亏不讨好的公益事儿，哪个也不想沾到自己手上。冇得办法，他们家只得一代接一代地世袭这个麻烦职务。你家的田地多，水与你家的关系就比别家多，你不来管水利，还有哪个来管？

此刻，长堤垸的垸董老爷业义，就正担负着管理水利的职责。只是他现在管得实在太宽，管到了原先一直由保长们负责的国堤上了。但是在国难当头之际，他只得在负责民堤的同时，也负责国堤的差事，算是双倍的义务劳动。

垸董老爷走完乡道，登上了高高的江堤，行进在如龙似蛇的荆江大堤上。

正常年份，长江涨水都在农历五月的雨季之后，也就是农历的五月尾到六月中上旬，俗称发夏水。今年的江水却涨得反常，竟然发起了秋水，这秋水当然是从长江和汉江上游的云贵高原以及陕西下来的雨水，也就是那些地方下了太久的雨，汇集了太多的山洪。江水从七月初开始猛涨，如今离堤面不足三尺了。好在最近冇有下雨，否则汛情就会更加危急。在白晃晃的日头下，浑黄的江水汹涌起伏，激荡东下，不时打着大大小小的旋涡——有的大得像鸭围子，它们像饿虎吞食一般，将江上的漂浮之物呼的一下吸进去，又像醉汉呕吐哇的一下吐出来。江面上不时漂来残破的船板、盆子、柜子、檩子、椽皮、板壁，以及泡得发胀的死猪、死羊、死狗，看得人心里直打冷战。

江堤的一个拐弯处，十几个人拿着绑了钩子的长竿，在那里捞浮财，他们称之为发洋财。他们争着钩住一张柜子、一块门板或是一张犁、耙、耖，兴奋地往堤边拉，仿佛得到了宝贝似的，快活地笑着叫着闹着，全然不担心这无情的大水会呼隆一声摧垮江堤、毁坏农田、冲平家园。这些都是冇心冇肺的穷人的快乐，冇得哪个家境富足的人在江水大涨的时候还会这么快活。富人都得为田地担忧，为税赋发愁，为长工短工的工钱操心，当然更害怕洪涝灾害。可是这些缺田少地的无皮剐从来就不晓得做人还要操这么多心，真是光脚的不怕穿鞋的。难怪古话说，可怜之人，必有可恨之处。也难怪这江汉之地，人们自古都不怎么热衷于置田买地。

有一具鼓胀的女尸漂了过来，胆小的人骇得跑上了堤岸，发出一阵夸张的惊恐却又快活的尖叫。有两个胆大的十五六岁的伢子，竟然拿了长长的钩子，去钩那四肢被胀得不能再开的女尸。你要以为他们是要拉上来掩埋，那你就错了，他们是要弄着好玩。他们用钩子撕扯开女尸身上的对襟大褂，那尸体失去束缚，立刻又鼓胀得大了一圈。那两个持钩竿的家伙，便用钩子戏弄那两只凸向天空的奶子。膨胀得猪尿泡一般的奶子早已腐烂，钩尖一旦碰到它就穿破了，于是便从穿破处射出一股细长的水线，抛成一条清亮的弧来，这弧由长变短、由高变矮，由线状变为点状，惹得他们又是一阵惊叫与恣笑。其中一个对另一个说，快夯开嘴巴接奶汁喝。另一个就将对方使劲往江堤下的水里一推，对方在跌下水的同时，迅速抓牢推者的衣服，借着江堤的坡度，把推他的人也轻易扯带下了水。他们都是游泳的好手,便又在江水里嬉戏,彼此都将对方往女尸身边推搡。

垸董老爷叹了一口气,继续赶他的路。他家住在城里,他必须先到乡下老家,从长堤垸催堤工上堤。这回,长堤垸负责防洪的堤段在丁月堤,离长堤垸有近三十里的路途。垸董老爷昨晚就从城里回到了乡下老家赵家垴。老家的老屋,一直给本房的业禄住着,但留有一个大房间,自家人偶尔回乡下就住在那儿。业禄已经不在世了,现在住着的是他的儿子永寿。实诚的永寿劝他不要管江堤的事,他又何曾想管这不该自己管的麻烦事,但又实在看不过去。昨晚,他已叫永寿告知班家门的班保长,让他叫几个要上堤的堤工顺路到赵家垴,今早向他报个到,然后早一滴上堤去。可是他起床后等了半天,也冇有见到那几个堤工的人影。他左右等不到人,只得找到班家门去。

长堤垸有九个村子,到江堤上出堤工一直是各村轮流着出,这回轮到的是班家门村。班家门的民风是长堤垸里较差的,他们村的保长也比其他村的保长差,几乎都不正经管事。班保长的家在村子的尽东头,垸董老爷便按照一份名单,沿着村子,直接找到那几个堤工的家里,气得用烟筆子抽了两个后生的屁股。他们困在床上不肯起来上堤,说是反正他们家也就那四五亩地,大水要冲要淹无所谓。垸董老爷生气地告诉他们,这是上江堤,不是上垸堤,江堤是命堤、是国堤,不管你田多田少还是冇得田,人人的责任都是平等的。他说,现在,江堤上要日夜不断人,实行两班轮流,出了问题,政府是要追责的!你们这五个堤工,必须赶去值夜班!班家门的老人们见垸董老爷跑这么远催上门来,觉得堤工们做得太过分，也在一边劝说与责备，几个堤工才十分不情愿地带上铁锹扁担箢箕出发。

垸董老爷第一次干垸董的差事，是在他十八岁那年的腊月。那时人们称他为业义少爷，垸董这个称呼，还属于他的崖崖。他记得十分清楚，那天是腊月二十，吃罢晚饭，他和新婚的堂客兰花在饭桌上相视一笑，准备等兰花洗过碗筷，俩人便一起去城东的天府庙那儿看戏。新媳妇兰花虽然嫁给了他这个少爷，但她并冇有拿自己当少奶奶，家中的事儿还是抢着干。赵家的好几代女人，都不像别的大户人家的女人那样拿自己当太太小姐，能够自己做的家务，都由她们自己做，所以家中只有两个用人，兰花的姆妈黄婶就是其中之一。兰花从小就见证了赵家女人的美德，早就耳濡目染了。小夫妻俩毕竟刚成婚，从小又在一起长大，因此总是出双入对，显得十分恩爱。他冇有料到崖崖的垸董职务，正是在那个时候开始往他肩上落的。

那时，他还只是一个刚成人的少爷。他正要和兰花出门看戏，不料崖崖却沉静地把他叫住了。

饭厅里就只有父子俩了，崖崖便吩咐他泡茶。

他很快用崖崖专用的紫砂杯泡了一杯茶。

崖崖说，你给自己也泡一杯。

他近年才开始喝茶，但也只是偶尔来了兴致才喝。说来好笑，他喝茶竟是跟管家的儿子——比他还小半岁的小舅子勤哥学的。

他看崖崖虽然脸上带着笑意，但绝不是在开玩笑，于是找了一只杯子，给自己也泡了一杯茶。

471

茶是地道的君山毛尖，一芽一叶，是上等的明前茶，开水注入后，一根根叶尖朝上竖在水中，等慢慢散开后，芽叶嫩绿肥厚，煞是好看。他就傻傻地看这杯中的茶叶。

崖崖呷了一口茶，徐徐地说，业义。

他心中一凛，这是崖崖第一次叫他的学名。以前家里人都叫他义伢，这个学名叫得他心里有些沉。

崖崖说，你成家也半个月了，也就是做了半个月的大人了，对吧？

他见崖崖脸上仍挂着笑，但是却与往日不同，里面有些说不清的意味。他分明感到，这笑里含着严肃与郑重，也含了一些平等与友好。他晓得，今儿崖崖有重要的话要说了，便点了点脑壳。

崖崖说，你喝茶呀。

他只好喝了一口，但被崖崖突如其来的客气搞蒙了，根本冇有喝出茶的味道。

崖崖说，你做大人半个月了，其实你的心，仍然还是伢子的心，你所想的所做的，跟你成家之前，还冇得任何区别。

他一想，也确实是这样，自己成家后，除了换了个大房间困觉，除了有兰花相伴，以及做那畅快的男女之事，其他的真是与成家之前冇得任何区别。想到这里，他的脸都热了起来，也有些不知所措。

崖崖又呷了一口茶，笑了笑说，当然，这不怪你，家里也冇得么事，要你像其他已经成家的后生那样去做，也冇得么事需要你操心，你衣来伸手、饭来张口，因为你是大户人家的少爷。

他有些心虚，但是他还是小声地申辩道，我可冇有把自己当少爷看。

崖崖说，是的，和其他大户人家的少爷比，你还算是一个实实在在的后生。但是你要明白，少爷的这个"爷"字，可不是那么好当的，既然是爷，那就得有个爷的样子。说到这里，崖崖认真起来。他说，这普天之下，但凡是爷，都有个大家业，既然有大家业，就必有很多的家事。我们赵家的事，你想一想、看一看，少吗？

他寻思了片刻，说，不少。

崖崖说，当然不少，现在有管家瞿伯操持，有我操持，有你姆妈操持，还有你妮妮操心，但是你要清楚，瞿伯——现在他是你的岳父了，他不会永远给你操持下去，他家的勤哥也很快会成家立业，他得要操自家的心了，而我跟你姆妈，也终有归天的一天。见他不吭声，崖崖郑重地说，当家理事，你不能等到那个时候才来学、才来做，你必须从现在开始，趁我们还健旺，还能指点你，还能帮你，否则，今后来学来做，事到临头，就来不及了。

业义心中一沉，觉得自己以前的想法，还真是太简单。

崖崖又说，除了家，还有家族，还有社会，还有国家。人生于世，必须与家族与社会，与乡邻与街坊，与很多熟人和生人相处。所以，你要学着与各式各样的人打交道，与人合作做各种各样的事情。

他听了，心里更沉了几分。

沉默了一会儿，崖崖又示意做儿子的喝茶。他有有留神，像平时喝凉开水一样灌了一大口，苦得他皱起了眉头。

崖崖微微笑道，你看你这个少爷，还茶都不会喝，怎么能当好爷，怎么能当好家，又怎么能和社会上各式各样的人打交道。又说，你这喝茶是跟勤哥学的吧？你看勤哥，还小你半岁，他虽然不是个少爷，但是他已经是个独立操持家业的大人了，他的咸菜铺，现在已经做得有声有色了。他从小跟你一起长大，现在又是你的舅子，你要多跟他学学。一句话，跟好人学好人，跟坏人学坏人，这句话你一定要谨记。

他点了点头。

崖崖又说，做人，其实也不难，你只要问心无愧地把自己的事做好了，人也就做好了，所以，做人必先做事，你说是不是？

他连连点头。

崖崖说，那我就先找一件事给你去做。

么子事？

我是长堤垸的垸董，长堤垸九个村子共同的垸堤的加固维修、排涝抗旱，以及因此引起的纠纷，一直都是我的职责。崖崖说，你也晓得，这个垸董是个吃亏不讨好的差事，但是我们不能不做。我们家在长堤垸的田地最多，不可能赖田地少的人去做，天下也冇得这样的道理。

他又点点头。

崖崖说，明儿，你就回老家去一趟，把整个长堤垸的图画一张给我。

怎样画？

首先是一圈垸堤，然后是垸内的河、一丈宽以上的沟港、十亩以上的渊潭和小湖，再就是垸堤外的大湖大河，最后是垸内的主要道路，以及路边的村庄，这些都要标注清楚。

他说，你郎那张图，我以前看过几次。

看过就好。崖崖说，还有，这长堤垸的九个村，各村的保长，甚至一些甲长,你都要去拜访,有了他们帮忙,你这张图就很好画了。崖崖又说,那九个村子,有一半你冇有去过,那些保长甲长家的门朝哪儿开,你也不一定晓得,但是我相信你是有办法的。

他心里一哈像搁了一块石头,但他还是迟迟疑疑地点了点头。

崖崖最后喝了一口茶,说,几时画好几时回来,如果冇有画好,你就得再去画,直到画好为止。当然,我希望你一次就把它画好。

他从餐厅出来,像突然变了一个人似的。他走路再不是连走带跳了,也不是风风火火了,以前他脸上无邪的稚气,竟然难以见到了。

他回到房里,正在叠衣服的兰花见他神色反常,以为是挨了训,便关切地问他。她有些担心公嗲对她最近的表现不满意,因为自从成婚以来,她大多时间都是陪业义玩,冇有做多少正经事儿。

业义便把明儿要回乡下老家的事说了一遍。

老爷——不,我现在得叫崖崖了。兰花认真地说,崖崖说得也是,这么大个家业,将来都是要你来操持的,早一滴学确实要好,今儿夜里,我们就不去看戏了吧,从明儿起,我也要多找点家务事做。

垸董老爷叹息道,就是那一天,垸董这个差事就开始粘上他的身,狗皮膏药一样扯都扯不落了。

他一路走,一路回忆十八岁时开始干垸董差事的情景。

腊月二十一的一大早,我就背了个装着换洗衣物的包袱,迎着薄雾出了城。我走了十几里路,到了刘家铺子,额上都走出了细汗,两腿也有些酸软。想到去老家要好几天,一晚把那事硬是做了四次半。之所以有个半次,是那次冇有往兰花的里面射水。现在走了十几里路,后果就出来了。兰花说她姆妈和姐姐金花说,那事做多了会伤身子,还真是这么回事,现在真有些后悔冇有听她的劝。我在刘家铺街头的甑糕店坐下来,要了一碗甑糕。我出门之前,已经吃过兰花煮的皮蛋瘦肉粥,冇有想到走了十几里路就饿了。这甑糕,是以七分黏米三分糯米浸透水后磨成湿粉子蒸的,松软爽糯,是江汉平原特有的风味小吃,最抗饿。糕上撒了一层红糖,更加香甜。我吃了甑糕,夜里的消耗似乎很快得到补充,再次出发时,脚下便添了劲头。我脱下棉袄,搭在肩上。

我虽生长在城里,却特别喜欢乡下的生活,所以回老家的次数也多。好在嗲嗲和崖崖也喜欢回乡下老家,经常带我回去,使我和老家始终有着联系,我也交了好几个老家的朋友。我在老家的朋友都不错,我一到乡下来,就跟这些乡下伢子打成一片,游水、抓鱼、抠藕梢、放牛、掏鸟、摸黄瓜、偷枣子,无所不为,玩得不肯回城,特别不想回城上学。我跟嗲嗲和崖崖说,我干脆不回城里了,就在乡下看田、收租,家里给我油盐酱就行了,佃户可以先把谷子支给我,我碾成米了自己做饭。菜到处都是,只要一到野外,么子菜都有,再说,我还可能自己种菜、抓鱼。

从监利县城到长堤垸赵家垴,是一条通往荆州府的官道,这段官道上有火把堤、姜家铺、刘家铺、新添铺、太马河街等几个小集市,其余都是疏落的村庄,地面平坦开阔,长风无遮无拦。这一阵天气晴好、风轻气暖,开始有一滴春天的味道了。

过了太马河街,我便从官道拐入村道,进了天井垸的地界。长川河由此东流五六里,河南边是天井垸赵家垴,河北边是长堤垸赵家垴。进入河南边的赵家垴后,再走三四里,有一座叫赵家桥的木桥,从木桥上过长川河，就是老家所在的长堤垸赵家墧了。

乡下人不像城里人那样见多识广，见到不常经过的人总要打量。有几个认得我的便笑着冲我点头，搭讪说一声回老家啊，我便回上一个笑脸，或边走边说是的是的。我听见有两三个女人在背后说，这是城里赵家大院的少爷，以前经常跟他的嗲嗲和崖崖回老家玩的，那时还穿着开裆裤子，这一晃都长成大人了。

接话的女人说，真不愧是垸董老爷家的后生，走路一股正气，不知哪家的丫头配得上啊。

开头说话的女人说，听说前阵子已经成家了，是他们家管家的小丫头，他们回老家拜祠堂是坐船来的，所以晓得的人很少。

我听着这些话，想到崖崖说的这长堤垸垸董只能由我们家的人做，忽然觉得自己与这里的土地有了紧密的关系，也就感到肩上似乎压上了么子，这使我走路似乎也更稳实了。那些人户门前，都挂着腊鱼腊肉，不少人家门前还架着门板或竹帘，晒着汤圆粉、霉豆腐、萝卜干、苕片、冻米（可做炒米的蒸熟的糯米），这一切都使我感到亲切起来。人们都说，江汉平原是天下最富足的地方，不管闹多大的水旱灾害，自古到今，就有有听说过饿死人的。我想，这真是一块了不得的地方，每个人都有义务把它侍弄好。这回，我一定要把长堤垸的图画得叫崖崖满意。我成婚就做垸董做的事，这似乎太早了一些，但是不管怎样，该做的事还得做，躲是躲不过的。

不知不觉中，我走过了夏湾村，进入了河南边天井垸赵家墧的地界。天井垸赵家墧与河北边的长堤垸赵家墧一样，住的全为赵姓，所以赵家是一个著名的大族大姓。在这样的大族大姓中要让人敬重，实在不是一件容易的事。我想到崖崖昨夜说的，人生在世，必须要与各样人打交道，而不管怎样，首先要把事做好，事做好了，人也就做好了。我不禁笑了笑，我还是头一次想这些呢。我从天井垸赵家垴村前的路拐向长川河，一段近一里长的拦河垱向对岸横去，赵家桥就建在河垱的正中间。为节省材料，桥仅有十丈长、一丈宽，不算很大，但全用柘木修成。当初修桥的时候，据说是高曾祖当家，我们一家就出了一半的银两，厚基族长家又出了另一半的一半，剩下的四分之一的钱，则是由两岸的赵姓人家凑的。

河垱靠天井垸赵家垴这边，立着五块石碑，一块记录修桥的经过与时间，四块刻着捐赠者的姓名，排在第一位的便是高曾祖的名字，第二位是厚基族长的祖父的名字。这四块碑叫功德碑，但与其他地方的功德碑不一样，冇有刻捐款的多少。据说，这是高曾祖当初要求的。高曾祖说，这桥，大家都出了钱，多的多出，少的少出，更有不少人出了力气，功德都是一样的，大家同是赵家人，所以不用刻捐款的数额。为此，直到现在人们还在夸赞高曾祖的德望。

我以前经过赵家桥时，往往对这些石碑视而不见，此刻，我突然情不自禁地走近石碑抚摸起来。摸过第一块，又摸第二块。第二块石碑上的第一个名字，是高曾祖的名字。我在这个名字上摸了好一会儿，那三个字沾了我手上的汗，字迹变得显目起来。

这一次，当我走在赵家桥上的时候，我走得很轻，我觉得自己的每一脚，都踏在赵家先人的名字上，这就跟踏在他们身上一般。这样一想，我走得就更轻了，仿佛怕踩痛这些名字，怕惊动沉睡的先人。据说修桥的师傅是业鉴木匠的师哆，是一代名匠，木桥经过了五六十年风雨，还十分结实。桥下八对粗粗的柞木桥柱，一个人的双臂还抱不过来呢。

义哥回来啦!

一个洪亮的声音远远地响起，打断了我的思绪。

我抬眼望去，是我在老家的好朋友业前，他正从北岸高高的河堤上迎来。我在老家的好朋友还有业栋等人，我们从小在一起玩耍。我跟业前两人还打过好多次架，但是打过很快又到一起玩。业前从小胆子特别大，别的伙伴不敢惹我这个城里来的少爷，他却敢惹，我们是梁山的好汉，越打越亲。

业前长得高高壮壮，种田是一把好手，现在划龙船不是二把桡子就是三把桡子，等力气稳了，就会是划头把桡子的汉子了。业前在垸子里也让人敬服，他明年冬月也要成家了。这时间过得真快，我们从穿开裆裤到长成男子汉，仿佛就是一眨眼的工夫。

我开心地应了一声，大步向业前走去。我脑子一动，画这长堤垸的地形图，就请业前和业栋相陪。业栋现在是吃百家饭的泥瓦匠，长年在各个村子帮人盖屋砌墙，他对长堤垸非常熟悉，画图有了他来相助，就是老虎添翅膀的事儿。这乡下老家的朋友，真是冇有白交。想到这里，我突然有了劲头。

不几天，我将自己画好的长堤垸的地图交给崖崖，他非常满意。我也对崖崖十分佩服，因为他对地图上冇有的东西，也说得十分详尽，哪里有一个小水闸，哪里有一个独木桥，哪里有一个土地庙，甚至哪里有一个牛棚，哪里有一片坟地，他都清清楚楚。崖崖说，图是死的，人是活的，你要把整个长堤垸装在心里，而不是画在纸上，这样，你才是一个合格的垸董。

我不禁问，我是垸董？崖崖似乎是晓得自己失了口，笑道，你很快就会是了。果真，我从来冇有想到，从此，长堤垸水利的事儿，崖崖就经常让我去代办，这使我常常被许多麻烦事缠着，比普通人家的后生要多操好多倍的心。我这样干了三年，崖崖就在一次长堤垸九村十三姓的垸会上，正式把垸董一职交给了我。这一年，我才二十一岁。这样年轻的垸董，据说全县找不出第二个。我不是一个精明的人，但为人实在厚道，肯帮人肯吃亏，很快就把这个垸董干得像模像样了。崖崖去世之后，人们就开始把我也称为垸董老爷。

在班家门打发五个堤工出发之后，垸董老爷又去找班家门的保长，要他尽早去把上面拨的堤工补贴要来，不然，那些堤工更有拖拉的理由。

班家门原来的保长也当兵去了，现在的这个保长叫班计胜，兄弟四个，以强高胜祖取名，老大死了多年，老四参加了国军，村里就他是个壮年人，又识得几个字，更推他做了保长。可他却是个做事拖泥带水的人，诨名叫"胜怏皮"，他才干两个多月，很多事件还不熟，干得又不上心。胜怏皮家的田地并不多，当这个保长，也算是矮子中找出的一个长子，轮到他了推不脱。他一心只想混完四年的任期，早滴撂了这个麻烦挑子。胜怏皮正给大水牛捉跳蚤，捉到一个，大拇指和食指的指甲就横竖一合，嘣地压死，手上已压得红糊糊的。他见垸董老爷找上门来，心里就有些不悦,因此他也不歇手,冲垸董老爷打了一声招呼,又瞪着眼珠到大水牛身上寻跳蚤。

垸董老爷想,这世道把人都搞糟了,以前的班保长好歹还不像这样,这个班保长胜快皮,连起码的礼节都冇得一个。

垸董老爷闷住气说,班保长,这江堤的事,你还是多上一滴心,真要在自己手上出个么事儿,别个不说,自己心里也是过不去的。

胜快皮这才直起腰,说,你郎又要说堤工补贴的事对吧?我昨儿去乡上问了,还要等一等。

垸董老爷说,今儿说等一等,明儿说等一等,总得说个具体日子吧?还有,你自己一定要去堤上督促,不能因你家有你二哥出堤工,你这个保长就不去堤上。

胜快皮不咸不淡地应付道,我晓得我晓得。

垸董老爷说,那这样吧,这堤工补贴款,我先借给你,你今儿赶紧发给堤工的家里,让他们安心防汛守堤。你写个字据给我,乡上发下堤工款后,你再还给我。又说,我打听过了,县上早把钱拨下来了,应当是乡公所他们那里拖着。自古以来,父母的棺材钱迟得,堤工款可迟不得分毫,堤工都是拿命上堤防汛呢。

胜快皮这才起身,从家里找出笔墨纸砚,用沾满跳蚤血的手,歪歪扭扭地写了一张字据:


借据

今借到长堤垸垸董老爷现洋柒拾陆块,垫付班家门堤工的补贴,待乡上发下来后归还。

> 班计胜
>
> 民国三十一年七月十四

胜怏皮写完借据，将沾满跳蚤血的食指戳到嘴里，到舌头上沾了沾口水，在字据上按下了手印。末了，他的舌头还在嘴里咂巴一下，似乎在品那蚊子血的味道，最后他舌头一卷一抵，吐出一口淡红的痰来。毕竟是蚊子血与口水的混合物，手印不仅不清晰，而且极不均匀，好歹是个形式。

胜怏皮嘴里又叽咕道，你郎看，我倒成了欠债的了，我为么子该按这个指印？好像我自己借你郎的似的，这保长真不是人干的。

垸董老爷笑道，那我这个垸董呢？政府的册子里，好歹还有你班计胜三个字，我这个民堤的垸董，干到死都不在册。

垸董老爷从腰间解下钱袋，连袋子交给了班保长。

胜怏皮笑道，垸董老爷呀，你郎早准备好了，哎，还是家里有金山，掏钱心不慌，你郎这可是叫花子赌博——和袋子扳啊！

胜怏皮说着话，眼睛不看垸董老爷，一直盯着他的腰间。

垸董老爷说，你老看我腰里搞么子？

胜怏皮说，你郎这腰里，还有一袋子钱，准备扳到哪里去？

垸董老爷拍了拍腰间鼓鼓的另一个粗布袋子，说，这是干粮，是我要到堤上去吃的中饭呢！

胜怏皮说，差不多整个监利县的人，都晓得一句歇后语——"长堤垸垸董挂干粮袋——自己吃自己的",只有我们同垸子的人才晓得,你郎是嫌别个做的饭不干净。

讲究干净不错,但这也不仅仅是干净不干净的问题。家中几代的垸董传下规矩,任何时候,都不得公款私用,更不得占公家的便宜。这样的规矩定下来后,乡上县上有人来考察垸堤和水利等事儿,都是自己私人掏钱接待。人心都有一杆秤,人们都说,冇得哪一个垸董,能清廉到长堤垸垸董这样的程度。

垸董老爷懒得跟这胜怏皮打嘴巴官司,收了借据,郑重地说,这堤工补贴马上发下去,明人不做暗事,我现在还会去跟你村的几个老人知会一哈,他们会来督促你的。说完,垸董老爷起身走了。

胜怏皮虽然不高兴,还是说,你郎放一百二十个心。

垸董老爷说,你也别怪我,我是对事不对人,堤工补贴虽不多,但却不是小事,真的拖不得,一拖,民心就散了。垸董老爷又说,江堤上我不放心,也不知那几个懒虫堤工,到底去堤上冇有,我怕他们半路开小差呢,这样做是会搞坏规矩的。

于是,垸董老爷就往荆江大堤上的防汛工地赶。

垸董老爷一路跟来,冇有见那五个懒虫堤工的影子,这才略略放下了心,说明他们冇有在路上磨蹭。

在前不见头后不见尾的荆江大堤上,人们在不断地加土。县上说了,新加的土一定要夯实,迎水面则要铺满草包,草包要铺下水面三尺,每只草包里要填满土。昨儿,从长堤垸负责的堤段下来时,两尺高的新土已经加上去了,新筑的土也夯实了,但草包却还只加了一只小角。

483

七八十个堤工一起动手，按道理，草包现在应当铺满了。只要草包加上去了，能挡浪护坡了，问题也就不大了。想到这里，他便放慢了脚步。

垸董老爷在经过塔耳垸防汛的堤段时，塔耳垸的堤工们正在打硪。他们八个人一帮，从四个方向扯起粗粗的缆绳连着的石硪，随着粗犷的打硪号子，他们步调一致，将那一百多斤的方形石头扯得高过人头，让它重重地砸在堤面的新土上，堤面便留下结结实实的硪印。这硪印一个压着一个，也似鱼鳞甲一般，个个都是人们防汛的心呀。

手拿紧，
扯起（那个）石硪，
打一震！

落下来，
重千斤，
震得（那个）大堤，
不安身！

垸董老爷跟塔耳垸的垸董高生灿是儿女亲家，塔耳垸打硪的人都纷纷冲他打招呼，都说还是长堤垸的垸董好，管民堤又管国堤，哪像他的亲家高生灿，从来不朝江堤看一眼睛。垸董老爷不认识这些年轻的堤工，只是一个劲地笑着点头。

不知是哪个喊道，长堤垸的赵老爷，你们赵家垴的人太拐了，你这垸董老爷也不说一哈。垸董老爷不敢接话，否则，他就会耽搁在这儿好半天，正好让这些堤工偷懒。因为长堤垸跟塔耳垸是相邻的两垸，世代因水而争争斗斗，长堤垸大塔耳垸五倍，自是强顽得多，塔耳垸吃了不少亏，受了不少气，但是他这个长堤垸的垸董总不能向着别的垸子吧？因此这些陈谷子烂芝麻，一扯起来就没完没了，所以他不能跟他们扯。平心而论，虽然他不是族长，也不是保长，但他做垸董的这些年，两垸的争斗确实比从前好多了。他跟高生灿结成指腹为婚的儿女亲家后，才意识到高生灿当初要结亲家，是用了心计，打着了这个主意。这高生灿不仅结了自己这门亲，还为塔耳垸找到了减少争斗的窍门。难怪人们都说高生灿是一只九头鸟。

垸董老爷叹道，这减少两垸的打斗倒是好事，只是你高生灿的这个丫头，真不是一个好女子，经常闹得我脑壳痛，要不是自己压着，儿子永富肯定会起娶二房的心。

见垸董老爷不住脚地只顾赶路，塔耳垸的人唱起了另一种硪歌：

吆咄伙，伙咄吆呀吆咄伙，
修南堤呀百姓苦，
当官的呀只会乐。


吆咄伙，伙咄吆呀吆咄伙，
老爷来了打高硪，
老爷去了困堤坡。

垸董老爷晓得,他们这是在发泄对长堤垸人的不满,并非冲自己而来,不禁觉得有些好笑。他心里说,只要唱这样的硪歌能让你们轻松,就是对我不满也无所谓。

背后的硪歌渐渐远了,垸董老爷也觉得很累了。他一连四五天都在江堤上跑,还要回垸子里催人催粮催钱,前天才回家里安生困上一觉,却又被儿媳妇气得不行。

天气太热,他钻进堤上一个临时搭的草棚里歇起来。这时,汗水已湿透了他的衣服。他有些紧张,他晓得自己流的有一半是虚汗,是这阵子累的。虽然今年快六十了,但年轻时练过武术,身体底子一直不错,可是这两个月怎么下降得这么快,竟还流起了虚汗?他想,自己是操不起这个心了,永富这个不争气的又不操半点心,等秋收后,还是把田地先卖掉一部分吧。这个垸董,儿子看来是绝不会接着当的,与其硬逼,还不如父子都找个台阶下。这垸董,家中几代人也实在当烦了,也该让别个来当当了。

垸董老爷不敢多歇,他心里总是担心,那草包到底有冇有结结实实铺好,他还担心早上班家门那五个懒虫堤工,中途有冇有开小差。他戴上斗笠,出了草棚,太阳已在正顶上了,照出他小小的一团灰黑影子。他灰黑的身影就在灰白色的堤面上移动,溅起一路的黄尘。长江里的水虽然大,但这里的天却干旱太久,使堤面上积起了厚厚的一层灰。一阵小旋风卷过来,搅得堤面上的黄尘形成一个漏斗式的旋涡,在堤面上旋出两三丈远,然后旋下堤坡,旋到涨得很高的江面上。旋风刚在江面上打起一个小小波圈,突然就不见了。江水流得太快,浪涌也大,这小小波圈还冇有来得及合成一个圆，便消失于无形，更说明满江的洪水正劲头十足。

地面上的火气从草鞋的底下钻上来，使垸董老爷的脚上出了不少汗。他每走一步，脚在草鞋里便溜滑一下，这使他的脚有点使不上劲，走路便会更加累。垸董老爷是一双汗脚，加上从冇有赤脚走过路，脚板比别个的要软嫩，更容易出汗和烂脚。现在，他的脚在草鞋底上打滑，这使他走得十分费劲。新上脚的草鞋都会打脚，一般种田人脚上的皮厚得像甲壳，不怕穿新草鞋。垸董老爷的脚上，好几处的皮都磨破了，已经开始红肿。他毕竟是个从不干力气活的绅士，身上的皮太薄。现在，汗水浸湿了他身体最薄弱处的皮肤，也就是胯下。胯下的皮肤相互摩擦，已经擦伤了，现在也开始丝丝地作痛。他想，这水要是还不退，这双脚怕是要烂掉了，胯裆的皮也要磨破了。今儿晚上回家，必须到福音堂医院找丫头玉明去上药，明儿也必须穿布鞋了。垸董老爷为了不让堤工们碍眼，特地买了一双新草鞋穿着上堤，现在，这双新草鞋成了一副刑具，不停地在折磨他的绅士老爷脚。

江堤上忽然有人叫喊，前面有人冲江面指指点点。垸董老爷向江上望过去，见一条大船正顺水而下。船上冇得人，也冇得任何货物，应当是被洪水冲断了缆绳，甚至是船夫被大浪摇下了江。江里的水这样大，哪个也不敢下水把船弄到岸边，只有看水流舟。

有人说，这么大的一条船，可惜了。

另一个人说，有么子可惜，有钱人家才有这么大的船。

又一个人说，旧的不去，新的不来，反正这种人家有的是钱，再冲走几条才好，把他的屋子冲走才更好呢！

垸董老爷心里叹息道，这是么子世道，么子人心，你们只晓得人家有一条大船，却不去想想，这船，说不定是好几家人凑钱买的呢，也说不定是欠了一身的债呢。你们啊，真是人穷心也穷了。人穷不可怕，只要努力挣，终有不穷的一天，心穷了，你就会永世万年穷下去！

垸董老爷正感叹人心太穷的时候，身后响起嘚嘚的马蹄声。不一刻，有四匹马从他身边跑过。马上的人都穿着灰色的制服，戴着灰色的帽子，他们是临时成立的巡堤队的人，人是从县自卫队抽来的。在防汛期间，巡堤队专门负责江堤的监工，以及险情的检查，权力不小。巡堤队的人在前面不远停了下来，他们在那里叫叫喊喊、骂骂咧咧。垸董老爷走上去时，他们正抽打一个堤工。原来，这个堤段的草包铺得稀稀松松的，冇有像鱼鳞甲那样一只压一只，这样铺草包是起不到么子作用的，是捏住鼻子哄眼睛的无良之举。巡堤队要求重新铺设草包，这个堤工还大叫大嚷，说铺得冇得问题，这才遭打。

垸董老爷心里说，该打，江堤是命堤，人命关天，人家指出来了，你改正就是了，还要嘴硬。垸董老爷平时有些讨厌穿制服的保安队员，现在，他却觉得他们打得还轻了。平常遇上这样的事，他都会出面劝阻，今儿他却不想多这个事。江堤是命堤，不好好防护就是拿命不当一回事。他想起清澜书院的夏先生说的，江汉平原的历史，实际上就是一部抗洪史，这正说明抗洪是人命关天的头等大事，哪个马虎应付，哪个就是不讲良心。想到这里，他不由得加快了脚步。他又想起了长堤垸负责的那段堤的草包。那几个巡堤队的人又策马从他身边越过，他心里就更担心了。

垸董老爷腿上一加劲,头竟有点晕了,两腿也酸软无力。这时他才想到,自己从早上起床到现在,肚子里还冇有进一滴东西。他腰上挂着干粮袋,但是他顾不上了,要是长堤垸的堤工也跟巡堤队的人闹起来,那可不是好事。

垸董老爷来到长堤垸负责的那段江堤时,差不多快要虚脱了。他看见那几十个堤工正铺着草包,他一看这情形,就晓得是在返工。他急急地过去一看,这草包铺得果然太差劲。为了少铺几袋土,堤工们冇有采用鱼鳞式的压袋方式,一只袋只压住另一只袋的五分之一,离要求的压三分之一差得太远。这样一偷懒,就可少铺不少草包,省了不少力气。只是这样的压包方式,对无情的洪水根本起不到么子作用,草包铺了,等于冇有铺。

垸董老爷一看就来气。他顾不上吃干粮了,也顾不上脚上被新草鞋打起了好多血泡,开始监督堤工们老老实实地干活。刚才,巡堤队把长堤垸的堤工骂得也不轻,说是等会儿转来还要复查,好在这班家门少数不讲道理的人,平时只晓关在村子里横,在外面都是冇得屁用的草鸡,也就冇有跟巡堤队的人顶嘴,否则也要挨打。

被垸董老爷一大早催出门的五个堤工,竟然只来了三个,另两个说是路过一个亲戚家,被亲戚留下来帮忙插中谷秧,晚上再赶到江堤上来。

垸董老爷说,这江堤要出了问题,插么子秧都是白费工夫。又说,这样的人,迟早老天是要惩罚他们的,还好意思天天吵着要堤工补贴。

说到堤工补贴,正戳到大家的痛处,堤工们埋怨说,这么热的天,

489

哪个受得了？干了十几天，堤工补贴也还不发！

垸董老爷说，堤工补贴已经下来了，今儿你们村的班保长应该发到你们家里了。听了这话，又有堤工吵嚷着发少了，垸董老爷懒得理他们。凭良心说，自从郑县长上任以来，县里还真冇亏待堤工，补贴比过去发得都要多，也比较及时，要不是国难当头，肯定做得会更好。想想过去，防汛结束了一个月，堤工补贴才发下来，而且还被县里乡里克扣了不少。这些人，真是太不知足了。

垸董老爷见有人推着一车西瓜在堤上叫卖，便冲卖西瓜的招招手。他掏钱买了十只花皮大西瓜，招呼堤工们快吃了解暑。

垸董老爷说，吃了快干活，不要再马虎了，做事我们要对得住良心，刚才我在前边看到巡堤队在打堤工，正是他们把草包铺得太稀拉，这返工的事，大家都不划算，真出了么事，大家都落不到一个好。

堤工们晓得自己做得不好，便不再吵嚷补贴的事，大家围成圈，大口吃西瓜，吃得嘴边都是淡红的汁水。

垸董老爷听回春堂的康先生说过，西瓜是大寒之物，虽能解暑，但不宜多吃，最好尽量不吃。他离开了吃瓜的人群，在哨棚里找了一滴凉水，泡了点炒米粉，又折了哨棚上的钢柴棍子当筷子，吃起米糊来。他在心里嘲笑自己，人们开口闭口叫我老爷，我这都像个叫花子了，还老爷呢。他发现茶壶里的水并没烧开过，是生水。他摇了摇脑壳，只得吃了起来。他吃得太急，一连噎了好几次。

吃过干粮，垸董老爷的力气恢复了一些。一个堤工又硬塞了一块西瓜给他。他也觉得口渴，壶里的生水又不能再喝，不禁也吃了起来。

在垸董老爷的监督下，堤工们还算卖力，草包压得还算结实。一个上了点年纪的堤工说，垸董老爷，这里冇得你郎么事了，你郎早些回家去吧，这么热的天，你郎又是从来冇有干过活的。这个堤工正是班家门保长胜快皮的二哥。垸董老爷心里叹，一个姆妈肚子里出来的，竟然相差这么大。

另一个堤工也说，我看你郎脸色很差呢。

垸董老爷嘴上说谢谢，却并冇有打算马上回家。他今儿早计划好，催到堤工，垫付堤工补贴，检查一哈施工情况，就马上回城里的家去。可是他把堤上的情况一看，却又放心不下，他一定要看着那些返工的草包码得结结实实了，然后再离开工地，免得人虽然回去了，却因为放心不下而担心着，在家里反而困不着。

垸董老爷说，我到哨棚里歇一会儿，等检查草包铺得冇得问题，我再回去，晚也只晚一个时辰的事。再说，我上午赶了三十里路，也要好好歇歇了再走。他见这两个堤工关心他，很是感动，于是对他们说，这七月十四的月亮特别亮，赶夜路更凉快。还有一滴，他毕竟练过八年武功的人，血性与胆子都还在，不在乎走这夜路。

垸董老爷实在太累了，坐到哨棚里的稻草堆上，很快困着了，而堤工们干完活，都一窝蜂地下了堤，回了堤下借住的丁月村。班保长的二哥班计高来叫醒他，叫他去下面村子里吃饭，他说肚子不饿，先去检查草包。他想，这班老二倒是个忠厚人，胜快皮要是像他二哥该有多好。检查完草包，铺得还算好，他也不打算去村里吃饭。他的肚子吃过的米糊还在发胀，使他不住地往上嗝气，很不舒服。他想顺着江堤回城里的家，但是腿却酸软无力，两个腿肚子像秤砣绑在那儿，他还哪里走得回去。要是在城里走不动，随便可叫到黄包车，要是在任何乡下走不动，出了钱自然有船有马送他，可是他是在江堤上，这里只有堤工，他如何好意思让堤工送自己回家。他叹了一口气，决定就在这江堤上过一夜，明儿再作打算。现在，他被草鞋磨破的脚流起了黄水，痛得钻心，于是，他又在哨棚里躺了下来。

垸董老爷被一阵尖锐的肚痛痛醒的时候，天已擦黑。哨棚里只有一个后生，就是早上被他用烟竿子打过屁股的四狗。这个四狗来接班时，见垸董老爷困在哨棚里的谷草上，也不知他是么子打算，加上早上他的屁股挨过垸董老爷的烟竿子，也就不想喊他，有意要这个老爷也在这儿滞留一夜。

四狗见垸董老爷醒来，才假惺惺地说，你郎快去下面村子里吃饭吧，刚才见你郎困得香，晓得你郎太累，就冇有打扰叫醒你郎。

垸董老爷的肚子正翻腾不止地作痛，哪里还顾得上吃饭。他慌忙找了几张草纸就往堤下跑，去找隐蔽的地方解溲。堤下的草丛，不是被堤工取土挖掉了，就是被踩平了。就在东张西望之时，他感到屁股下一热，晓得拐事了，他的肚子坏了，那清水般的粪汁已泄漏出来。无奈，他这个住在城里的绅士，只得跟野外的农夫一样，解开裤子，蹲到地上。屁股下一阵雷鸣水响，冇有消化好的秽物喷了一地，腥臭熏得他差一滴呕吐，心里好不尴尬。

四狗见到一向斯文庄重的垸董老爷如此狼狈，心里幸灾乐祸地说，哼哼，你垸董老爷不是贵气得很吗，你也还有屃屃屃到裤裆里的时候呀！

四狗冲垸董老爷故意喊道，老爷，屙泡屎你郎都还要择地方，一定要屙到裤子里才肯蹲下，这野外又冇得么子人，你郎这不是跟自己过不去吗？

垸董老爷听了哭笑不得。拉屎的问题是解决了，内裤里面却都屙湿了，还留有未消化的黏糊糊的东西。垸董老爷见四处除了四狗，再无他人，便顾不得羞丑，将里外的裤子全都脱了下来，再将外裤穿上去。他来到不远的一个水坑，准备洗那内裤，这时，他又感到屁股里面有了动静，于是顾不上一切，又解开裤子蹲下。

连续拉了几次肚子，垸董老爷晓得这并不是最后的结果。他当了近四十年的垸董，在野外的工地上，被生水、凉水、不干净的饭菜等坏过好几回肚子，对这种腹泻早有体会，所以他在堤上都吃自己带的干粮，也尽量不喝生水，以至于有人说他太讲究，不吃别个做的饭菜。他清楚，这肚子一旦坏了，这种水样的污秽之物便会层出不穷，不拉个一天半天，绝难好转。这时他的手纸已用完了，于是干脆用内裤擦了屁股，再将它扔掉了事。等他上得堤来，人已脸色蜡黄，浑身是汁，气喘吁吁。四狗到底看不过去了，便前来扶他。垸董老爷的眼前竟如蒙了一层黑雾，人都看不分明。他费劲地咳了几声，眼前竟然像被哪个撒起了大把的金花。他想，今儿真的是回不了家了。

短短一会儿的工夫，垸董老爷又拉了两次肚子。这时，另外两个堤工吃了饭回来，垸董老爷便请其中一个，去下面的村子里帮他买些草纸，以迎接这讨厌的腹中污汁。不久，他又沉沉地困着了。

当那个买草纸的堤工回来时，垸董老爷早等得焦急了。他急忙又跑到堤坡下去泻了一通，屙出来的还是水汁加少量的未消化物，它们急速地通过肛门时一梗一梗地，未消化的臭气闻着叫人反胃。垸董老爷希望肚子里的这些东西能一次拉完，便在地上蹲了很久，直到屁股被蚊子叮得受不了了，他这才用草纸去擦屁股。然而，他细嫩的绅士屁股经过粪汁的多次浸泡，又经过粗糙得如同砂纸的草纸的多次摩擦，已经像脱了皮似的，两边的屁股相互摩擦或在裤子上摩擦，就跟摩擦在鲜肉上面一样，叫他疼痛难当。而草纸每擦一哈，就像是刀子直接在肉上剐着一样。他只好用草纸小心地蘸，一哈一哈地蘸。而从乡下小店买的这种草纸又太硬，真不适合擦屁股，垸董老爷这样费了半天劲，总算勉强擦好屁股。他提着裤子起来时，脑壳忽地一阵眩晕，身子不稳，前后左右摇晃起来。他努力定了定神，稳了稳两腿，才冇有朝后倒下去。如果倒下，他将顺着高高的江堤一直滚下堤脚。

垸董老爷步子都有些迈不开了。他每迈一小步，两片屁股就会相互摩擦，刚擦过的地方便像锉刀锉着一样的剐痛。他只得矮下身子，将两腿尽量张开，形成马倌那样的罗圈腿，这样多少可以减轻皮肉磨锉的程度。而他每迈一步，脚上破了的水泡又痛得钻心。垸董老爷蜷起两腿，屁股坠得低低的，仿佛随时就要拉屎的样子。这使他行走的样子极像鸭子，两条蜷短了的腿一瘸一瘸的，屁股一歪一歪的，模样十分难看。他哈了腰，终于一小步一小步地挪进了哨棚。这时，短短的几步路，将他累得浑身汗水淋漓，脸黄气短。

哨棚里，三个堤工已经困下。他们为了驱赶蚊子，从堤下扯来了不少臭蒿子，堆放在冒着浓烟的半干的草上熏着，气味十分难闻。这三个堤工已经困着,有两个比赛似的将呼噜打得震天响,连棚子上的谷草都被震动了。垸董老爷叹了一口气,心想这些虽然是粗人,困觉有得几个不呼噜震天的,到再烂的地方,他们都能有一场好觉,真是太羡慕他们了。

驱赶不尽的蚊子,蒿子浓烈的臭气,震天动地的呼噜,还有夏夜的沤热,叫从小舒服惯了的垸董老爷如何困得着?他虽然当了一辈子垸董,但因为负责的只是长堤垸的水利,不仅么子都是他说了算,而且多的是人主动地帮他出谋划策、分担事儿,几乎不用他操多少心,他们还把他照顾得好好的,像这样在工地过夜,他还是头一遭。他试着往草堆上躺,但草堆上已经挤了三个大汉子,只剩尺把宽的一滴边边,何况他们身上还散发出浓浓的汗臭。他只好坐了起来。他感到浑身酸软无力,却不晓得这是虚脱的症状,也不晓得要是再拉几次,严重的脱水也许会要了他的命。好在他这天吃的东西,也就那么一滴炒米粉,使他冇有继续拉下去。只是他的感觉开始迟钝起来,蚊子的叮咬似乎也可以忍受了,于是他昏昏沉沉地直想困。

好久,垸董老爷的脑壳一下一下地打起瞌睡米。有一次头低得太重,使他猛然惊醒。他听到了哗哗的水声,吓了一跳,赶紧推醒堤工,叫他们去巡查一遍。这三个人好不容易才醒来,打着呵欠,拖拖拉拉地走出了哨棚。垸董老爷本可以趁这个机会,躺到稻草上好好困一觉,但是他困不着,他还要听堤工巡查的结果。

垸董老爷点燃了一锅烟,握着一尺长的烟筲子抽了起来。

不一会儿,巡堤的堤工回来了,说水冇有继续上升,江堤也冇得任何问题。

有一个说，好像起风了。

另一个说，这叫过更风，正常得很，风一起，就不热了，过一阵，这风也就停了。

垸董老爷问，这过更风真会停吗？

四狗说，当然会停，不然怎会叫过更风。

垸董老爷说，我是担心这风一大，江里的浪就大，波浪拍堤，容易出事。

堤工说，你郎是冇有种过田，冇有经过风雨，少见多怪，这一滴风冇得事的。

垸董老爷说，现在这堤被水泡了半个月，早软得像豆腐一般了，经不得这样的风浪的啊。

堤工说，放心打你郎的瞌睡吧，等一哈我们再去巡查一遍。

三个堤工打着呵欠又困下了。

垸董老爷虽然提心吊胆，毕竟累了十多天了，小半天的时间就拉了七八次，人真的软瘫得就像一坨泥巴了。他又想，可能是自己一年四季在城里生活，很少见过这些风风雨雨，是过分担心了，还是他们种田的有经验。这样一想，他就又昏昏沉沉地困着了。

不知是神志有些不清，还是半梦半醒，垸董老爷竟做了一个长长的梦，他梦到了自己成婚时的情景。

垸董老爷成婚时只有十八岁，在揭红盖头的时候，他涨红着脸，笨手笨脚地一揭开，却冇有看自己的新娘，而是拿着红盖头东张西望，不知往哪儿放才好，惹得人们哄笑起来，好在有人赶紧将他手上的红盖头接了过去。不过也难怪，他与新娘兰花是在一个院子里长大的，所以他对他的新娘长么样子，一滴也不好奇。

人们就喊，新郎新郎，你的新娘好看不好看？

他傻傻地一笑，说，不如不搽粉。

人们又是一阵哄笑。这话传出去，人们又发挥江汉平原人的爱好，编了一句歇后语，专对那些搽粉涂脂的女人打趣，"业乂少爷看新娘——不如不搽粉"。

新娘子进了洞房，洞房里早挤满了人。小伢子们不停地叫，揭被子揭被子，有等不及的野小子早就悄悄地靠近雕花描金的大红婚床，小爪子往被子底下探。迎新娘的伴娘就说，新娘子揭被子吧，揭了让小伢子们早一滴出去闹腾。新娘兰花便提起被子的一角，还有有来得及揭开，小伢子们就一拥而上，有两个劣皮的伢子竟穿着鞋子爬到了床上，不顾一切地抢那红枣花生桂圆瓜子。片刻之间，床上的果子已一抢而空，小伢子们便从人缝里钻出洞房，飞一般地四散。

小伢子一出去，便是闹洞房的时间了。赵家因是城里的大户人家，洞房闹得很是斯文，基本上冇有达到闹的程度，所以这个洞房不仅闹得不热闹，闹得也很短，连他这个新郎都觉得不过瘾。他从小听人说闹洞房很好玩，因为生在城里的大户人家，他还冇有闹过一次洞房。他早就想过，这回轮到自己成亲入洞房，虽然不能亲自闹，但亲眼看别个闹也不错呀！可是别个也不在他的洞房里闹。人们都说，洞房是越闹越发旺，闹得不热闹，就是人们不给面子。他见自己的洞房闹得不温不火，就有些扫兴。看着闹洞房的人很快就陆续散去,他这个新郎倒是十分地不舍。他不晓得热热闹闹的人离开洞房之后,自己怎么和新娘兰花相处。于是,他冲最后要走的几个伙伴说,这么早走么子,还玩一阵子。

旁人就取笑说,还有新郎留人闹洞房的呀,现在该你跟新娘两个人闹洞房了。

他傻乎乎地问,我们俩还要闹洞房?又说,人多的时候不闹,人少了还闹得有么味?

人们便一阵大笑,好几个女人腰都笑弯了。

有人说,你以为只有别个才闹洞房啊,别个是小闹,你俩是大闹;别个是假闹,你俩是真闹。

他一听,更糊涂了。么子小闹大闹假闹真闹,这不完全反过来了吗?他完全不懂,只晓得别个是在调笑他。新娘兰花好像也有听明白,脸上也是一片通红。

洞房里只有一对新人了,两人一时不晓得说么子是好。新娘兰花便坐在床上低头玩自己的手,他更是尴尬得手足无措。兰花的崖崖年轻时在族人的裹挟下进了义和团,后遭到清廷追杀,从汉川逃到监利,被赵家收留做长工与管家,一家人在赵家大院一直住到他与兰花成家的这年六月,才搬到新盖在玉皇台的屋子里去。兰花和姐姐弟弟三人,都在赵家大院出生和长大,与他这个少爷算是青梅竹马,两家一定亲,两人竟一下子疏远起来,反倒不知如何相处了。

兰花毕竟大他一岁,女伢子本来也比男伢子懂事早,加上出嫁前,她姆妈和嫁了人的姐姐对她早有引导,她终于鼓起勇气说,困吧。

他一听慌了,说,你困你困,我去找本书来看。

他出了新房,便往他原来的睡房跑,刚好被姆妈看见,姆妈说,你不陪新娘,跑出来搞么子?

他发着怵,边跑边说,我去找书看。

望着向以前的睡房跑去的他,姆妈又好气又好笑,说,做新郎的不陪自己的新娘,看么子书!平时在学堂里,怎不见你好好读书!

姆妈追到他以前的睡房,果然见他手里抓了一本书,于是气恼地骂道,从今儿起,你就是大人了,把书放下。

他一闪身钻出了门,向新房跑去。

姆妈在后面骂道,你这个出气宝啊!

他进了洞房,见新娘兰花还坐在床上,说,你先困吧,我看会儿书。

新娘兰花说,那你把房门闩上。

新娘兰花脱了外面的大红棉袄,钻到被窝里去了,他则坐在灯前看起书来。这是他刚借来的一本《三侠五义》,他别的书不爱看,就爱看这类写武林侠客英雄好汉的书。不一会儿,他就被书中南侠展昭的精彩故事吸引了。

不知过了好久,新娘兰花拉开被子,露出脸来,小声说,这么晚了,你还不困?

他嗯嗯两声,头都不抬,只管看书中的打斗。

新娘兰花说,天太冷,你坐到床上,把脚偎进被子里看吧。

他这才把灯从五斗柜上移到床尾的床头柜上,坐到床尾继续看书,也并不把脚放到床上。新娘兰花不好意思再催,只好自己又躺进被窝。

这样直到灯油干了,灯火只有豆子那么大了,他才起身找灯油,想添了油再接着看书,但他如何也找不到,只好脱了鞋子和棉衣棉裤,钻进了被窝。

新娘兰花早已困着。毕竟这几天心情特别,夜里冇有困好,连续三天的哭嫁也很累人。江汉平原风俗,女伢子出嫁前三天,都会在女伴的陪伴下哭嫁,表示自己对娘家的不舍之情,述说父母的养育之恩,以及自己不能尽孝的自责与遗憾。

天还冇有亮,新娘兰花便起了床,而他则在床的另一头呼呼大困,那本《三侠五义》则落在床头。新娘兰花晓得他困得太晚,本想让他多困一会儿,但这新婚的第二天早晨,依风俗有两个重要的仪式要做。这第一要事,就是洗床单。新婚之夜,新婚夫妻做了欢爱之事,床上就会开"红花",所以早上起来第一件事就是洗床单,否则,就会让人疑心新娘婚前有不贞之举,以至于新婚之夜冇得"红花"可开。尽管夜里在床上两个人一人困一头,新娘兰花还是犹犹豫豫,想洗这个冇有开"红花"的床单。她叫了他几声,如何叫得醒,只好用手去推。可是他困得太香,只哼哼两声,便滚向雕花婚床的里边,继续他的好梦。新娘兰花无奈,只好咬着牙,一滴一滴从他身下扯床单,她扯一下,他就动一下,扯了好一会儿,床单才扯出来。他便困在了白白的棉絮胎上,就跟困在雪上一般。

新娘兰花开了房门,早就留意着的新婆婆就过来了,要带她去洗床单。洗床单其实是风俗中的婆婆查验床单,这些紧要的事,前两天兰花的姆妈和姐姐就告诉她了,可是昨儿整整一夜,他都冇有近她的身,这与所有人想象的情况完全不一致，兰花从姆妈和姐姐那儿学来的一套根本用不上，弄得床单根本冇有开出"红花"来，这使她一时不知所措。

新婆婆从兰花手上去拿床单，按理她应当表面上羞答、而心底下骄傲，任新婆婆将床单拿去，可是，兰花却抓着床单不肯松手。新婆婆表面上笑着，心底下却有些诧异。兰花是在她的眼皮下一天天长大的，她一直十分喜欢她，两人的感情一直情同母女，她不相信会有么子不好的事发生过。她此时依照风俗带新儿媳洗床单，本来也只是走一个过场而已，根本不会想到会有么子反常的事儿。

兰花只好低了声说，义哥快鸡叫时才困下，他看了大半夜的书。

兰花从小叫他义哥。

姆妈明白了，骂了他一声，便走到新房去，见他果然冇有困在床头，而是困在床尾，一本书也还落在床上。她来了气，把被子一揭，见雪一般的棉絮胎上，他还穿着棉马夹和棉胎裤，连袜子也还穿在脚上。姆妈气得举手就朝他的屁股上猛拍，骂，你这个出气宝，你这个醒气宝，你还不爬起来！

姆妈把他打醒了还不解气，拿了床上的书就撕。他见他的宝贝书被撕，扑过来就抢，但是晚了一步，《三侠五义》已被撕去了好几页。姆妈还不罢休，又过来夺书，但是他早拿着书，单着衣服跑开了。

新婆婆便带着新娘兰花，叫她洗那并冇得"红花"的干干净净的床单。婆媳俩心照不宣，这是洗给外人看的。新婆婆一边骂儿子，一边安慰新儿媳。兰花按新婆婆的盼咐，将床单晾在院前显眼的地方，脸上一片通红。

她低头对新婆婆说，你郎不要骂义哥了。

新婆婆听出来了，这新儿媳不好意思呢。

洗完床单，兰花和用人一起煮好了喜茶，用人便来找他这个新郎，要他和新娘一起去敬喜茶。江汉平原风俗，新婚次日，一对新人要向婆家长辈亲戚敬喜茶。为了吃这碗喜茶，主要的亲戚必须在新郎家中住上一夜，等喝过这碗喜茶，又吃过中饭，才能回家。这喜茶是四个煮熟脱了壳的鸡蛋，泡在红糖水里。敬喜茶也叫认亲，以便新娘晓得各个长辈与亲戚的身份，吃了茶，长辈会在空碗里放上丰厚的茶钱，作为新娘的私房钱。兰花从小在赵家大院长大，赵家的亲戚她自然都熟，可是这个礼节是不可省的。

用人找到他时，他正帮几个十来岁的亲戚家的小伢子放鞭炮。那几个小伢都扪着耳朵，让他替他们点鞭炮的引信。

听说要他去和新娘一起端茶，他头也不回地对用人说，你郎跟她一起去吧。

用人笑道，义哥少爷，这事必须由你自己去的哟。

赵家有规矩，不兴像别家那样叫家中晚辈少爷小姐，只能叫名字，但是有时候，用人也会在名字后面附带少爷小姐之称，不过不能让赵家的大人听到。他还要说么子，他姆妈也找过来了。见姆妈板着脸，他想起她说过敬喜茶的重要来了，这才在姆妈的压阵下，去给兰花帮忙端喜茶。这一轮喜茶敬下来，他可局促死了，从小到大，他这是头一回受这样的局促。他一边跟着新娘和用人敬喜茶，一边后悔不该这么早成婚。成了婚，实在不好玩！

到了夜里，他经过与兰花一天的相处，冇得那么别扭了，也冇得了昨夜的慌乱。他关了房门，拿出早准备好的一本书，有点讨好地冲兰花说，别让我姆妈晓得了，你先困，我看会儿书。

白天，他那本《三侠五义》被姆妈收去，交给了他的崖崖，但是他又偷偷找了一本《儿女英雄传》藏在新房里。兰花见此，也不好说么子，在她心里，他不仅是她的丈夫，还是她的少爷，也是她从小一起玩大的朋友，这婚一成，她也不晓得怎么和他相处才好，也觉得还不如不成婚的好。

夜里，新婆婆在房门外喊，兰花，你们困了吗？

兰花望着他，他求饶地向她使眼色，兰花只好说困了。

新婆婆说，困了就把灯吹熄，不要糟蹋灯油。

他便赶紧吹灭了灯。可是他却并不上床，等了好半天，见房外安静了，便又点灯看起他的书来。不用说，第二天早晨，新婆婆等到的又是干干净净的冇有开"红花"的床单。兰花满脸红艳，低着脑壳不知所措。

新婆婆对兰花说，床单就不洗了，反正该做的样子昨儿已经做过了。

一连三夜，他都是故技重演，看完了一本《儿女英雄传》。

新婚第三天，新郎要陪新娘一起回娘家拜谢父母，在江汉平原风俗中，这称为回门。回门之日，娘家也得办两桌酒席，把女方的亲戚六眷请来陪新姑爷吃饭，这也是让新姑爷认女方的亲戚。晚饭后陪着新娘兰花回家，他又看起在新房里藏的一本《说唐全传》，准备再次进入英雄豪杰的境界。

这回兰花不再先困，而是将衣服脱得单单的，下面只穿一条又软又薄的红睡裤，上面只穿一件红兜肚，显出白藕似的两条胳臂、鼓鼓的两只奶子、翘翘的两瓣屁股和细细的一截腰肢，那白白嫩嫩的皮肤在灯光下更是十分惹眼。

他开始把眼睛只放在书上，冇有在意。可是兰花厚厚的衣服脱掉之后，身上散发出一股淡淡的奇异香味。这种少数天质极好的少女才有的体香，与脂粉的香气完全不同，他被动地要闻脂粉香的时候，总是皱起鼻子，屏住气息，所以，从小就清楚他的喜好的兰花，她在新婚之夜褪了喜妆之后，就不再用脂粉了。兰花天生的桃红脸、橙红唇、漆黑眉，根本就不用施脂粉之类，所以这三天来，他再也冇有闻到她身上有脂粉香。新娘兰花天然的体香，让他闻起来十分舒服，他的鼻子不由自主地吸了吸，这幽兰般的香气便钻到他的心底去了。他不由自主地从书上抬起眼睛，向香气的源头看去。这一看，顿时像触了闪电，他的心尖儿不由得一抖，两只眼睛也放出电光来，就像孙猴子的火眼金睛。

兰花正低着头红着脸，微微撩着眼睛往上看他。

他嘴不由心地说，你不怕冻呀？快进被窝里去。

这时，他身上莫名其妙地热了起来，暖烘烘的像靠近了火塘。兰花上前一小步，从他手上去拿书，竟轻轻地就拿过去了。他感到浑身腾地一胀，下面的私处也忽地一抖一抻，他自己都不晓得是怎么回事，就突然张开双臂，抱住了兰花，似乎是怕她冷，又似乎是怕她跑。兰花浑身发烫，身子一软，整个地瘫在了他的身上。他把兰花抱到床上，替她盖上被子，然后无师自通地吹了灯，把自己的衣服胡乱脱了，钻进了被窝。他完全变成了另一个人，仿佛是有神鬼在支使着他，使他在兰花身上摸来摸去。他见她身上被冻得冰凉，便毫不知羞耻地趴到她身上说，我身上热乎，我给你当被子。他又拿嘴去亲她的脸，不料她的嘴却转了过来，他便一嘴压了下去。他这才明白，这儿才是自己的嘴巴要到的最好地方。等他再把注意力放在兰花两只挺挺的白嫩奶子上时，兰花的身子已经滚热起来。一瞬间，他身上的那个东西硬挺起来，胀得有些难受，似乎需要找个地方安置。

天亮了，新婆婆见新儿媳低着头、红着脸，从新房里拿出床单，她不由得开心地笑了。

接下来的日子，他总是嫌天黑得太慢，同时也明白了，男人女人为么子一定要入洞房，夫妻为么事一辈子都要在一张床上困觉。

垸董老爷从美梦中醒来的时候，不由得心中有些困惑，在这个年纪，在这种时候，他竟然还做这样的春梦。他想，这是一种么样的预兆呢？正在这时，他听到了风吹哨棚上的谷草呜呜的声音，而堤下的江水声，也啪啦啪啦在紧响。他的心一缩，艰难地起来。他想找一根棍子来拄，哨棚里却只有铁锹与锄头，他只好慢慢撑着出了哨棚。好在有一个多时辰有有拉肚子了。他感到屁股下面的疼痛也轻缓了一些。

垸董老爷刚出哨棚，就被吓坏了！

月亮被黑云遮去了大半，夜色昏暗了很多，风已经很大，江里的浪也变得十分高了。他看见江浪一下一下地朝江堤拍击，似乎越拍越有劲头，越拍越有力气，就像成千上万只江猪子在一起拜风。

垸董老爷惊慌地叫道，你们几个快起来，起风了！起大风了！

他的声音很大,很惊慌。那三个堤工惊醒过来,也出了哨棚。

垸董老爷忘了病痛,继续往下游挪动,他要亲自巡查这波浪拍击下的江堤。他不相信刚才这一袋烟的工夫,三个堤工真的认真巡查完了这段江堤。

有一个堤工向垸董老爷跟过来了,另两个则往上游去巡查。行了约半里远,垸董老爷发现前面的江堤上好像有流水的声音,心里不由得发起毛来,身上的汗毛也竖了起来。他的屁股又被磨痛了,只好又把两腿张成箩筐形,身子一歪一歪地朝前面小跑,屁股左右歪来歪去,样子滑稽而难看,像小脚老太婆在小跑一般。

昏暗的月色下,江堤果然豁开了一个喇叭状的口子。这个口子的一头足有三尺宽,而另一头则也有一尺来宽。不过,它还不深,大头约一尺深,小头约半尺深。

垸董老爷瞪着溃口,傻呆呆的,就像一个两岁的小伢子见到了奇怪的东西。他头也不回地惊叫,不好了,江堤冲开了一个口子!快滴快滴,你快来堵上!

垸董老爷刚才只顾往前巡查,也不晓得跟在自己后面的到底是哪个。

后面的人一听,反而站住了。那个愣了一瞬,问,垸董老爷,真的冲开了?

跟在身后的原来是四狗。

垸董老爷焦急地说,快滴,我还骗你不成!

四狗也惊慌地说,我我我看到水了,听到了!垸董老老老爷……

快跑吧!

浣董老爷厉声说,不能跑,快用草包堵上溃口,快滴,现在堵还来得及!

四狗却一转身,死命地往回跑,他一边跑一边喊,江堤缺口啦!江堤缺口啦!快敲锣呀!又喊,浣董老爷快跑呀!浣董老爷快跑呀!

浣董老爷听到了四狗的惊叫,又似乎根本有有听到。他心里骂,野鸡日的,胆子比麻雀的都还小!他见堤上不远处堆着灌了土的草包,心里一下踏实了不少。这是防汛期间堤上的必备之物,每隔半里就会有一堆灌了土的草包,以备溃口时就近使用。他从堤边拖了一只装满泥土的草包,用力往缺口处拉去。只要先堵住缺口,缺口暂时就不会被水撕大,填堵就还来得及。可是他病成这样,如何拖得动?他好不容易将草包拖了近两丈远,就头晕目眩,身上的汗湿透了背心。他刚歇上一口气,那个缺口却已经被江水撕裂到他的面前来了!

浣董老爷拖不动那只草包,急得几乎要哭出声来。他也忘了叫喊,似乎要将全部力气,用来对付这个溃口。眼前的这个缺口仿佛正在跟他作对,他必须要沉着地制服它。

这时的浣董老爷,他完全傻了、疯了、魔怔了。他打了一个愣怔,竟然几哈爬到那个缺口里,想用自己的身躯堵住这魔兽之口!他好像不相信自己这还算壮实的身躯不能制服这个小小的缺口。

浣董老爷听到远处响起一片报警的锣声,这也正是他有信心制服这个缺口的底气。他在心里原谅了四狗的后退,也许他去报警叫人,也是一种本能,虽然不如先堵溃口正确。他认为只要堤工们赶过来了,最多湿他一身衣服,也就转危为安了。事实上,住在堤下小村的堤工,与这个小村里的人,都正在锣声中逃离这儿,那个四狗更像长了翅膀,一忽儿就飞到了小村,而垸董老爷想的,却是锣声在召集堤工们前来堵这个缺口。作为几代垸董的后人,作为当了几十年垸董的人,他早就十分清楚,这样的口子凭他是根本堵不住的,他是错误地相信他身后的四狗,更错误地相信即将被锣声和叫喊声召来的众多堤工。他知道只要他们一出手,堵上这样的缺口不过小事一桩。但他忘了在这战乱之年,工地上缺少精明强干的领头人。作为一个水利负责人,他清楚堤上出现管涌的可怕,出现一段堤的晃动更可怕,但出现缺口,不过是局部的新土不实造成的,堵上填上,短期内就冇得大碍了。只要刚才跟在身后的四狗不跑,肯定可以赢得时间,只要另外两个堤工赶快赶过来,堵一个堤面上的溃口完全冇得问题,而堤下的堤工都跟着赶到,用草包层层加固及时堵上溃口,则更是有惊无险。然而,所有的事情都冇有按他想象的来,而是朝相反的方向去了!

后来人们说起这件事,都说这一刻的垸董老爷,突然单身一人遇上这样的险事,他一哈犯了魔怔,那,是他命该归阴了。

垸董老爷像一个小伢子一般地赖在江堤的缺口里,趴在冰冷的江水里,在明白跟在身后的四狗不是喊人而是逃跑了之后,在迟迟听不见堤工们赶来的脚步声之后,他似乎一下子明白了面临的决堤之危,心中不由得升起巨大的恐惧。他不由自主地哭喊起来,似乎是在向老天爷放赖,好让老天爷生出怜悯之心,帮他收回溃口上的洪水。这种发自心底的哭喊,是他一生中从来不曾有过的事儿。他一生下来就是一个少爷,后来出门习武长达八年，有一身过人的武功，他从来就冇得么子值得哭的事儿。

快来人啊！

快来人啊！

垸董老爷不停地哭喊。

不过一刻，他的哭喊声就被一声巨大的水响淹没了。紧接着，他就被浑浊冰凉的江水掀下高高的江堤。他感到，自己就像一只被堤工偷工减料的只装了一小半土的草包，因为远远冇有被土填实，还是瘪瘪的、轻轻的，所以被洪水蛮横地冲得飞了起来，接着又被压了下去。他打了几个滚，就被无尽的洪水狠狠地压在了底下，他的身体在浊水底下急速翻滚，再也冇有露出水面来。

不过一刻，堤上的那个缺口被洪水慢慢撕大，迅速撕大，猛烈撕大……江堤决开了一里多长的巨大口子，洪水一泻而下，堤下的小村庄很快便被冲垮。

这个农历的七月，江汉平原上的监利、沔阳、潜江、天门、江陵五县，以及石首的江北部分，数百万亩良田被淹，死人上百。

洪水过后，人们搜寻了将近半月，却冇有找到长堤垸垸董赵业义老爷的尸体。少爷永富只好听从众人的建议，将他生前穿过的衣物钉进棺材，给他的垸董崖崖修一个衣冠墓。

城里的几个读书人办有一份油印小报《容城先锋报》，本是一张宣传抗日救国的报纸，竟也登了一篇新华小学夏校长写的文章，赞扬垸董老爷舍身抗洪，文章还把抗洪与抗日统一起来，说抗洪也是抗日，因此垸董老爷也是抗日英雄。永富少爷从未想到过他的崖崖竟会被人写成文章、登上报纸，于是专程找到夏校长致谢，并捐助了一笔钱用于他们办报。永富少爷与校长从小就熟识，只是校长出外读了好些年书才回家，两人都痛恨侉老东，很快就成了要好的朋友。永富少爷开始还认为把垸董老爷说成抗日英雄有些牵强，后来一想，要不是为了抗日，长堤垸就有的是人负责江堤的防汛事务，自己的崖崖就不会上江堤的防汛工地，也就不会死于洪水，所以，说他是抗日英雄也说得过去。他想，既然自己的崖崖是抗日英雄，自己也不能落后。从此，他不仅与夏校长来往十分密切，也开始关心老家长堤垸抗日的事儿。长堤垸紧靠离湖游击队活动的离湖，正是抗日的重要地方。

## 风水宝地

叶落归根，死于江堤决口的垸董老爷，将葬到老家长堤垸赵家垴。

半个月的时间，大水退了下去，但水灾后各地墙倒屋塌、田地冲毁、庄稼埋入泥沙，各地补办丧事的哭声响器声也不时响起，半个江汉平原乱糟糟的一片。不过，垸董老爷毕竟是一地富户，又是因公殉职，所以他的丧事不能马虎。

赵家现任的管家桑伯跟少东家永富说，老爷走得太急，现在最紧急的是选墓地，不知他老人家生前有冇得么子交代？

永富略略一想，说，有有，好像是有有。他又寻思了片刻，说，老爷一辈子也不太讲究风水之类，他常说，风水自在人心，人心里有善，哪儿的风水都不会差。

桑伯有些为难了，毕竟在江汉平原，选墓地是一件很重要的事儿。少东家富先生也跟垸董老爷一个性子，随便，不太喜欢做主。桑伯见几个长工短工围着打丧鼓的永骄在说话，就把他们喊过来，一起合计请风水先生的事儿。

长工大李说，整个监利县的风水先生，最有名的是原来住在南门的潘先生，不过，潘先生六七年前搬回老家朱家河去了。

永骄说，潘先生外号潘天眼，都说他是开了天眼的，看么子是么子，就是轻易不给人看墓地。

自垸董老爷去世后，族里就安排永骄进城来帮忙，他先是帮着找了两天遗体，接着是带着春雷一起为老爷打丧鼓。永骄是垸董老爷的本族侄辈，受过老爷家不小的恩惠，不仅师父和龙伢子的姆妈的棺材为垸董老爷家所送，他在村垱上盖屋子的地基，也是垸董老爷家给的。所以，他和春雷一连在这儿待了十来天。好在这个时候长江的汛情紧张，侉老东早在水灾前就暂时退出了江汉平原，本地的游击队员们也暂时回家，一边防汛、一边务农、一边训练，他们才有时间来报答垸董老爷。

少东家永富说，既然潘先生不给人看，那还是不要强人所难。

大李说，我朱家河的姑表兄弟跟潘天眼是街坊，让他带我们去请。

永富说，那就事不宜迟，劳烦你跟桑伯两人跑一趟。

桑伯说，家中一大摊的事，还是另派一个人去，我留下来处理家中的事儿。

永骄说，那就我陪李叔去吧。我是老爷的本家，算是代表赵家去请潘先生。

永骄与大李在城西骡马行租了两匹马,快马加鞭,奔朱家河而去。

朱家河是监利县的第二大镇,自古就是一个商业繁华之地,离县城五六十里,正处在湖南岳阳与监利县城的中间,是侉老东盘踞的一个重镇。因为水灾,侉老东早已撤到了江南,所以永骄与大李才敢来请潘天眼,否则,任潘天眼看风水再厉害,也不必冒险前来。朱家河镇在监利南部的分洪区,水退得比县城和县西、县北要慢,一路上很多地方还是很深的泥水,马蹄踏在泥水里啪哒啪哒地响,泥水溅得马肚子上全是,人腿上也溅了不少。因为不敢走得太快,二人赶到朱家河镇上时,已是吃中饭的时间。到了大李的姑表兄弟屋前,马已累得直喷白气,响鼻打得噗噗地响。

永骄和大李下得马来,都成了罗圈腿。特别是永骄,他屁股上瘦得冇得么子肉,头一回骑马,又赶这么远的路,颠得骨头酸痛,几乎站都站不稳了。

大李的姑表兄弟听了来意,说,先吃饭。

永骄连说,不行不行,选墓地的事儿紧急,这阵子到处都在送葬,万一潘先生被别个抢先请去,会误了大事。

大李的姑表兄弟说,我有言在先,平时我跟潘天眼冇得么子交往,不一定请得动他。

永骄说,那就劳烦你郎多说几句好话,就说我们家的老爷,是个大善人,一辈子做尽了好事,而且他也是因公而死的。再说,潘先生在城南住过一二十年,算是垸董老爷的老街坊,肯定也认得老爷的。

潘天眼住在南街尽头，是一个朝南的小院子。院门不是开在中间，也不在正南，而是开在东南角上，不过他家正屋的大门倒是朝南。从古到今，江汉平原极少见这样开院门的，这风水师果然与众不同。

大李的姑表兄弟说，这块地在街的尽头，原是一块荒地，潘天眼花了大价钱买下的，据说是六百块大洋。六百块大洋，在这儿是可以买到十几亩良田的。可见，潘天眼有多喜欢这块地。潘天眼买这块地，最开始自己并冇有出面，直到交了定金，签字画押时，他自己才露面。

大李说，我明白了，一开始晓得是潘天眼要这块地，再多的钱，人家可能不一定会卖。

这样一说，几个人越发觉得找对人了。

大李的姑表兄弟用手指指点点，说，你看他这门前的路与河，都是朝他的院子弯，听人说，这叫玉带环腰，而且，这路也可以看成是河、是水，风水里说，高一寸为山，低一寸为水，有水就有生气，有水就有财。你们再看他院子后面，是垸堤，高高的，是靠山，这里东边街上有很多的屋子，西边过去则是一片田地，街屋就叫青龙抬头，山地叫白虎伏地。

潘天眼院内一只白狗汪了几声，出来一个十二三岁的男伢子。男伢子说，我嗲嗲出门了。又说，有时他出门，十天半月才回来的。

大李的姑表兄弟不死心，就往里走。屋里又出来一个三十来岁的女人。女人说，你们要是不急，就过十天八天再来吧。

三个人都傻了，只好快快地退出来。走不多远，永骄看见一家小酒馆，说，不如就在这馆子里填下肚子，顺便打听一下潘先生的事。

三人在小酒馆里要了一壶酒，大李的姑表兄弟点了一个阳干黑鱼片,一个爆炒猪花肠。他说,来朱家河,这两个菜必定要吃。

菜很快上来了,辣香催得人直流涎水。阳干黑鱼片是将黑鱼去骨,片成铜钱厚,用桂皮、花椒、盐、酱油、黄豆酱等腌制,晒得半干,用小火煎黄,然后烹上豌豆酱焖上片刻,出锅后韧实筋道。爆炒猪花肠是用阉了的母猪的生肠,配以姜丝、花椒、尖椒爆炒,一片入口,脆爽鲜香,轻辣微麻。这两道菜,既下酒,又开胃,令人口舌生津。大李的姑表兄弟读过几年冬学,把炒菜的事,说得跟说书似的。永骄和大李毕竟心中有急事,便向饭馆老板打听潘天眼。

老板笑着对大李的姑表兄弟说,你们这样去潘天眼家,十个会有十一个碰一鼻子灰的。

三人忙问其故。

老板说,你们一进门,我就晓得是找潘天眼看墓地的。你们两个还戴着孝,不就是明白告诉潘天眼了吗?潘天眼家的楼上,装了一面凸起来的镜子,只要你一出现在他家院前,他就看到了。

永骄和大李后悔不已,连忙收起了腰间白布做的孝带子。

老板说,据说这墓地风水看多了,眼睛容易生病,对风水师的后人也不好。

永骄也是走江湖的人,自然清楚江湖上的这些说法,于是又点了一个猪肝腰花汤,央求老板指点。

老板笑道,潘天眼平素有两个相好的朋友,一个是蓝记茶馆的蓝老板,一个是玄武观的戴道长,如果他们肯出面帮忙,这事就成了。

永骄想了想,说,还是找戴道长吧,我见过他一回,面熟,吃百家饭的人也更愿意帮人。

戴道长见了永骄等人，说，这个忙，我必须帮。赵老爷一生积德行善，是个大好人。他感慨地说，以前，我在城里上清观修道时，修建后殿的木料，全是他老人家捐的。

永骄三人冇有想到事件竟这么顺利，高兴地随了戴道长，前去请潘天眼。路上，戴道长说，阴宅风水反应很快，往往立竿见影，而风水布置，也是有利有害，往往是有人得利，有人受损，难以面面周全，风水先生也十分为难。

永骄说，我们也听说过一些，但是这次，必须为难潘先生一次，当然，也为难戴道长了。

戴道长笑道，不错，今儿要不是赵老爷，我真不会多这个事。再说，你赵永骄我也久闻大名，特别是你与侉老东比鼓，大长了中国人的志气，所以，这个忙我必须帮。

四人又来到了潘天眼的院前。刚到门口，那个男伢子就跑出来开院门。戴道长带着三人，径直进了西厢房，果见潘大眼坐在家里喝茶抽烟。

潘天眼气度不凡，精神抖擞，笑容开朗。不过，都是这个年代了，他还留着一条两尺长的辫子。最打眼的是他那一把半尺长的黑胡子，正中竟有一小撮是黄色的，给人一种奇人奇貌的感觉。永骄道一声打扰了，就放下带来的茶酒等见面礼物。

潘天眼拿下嘴上的白银水烟壶，微微笑道，你们腰间的孝带子呢？

永骄不好意思地说，我们都是粗人，不妥当之处，还望潘先生包涵。

潘天眼笑道，不知者不为错，不知你们来有何事？

戴道长笑了笑，说明了他们的来意，又介绍了永骄。

潘天眼高兴地说，原来是监西著名的歌师兼号子手，你真是我们监利的英雄好汉。既然你们想到了我，赵老爷又是监利县的大善人，我跑一趟就是了。

大家连连道谢。

潘天眼让老伴给四人倒了茶，自己则拿起一把紫砂小壶，喝了一口茶水。他说，这样吧，你们先回去办理丧事，我明儿早上带一个徒弟前去赵府。

永骄说，大李就留在朱家河，明儿早上雇了马，接潘先生进城。

潘先生说，不用这么客气，你们赶紧去忙丧事，明儿我自己去就是了。

潘天眼还要留戴道长继续喝茶，戴道长说，我夜里有一堂法事要做，要打醮，要回去准备准备。

出得门来，大李的姑表兄弟问，戴道长，潘先生家的这个院门，怎么是斜着开的呢？有么子讲究吧？

戴道长说，屋子大门南开，院门若也朝南，而且对着屋门，门门相对，会有冲煞，也泄漏气运，而在东南方开院门，不仅避了冲煞，还既得东来紫气，又得南来阳气，潘先生曾专程到江西龙虎山拜师三年，得了真传。

第二天吃中饭前，潘天眼如约来到了城里的赵家大院。潘天眼六十来岁，身材中等，不胖不瘦，穿一件宝蓝色的长衫，脚蹬牛皮鞋子，干练而精神。他虽号称天眼，但眼神却平静柔和。潘先生说话，会时不时地捋一下他半尺长的胡子，这样，他黑胡子中间那一小撮黄胡子就更打眼睛。潘先生总是端着那把银制的水烟壶，时不时举起来吸上一口烟，人就显得更加沉稳。

第二天早上，潘天眼由永骄陪着，到了离城三十里的长堤垸赵家垴，这儿将是垸董老爷的安葬之地。垸董老爷在老家的屋子也不小，是一个有门楼有前厅的四合院。赵家搬到城里之后，这栋老屋一直给本房的业禄一家居住，只留东边的主房，几代老爷常带了子孙，回老家来住上几天。这样，赵家人虽然搬到城里都三四代人了，但与老家亲族的来往从来都冇有断过。

潘天眼看过赵家的老屋，叹道，赵家数代人丁不旺，皆因城里和乡下的屋子都太大。按道理，世世代代住这么大的屋子，是极有可能断香火的。只是赵家数辈人积德甚厚，德行为他们补了不少阳气，且城里和乡下的房屋都有给人居住，人气尚旺，才代代有丁。

业禄的儿子永寿笑道，乡下也有得么子好下酒的菜，刚好昨儿村里打猎的打了一只獾子，就买来了，不晓得潘先生吃不吃得惯？

潘天眼笑道，这是我有口福了。

獾是江汉平原的一种小型野物，大于兔而小于狗，以嫩叶瓜果为主食，常会跑到村庄里来找吃的，因为这畜生只挑庄稼的嫩尖吃，吃一顿就毁坏一大片的庄稼，所以对庄稼的破坏极大，常常被人捕杀当作下酒之物。

潘天眼说，獾肉为大补之物，獾肉炖火锅，味道尤其鲜美，现在它刚上了秋膘，正是肥美的时候。

永寿亲自下厨，炖了一大砂锅獾子火锅。江汉平原人炖火锅不分季节，认为一滚当三鲜，大热天也有人炖火锅，人们光着膀子围着吃火锅的情景，令外地人诧讶不已。

酒罢，永骄去找厚基族长商谈垸董老爷下葬的事儿，潘天眼即由永寿引路，察看了赵家在村子里的所有旱地。潘天眼选定一处离赵家老屋两百多米的地。此地为赵家的旱田，地势高于周围的地，符合风水中山找平、平找山的择地原则。这片地的南面是弯弯的长川河，整条河弯曲回环众多，因而水流平缓、水质清澈，被称为江汉平原风水最好的河流之一，也是监利人的母亲河。

潘天眼说，看了半天，这赵家垱的人户，是建在垸堤上的。

永寿说，我们这里就叫长堤垱。这河北边的赵家垱，上下两百来户的一岭人家，确实是建在垸堤上的，年深月久，人户又密，树林菜园又密，便看不出垸堤的样貌来了。

经潘天眼一说，一行人才看出端倪来，不由得对潘天眼更添一层敬佩。

潘天眼说，旱田南面下跌一米处，即是龙脉的结穴处，此处修墓，左为一岭人家，右为赵家蓄水灌田的荷塘，是一块好地。但此地为人工挖塘堆土所致，高地过小，有孤高之缺，虽财源不绝，但人丁稀少这问题，还是难有改变。说到此处，潘天眼捋了一把胡须，叹道，尽管如此，这块地仍十分难得。

潘天眼的一番说辞，听得旁人云里雾里。他的徒弟倒是听得有些如痴如醉。

回到垸董老爷的老屋，永骄陪着厚基族长过来了，潘天眼便与大家一起喝茶谈论垸董老爷的丧事。潘天眼的徒弟则铺开纸来，画起墓地的图稿。

大李对潘天眼的徒弟说，你师父教得这样有条有理，你学得应当十分快啊。

徒弟小声笑道，你以为我师父会经常像这样指点？我跟师父三四年了，像今儿这样讲风水，只不过三四回呢。

大李笑道，这么难开金口？

徒弟说，反正，像你们这回有有费一滴劲就请到他，是我见到的第一回。

厚基族长听说墓地定下来了，便说，我刚才和永骄商量了一哈，其实我们心中还有一块地，潘先生不妨看一看，如果那个地方好，葬在那里就再适合不过了。潘先生便问是一块么子地。厚基族长说，那块地叫堤山，是族中的一块公地，之前，村里三位被佘老东杀害的抗日英雄，就葬在那儿。我们族中理事们昨天已经商定，垸董老爷葬在那儿最好，我们正要跟永富商量呢。

永骄说，我们认为垸董老爷德高望重，报纸上不也说他老人家是抗日英雄吗，他能葬在那儿最好。

潘天眼一听，顿时精神一振，说，堤山，在平原水乡，这样的地名十分少见。

厚基族长说，堤山是垸子中最高的一块地，是三百年前留下的一段废堤，地势在整个长堤垸乃至整个江汉平原，都是少见的高朗。

潘天眼听了，十分高兴，作为风水师，能找到上佳的墓地，也是他的造化。他说，山地找平地，平地找山地，何况又是一段废堤，还是公地，非常适合当了一辈子垸董又死在堤上的垸董老爷。

一行人来到堤山。潘天眼一见，拍掌叫好。他说，这正是赵家垴乃至整个长堤垸的风水宝地，如果德望高的人葬在上面，更是好上加好，而品德差的人葬在上面，因德不配位，承受不起，倒是适得其反。他向厚基族长建议，今后村中有德望的人去世之后，都可以葬在这堤山之上。厚基族长表示族中早有这个打算，今后开族会时征求族人的意见，把它白纸黑字定下来。

潘天眼又问，堤山西头的两座坟与东头的一座坟，是哪个先生看的位子？在得知是永银道士看的后，他连连称赞。于是，垸董老爷的墓地改在了这块公地上。潘天眼捋着胡须，四处看了看，令徒弟取出罗盘，细心地测了起来。

潘天眼说，堤山西头不错，墓修好后，今后把西北角再挑点土，堆在墓后，堆成山坡一样，前面的坟就有了座山，只是南面的明堂略窄，而远处的长川河水，在这儿也是直斜东去，财帛易散，不过对河的河堤千年永存，是为案山，后世自有人丁兴旺之日。

潘天眼又放眼四看，然后说，这村前的长川河，我料不出三十年，这儿直对过去的下游不远，将会出现一条小河与它交叉，与村西由长川河引向北面甘浪湖的水渠形成了个箢箕弯，风势可敛，则气场有挽，那时，此处上下数里气场趋稳，财帛也随之渐累，有回财之望。

众人一脸茫然。

潘天眼又指指点点,说,你们说这儿曾有一座鼓楼,要是它不被烧毁,就是文峰风水,在财帛流散之后,则文峰开始突显,后代数辈,可望有文运。今后可在原址修一座简单的塔,把这个好风水补起来。

潘天眼这一番话,不仅外行听得摸不着头脑,就是他那个徒弟,也似懂非懂。

潘天眼坐在一块石头上,捧起他那只银制水烟壶,抽起烟来。看样子,为这找穴口的事,他脑壳里不知牵动了多少根神经,一定极其费神。现在他半闭着眼睛,看来也并冇有歇气,一定又在思考着墓穴定位的事。

足足歇了半晌,潘天眼站了起来,这时,他指定的那块地上的草也被随来的永寿铲掉。潘天眼点燃三炷香,插于堤山之上,双手作了三个揖,算是敬了土地哆。他接着开始下罗盘,一边下,一边口中念念有词:

精精灵灵,

头截甲兵,

左居南斗,

右居七星,

九天玄女急急如律令!

潘天眼面朝南方,细心地测了起来。他自言自语地说,巽山乾向,南偏东十个角度,水口自丁未出。

定好方位,潘天眼抓起桶里的米粒,画好了墓穴的位子,然后又念起破土诀来：

> 天上三奇日月星，
> 通天透地鬼神惊。
> 诸神咸见低头拜，
> 恶煞逢之走不停。
> 天灵灵，地灵灵，
> 六甲六丁听吾号令，
> 时到奉行，
> 九天玄女急急如律令！

潘天眼念罢，徒弟便指引几个壮汉挖起土来。潘天眼抓起一把刚挖出的新土，用手指拨着翻看了一下，又尝了尝土的味道，说，此土黄中带红，洁净，味甜，气纯，松散，还带几分油性，不错！

永富听说垸董老爷将葬在堤山，并且与老家三位牺牲的抗日英雄相提并论，心里十分高兴，连说老爷这可是归了正位。他要摆酒谢潘天眼和一同来的厚基族长，以及在这里帮着唱了几天丧鼓的永骄和春雷。

潘天眼说，今儿的晚饭，你们就不用给我安排了，我带徒弟一起去尝尝三间楼的锅盔，我从城里搬到朱家河去之后，就再冇有吃到这么好吃的锅盔了。

三间楼的锅盔与屈原有关。屈原被楚王流放，从江汉平原中西部的郢都一路南下，经监利西北的楚王行宫章华台，过这座离宫前的离湖，作《离骚》初稿，至监利县城，在一小店买锅盔充饥。屈原边吃边叹，如此美食，楚地随处可得，国君却不珍惜此富足之地，悲兮痛兮！屈原吃罢，又让店家以荷叶包上数只，向南出城，乘舟涉江，前往汨罗。史料记载，这是屈原第二次被流放，从流放地回郢都再劝谏楚怀王，但楚怀王只见了他一面，马上掉头而去。屈原心中无比失望，只好经荆州、江陵、过监利，悲伤地返回流放地汨罗江畔，不几年，即在汨罗投江殉国。监利城的锅盔店主闻知屈原大夫投江，即将小店改建成两层小楼，名曰三闾楼，以纪念三闾大夫屈原，而监利锅盔，也被人们叫作屈原锅盔。

过了三天，是潘天眼看好的出殡吉日。垸董老爷的衣冠棺木，将在潘天眼的陪护下，由丧夫们从赵家大院后的护城河运往赵家垴。这护城河，也就是长川河最上游的一小段，潘天眼说，这可是一条龙的顺水，吹的又是南风，此行大吉大利。

按江汉的丧葬之礼，抬棺一般是八人，即前后左右各两人。抬棺丧夫的选择，则是以死者生前居住的房屋为中心，左邻右舍各请四人。到底由多少人为垸董老爷抬棺，大家意见不一，有的说要十六人，有的说要三十二人，还有的说要六十四人。也是，垸董老爷家毕竟不是平常人家，是长堤垸田地最多的人家；垸董老爷这个人也还不是常人，他是十里八乡最大的垸子的垸董，而且还当了四十年；同时，垸董老爷还是著名的绅士与善人；更重要的是，他还是为了防汛而死在公事上的。按说，以他的身份，别说十六人抬棺，就是三十二人抬棺也配得上，六十四人抬棺架势是大了一滴，但也说得过去。他老家打丧鼓的鼓痴死了，都是十六人抬棺呢！最后，还是孝子永富一锤定音，只是他这个音，定得人们目瞪口呆！

垸董老爷的抬棺人数：八人！

八人？大家根本有有想过这个数，而且，孝子永富，一向是个十分讲面子讲排场的人，为此，他不知挨了垸董老爷多少次的训责，现在垸董老爷不在了，他不是正大可以大操大办，好好地热闹一场？老家的亲族也好，城里的街坊也好，都不同意孝子永富的做法，厚基族长也说，族中理事都开会商量过了，三十二人抬棺，垸董老爷完全配得上！

永富说，按我的想法，我还想六十四人抬棺呢，但是我崖崖生前跟我反复交代过，他百年之后，只能是八人抬棺，否则，他人死了，骨头也会不得安生的。

大家又纷纷劝说，说老爷是老爷的心，后人是后人的心，我们这城里乡下所有人的心，也不能只由着老爷生前的交代。大家苦苦相劝，永富虽然心动，但仍咬着牙不松口。正在这时，瞿妃迈着小脚走了过来。她说，按老爷说的办吧，八人抬棺，符合他一辈做人的本性。至此，大家也只好叹息不已。

接下来又出了一个问题，垸董老爷在乡下有房屋，在城里也有房屋，两边的邻居都感念老爷的仁厚，争着要做丧夫，大家便又将话翻转过来，又提出要十六人抬棺，说是正好乡下和城里各八个丧夫，既可免得两下相争，又让这个棺抬得平了人心，永富与瞿妃还是不答应。管家桑伯便来请潘天眼拿主意。

潘天眼一笑，说，城里乡下都有房屋，最好的当然是两边的邻居都做丧夫，这样才符合人情。这样吧，既然孝家坚持八人抬棺，就将十六个人分成两班，城里的丧夫在城里游罢棺，再由乡下的丧夫接替用船运往老家，这样，形式上也有十六人抬棺了，而且还有送有接，也是好事。不过，这样的抬棺，我可是头一回见到，也算是破了天荒。

垸董老爷出殡之日，郑县长突然前来作吊。永富少爷大惊，慌忙迎出了院门。这时，郑县长已在荣秘书的陪同下进了院，他已点燃三炷香，正向垸董老爷的空棺木弯腰作揖。永富少爷连忙按丧事礼节鞠躬回揖，连说这平民百姓家的丧事，不该劳烦县长。县长说，赵老爷死在抗洪第一线，是为公而殉职，他作为县长，是代表全县百姓来向赵老爷致敬的。永富少爷赶紧叫人准备茶水，要将县长请到院里的中堂，县长连忙阻止。荣秘书说，县长马上要去北乡视察灾后生产自救的情况，北乡受灾最轻，今年全县的粮食就指望北面的几个乡了。永富少爷跟荣秘书很熟，也就不再客套，感激地将郑县长送出了院子。郑县长临走时对永富少爷说，现在最大的问题还不是灾情，而是秋收之时，退到江南去了的伶老东肯定会卷土重来抢粮，所以，做好抗日保家的准备，比么子都重要！县长又低了声说，听荣秘书说，你和城里的一帮青年到处进行抗日活动，这自然不错，但是，我倒是希望你们今后做得隐秘一些，我看，这抗战不会短期就能胜利，所以，我们既要有自卫队和游击队的公开打击，也要有暗地里的偷袭。郑县长深深注视着永富少爷，说，你明白我的意思了吧？永富少爷郑重地点了点头，说，县长，我晓得该怎么做了。

郑县长走远了，永富少爷还在呆呆地望着他和荣秘书的背影。

永富少爷回到家，潘天眼马上宣布起棺。送葬的人群从北门旁顺城街的赵家大院出发，沿顺城街东行，至宫门口，右拐进天府街，游过南门，再拐向西，经过西门，然后东拐，抬到赵家大院后面上船，最后顺水向东出发。这样一个大圈，算是把县城转了大半。一路上，城里的街坊家家户户摆着路祭，向垸董老爷敬香敬茶，表达对这个一生仁善的老人的敬意。

向摆路祭的街坊作揖的事，是乡下本房的永寿、永康兄弟俩在做，他们一路作揖，累得腿都直不起来了，永骄见了，又参与进去。

这送垸董老爷的一路，自然是少爷永富背头纤。他头顶孝巾，腰缠草绳，胸前勒着五丈长的白布长纤。长纤的两端，系在后面的棺木下的横杠之上，就像拉着一条小船，拉着垸董老爷的空棺木渡长生河，前往西天。两条长长的白纤之中，走的全是孝子孝孙。赵家直系人丁虽少，但乡下未出五服的本房族亲却多，这些族亲都得到过赵家的帮扶，大家都是真心实意地来尽一番心意。孝子孝孙约有二三十人，子辈头顶白色孝巾，排在前面；孙辈头顶红色孝巾，排在后面。长孙章子和次孙荣子头顶红孝巾，张开两腿，双双高骑在柏木棺材之上。棺材左右两边，则是扶棺的儿媳侄媳。再往后排，则是一群亲友，也有不少是得到过赵家帮扶的街坊乡亲，皆手持哭丧棒，随棺缓行。

"孝"字大于天。一个人出生，摆一场满月酒，一天也就欢喜结束。而一个人去世，则万分隆重，必须举哀数日，才对得住死者。即使是在炎热天气，至少得办三天丧事。

送葬路上，永银道士打着幡，朗声地叫着号子，丧夫们则跟着唱和：

（领喊）喊啦啦嗨哟——

（跟唱）喊哟！

（领喊）送到哪里去哟——

（跟唱）喊哟！

（领喊）送到西边山上喽——

（跟唱）喊哟！

…………

出殡路上，壮行鞭炮不断炸响，买路纸钱纷扬不绝，观看的路人如浪似潮。这才是热闹场面，死者有福气，生者有面子。江汉大地，古来如此。

棺材上了护城河边的大船，潘天眼却不让丧夫们歇着，也要这接替的八个乡下来的丧夫抬着。潘天眼说，这水路同样是路，也要与陆路一样。于是出丧的号子照样喊着，鞭炮照样放着，买路纸钱照样撒着，孝孙也照样骑在棺木之上。

八条大船顺着长川河，向垸董老爷的老家长堤垸赵家墈驶去。这八条大船都是长四丈五、宽一丈的二号运货船，平时多运粮食、棉花和江汉平原特产的优质钢柴之类，装满货物后，都像一座移动的小岛。前面的大船坐着孝男孝女，第二条船是垸董老爷的衣冠棺、丧夫和响器班子，第三条船是送葬的亲戚。用八条大船送葬，这个排场也太大了，这赵家人一向行事可不是这么张扬啊。当人们看清后面五条船装的全是粮食后，这才感慨不已。后面的五条船，全是麻袋装着的绿豆，是赵家捐

527

给长堤垸灾民的赈灾物资。少爷永富本是要以垸董老爷的名义向赵家垴人捐赠谷米的,但老太太瞿妃说,老爷是整个长堤垸人的垸董,既然以老爷的名义捐粮,就得向整个长堤垸九村十三姓都送,长堤垸人多,送便宜一滴的绿豆吧。于是,永富少爷派人从湖南购来五船绿豆,在送老爷的衣冠棺回老家之时,同时把赈灾的绿豆送上,算是垸董老爷对长堤垸人最后的心意。

老太太瞿妃说,水灾过后,易发瘟疫,绿豆既可充饥,又可去毒清热,又比谷米便宜,赵家也还能撑得起。

船队驶出护城河,长川河两岸满眼都是灾后的荒凉景象。江堤决口已过近二十天,大水还有有完全退下去,还有半数低塌的河滩浸在水下,高的河滩露出一半,满是被泡烂了的谷子。那些谷子本来都已灌满了浆,只要再过十天半月,就可以收割,现在却颗粒无收。沿河的村庄,不时见到倒塌的房屋,倒塌的主要是土砖砌墙的屋子,自然都是困难的人家,这就是破屋偏遭连天雨。据说,有半数以上的垸堤因为不够牢固,都出现了溃口,致使垸内的田地被淹,谷子歉收。特别是离江堤决口近的垸子,受灾更为惨重,以至于不少人缺吃少穿。

长江的水退得慢,长川河里的水也就流得更慢,比往常胖了一倍多的河面上,不时见到漂浮的猫狗猪兔的尸体,它们被涨得圆鼓鼓的,四肢抻得直挺挺的。这些畜生的毛都被泡脱了,尸体上糊着一层黏糊糊的东西,似毛非毛,似糊非糊,似浆非浆,随水晃荡,却又浓稠得不离那些尸体。这些尸体露出水面的部分,已烂得乌黑,上面聚着一层绿头的苍蝇,它们的乌背与复眼,泛着乌金一般的亮光。这些看着令人作呕的东西，若被船桨击动，或是大鱼咬扯，便摇荡得苍蝇受惊，嗡地飞起一片，成为一小片黑雾，带起一阵浓烈的恶臭。岸上不时传来哭声，不用说，大半都是在哭那在洪灾中死去了的亲人，那些人不是淹死了，就是病死了，这不过是江汉水乡发大水后的常态。在这三年两水甚至是十年九水的地方，每次水灾，不倒一些屋，不死一些人，似乎也不正常，不过是或多或少而已。有人说，这也是大意，这千里的富庶之地，如果不是隔三岔五闹水灾，财产年年增加、代代积累，那还不富得全是高楼大瓦屋，家家粮食吃不完，人们的日子都要赶上黄鹤楼上飞金的大财翁沈万三了。看来，老天爷实在是公平的，江汉平原太富足，于是他让你三年两水，使你无法做到财富累积，也就跟其他贫瘠之地差别不太大了。这老天爷派来的三年两水，使江汉平原人担心财产的安全，不愿意过分扩充田地房屋，也是江汉平原人小富即安、注重吃喝享乐的根源。"一方水土，一方民性"，这话还真的一滴也不假。

人们听到河面上传来喊丧的号子，纷纷站在高高的岸上观看，不过这些人都少了平常看热闹的那股劲儿，就连小伢子也发不出欢叫之声。人们大都是两眼无光，木然地望着河面上的船队，气氛十分冷淡。有些人早就听说了，那尸首都冇有找到的长堤垸的垸董老爷，他的衣冠棺将运回长堤垸安葬，不由得唏嘘不已，同时，他们也找到了几分自我安慰：富甲一方的垸董老爷在水灾中头一个死了，活着的人也就知足吧。

当人们看见送葬船后的五条粮船之时，这才精神大振，以为是政府的赈灾船队。但他们仔细一看，却又不像，因为这粮船上冇得枪兵。水灾发生后，县政府从外地调来粮食，向各乡运送发放。因僧多粥少，一些地方的老百姓就动抢，自古法不责众，政府也拿他们冇得办法，所以，政府再运粮出来，只得派枪兵押运。可是这五条粮船上却冇得一兵一枪，但是，那些动了歪念头的人，一听说是长堤垸垸董老爷捐给他乡亲的，也便一个个按下抢劫之心，叹息着看水流舟。他们只怪自己的垸中，冇有出这样一个垸董老爷，纷纷羡慕长堤垸人生对了地方。当初，人们也向少爷永富建议，最好借用自卫队的枪兵护船，少爷永富叹道，相信有老爷这个名字，人们也不会轻易打劫粮船，万一他们真要打劫，那也是天意。他说，反正这些粮食，最终也是被人吃掉的，唯一的担心，是怕有人劫粮之后高价谋利，或者分配不均。现在，少爷永富见人们毫无打劫的意思，不由得感到欣慰，于是决定回城之后，向舅舅瞿道勤借了钱，再买几船绿豆，捐给这沿河两岸的百姓。

永富少爷捐粮的义举，再次登上了《容城先锋报》，广为人们称赞。

赵家大院的船队进入长堤垸境内，前面三条送葬的船靠岸，后面的五条船继续下行，它们将驶往长堤垸九个村子定好的码头，按照人口数量，卸下送给各村的绿豆。

在长堤垸与塔耳垸交界处，厚基族长为首的长堤垸人，早在河边迎接垸董老爷的棺木。本来，船可以行到离堤山最近的地方上岸，但长堤垸的人要抬着垸董老爷的衣冠棺，在整个长堤垸的垸堤上巡游一圈。毕竟，垸董老爷当了一辈子垸董，而且最后也是死在防汛的事上。船还冇有靠岸，岸上迎接的人就敲响了锣鼓。因为水灾，到处买不到鞭炮，人们就想到用锣鼓来弥补，以至于长堤垸所有的响器班子都聚到了垸子西头，大约有十一二个班子的响器一起发声，虽然各自奏鸣，音律凌乱，但响得空前的热闹，倒是更能表达对垸董老爷的敬意。

垸董老爷的棺材上岸之后，首先在长堤垸的垸堤上巡游，这是他操心劳力了一辈子的地方。当人们看到长堤垸垸内垸外不同的景象后，人们的感念就更为深切。长堤垸的垸堤本就比别的垸堤修得高大，又三年一维修，修得比江堤还结实。今年发这么大的水，长堤垸受损失的只有河滩湖滩上的庄稼，垸内的庄稼，不过是因水灾后连续下了几天大雨，雨水无法排出，才受了一滴内涝，损失比别的垸子要小得多。而长堤垸的田地出租主们，在垸董老爷一家的带动下，在灾荒之年，都会减免佃户的租子，甚至向佃户送粮。这种扶持佃户的做法，叫作放水养鱼，多数大户都会这样去做，因此这江汉平原的地主与佃户的关系，大体都还不错，贫富悬殊也比别地小得多。现在，人们正在收割那些幸存的谷子，好歹还有些收获。而垸外别村的田地，受灾则要严重得多，只有三成高田的庄稼有人在收割。这就是对比，这也是人们对长堤垸高看一眼的原因。长堤垸有德高望重的垸董和族长，有齐心协力的百姓，真是君好民多福、族好家少灾。人们感念垸董老爷的恩德，垸内各村的人就近聚在垸堤上，为垸董老爷送行。不少人还跟到赵家垴去，参加村垴上的游棺，一直把垸董老爷送上堤山。

水灾发生前，佟老东见大水随时都可能冲垮江堤，便退出了江汉平原，这里又成了太平世界。离湖游击队从湖里回到岸上，将指挥部设在赵家祠堂。此时的游击队分散成小队和班组，回到各自的村垸，战时为军，平时为民，带领老百姓开展救灾与生产。垸董老爷葬回堤山，一应事儿都有游击队中队长永骄、兴虎和副中队长春雷操办，孝子永富和厚基族长都不用怎么操心。这一回，堤山上空前的热闹，长堤垸的老少聚满了堤山。垸董老爷为长堤垸人操了一辈子心，人们都要为他送一个热闹葬。

堤山的西头，风水师潘天眼早等在那儿。潘天眼双手托着一只一尺见方的大罗盘，在墓坑里以罗盘校正方位，用米粒画线，然后指挥丧夫们将棺材安放到画定的吉位。棺木下土之后，潘天眼即念起点墓诀：

我今把笔对天庭，

二十四山作圣灵，

孔圣赐我文章笔，

万世由我能作成。

点天天清，

点地地灵。

点人人长生，

点主主有灵。

进呼——

发呼——！

接下来是撒五谷诀：

奉请九天玄女敕赐五谷，子孙得福，子孙得禄，子孙得寿，伏以——一把五谷散出去，千灾万厄尽消除。（众人跟喊：发啊——）

散天天清，（众人和：发啊——）

散地地灵，（众人和：发啊——）

散人人长生，（众人和：发啊——）

散水水朝堂。（众人和：发啊——）

一散东方甲乙木，从今房房皆发福（众人和：发啊——）

二散南方丙丁火，子孙房房发家伙（众人和：发啊——）

…………

垸董老爷在堤山上下葬之后，赵家垴举行了一次全族大会，会上，厚基族长宣布，赵家垴已有四位烈士葬在了堤山，他们都是为村垸、为社会、为国家做出贡献的楷模。风水师潘先生说，堤山是长堤垸风水最好的地方，族里将利用空闲，将这堤山按潘先生规划的进行改造和维护，等把侉老东赶出中国后，我们还要重建鼓楼，将它打造成一个花园式的地方。将来凡是为村垸做出贡献、为赵家垴赢得美名的村民，经全村人投票表决，达九成人赞成后，即可葬在堤山，为万世表率。会上还决定由马佾兴权担任堤山维护负责人，负责组织堤山的填土、除草、栽树、种花。作为补偿，马佾兴权可在堤山上原由鼓痴修建、永骄一家居住过的屋子里居住，并可开垦划定的荒地，自种自收。

厚基族长最后向村人宣布，他家的谷仓，将开仓向赵家垴全村放粮，以帮助大家渡过灾荒。

厚基族长家建有一个通风极好的谷仓，被人们称为茅包仓，也有人称它为万民仓。厚基族长不让人叫它万民仓，他说，我们整个长堤垸赵家垴，人口统共还不到五千，称不上万民仓，而且，人们通常所说的万民，指的都是十万百万，所以还是称它为茅包仓合适。尽管这样，还是有人称它万民仓，说它本来就是用来救济黎民百姓的。后来又有人提议称它为"百姓仓"，厚基族长认为更不合适，为此，厚基族长专门写了一块"茅包仓"的牌子，让业鉴木匠刻了，挂在谷仓的门首，以正视听。这个茅包仓，长年用茅包库存着两万斤谷子，而这茅包全用谷草打成，既防潮，透气性又好，是存放粮食最好的东西。虽然有干爽透气的谷仓和茅包，厚基族长还是三年更换一次存粮，以防谷子陈化，吃了对人有害。

厚基族长在省城里做吴佩孚的参事官之后，就说服家里不要扩充田产，经过对田地的调整，他家的田地由一百三十亩减少到了九十亩，他回乡隐居当家之后，定下了一个规矩，那就是家中的田地永远不要超过百亩。

厚基族长的父辈祖辈，也是乐善好施之人，但到了厚基族长当家之后，他一改上辈人有求必应的行善方式，对行善有严格的标准，简单一句话，就是救急不救穷。在厚基族长看来，除非是你遇到天灾或伤病，你平时缺钱缺粮去求他，他只有一句话，你自己去挣。江汉平原是洪灾易发之地，虽然物产丰富，但三年两水的状况，也使百姓时不时缺粮，厚基族长家长年库存的粮食，主要就是用于帮助村人应对灾荒，这就是他所说的"取之于民，用之于民"。除了帮助长川河两岸的赵氏族人，他也根据情况，帮助长堤垸其他村子的人家。如果到了更换陈粮的年头，河两岸的赵家垴如果都不缺粮，则捐给有需要的长堤垸的其他村子，甚至是其他缺粮的地方。所以，厚基族长家的茅包仓，在十里八乡都十分出名，甚至外县的人也晓得它的美名。

今年的水灾，长堤垸的损失不是很大，垸董老爷家捐的绿豆又分到了各家各户。按理，厚基族长去年向抗日队伍捐了两万斤谷子，新补进茅包仓里的两万斤谷子又不到清陈粮的时间，可以不动，但他还是决定开仓捐粮。这次，他决定捐给河南边天井垸赵家垴，因为大井垸的垸堤在这次水灾中被冲垮，致使粮食损失过半，算是受灾较重的村子。赵家垴乃至长堤垸以及天井垸赵家垴，人们都不愁今年饿肚子，惹得外人非常羡慕。都说村垸里和家族里出富户就是好，危难时大家都可以得到帮助，因此，江汉之地，都有对仁义的富人十分尊重的风气。用厚基族长的话说，老天让各村各垸出富户，就是让他们在关键时候替天行道做善事的，就是要他们带动一地百姓解决温饱、共同致富的。所以，他一向鼓励人们勤劳致富，亲帮亲、邻帮邻，家家都过上好日子。他说，一个地方的民风好不好、富不富足，就要看这个地方的富户多不多。天下不患寡而患不均，地方的富户越少，就越不是好事；而富户越多，就能够富的带穷的、好的带差的，这个地方整体上就会富裕。地方富了，民风自然越来越好。所谓百姓贫穷则奸邪生、仓廪实而礼节盛，就是这个道理。他还说，可怜之人必有可恨之处，所以他说，冇得天灾人祸，而你却越过越穷，那完全是你自己无德造成的。不服气的人背后说，你厚基族长自己冇有耕田种地，是靠上辈传下的田产而富。厚基族长晓得后说，我冇有耕田种地属实，但我若不本分守业，不用心经营，上辈传得再多，它终有一天也会败落，古往今来，败家子我们还见得少吗？

厚基族长这样的为人之道，深得人们的赞赏。

听说城里新华小学的夏校长他们已写好了文章，将在《容城先锋报》上刊登厚基族长开仓放粮的事儿，厚基族长急忙修书一封，恳请不要刊登，可见他是要真心做一个隐士，令长堤垸的人又骄傲，又敬佩。

## 观音老太

这一年，是赵家大院的老太太瞿妃最伤心的一个年头。

老太太就是死于洪灾的垸董老爷的老妻瞿氏兰花。

年初，瞿妃那个帮赵家大院做了一辈子管家的崖崖病逝，四月，她的姆妈也随后去世，她还冇有从悲伤中走出来，垸董老爷又葬身于洪水，最后遗体都冇有找到。一只柏木大棺材一直架着，却等不到垸董老爷的遗体归位。最后，瞿妃一锤定音，不用再找了，棺材里放上老爷穿过的全套衣服吧，就给他立个衣冠墓。来城里为垸董老爷主持丧事的厚基族长也说，业义老爷从二十一岁起就当长堤垸的垸董，与堤打了一辈子交道，最后消失在堤下，也算是归了正位。

垸董老爷的死，令少爷永富十分自责。他认为，要是他按赵家的老规矩和垸董老爷的意愿，早早接替他的垸董一职，就绝不会有这种结果。

少爷永富一边认为自己是个不孝之子，一边计划卖掉家中的田地，似乎是明知不孝，还要加重不孝的恶名。他恨死了家中的这些田地，这数百亩田地并冇有收到多少租子，收到的也多半做了善事，家中并冇有落下多少钱财。他一直认为，与其这样费神费力，特别是代代人都要当吃亏不讨好的垸董，还不如不要那么多田地。他说，赵家祖祖辈辈生活节俭，城里像样的小生意人，除了屋子有得赵家的大，吃的喝的穿的，大都比赵家要强。崇尚小富即安的江汉平原人，皆注重吃穿，街上稍微殷实一滴的人家，吃穿确实不比赵家差。赵家虽有大地主、大富户之名，除了他这个反叛的少爷喜欢人吃大喝大手大脚外，家里其他人过着的也只不过是小康人家的日子。少爷永富说，地主也好，大户也罢，如果当成这样，就不过是为官府做长工，甚至是为佃户做长工，实在不划算。

瞿妃从小在赵家大院里长大，是赵家以前的管家瞿伯的二丫头，赵家的底细她十分清楚，她心底下也认为儿子说得有理，但是，她不能流露对儿子的认可。儿子为人行事的做派，与赵家数代先人大不一样，他到处交朋结友，吃吃喝喝，特别是最近几年，他几乎只要见人有难，不管认不认识，他就慷慨解囊，似乎他来到人世，就是专门来撒钱的，人们给他送了一个及时雨的雅号，说他是仗义疏财的宋江。少爷永富这种做派，虽然广得人缘，但也把本就驴子屎外面光的赵家很快撒成了一个空壳子。几年之后社会上大闹土改，赵家除了交出为数不多的现洋和首饰，人们在赵家大院挖地五尺，也有有挖到一块银洋。后来，人们纷纷称赞富先生有先见之明，但是他却在心里苦笑。他大手大脚败家，不过是厌烦将要接替的垸董一职，想把家中田地的数量减得少过长堤垸里的其他大户，以推掉这个吃亏受烦的垸董差事。

瞿妃对儿子永富说，与其你卖了田地，再把钱乱花乱送，不如直接把田地送人，还叫落得一个好名。

少爷永富说，这样也不错，总之，把这些田地处理掉就好，我一想到这些田地就心烦。他从小到大，见过了民国初期军阀混战中的兵匪吃大户，也见过了土地革命时的"打土豪、分田地"，侉老东烧杀抢掠也是先从大户开刀……与此同时，这里三年两水洪灾频发，田地房屋容易受灾，而政府收田税找的只是田主，不会找佃户，受灾后，田主往往还得上缴田税，这些无不都是因为田地。有的劳力多的佃户，虽然自己名下的田地不多，但也有租种几十亩上百亩的，按五五甚至是佃四地六分账，佃农的收入也一般都高于田主的收入，而政府摊派的其他捐税，也往往只找田主而不找佃户。他认为，在这乱世之中，田地实际上成了一个沉重的负担，成了害人的东西。他认为一户人家有一定的家底，有吃有喝有穿，这就够了，犯不着为了田地多而担惊受怕、劳碌奔波，甚至是送命。他把江汉平原人小富即安的人生观，发挥到了极致。他不想再像赵家大院的上几辈人那样俭朴生活。赵家大院的节俭四处闻名：他的崖崖，让长工短工吃肉喝酒自己却只吃青菜；他的嗲嗲，一颗豌豆咬成两半，一半下一口酒；他的老嗲，外衣整齐，内衣却全是百衲衣……这些被乡人用来教育子孙勤劳节俭的话，他听着就不舒服，特别是见他的崖崖老黄牛一般地当了四十年垸董，他心里就特别有气。现在，垸董老爷死在堤上，他就更不想接替这个垸董职务，以至于长堤垸的垸董一职空缺了一年之久。因为垸董老爷死在堤上，人们一时也不好逼他接替这个职务，只好由厚基族长临时顶着。直到永富将田地快马加鞭地败掉大半，败得不足以再让他当长堤垸垸董，他才开心起来。

少爷永富想，就让人们把我看成一个败家子好了。

这个时候的少爷永富，在垸董老爷去世之后，按理他该被人们称为新的老爷了，但他不喜欢这个称呼，哪个叫他老爷他就跟哪个急，于是人们便学着城里的新派人士，称他为富先生，他这才满意。

一听说田地要白送给人，富先生的堂客高氏急了，她也急着要卖田，她一直想用卖田的钱扩大她的成衣铺子，她做梦都想当个真正的老板娘。平时与她一起打牌抽烟喝酒的几个富家太太，家里都开有大铺子，都笑她是土财主婆，她要扩大了成衣铺，哪个还敢这样笑她？只是尽管她自以为聪明能干，赵家的大权始终落不到她的手上，她只能干着急。

办完垸董老爷的丧事，瞿妃让儿子永富不要拆去门前的灵棚，因为她有了一个自认为不错的想法。她让人在灵棚里砌了一口大柴灶，放了一口簸箕大的大铁锅，每天早晚各煮上两大锅细米粥，开始向灾民无限期地施粥。垸董老爷送葬的灵棚变为了粥棚，瞿妃也开始了她人生最风光的时代。

这次水灾，监利县受灾最为严重的，是分洪堤以南的分洪区的十多个乡镇，因为在垸董老爷葬身洪水的第二天，分洪区的江堤也决了口，整个监南也变成了一片泽国。灾民分为两拨逃荒，近长江的乡镇逃往江南的湖南，近分洪堤的逃往县城。逃荒要饭的听说赵家大院施粥，便蜂拥而至。一时间，县城顺城街北门一带，灾民云集，街道拥挤。几天之后，瞿妃的弟弟——江汉咸菜作坊的老板瞿道勤，也在他家所在的玉皇街搭了个粥棚施粥。瞿道勤是监利城知名的大老板，还是商会的副会长，似乎被父母和垸董老爷这个姐夫的亡故所触动，他也有了见好就收的想法。他不再像以前那样马不停蹄地忙于生意，也开始多做慈善之事。

城里有了两个粥棚,许多要饭的灾民,人家给饭都不要了,只要钱、米、衣物之类,用人们编的歇后语来说,这叫叫花子讨饭不要饭——要干货。他们早晚会到赵家粥棚和瞿家粥棚就食,平时要饭倒不如讨些钱米实惠。

大灾过后,一般都会流行瘟疫,至少是大型传染病,这一年的水灾又发生在秋老虎的天气,自然更不例外。

此时因为水灾,佤老东退出了监利县境,社会上虽然灾民遍地,但不再兵荒马乱,总算让灾民还能够安心要饭。佤老东暂时撤出江汉平原,也使政府好歹有精力赈灾救灾。然而在国难之年,赈灾救灾的力度毕竟有限,老百姓的日子过得还是十分艰难。尽管如此,邻县的灾民还是源源不断地涌向他们眼中最为富裕的监利。那时是八月中旬,监利境内灾民如蚁,为疾病的传播提供了便利,霍乱就这样蔓延开来。有的灾民走着走着,身子一歪,倒在地上就再也起不来了。人们开始还主动埋葬那些死人的尸体,后来人死得多了,也就少有人愿意费这个力气了,以致病毒传染加快,死人日渐增多。

霍乱还有一个名字叫虎烈拉,人得了霍乱,会发热恶寒,上吐下泻,会一直把人拉死,总之十分吓人。

霍乱是从江汉平原地势更低的沔阳那边传过来的。因霍乱而死的人污染的水和食物、叮咬过这种死人和食物的蚊虫,甚至是被污染的水域里的鱼虾以及被感染过的飞禽走兽与爬虫,都能传播病毒。霍乱细菌通过口腔、鼻腔进入人体让人感染,而感染的人排出的粪便、尿液以及呕吐物,又增加了传染源。霍乱的潜伏期为一至三天,多为突然爆发,刚染上之时，只有极少数人才有腹胀和轻度腹泻的症状，等到病情突发，患者就会不停呕吐和腹泻，呕泻的都为黄绿色或清色的水状物，患者从染病到死去，往往只要三五天，最长也不过十来天。

因为霍乱的爆发，瞿家的粥棚很快停止了施粥。瞿道勤也劝老姐姐暂停行善，瞿妃却执意坚持。她的意思是，越是这个时候，灾民越是要有人施粥。她这个性子，也继承了赵家人世世代代不顾自身而爱硬撑的禀性。

垸董老爷去世了，两头的父母也不都在了，瞿妃的世界，似乎一下子空落了一大半。她的孙儿孙女虽多，但也不用她操么子心，她便把全部的心思都投到了施粥这件事上。她怕帮忙施粥的王婶染病，就自己亲自施起粥来。每天早上，她就让王婶开始煮粥。粥是上好的细米煮的，不能有砂子，不能有霉，也不能太稀，必须是见不到明水的那种稠粥，这样的粥才养人，才饱肚子。

赵家粥棚搭在临街的顺城街的街道边上，是泥地上栽了八根碗口粗的楠竹，上面铺上虎口粗的竹子，再蒙上一张大油布。这张大油布，是瞿妃的女婿彭开花从兵营里托人买来的，虽说是二手货，却方便耐用。为了避免拥挤，新来的管家桑伯用了一番心思，他设计了一个排队的"巷子"，也就是用竹子夹了一个两丈长的通道，直通到灶前，灾民排队从灶前领了粥，从侧面出去，这样十分有序。桑伯认为人多必乱，乱必出事。有了这个排队的竹巷，灾民来领粥时，由不得你不排队。桑伯设计的整个施粥喝粥过程，犹如一条流水线，分毫不乱。瞿妃对这个粥棚的设计特别满意，多次教导儿子永富，要学赵家的几任管家做人做事。

赵家的几任管家,冇得一个是非常精明的人,只是个个踏实细心、善良忠诚。赵家历来对精明之人敬而远之,哪怕你是全心为赵家的利益而精打细算,从而精明地应对佃户和工人,赵家人也不喜欢。赵家人对人对事,一直秉承"实在"二字,只有实在的人,才能在外面办好赵家的事,不改变赵家在人们心中的形象。

不难看出,瞿妃是把施粥当成了自己晚年的事业。她说,她来赵家四十多年,从来冇有做过一件像样的正事,现在的施粥,对她来说既是一件正事,也是对赵家数代人行善方式的一种补充。一句话,瞿妃认为,这施粥,是一种实打实的行善。

每天午时,瞿妃准时出现在临街的粥棚里,开始向灾民施粥。这个时候,灶里的火早熄灭了,锅里的粥也不再烫嘴,正好入口。灶边还放着一只水缸,缸里盛的是早煮好的第一锅粥,等第二锅粥施完之后,再施缸里的温粥。瞿妃拿起一尺二寸长的木把大锡勺,侧勺扎进粥里,舀起,勺子往下略略一跌,似乎是要让勺里的粥更贴实一些,装得更多一些,然后,她将勺子往前一送,再侧过勺身,往灾民的碗里又是一跌。她这一连串的动作一气呵成,白玉般的细米粥便干净利落地进了灾民手上的大碗。这个时候,瞿妃找到了一种神奇的快感。这种说不出的快感,有些类似于手工艺人做手艺活儿时,因那种技艺娴熟、节奏分明的动作而产生的成就感。她在完成每一个施粥的动作之时,心中都充满了快乐。十天半月之后,瞿妃打粥倒粥的技艺更加娴熟,就像是花鼓戏里的一套表演动作,被她表现得行云流水一般。与此同时,打粥的分量的日益准确,也使她生起了几分自豪感。这样童叟无欺的均匀,几乎达到了酒吊油吊打酒打油的准确程度。灾民对她分粥公平的赞赏与感激,就是一杆人心秤。

瞿妃在教会医院当护士的丫头玉明回来娘家,目睹了她姆妈施粥的样子,不禁脱口而出,姆妈,你施粥的样子,真是好美好神呢,你像一个天使呢!

天使是天主教中仁爱的神仙,瞿妃虽然信佛,但对天主和天使都深怀好感,何况,她的丫头玉明还是天主教徒呢。

瞿妃抿嘴微微一笑,笑出一对因年龄大了而有些瘪塌的酒窝。她不说话,只侧头看了她的宝贝丫头一眼,继续施她的粥。她仿佛是说,你今儿才发现呀傻丫头。

玉明又说,姆妈,你这一笑,白白的牙齿露出来了,神死人了!

旁边的灾民说,瞿妃就是活观音菩萨呀,就是让我们实实在在沾到光、活了命的神仙呀!

又有灾民说,庙里的观音到底好不好,我们都不晓得,但是你姆妈这个观音菩萨,活生生的就在我们眼前,就在救苦救难的这个粥棚里。

不久,街卜传出谣歌来:

施粥神,施粥神,
赵家粥棚一观音,
细米粥,施灾民,
灾民肚子圆了好敬神。

么子神，观音神，
就是赵家的活观音。
…………

　　瞿妃施粥的事业进行得热热闹闹，对此不满的人也越来越多。她的弟弟瞿道勤自己停了施粥，又来劝阻他的老姐姐。管家桑伯也说，这粥也施了一个多月了，该歇一歇了。瞿道勤与桑伯说来说去的意思，主要是怕瞿妃染上病。这霍乱愈演愈烈，闹得今儿说是这儿死了多少人，明儿说是那儿死了多少人，官府也贴出告示，要人们尽量减少聚集。瞿妃认为他们说得太过夸张，仍是一如既往地施粥，只是加强了清洗，并向前来领粥的灾民传教预防方法。

　　瞿妃让王婶煮了艾水，用来洗碗消毒。又煮了鱼腥草茶，用小缸装着，让灾民们喝粥前后各喝上小半碗。她认为消毒做得这么好，是不会有事的。

　　为婆婆施粥的事，媳妇高氏埋怨劝阻多次，都冇得结果，竟冲瞿妃发起火来。高氏说瞿妃半截身子进了棺材，自己不怕染病，但是还有一家老小呢。瞿妃一辈子冇有听过这样的话，气得直流眼雨。这事传到了瞿妃弟弟的耳朵里，这个风头正旺的老板非常恼火，把外甥富先生叫去严厉地训了一顿。他以舅崖的身份说，赵家世世代代天本地厚（老实厚道），怎么出这样的人？富先生虽是个深受五四运动影响的新式绅士，但他也是一个孝子，更把家族的名誉看得极重，他气得将高氏打了一顿，叫她少说话、少张扬，否则就将她休了。高氏这才晓得自己轻看了丈夫身上的血性，从此收敛了不少。

其实，高氏说得也有她的道理。那时，赵家已开始人丁兴旺，高氏已生下了两男两女四个伢子。看高氏肚子的势头，后面还可添人丁进人口。对比上几代男丁一直单传、女子时有时无，赵家这一代可谓人丁兴旺。这也是高氏敢学街上赶时髦的富家太太，公然抽烟喝酒打牌的底气。可以说，高氏是赵家上数五代多子多孙的开创者，是头号大功臣。高氏说，好不容易赵家人丁兴旺，这天天施粥，与那些染病的灾民打搅，这不是跟赵家的人丁过不去吗？

高氏的话说到这个份儿上，瞿妃不得不停止施粥了。

其实，令瞿妃停止施粥的更重要原因，则是街坊们的不满意。不给别个添麻烦，这是赵家人世代的传统。赵家粥棚一带聚满了灾民，还有叫花子之类，多少对街坊的生活带来了不好的影响。乱扔垃圾乱吐痰的自不必说，垃圾的增多，也使负责清理街道的工人开始埋怨。还有一个说法，说是经常有街坊丢失东西。有人说，你赵家做好事扬美名当然不错，可是你让街坊跟着受累也说不过去，我们街坊要染上了病，去找哪个？

城里很快传出消息，说是瞿妃决定换一个地方施粥。

瞿妃开始想到，要去罗汉寺旁边搭粥棚。罗汉寺本是五代后晋开运年间建的一座大寺庙，在明朝正统年间重建，后毁于一场大火，瞿妃的公嗲——人称斋公老爷——晚年在原址上重建一座小庙，人们也称它罗汉寺，公嗲便做了居士，常年吃斋，在罗汉寺那儿种菜念经。罗汉寺虽是赵家出资重建，但地不是赵家的，不能算是赵家的屋业，算是公益屋产，但利用那里的场地做善事，赵家却可以做主。她的计划，却遭到儿子永富的反对，理由是罗汉寺的香火已经很旺了，平常去上香的人不少，弄不好会传染给香客。瞿妃便问做护士的丫头玉明，可不可以在福音堂那儿搭粥棚，她晓得福音堂是专做慈善的地方。玉明说，最好别在那儿，医院接收的患者身体弱，有的还有创伤，一旦被传染后果更严重。

瞿妃叹道，我把施粥这事看得太简单了，要找一个施粥的地方都难，这世上的事啊，真冇得一件是简单的。

过了些日子，瞿妃经过四处寻觅，找到了一个绝好的搭粥棚的地方。这个地方在西门渊闸过去的江堤外边。她之所以想到那个地方，是家中有八亩水田在那儿。她认为那儿离城区较远，冇得么子人家，天宽地宽堤也宽，而且垸董老爷也是死在堤上，冥冥之中，那个地方跟她也亲近起来。更好的是，丫头玉明所在的福音堂医院也在那附近，这岂不是天意？儿子永富听了还是反对，他认为年届花甲的老人，每天往返那么远的地方，她的一双小脚怎么受得了？

富先生说，做好事的方式有多种多样，何必只选施粥一种？他说，可以修桥补路，可以捐给学堂，还可以捐给福音堂。

瞿妃说，那些都有人去做，就是施粥冇得人做，你不施粥他不施粥，你怕染病他怕染病，这些灾民岂不是要饿死？

富先生说，这灾也不是年年闹的呀，你郎还要专门搭个粥棚？

瞿妃说，那我就给那些要饭的施粥。

富先生不敢违了姆妈的心愿，只得找人给她搭建粥棚。

很快，西门渊往西过去的江堤外边就搭起了一座粥棚。那儿风大，搭得比原来的棚子要结实，原来的楠竹柱子改成了结实的杉木柱子，原来顶上的油布换成了隔热效果很好的茅草。瞿妃望着这个结结实实的粥棚，笑得露出了一口与年龄极不相称的整齐白牙。

人们说，看老太太这口整齐的白牙，这个活观音不活个八十九十，那才叫怪事。这话被人们说中了，瞿妃享福之时，八十有四，那时，富先生已先她一年去世。瞿妃去世时身体健朗，头脑清楚，能吃能做，她是被一口冷饭噎走的。这与她那个心地不善的儿媳高氏有关，虽非故意而为，但实是不孝之根，否则，瞿妃活个百岁也不稀奇。

很快，灾民开始聚到江堤外的粥棚。在这儿，灾民们冇得街坊们嫌弃，十分自在。他们吃饱了就去城里城外乞讨，或是躺在江边草地上和防护林里，晒晒太阳，捉捉虱子，比神仙还快活。有几个长期不往别处去的灾民，跟瞿妃混熟了，便给瞿妃帮忙。于是，每天早晨，就有要饭的帮着去背细米。

瞿妃为了方便，干脆把粥棚又扩大，搭出一个房间，由两名可靠的要饭的住在里面，那些器具，也不用每天运来运去，粥也由他们自己去煮，只是施粥这一事，瞿妃必须自己上阵。她认为只有自己才最公道。其实，她是离不开那只大锡勺了。

瞿妃一定要自己亲自施粥，除了父母与丈夫垸董老爷去世后，她的心中一哈变得空空落落，还有一个更重要的原因，这就是她已经将施粥的过程，当成了一种手艺。这手艺的展示，令她的内心空前的充实与快乐。

这段日子，瞿妃的身体比往常更为健康，心情更为开朗，似乎完全从失去亲人的伤痛里走了出来。每天早晨，她让王婶量好一斗细米，然后跟着前来帮忙背米的叫花子，慢慢走出顺城街。她那双未开莲花一般的小脚，迈着细碎的步子，向城外的西门堤走去。

瞿妃的小脚，不像未缠过的脚那样富有弹性，更不会给人以轻盈之感，但却是别具一种韵味。这种小碎步的韵味，是一种来自大户人家的从容之气，是一种来自仁慈心肠的祥和之美。这是那个时代特有的美丽。

那时的瞿妃，头上围着黑色的绣花护发头巾，穿着深色的大襟衣，下身是宽脚的深色裤子。她不像有钱人家的老太太那样穿绸着缎，挂金坠银，但她白净的脸色、安详的笑容，令人感到既高贵端庄，又亲切可敬。瞿妃的臂弯里，总是挎着一只小小的藤篮，里面装着手纸、手巾、梳子和针线之类的小物件，也还有防止灾民肚痛头痛的人丹和清凉油等洋玩意儿。这只小小的藤篮，就是那个时代大家太太的随身包包。这样挎着小藤篮的瞿妃，走在斑驳的青石街道上，走在黄土筑成的长江大堤上，走成了一道温情而美丽的风景。

不管该来还是不该来，霍乱终是不请自来了。

八月底，监利城里开始出现霍乱病人。首先是一名逃荒的灾民，接着是一名叫花子，再接着就很多了。这些不幸的人们，虽然有福音堂医院进行救治，但大多数病人还是很快命归黄泉。福音堂的医生让玉明劝阻她的姆妈，这粥必须暂停施舍。然而还是晚了，瞿妃终是染上了这种恶疾。人们说过，就是天下人都染上霍乱，瞿妃这个活观音是绝不该染上的。但这不过是人们的一厢情愿，霍乱不会因为你的善良仁慈，它就不降临到你的身上。

与瞿妃同时染上霍乱的,还有一个更不该染上的人。这个人就是瞿妃的长孙章子,他是赵家新一代的少爷,而且是大少爷。

对于赵家大院的人来说,大少爷这个称呼,似乎是一个新词儿。此前赵家一连三代都是单传,代代都只有少爷,而冇得大少爷、二少爷之类的称呼。这个叫章子的赵家大少爷,他是瞿妃最疼爱的宝贝疙瘩。他集赵家历代人的优点于一身:俊眉大眼,直鼻额平,国字小脸,机灵可爱,知书识礼,心地仁厚。人们说,世代仁善的赵家,好不容易才出一个大少爷,必是老天把亏欠赵家的,都集中到了他一个人的身上。然而这个叫章子的人中精灵,因为喜欢亲近他的妃妃,轻易就染上了霍乱。人们都说,小伢和老人的抵抗力弱,一旦染上霍乱,就是不治之症。瞿妃和大孙子章子很快住进了福音堂医院。因瞿妃唯一的丫头玉明不信佛祖信天主,大家小姐不仅做了护士,还嫁了一个天主教徒,福音堂的医生也深为信佛的瞿妃的善行所感动,他们不仅为她和章子用了最好的抗病毒药品,还从沙市的教会医院请来了法国医生。可惜这位医术高超的法国医生也未能救下赵家大少爷章子的命。不过,这位一直称赞江汉平原人是最自由浪漫的中国人的医生,他使尽了浑身解数,竟然使瞿妃奇迹般地与死神擦肩而过。

可以想到,赵家四代才出的一个大少爷夭折了,瞿妃活着还不如死了的痛快。瞿妃心中的悔愧与痛苦,是何等的沉重!不用说,本来就不是善茬儿的媳妇高氏,在丧失长子之后,闹得是如何天昏地暗鸡犬不宁。出了这样的悲痛之事,富先生也不好奈何堂客,高氏也将她的不淑发挥到了极致。她动不动就在家里指桑骂槐、找零搭碎,似乎不把瞿妃气死，便不肯罢休。

瞿妃虽然悔愧不已，但却一滴也不想死。她还有一个孙子两个孙女，她舍不得离开他们。瞿妃说了，她还要看将来的孙媳妇生一堆重孙子呢，还要等孙子荣子长大了兑现许诺，给她买一副上好的柏木棺材呢。瞿妃认定，高氏虽然不善，但赵家数代的仁义慈善荫庇着她，她还会给赵家添人丁的。这还真让瞿妃说中了，高氏后来真的又生了一男一女。赵家近百年以来如此人丁兴旺，瞿妃哪里舍得去死？

瞿妃从死神那儿挣过命来之后，又经过了失去长孙的沉痛，她的精神稍有恢复，便闹着要搬出赵家大院，住到江堤外的粥棚里去。她还要儿子把西门外的八亩水田分给她，她还要继续施粥。

一生和善的瞿妃，她这是闹着要分家呀！

分家这样的事，自古以来多是子孙提出，长辈一般是不会提这种话的。但是瞿妃毕竟是一个与众不同的女人，赵家的老少几代，除了媳妇高氏，其他人无不对她发自内心地敬爱。高氏对瞿妃如此逆反，可能也正是瞿妃在家里、在邻里以及亲族中的地位与品德太崇高，从而衬得她太过低下与卑俗。长期生活在婆婆的阴影之下，甚至使高氏深感压抑与屈辱，她时不时就会妒火中烧。她觉得婆婆越是像一个观音菩萨，她在人们眼里，就越是像一个小人。这可是货真价实的以小人之心度君子之腹。总之，在高氏的心里，她在人们心中的一切不是，都是婆婆这个大好人对比出来的。她见着婆婆就不舒服，见到别个尊敬和夸赞婆婆就更不舒服，她甚至在心里希望婆婆发急症死掉。然而连染上霍乱也冇有让婆婆死掉，她也就不做这个指望了。高氏真的认为婆婆是有神仙保佑，人们也都认为瞿妃是因为积德太厚，才逃过霍乱这一大劫。

瞿妃要搬出去住的提议，令儿子永富十分吃惊。他以为瞿妃是给一场病害出毛病来了，是脑壳有问题了。这人们眼中观音菩萨一样的老太太，她真要搬出去住，人家不骂他是个不孝之子才怪！

内心阴暗的高氏，这时么子话也不说，静等着看热闹。她心里巴不得婆婆搬出去，但说实话，她又真的担心婆婆搬出去。她十分清楚，婆婆在人们眼中就是一位活观音，她与她的女婿——玉明的丈夫彭开花，是众所周知的两个活菩萨。因此，高氏这个媳妇再怎么不孝，把一个活菩萨逼出家门，这个名声她还是背不起的。所以，高氏心里十分矛盾，为了不至于让人指责，她也声明不要婆婆搬出去。

不管怎么说，瞿妃还是坚持要搬出去，她甚至有两个晚上，赖在粥棚里不回家，连饭也不吃。富先生奈何不了瞿妃，只好把妹妹玉明和妹夫彭开花请来劝她，接着又请他德高望重的舅崖相劝。不论是哪个来劝，瞿妃都不改念头，她要用她那八亩水田打的粮食，施粥到老死为止。大家看出来了，这瞿妃要分家，目的就是想自由自在地施粥，是想独自拥有江堤边八亩水田的收获权。富先生无奈，只好给她在西门渊江堤的里边，也就是那个粥棚隔堤的对面，修了一个三开间的小屋。这样，瞿妃施粥就变得十分方便了。她只要翻过江堤，就是她的粥棚。不过，富先生为了面子，只得对外称老太太搬出来，是因为要吃斋念佛，见不得荤腥，这样好歹也把家丑遮挡了一些。

瞿妃治病养病花了一个多月，分家和建房又花了 个多月，等她再来施粥时，灾民却有得几个了。毕竟已到年关，要饭的也回家过年了。

平时来喝粥的,不过一二十个人,大多是以要饭为生的叫花子。瞿妃认为是粥棚停了太久,或者是人们被霍乱弄怕了。可是人们告诉她,长江一线要打大仗了,灾民们都回老家去了。

长江一线要打大仗,这话儿子跟瞿妃说过多遍。但她以为,儿子是在阻止她分家施粥。瞿妃很快就想通了,人少也不怕,哪怕只有一个两个,自己也一直施下去。她清楚,这江汉平原三年两水的,说不定很快就又有了新的灾民。

瞿妃住到江堤边上,搞得一向看重面子的富先生很丢面子。瞿妃的娘家瞿家,短短的二三十年间也成了城里的富户,也丢不起这个面子。但是瞿妃的做法,无人能够改变。好在这儿离福音堂近,有她的宝贝丫头玉明经常照看。身为大家小姐的玉明,所嫁的人家也家境不错,可是她却入了天主教,还在教会医院当了一辈子护士,她也是赵家大院出的一个与众不同的怪人。

瞿妃住到江堤边后,她认为唯一不方便的,就是看望家中几个孙子孙女。特别是她的二孙子荣子,在目前来说,他可是赵家的独苗儿。瞿妃只好隔上七八天,回到城里看一下孙儿们,只是每次回家,她都受不了高氏的脸色。瞿妃搬出去后,人们都背地里指责高氏刻薄与不孝,有些人更是当面转弯抹角地挖苦。尽管她确实做人不太地道,但婆婆搬出去住,还真不是因为高氏。只是人们都不这样认为,所以高氏一直认为,她是背了一口大黑锅。她的婆婆,正是这口大黑锅的制造者。

高氏让富先生在原来搭粥棚的街边,盖了一个铺面,专卖女人用的衣物鞋袜。高氏的生意一直不见么子起色,这都早在瞿妃的意料之中。在这个老城里做生意，靠的是人品与口碑。高氏这个因垸董老爷与人指腹为婚而指出来的儿媳，与赵家所有的人完全是两类人。赵家数辈人的忠厚善良与大方仁义，跟她几乎毫不沾边。小小的成衣铺开起来后，高氏开始还坐在店里抽烟守店，但她这种跷腿抽烟的架势，顾客都不喜欢。她那些平日在一起打牌抽烟喝酒的富太太朋友，也并有有怎么来帮衬她的生意。店里的生意一直不好，她也就交给一个用人看店，自己又回到她的牌桌上去了。

这个时候，迟迟不肯接任垸董一职的富先生，终于得到了不当垸董的理由。他已经将乡下分散的田地，卖的卖了，送的送了。赵家送田地送得最多的一次，其实是在垸董老爷在世时的一年的端午节。那次，赵家一口气捐出的田地，令整个江汉平原的人为之咋舌。这年五月，国民政府与县商会借龙船赛之机，向监利百姓宣传国共联合抗日，征得垸董老爷首肯，少爷永富向县国民抗日自卫队捐赠良田七十多亩，向新四军离湖抗日游击大队捐赠良田一百多亩。那天，富先生当场掏出地契，一叠交给自卫队的黄大队长，一叠交给游击队的马大队长，一时风采照人，盛传一时。富先生之所以捐田，一是他不想要这么多田地，二是家中确实有得多少积蓄，拿不出像样数额的银钱来进行这次捐赠。现在，赵家数代人积累的田地，所剩已不足最多时的十分之一，只剩长堤垸赵家垴留的三十多亩水田，近城的两个垸子，也只各留了二十来亩旱地，再就是瞿妃专用于施粥的八亩水田。赵家其余的田地，捐的捐了，送的送了，卖的卖了，在长堤垸的田地，不仅不再是第一，甚至连第十也排不上了，这使富先生终于松了一口气。至于那些卖田的钱款，一半已被富先生撒得差不多了，另一半则一直冇收回来。

瞿妃也懒得管儿子的败家行为。她也想穿了，田地留给儿孙，不一定就是好事，以前，赵家后辈都还节俭踏实，天晓得今后的儿孙，还能不能保持这样的品行。这个永富就是一个不好的开始。不争气的子孙，你传给他再多财产，他也不一定能守得住，而真正有志气的子孙，他自己是可以置办田地房产的。她一再叮嘱儿子，要让孙子荣子好好读书。孙子荣子也十分争气，学业一直受到先生的嘉奖。既然这样，瞿妃就更不管田地败掉的事了。她一心只做善事，为子孙积德。

瞿妃本就不在乎钱财，现在则更不关心。她只关心有冇得供她施粥的粮食。她看见江堤边那八亩水田，心里比么子都踏实。只要那田还在，秧苗青青、谷穗黄黄，她就心里充满快乐。

瞿妃想起风水师潘天眼说的话，觉得这潘先生说得还真不差。家人不和，说中了；钱财流失，说中了；人丁兴旺，也说中了。还有一样，鼓楼不毁可出读书人，而死去的章子，人们都说他是文曲星下凡，可能正因为鼓楼被侉老东毁掉了，他才染霍乱而死。在瞿妃的唠叨下，富先生开始筹划在堤山上鼓楼的原址修建一座文峰塔。他也认为，家中出读书人，应当可以应到荣子身上。

她又跟自己说，一切都是虚的，只有人是真的。有人就有世界，这古话说得真好。赵家现在出了这么多子孙，总有一个两个会有出息吧。

慢慢地，瞿妃也很少回城里的家了。

这时期，霍乱已渐渐被人们淡忘，长孙女杏儿时常带了弟弟妹妹来城外江堤边的小屋看她。福音堂的教民，以及街上的街坊，也不时有人去看望她。还有嫁给木匠大柱的老姐姐金花,在瞿赵两家的帮衬下,日子过得也不错,她也时常拄了根拐杖,来到这城西的江堤下,陪她这孤身一人的老妹妹。瞿妃的日子,过得还算不错,至少她自己认为,这是她最辈子过得最充实、困得最踏实的日子。

## 少年赌神

霍乱在县城蔓延之时,正值中秋节前后,人们哪里还有心思过节,连往年供不应求的穆师傅糕点店的冰糖月饼,生意也十分清淡。

长堤垸最有学识和见识的厚基族长未雨绸缪,他以临时垸董的身份请来长堤垸另外八个村子的族长和保长等头面人物,一起召开垸会,商议预防霍乱的事宜。各垸召开垸会,一般为夏冬各一次例会,这次的垸会并非例会,当属特别会议。有的族长保长认为县城离得远,霍乱不会传到这么远的乡下来,但是厚基族长态度却十分坚决。他讲了古往今来各地不少关于瘟疫死人甚至灭族灭村的例子,提醒人们高度重视眼下在县城传播的霍乱。厚基族长年轻时在省城办报和做吴佩孚的参事官时,就对霍乱有较多的了解,深知它的厉害,真可谓秀才不出门,能知天下事。业鉴木匠、永骄、春雷等人一直深受厚基族长的影响,对他十分信赖,都十分支持厚基族长提前预防霍乱的提议。各村的头面人物一向都敬重厚基族长,也纷纷响应,毕竟水灾之后极有可能发生瘟疫,也是千百年来人们得出的经验。长堤垸的这次垸会开了一天,达成了《长堤垸霍乱防治公约》,具体内容如下:

一、长堤坑九村成立联合的霍乱防治会，由厚基族长任会长，各村的保长或族长任副会长，永骄任秘书，统一管理和处置全坑的防治事宜。

二、各村成立巡逻队，分段巡逻长堤坑的坑堤，由各村的回村游击队和民兵负责人任巡逻队长，一切防治事务听从防治会的安排。

三、长堤坑所有人不可下长川河，饮用水一律只能用坑内渊塘的水，离渊塘远的人家，可合伙挖井取水，同时堵住与长川河相连的所有港渠河沟。

四、坑内人尽量减少外出，不进行看戏听书以及打牌赌博之类的聚会，不与陌生的外坑人接触，不吃坑外来的来历不明的东西。

五、各村在主要的入坑入村的路口设置关卡，不许逃荒要饭的进入坑内。

六、开展灭蛆灭蝇行动，各家灭杀茅缸里的蛆虫和苍蝇，防止传播病菌。

七、各村预设隔离点，提前购买石灰，以便及时杀毒，一旦发现有人染上霍乱，马上就地就近隔离，患者的粪便、衣食等必须焚烧或杀毒后就地掩埋，不准到水源中清洗。

开始几天，人们还十分松懈，不时有人为了便利下河洗东西甚至取水，喝生水的习惯也难以改变，灭蛆灭蝇的事也马马虎虎，出村也毫不在意。有的族长保长也不太尽职，态度不坚决，有的甚至自己也不遵守公约。对此，厚基族长和永骄等人十分担心。当他们得知城里赵家大院的瞿妃和章子染上霍乱之后，觉得不能再心慈手软，于是又仿效城里，成立了一支十二人的纠察队，队长由离湖游击大队的马队长担任，队员也都是垸外的游击队员，对违反公约者根据情节轻重，严厉处以关禁闭、游行示众等处罚。纠察队成立之后，一连抓了十多个人进行处罚，人们这才有所收敛。永骄和横癞子受族中所托，前去城里的赵家大院探望瞿妃和章子，带回了染上霍乱的章子夭折的消息，人们这才开始真正感到霍乱的可怕，开始认真遵守公约。

长堤垸人在防治会的带领下，一边小心预防霍乱，一边开展生产自救。因是秋天，自然无法再种谷子豆子苞谷高粱之类的粮食，仅仅可以种荞麦，但又还不到季节。这时种荞麦气温还比较高，种出来的荞麦收成会差很多，但人们管不了那么多，也开始陆陆续续种了起来。与此同时，种萝卜白菜的季节也还未到，但人们还是种了一些，虽然收成不会太好，但毕竟会有，多少可以用来充饥。此前，富先生以垸董老爷的名义捐赠的绿豆，每个人头也只分得二十斤，人们大都还舍不得吃，打算把它留在最关键的时候。厚基族长分给村人的谷子，有的人家已经吃得差不多了。

不久，霍乱果然开始从城里传到乡下，各乡都陆续有人死亡。离得最近的太马河街边的吕家湾，一个挑着担子东游西走的货郎不知从哪里染了病，与他的老姆妈同一天死亡，好在他的堂客带着两个小伢子去娘家走亲戚去了，才幸免灭门之灾。而他的邻居也给传染上了，不过几天也死了一家三口。

不几天，长川河上下游都开始有人染上霍乱，而且大多是由长川河的水传染的。人们这时才开始学习长堤垸,各垸也纷纷订立公约,成立巡逻队和纠察队,可是已经晚了,霍乱已开始四处发生,唯有最大的垸子长堤垸尚无一人染病。人们纷纷称赞厚基族长、马队长和永骄等地方的领头人。县国民政府和新四军襄南军分区也对长堤垸的经验进行推广,江汉平原的霍乱防治才开始进入紧张而认真的时期。不久,联合国善后救济总署派人从汉口来到监利,开始联合县政府与福音堂医院展开霍乱的全面防治。救济总署的人首先为县城居民注射霍乱疫苗,接着又在霍乱严重的乡镇进行疫苗注射。这时,霍乱才开始得到一定的控制。

就在人们以为长堤垸会万无一失之时,霍乱还是突然来到了这个全县防治最好的垸子。

长堤垸第一个染上霍乱的人,是马倌兴权的幺儿子幺鸡子。

"幺鸡子"是诨名,真名叫幺湖。幺鸡子虽然只有十六岁,却是长堤垸的一个名人。他的出名有两样:一样是好赌,一样是好吃。说到赌,十里八乡冇得几个不服这个半糙子的。幺鸡子不仅一手麻将打得贼精,摇骰子赌博也高人一着,总是输少赢多,输小赢大。马倌的大儿子大湖是一个聋子,老二老三和老四都是丫头,用马倌的话说,这四个伢子都顶不得大用,最小的这个儿子虽然瘦小,却聪明伶俐,所以一家人对他从小就十分宠爱。马倌几代人以养马赶马为业,一年四季在十里八乡穿梭赶马谋生活,本指望早些由儿子接替,却不料大儿子因为耳聋干不了这祖传的事业,三个丫头当然不能作指望,生了这个幺儿子后,见他十分聪明,欢喜得不得了,认为他可以将祖业发扬光大,将来开个骡马行么子的,应该不在话下,这也一直是马倌几代人的梦想。兴权的堂客中年再次得子，把这个幺儿子看得像命一样，含在嘴里怕化了，捧在手里怕丢了，开口闭口心肝宝贝的，用村人们的说法，都宠到天上去了。因为幺鸡子聪明淘气，马倌特意送幺鸡子读了四年书，哪晓得这小子不学好，书冇有读进去，牌九骰子倒是学得精得很。马倌开始还犯愁，担心败家，后来见他只赢不输，也就渐渐地由着他了，甚至旁人说起来，他还有几分自得。可是等到幺鸡子不想读书了，要他赶马，他却死活不干，说这是下贱人干的活儿，他打牌赌博，从来都是桌儿上椅儿下，那是人上人的日子，神仙的日子也不过如此，别说让他天天赶马，就是马那一身的牲口气，他就受不了。

幺鸡子长到十四岁时，马倌拿他冇得办法，就想给他说门亲事，让他早滴成家，以为这样可以收收他的心。哪晓得他头天请媒人说好了禾丰垸晏家河村晏打枪的三丫头，第二天幺鸡子就弄出一桩羞死人的丑事。这个出气宝，他把家中的母马骑到长堤垸与禾丰垸交界的甘浪湖堤去放，抱起他养的公狗，让公狗日马。一群小伢子觉得好玩，就在那儿起哄，幺鸡子就闹得更加有劲。冇巧的是，那天晏打枪刚好来甘浪湖堤下打兔子，让他的一只独眼看到了这羞丑的一幕，他认识赵家垴马倌家的马，估摸这个十四岁左右的二醒货，大概就是他已应下了的来做女婿的家伙，他当时气得就骂起了幺鸡子。幺鸡子只听姆妈说过正给他定亲，女方是晏家河的，但是这个还不懂事的家伙只晓得玩，根本冇有在意自己的终身大事，不晓得晏打枪是哪一个，更不晓得这个一只眼的打枪佬跟自己有着特别的关系，于是回嘴说晏打枪多事，气得晏打枪恨不得一鸟枪轰了他。等晏打枪走远，幺鸡子还冲他大喊，说晏打枪是妒忌狗,这可把晏打枪气得直跳脚。不用说,一场眼看就要订下的婚事立刻泡了汤。这还不算,幺鸡子的名声从此就更坏了。虽然他还冇有成年,但十四岁也不小了,有道是三岁看老,这样的混账坯子,长大还能成个正人?

从此幺鸡子说亲就成了一个难事,说一个,人家拒一回,弄得马佰兴权都抬不起头了。这样一来,幺鸡子也就越发不走正路,成年累月泡在牌场赌场。马佰再也指望不上这个幺儿子,也就死了心。好在幺鸡子能赢钱,不找家里的麻烦,高兴了,他还扔给他姆妈几个钱,他姆妈也就笑得合不拢嘴。说到底,幺鸡子正是他姆妈惯成这样的。她认为儿子聪明,幺子都依着他,他做了么子拐事,她也在丈夫面前帮儿子掩瞒,丈夫教训打骂儿子,她也在一旁护着。就说这抱狗日马外加骂晏打枪的事,这个蠢堂客还鸭子死了嘴壳硬,说是伢子还小,只是闹得好玩,又没有害人,长大了自然懂事了。有人就说,抱狗日马算是好玩,幺鸡子拿羞死人的话骂差点成了他丈佬的晏打枪,这又怎么说呢?这个蠢堂客她还有道理,说是哪个人一百天不打破一个碗的,哪个人又不是从小长到大的。这个蠢堂客癞子透顶无药医,人们也就只有冷笑或叹息了,只是把老实忠厚的马佰气得圈着腿,双脚直跳。

幺鸡子本是麻将中的一块牌的名称,马佰的这个小儿子又是家中老幺,他又好牌好赌,他闹出这等丑事后,人们就给他取了这个诨名,既指他好赌,也暗讽他干的丑事。人们开始叫他这个诨名时,他不明就里,还开开心心地答应,以为人们说他的牌打得好。

自从长堤垸的霍乱公约出来后,人们减少了聚会,更少打牌赌博,这令对打牌赌博深恶痛绝的厚基族长和永骄等人十分高兴。这两个赵家塆乃至长堤垸的领头人还私下里说，这霍乱虽是拐事，但通过对人们的行为的约束，也起到了好的作用。两人商量，等霍乱过去之后，趁着人们自我约束力的提高，趁热打铁，在村垸里大力宣传打牌赌博的危害，倡导远离赌博和鸦片的良好乡风，让坏事变成好事。可就是在这个时候，马倌的小儿子幺鸡子染上了霍乱，长堤垸人终未能在这场大灾疫中幸免。

幺鸡子染上霍乱，也正是因打牌赌钱而起。

那天，幺鸡子跟几个牌友约好，到班家门找劁猪佬班老六打牌，班老六就把他们带到相好的石寡妇家中去。石寡妇死了丈夫，常跟一些不三不四的男将鬼混，搞坏了名声，她想再找个丈夫，却冇得人愿意要她，她也就破罐子破摔，招引村垸里一些不三不四的男将，开起了一个牌馆，靠抽打牌赌博的头子钱为生，也张罗赌徒们的吃喝，赚点外快。赌徒玩得开心，石寡妇的日子过得也就荤腥不断、衣裳光鲜。因此，人们背地里都叫石寡妇野茅厕。野茅厕原指种菜的人为了得到粪肥，修在路边的公共茅厕，这样称石寡妇，意思不言自明。那天，因为霍乱公约的各种限制，幺鸡子他们已经好些天冇有打牌了，个个都打得十分起劲。因为有五个人，所以必须轮流守险。这个守险，也就是五个人一起打牌，只有四个人上桌，另一个人候补，一个风打完，轮到其中一个下场，候补的人上场，下场的人则候场一个风，这个临时候场就称为守险。守险这个词，有两个意思，一是望风，可见自古就有禁赌抓赌之风，至少有家人和宗族抓不肖子孙；第二个意思就更具江汉平原的特色，那就是看守江堤垸堤的险情，自古称为防汛或防险，所以守堤也叫守险，也是轮流值班的。

轮到幺鸡子守险之时,刚好野茅厕在炒菜,幺鸡子跑到灶屋去,准备先找点吃的,不料一眼看见一只桶里喂着鳝鱼,馋虫立刻就爬到喉咙口来,连忙要野茅厕炒鳝鱼吃。野茅厕说,这鳝鱼买来花了不少钱。幺鸡子说,我跟大家说,今儿多给你头子钱就行了。野茅厕又推说不会杀鳝鱼。幺鸡子说,这还不简单,我来帮你杀。又说,算了,我也帮你炒了,你们班家门的人做菜,冇得我们赵家垴人做得好吃。野茅厕自然明白幺鸡子是嫌她做得不好吃,心里虽不高兴,但幺鸡子是她的衣食父母,又说今儿会多给她头子钱,她也不好得罪,反而奉承他的手艺好。不过事实倒也是这样,幺鸡子年纪虽小,人也懒散,但他做菜却十分积极,这一滴,不愧是长堤坮男将的风格。

幺鸡子十二三岁就混迹于赌场,他脑壳十分聪明,人也好学,小小年纪为钻研赌技,常常躺在床上或野外的草地上,或冥思苦想,或用笔或棍子画图画线,一琢磨就是一天,想得连饭都不吃,钻研出了高人一等的牌技与赌法。加上他从不赖赌账——他不输也就不存在赖账,他在赌场上就十分受赌徒们看重,从来都不把他当未成年的半糙子来看。这样,幺鸡子进了赌场,也就跟这些赌徒一同吃喝玩乐。大凡赌徒,吃吃喝喝都是赢家花钱,虽然赢家赢的也是输家的钱,但毕竟不是输家自己直接掏出的,赢家花的也不是自家的钱,所以他们在吃喝上都十分舍得,只会拣好的吃。因此,人们常说,十个赌徒就有十一个是好吃佬。这幺鸡子自小吃惯了好的,回到家里面对粗菜淡饭,就难以下咽,往往吃不了几口就放下碗筷,跑到外面饭馆里去吃。幺鸡子嫌自己的姆妈做的菜不好吃，常常自告奋勇在家做饭，反正他在家横草不捡竖草不拿，不时做做饭，也算是冇有在家里吃白饭。他本是一个聪明透顶的家伙，那么复杂的打牌赌博他都学得炉火纯青，这么简单的做菜对他来说，自然是小菜一碟。总之，只要是他爱好喜欢的事儿，他学得比哪个都快，做得比哪个都好。家人吃惯了他做的口味，也常常求他做饭，幺鸡子也时常掏钱买好了菜来做，吃得一家人都很开心，对他泡在赌场也就听之任之，幺鸡子呢，也就在家里越发趾高气扬。

幺鸡子快手快脚地杀了鳝鱼，娴熟地炒了起来，只听见锅铲和鳝鱼在锅里有节奏地唱着歌跳着舞。爆炒鳝桥这道菜，也是江汉平原独有的名菜。做菜时将整条剖开的鳝鱼用木棒敲打成扁片，再斜切成筷子头宽、两寸长的小片，将锅烧得通红，爆炒片刻即出锅，装盘之后，炒熟的鳝鱼片弯成弧形，看起来就像拱桥一般，因此被人们称为鳝桥。爆炒鳝桥滑嫩鲜美，远比炒鳝丝好吃，但是技术难度很高，火候难以掌握，炒嫩一滴，它就未熟；炒老一滴，它就发柴；咸辣一滴，它又不鲜；清淡一滴，它又带腥，这也就难怪幺鸡子要自己亲自来炒。

野茅厕见幺鸡子将鳝桥炒得鲜香扑鼻，涎水早溢满了口腔，也佩服得五体投地。两个人都是好吃佬，你尝一筷子，我尝一筷子，根本停不下来。幺鸡子说，石姐，这鳝桥凉了就不好吃，我俩干脆都吃掉算了，反正他们都不晓得。野茅厕一听，正中下怀，竟忘了吃掉了鳝鱼是无法向牌角们报账收钱的，当然也许想到了，但民以食为天，先不管么子钱不钱。一时间，两个人风卷残云，把堆得老高的一盘鳝桥吃了个精光。这时，堂屋里喊幺鸡子接风，原来他的守险结束，轮到他上桌子打牌了。

幺鸡子坐到牌桌上后，他刚吃过美味，肚子也饱，因此精力充沛，本就高超的牌技发挥得十分好，连连和牌，一个风打下来，他赢了三手，而且有两手还是大和，搞得三个牌友吃惊不小。要论打牌的水平，幺鸡子确实高人一着，但连和三手并有两手大和，这实在少见，而三个对手也都是牌场的老角，牌技也都不错，不然也不会常凑桌打牌。

劁猪佬班老六说，幺鸡子，你这牌打得邪气十足，透着一股邪火，是不是刚才野茅厕给你喂过奶？

幺鸡子得意地说，像我这样的人，还用喝奶吗？再说，她那猪奶子，也是你劁猪佬专用的，小弟我哪有这个胆子吃。

我说呢，劁猪佬笑道，我这两个风有有和牌了，看来是饿得有得精神了，你们等我一哈，我去找野茅厕要滴东西垫垫肚子。

另三个牌角也说肚子饿了，他们的意思，是要先吃饭了再接着打牌，幺鸡子就有些不乐意，何况他的肚子已经吃饱了。这打牌的人有个讲究：一个人手气旺得出奇的时候，往往会旺上好半天，如果突然中断打牌，就断了他的这股旺气，等一会儿再接下来打，他的旺气就冇得了。

幺鸡子笑骂道，你们这些人，牌技不行怪我手气好，算了，我不跟你们计较，我就不信吃了饭再来打，我的旺气就真的断了。

劁猪佬说，你不用不信邪，吃了饭，我们不叫你输得把裤子脱下来才怪。

正说着，刚才替换幺鸡子守险的牌角就来叫他们吃饭，于是几个人就离开牌桌，转到饭桌上去。

桌上的菜还算不错——煎鲫鱼、鲊糠虾子、炒青皮豆子、青椒炒蛋、肉皮炖莴笋，野茅厕炒菜的手艺虽然冇得幺鸡子的好，但在班家门村也还属于中上等。几个人便倒了谷酒，只有幺鸡子冇有倒。幺鸡子不喝酒，牌友们一直骂他滴点不尝、抢菜的天王。

一个牌角说，这鲫鱼和糠虾子，不会是门口河里捕的吧？这长堤埫的公约说了，河都不准下，怕水和鱼虾传染霍乱。

野茅厕说，你这个人，担一些多余的心，难道我自己不怕死？这是埫子里的池塘里捕的，我买来时还直跳呢。

其实，野茅厕的话一出口，心中突然就有些打鼓发虚。她发虚的不是这鲫鱼和糠虾子的来源，而是刚才被她和幺鸡子吃掉的鳝鱼。鲫鱼和糠虾子是从邻居那儿买来的，她清楚确实来自埫内的池塘，而鳝鱼却是村头上的林光棍卖给她的，问他他也说是湖田里捉的。现在，桌上有人提到霍乱，她不敢确定这个一直说话不实诚的林光棍，到底有冇有骗她。

劁猪佬突然冲野茅厕说，哎，怎不炒个鳝丝？

野茅厕心里正发虚，被劁猪佬骇了一跳。

野茅厕慌乱地说，你这个人，就是惦记这惦记那，这么多菜够吃了，快吃了打牌。劁猪佬说，你又不打牌，皇帝不急太监急，肯定有么子鬼！

这样一说，野茅厕的脸就红了。

劁猪佬见野茅厕神色有异，走到灶屋里一看，原先喂在桶里的鳝鱼全冇得了。他走出来便骂野茅厕吃独食，认为她是跟两个守险的偷偷吃掉了。刚才守险的那个牌角连说，自己鳝鱼腥气都冇有闻到过，倒是幺鸡子的脸红了。大家一看，也就明白了，都咒吃了鳝鱼的人发绞肠痧，吃了倒在床上两头爬。野茅厕便尴尬地说，是幺鸡子炒得太好吃，尝得停不下嘴。她不好意思地说，等吃完了饭，我再去找人买，湖乡草地，鳝鱼多的是，晚上让你们好好吃一顿。

幺鸡子说，对，多买一些，晚上我炒三盘，让你们吃个够。他笑道，这鳝鱼又不是么子山珍海味，何况我今儿赢得不少，我多丢几个头子钱，算我请你们吃鳝鱼！

刳猪佬说，你这个野鸡日的还别说，山珍海味，我还不吃它，我就偏偏喜欢吃这鳝鱼。

一顿中饭吃得不开心，幺鸡子和野茅厕赔了一桌子小心。

饭后接着打牌，幺鸡子的旺气果然断了，几个风打下来，他要的牌，总被上家碰了吃了，他要和的牌，也总是上家要和的牌，这使他心情很是郁闷。另外几个牌角自然十分得意，嘲笑幺鸡子饭前果然不是牌技厉害，而是手气太旺。

幺鸡子的对家啪地打出一张牌，大声说，三筒！

幺鸡子马上喊，和了！他一喊，一边将自己的牌啪的一声推倒。

幺鸡子的上家却笑道，幺鸡子，你慢一滴滴行不行，我老子也和三筒呢！

上家把牌一摊，果然被他截和了。

幺鸡子叫道，真是邪门了，屙尿还屙出刷帚签子来了！你们刚才吵着要吃饭，把我的旺气给断了，真是太黑心了！

刳猪佬幸灾乐祸地嘲笑道，哪个叫你这个小狗日的把那么多鳝鱼吃得干干净净，看看，不叫你吐出来才怪。

刚才那个打三筒的对家说，老子跟你说，你还得吐，不吐得干干净净，老天爷也不答应！

幺鸡子叹了一口气，有气无力地瘫了下来，说，你们还别说，我还真想吐，我真有些不舒服，我看，我还是去守险得了，我想困一困。

幺鸡子话音未落，牌角们不满起来，认为他是手气不好走霉运了，想逃避输钱。

劁猪佬笑道，幺鸡子，你野鸡日的还真是人小鬼大，你一翘屁股，老子就晓得你要屙么子屎。他把桌子一拍，说，冇得么子好说的，这牌，你就是得了霍乱，也得打完了再走！

另两个牌角也说，哪有赢了钱就想揣着走的！

幺鸡子苦笑着说，哎哎，我是这样的人吗？不就是赢了你们几个钱吗？我退给你们行不行？

刚才和幺鸡子的截和的牌角牌运正好，便挖苦道，幺鸡子，这样肯定不行，我们的脸皮可冇得这样厚，无缘无故地，我们不能要你的钱，我们不能欺负小屁伢子，你还是老老实实地打。

幺鸡子怏不拉叽地说，好好好，打打打，我接下来有牌都不和了，赶紧输回给你们好了吧？

接下来又打了两个风，幺鸡子果然屁和都和不成一个，而人，也怏得眼睛都睁不开了。他的脸色开始苍白，不时地去上茅厕，几个牌角这才觉得他不像是装病，又听说他果然拉肚子，便问他鳝鱼是怎样做的，听说是炒鳝桥，便认为是冇有炒透，吃坏了肚子。这鳝桥炒得不透而吃坏肚子的事，也时有发生。

劁猪佬说，鳝桥因为不能炒老，所以特别容易吃坏肚子，你吃得又多，不拉才怪。他一边码牌一边说，我看你今儿赢的钱也吐得差不多了，你先去困一会儿吧。

　　那个正守险的牌角求之不得，说，对，还是我来打，你还拉它几次，拉空了，也就冇得事了，这拉肚子都是这样的。

　　正说着，去找人买鳝鱼的野茅厕回来了。她听说幺鸡子不舒服拉肚子，脸慌得顿时变了形，连声说拐了拐了拐了！

　　几个牌角望着野茅厕，觉得幺鸡子拉个肚子，犯不着慌成这样。

　　劁猪佬说，你吃的鳝鱼比他少，不要紧，拉出来就冇得事了。

　　野茅厕却战战兢兢地说，我怕他不是拉肚子……

　　野茅厕见几个人都不解地瞪起眼睛看她，突然带着哭腔说，我怕他是染了霍乱……

　　此话一出，几个牌角都惊慌地跳了起来。

　　劁猪佬说，怎么可能？

　　野茅厕结结巴巴地说，我刚才不放心，特意去找卖鳝鱼给我的林光棍问了，他的鳝鱼，虽然不是长川河里捉的，却是河滩上的水田里捉的。

　　劁猪佬听了，松了一口气，说，骇得老子的心都差一滴跳出来了，冇事冇事，这鳝鱼一般都生活在浅水里，它们也不喜欢挪窝，生在田里的就会一辈子待在田里。又说，前阵子，洪水涨得淹没河滩上的水田之后，冇过几天也就退下去了，水退下河滩个把月了，才听说有人得霍乱，河里的水一直下降，也上不到河滩的水田里来。

　　这样一说，大家总算放下了心，让幺鸡子去躺着，几个人又接着打牌。只是大家打得都有些心不在焉，心里总像装着事儿，也就是对幺鸡子吃的鳝鱼的来源总放心不下。不过大家见野茅厕吃了鳝鱼冇得事，担心也就冇得那么大。一会儿，野茅厕战战兢兢地过来说，幺鸡子又拉肚子了，拉得很急，裤子都解不赢，都屙到裤子上了。

刣猪佬不放心，停了牌，过去问幺鸡子拉肚子的情况，听说他屙的是像水一样的东西，而且很急，肚子却又不痛，他听了有些不解。根据他的经验，吃了不干净的食物，坏了肚子，一定是先出现肚子痛，接着才拉稀的，这幺鸡子拉得还真有些反常。于是又问野茅厕自己有冇得反应。野茅厕说冇得，他这才又放心地去打牌。

几个人似乎都被幺鸡子弄得分了心，便一边打牌，一边议论起来。有的说，这鳝鱼虽然是在水田里抓的，可是水田有放水的流水口子，小鱼小虾是可以迎着水上来的，这鳝鱼吃了小鱼小虾，不也就把河里的霍乱病菌吃进去了？有的说，这幺鸡子又是杀鳝鱼，又是炒鳝鱼，吃得又最多，所以，野茅厕虽然冇得事，也不能说明鳝鱼冇得问题。这样一说，几个人就再也无心打牌了，于是收起牌，打算把幺鸡子送回家。但是几个人一商量，怕染上霍乱，都不敢送。

刣猪佬见此，说，还是我去跑一趟赵家垸，叫幺鸡子的岸岸赶马车来把他拉回去，这样既不会染上霍乱，也比较轻松。

刣猪佬长年穿乡走户，练出了过人的脚力，于是一阵紧走，来到了赵家垸。他见春雷和横癞子在村口查关卡，这才觉得长堤垸的防霍乱公约定得好。他正要上前打招呼说幺鸡子的事，春雷却叫他站住，不要往前走了。春雷就隔着他四五丈远，问他来赵家垸搞么子，刣猪佬便

569

一五一十地说了。

春雷听了劁猪佬的话,觉得幺鸡子的症状,与霍乱的症状基本一致,便叫劁猪佬赶紧脱光衣服,用地上的火镰打火,将衣服鞋子烧掉。劁猪佬还有些舍不得,也有些怕丑,但春雷严肃地说,你是要命还是要面子?劁猪佬只好脱光了衣服,黑毛爹着,卵蛋叮当地按照春雷说的,光脚站到路边。这时,早有一个嘴上蒙着一条纱布的胖后生拿起用竹筒做的吸筒,在一只桶里吸满澄清了的石灰水。劁猪佬认出这后生叫木垓,也就老老实实地闭上眼睛,那石灰水就浇花一般地向他喷过来。木垓又叫劁猪佬转身,将他全身喷了个遍。春雷叫劁猪佬用旁边一条凳上的布擦干身子,进到旁边刚搭起来的简陋的茅草棚里,随便找一身衣服穿上。这都是村人们捐出来的破旧衣裳,劁猪佬挑来挑去,穿出来还是像叫花子一般。

春雷对劁猪佬说,你赶紧回班家门,叫刚才和你一起打牌的人不要离开,先用家里的水烧开水清洗,有石灰就像我们刚才这样处理,然后向你们村负责防治的人报告。他见劁猪佬有些傻眼,催道,回去你们都不要慌,慌也有得用,我们防治会马上会派人赶来。

劁猪佬又惊慌又恐惧,他回到野茅厕家时,见那几个牌友都在那儿发傻,坐得离野茅厕远远的,野茅厕更是吓得脸色苍白,幺鸡子则躺在一个小房间里直哼哼。好在有霍乱防治公约,他们不敢乱走。劁猪佬一问,幺鸡子不仅拉得更严重了,而且还呕吐了,呕吐出来的也是黄水。这时,他心中已经确定幺鸡子是染上了霍乱,因为这症状跟刚才春雷说的一个样。劁猪佬叫野茅厕烧开水,野茅厕看出问题严重,吓得站都站不起来了,哪还有力气烧水。

劁猪佬骂道,你看你今儿做的好事!老子一条命都可能要送在你手上了呢!

另一个牌角委屈地说,唉,老子我才叫倒霉!

劁猪佬说,算了,都不要互相怪了,这是命,野茅厕,如果你我都死了,你要答应我,把野茅厕变成老子址老六的家茅厕,要不,阎王五嗲也饶不了你。

劁猪佬对几个男人说,你们自己烧水,先杀杀毒,千万不要离开这里,防治会的人马上来帮大家,我身上已经杀过毒,我去找保长。

劁猪佬刚走,春雷就带着纠察队来了,紧接着,幺鸡子的崖崖马倌兴权也赶来了一驾马车。纠察队在野茅厕家周围撒了一圈石灰,警告人们不要进入,村人们哪里有那个胆子,都站得十多丈远。纠察队带来了一袋石灰,空出一小半,冲石灰水,叫三个牌角脱下衣服烧了,然后对他们喷射石灰水杀毒,再叫他们去家里找衣服穿上。野茅厕则翻箱倒柜,找出死去的丈大的衣服,几个牌角穿到身上,有的紧得像粽了,有的松得像稻草人。幺鸡子也拄着一根棍子,站立不稳地从屋里出来,他前后拉了十几次,小半天的光景,因脱水严重,人瘦了一圈,脸也黑了。纠察队员也给他杀了毒。毒还有有杀完,他又喷射一般地呕吐起来,春雷赶紧叫人用石灰盖上他吐出来的污水,叮嘱幺鸡子再要吐,只能吐在石灰上面。幺鸡子太瘦小,只好穿野茅厕的衣服,花花绿绿的,把看的人的肚子都笑痛了。这一笑,霍乱带来的恐惧似乎减轻了。幺鸡子有气无力地说,该死的卵子朝天,我光棍一条,死有幺子好怕的。

旁人说，平时冇有看出你还是一条硬筋汉呢!

有人接着说，你若是一条硬筋汉，就往侉老东的队伍里钻，把他们都染上霍乱，叫他们绝儿毛!

幺鸡子又有气无力地说，我走不动了，你们把我抬到侉老东堆里去吧。

春雷说，别瞎说了，现在，幺鸡子，你们几个千万别乱跑，都待在这个屋子里。

春雷又把另外的石灰，叫几个牌角倒进幺鸡子拉过的茅缸，茅缸里立刻发出石灰在粪水里爆炸的声音，搞得臭气熏天，白雾似的灰尘腾起好几尺高。

野茅厕毕竟是个女人，春雷只得叫她自己将石灰水拎进屋去清洗杀毒。野茅厕关上大门，自己给自己洗了起来。一会儿，突然门砰地开了，胡乱穿着衣服的野茅厕也往茅厕里跑，她也拉了起来。看来，这两个倒霉鬼染上霍乱，是确定无疑的了。

不一会儿，劁猪佬带着班家门的保长和几个民兵来了。班保长和民兵离劁猪佬远远的，生怕染上病毒。春雷对班保长说，你们班家门的防备冇有做好，接下来，你们可要把好关。这几个人，就只能待在这个屋子里，女的染上霍乱的可能性要大，单独住一个房间，四个冇有吃鳝鱼的男的，可能性要小，住在一起，每天用石灰水杀毒三遍以上，他们的吃喝拉撒，你们村里供应。你们马上把村后的砖窑收拾一哈，幺鸡子就在那儿隔离，我们会马上想办法给他治疗。

劁猪佬还站在石灰圈外边发傻，班保长骂道，你还舍不得进去?

572　江汉谣歌

你这是自作自受。他又冲茅厕那边骂，还有这个野茅厕，害了这么多人，丢我们班家门的脸！

劁猪佬说，她也无辜，你要找那个卖鳝鱼给她的林光棍算账。

春雷说，我差一滴忘了，叫那个卖鳝鱼的林光棍待在家里，哪儿也不要去，自己在家杀毒，说着便要班保长派人送石灰过去。

春雷对马倌兴权说，你郎也不能把儿子拉回家去，那样容易一路传染。见马倌吓得直发抖，春雷安慰道，你郎放心，霍乱也不是绝症，我来之时，族长、骄哥、马队长，他们正商量办法。

正在这时，永骄和马队长也赶来了。

永骄喊过幺鸡子，远远地对他说，幺鸡子，我们去城里找县政府，应该可以弄到西药，听说联合国善后救济总署送来了一批特效药，但是，这种药十分少，我们也不晓得弄不弄得来，总之，我们会尽力。

幺鸡子还有有完全病倒，脑壳也还清醒，他听了连忙应承。

永骄说，县里有这样一个政策，抗日队伍里的人优先救治，因为霍乱，伶老东现在还有可能过江来抢粮，霍乱过后他们一定会来，所以我们抗日队伍里的人优先。现在，我和马队长特地来问你，你愿不愿意加入游击队，如果愿意，我去找郑县长，弄到药的把握就会大一些。

幺鸡子连连点头。一旁的马倌也连说愿意。

有人说，找县长让春雷去面子大一些吧，好歹县长还是春雷转了弯的义父。

有人打岔说，县长是厚基族长家的永华的义父，那时，春雷不过是代只有岁把的永华向县长敬了一杯茶，要说面子大，这里就数马队长。

马队长说，永骄的面子足够了，从上回在西门渊划龙船起，永骄就成了郑县长眼前的红人。

永骄不管这些，只管对幺鸡子说，我希望你是真愿意，而不是为了救命而勉强愿意。他严肃地说，如果你愿意，今后一切要听从游击队的安排，首先一条，就是不可再打牌赌博，游击队不允许打牌赌博，你自己说，你做不做得到？

幺鸡子连声说，做得到，做得到，做不到，你们可以剁我的手指头。尽管他声音低弱，在场的人还是听到了。

永骄走近两步，深沉地说，幺湖，村子里，你们这一拨的半糙子中，你跟水垵两人最聪明，你自己想想，人家是怎么评价水垵的，又是怎么评价你的？见幺鸡子低着脑壳不吭声，他又说，要我说，你比水垵还要聪明得多。但是有一句古话，叫聪明反被聪明误，我不想你是这种反被聪明误的人。

幺鸡子惭愧地说，骄哆，我晓得你郎的好心，我也晓得自己太不懂事，这回，死了我就不说了，如果能活下来，我将跟着你郎，重新做人。

永骄说，幺湖，浪子回头金不换，我相信你。不过，有一句话叫跟好人学好人，跟坏人学坏人，希望从此以后，你多跟水垵他们在一起，这样，你一定可以成为一个新人，人们也一定会改变对你的看法。

这时的幺鸡子眼光呆滞，声音嘶哑，眼球下陷，呼吸短促。他又要拉了，便拼了命地往茅厕跑，跑得额上冒出了大汗，差一滴就和刚从茅厕里出来的野茅厕撞上。他拉开裤子，人还冇有完全蹲下，屁股里就射出淘米水一般的污水来。

永骄说，他脱水太多，得赶紧补水，冲淡盐水喝，他们几个都要喝，尽量多喝。

马队长对班保长说，先用家里的盐冲，不够你再给他们。

永骄转过脸对马队长说，马队长，这个兵就先交给你了，我得赶紧走了。

马队长说，一路小心，千万防止传染。

永骄对马倌说，我得骑你的马走了。

马倌赶紧卸下马车，把马交给永骄。永骄跨上马，马队长走过来，摘下自己的匣子枪，挂在了永骄肩上。

永骄一夹马肚，马奔跑起来，一会儿就跑得冇得影了。

# 鬼月 第六部

## 一

说出来哪个都会觉得稀奇，我是住在树上的，就是堤山上的重阳树上。

树上的我，不论日夜也不论寒暑，都可以高高在上地俯视长堤垸的一切，整个赵家垴村，更是尽在我的眼皮子底下。这使我常常有一种老天爷第一我第二的感觉。我在黄泉路上强忍饥饿和干渴，死命地推开一切的诱惑，一忍再忍，三忍四忍，七忍八忍，冇有像其他刚刚进入阴间的鬼那样，急急地喝下那鲜香无比的孟婆汤。呵呵，这是我做人做鬼做得最漂亮的一件事，它漂亮得一个伴都冇得！

这高高的重阳树啊，它枝繁叶茂，阴凉无比，它就是我的家，或者是窝，用 肚子墨水的鼓痴的说法，它就是我的巢。鼓痴在打丧鼓时常唱，"筑巢为室有巢氏，人文始祖他第一"。这是丧鼓词《黑暗传》中的唱词，说的是世上第一个有家有窝的人的事儿，这个人就是有巢氏，他不仅自己有巢，还教人们抛弃阴暗潮湿的洞穴，都像他那样在树上筑巢居住，人人个个都成为有巢氏。我虽然冇有在重阳树上筑巢，但住得好像比古时的有巢氏他们更要舒服。

农历的六月底七月初，早谷、豌豆、麦子这些早收的庄稼都已经被收割干净,晒得干崩,入了囤仓,这时的江汉平原,又进入了一个小农闲的时节。小农闲当然不是真的闲着,只是相比之下不是那么紧急和忙碌。富饶的江汉平原一年两收——夏收、秋收,也称小秋收和大秋收,所以真正的农闲时节,只有冬腊月间。不过,那还得看这年冬腊月间要不要修筑江堤或垸堤,如果要修堤,江汉平原就不会有么子真正的农闲了。

小农闲时节是夏收的结束,也是鬼月的到来。现在是一年中最特别的月份——鬼月。

七月初一开鬼门关,地狱的大门开始打开,整整一个月,阎王五嗲开恩典,会放关在阴间地宫的鬼魂们出来吐吐气、遛遛弯,也回阳世间的家里去探探亲、访访友,同时接受后人们的孝敬与祭祀。过了七月半的大节,鬼魂们才陆续返回地狱,到七月的最后一天,地狱的门全部闭死,鬼魂们得老老实实地等候阎王五嗲发落,或是去投人胎,或是去投禽胎,或是去投兽胎,也有投虫子胎的,当然还有留在地宫当小鬼的。最惨的,是仍然关闭在地狱里的鬼魂,那是他们在阳世作了太多的恶,或是在阴间不守规矩,被打入了十六层、十七层、十八层地狱。

鬼魂们无论处在地狱的哪一层,在鬼月里,除了当年的新鬼以外,鬼们都有在阴阳之间游荡的机会。这个时候,阳世间的人们就得给鬼魂们祭上吃穿用度,烧上福钱。特别是七月半这天,地狱的大门开得最大,所有的鬼魂都去到阳世间,算得上是阴气鼎盛,鬼影憧憧。这七月半,也就是人们祭祀亡人的高潮,后来逐渐成为一个节日。这个节日,实际上就是阳世的祭祖节,道教称之为中元节,佛教称之为盂兰盆节。这一天,有主的鬼魂回家探访,无主的鬼魂就游荡人间,像野狗一样到处寻找吃的，寻找钱花。阳世间到处进行祭祀活动：七月十四，道士举行盛大的打醮，为亡魂安抚灵魂；七月十五，和尚放河灯，为亡魂照亮回家的路；七月半期间，家家户户烧纸钱，摆供品，迎接祖宗回家探望。当然，阎王爹的规矩也不是铁板一块，去年七月，地宫的门就冇有开，冇有让鬼魂们到阳世间游荡。那是因为世间有了特殊情况，阎王爹早就晓得，去年七月阳世间会闹很大的水灾——几十年不遇的秋水，他不能让鬼魂们在这个时候给人间添乱，所以特事特办，不放鬼魂们到阳世间过七月半。再说，灾荒之时，阳世间的人哪里还有工夫和能力来敬祭亡人。今年七月，在地狱闷了整整两年的鬼魂们，他们还不得来人间好好逛一逛，把去年冇有玩的本赶回来？

一句话，七月鬼月，鬼们过大年，你说该不该热闹？

鼓痴——我的老东家，他在五年前与佤老东比鼓之时，为了替我儿子永骄挡枪子而丧生，我们分别已时日不短。村里人都说我憨里憨气，给鼓痴做了一辈子牛马，我常说，这人啊大都眼皮子短浅，大都只看到眼前二寸远的地方，我却认为自己跟鼓痴一辈子十分值得。远的不说，近的，他可是用一条命救了我儿子一条命呢！何况，跟他一辈子也是我自愿的，我自己觉得不仅一滴也不冤屈，我还很开心。唉，这个老伙计，我还真的怪想他的，要不是去年七月闹水灾，阎王爹不放鬼们出地狱，我该早见到他了。这鼓痴老哥啊，我和他相别大好几年，他昨儿从堤山后的坟茔里一出来，就被早守在重阳树上的我看见了。故人重逢——应当说老鬼与新鬼重逢——我们俩都激动得一时说不出话来。这鬼家伙七月初一就挤出了地宫，来阳世间看亲人的心情倒很急切。这鬼家伙在阳世时对亲人冷淡，到了阴间倒是如此热切了，还真是阴阳颠倒。我问他为何至今还冇有去托生投胎，他苦笑着说，他做人时对亲人太冷淡，阎王五嗲不想让他这么快离开地狱，估计还要等上两年。鼓痴又问，垸董老爷不是丧生于洪水了吗，我怎么一直听不到他的消息，更见不到他的鬼影子？我说，垸董老爷一生做的好事数不清，他直接上了天堂，你当然见不到。他又问我和他的堂客的情况，得知这两个同时落水死去的可怜女人被阎王五嗲认为是大好人，已让她们早早地投胎到了富足人家，这使我终于安了心。我还问了我的儿媳的情况——我的第一个儿媳，他说这个山野出来的女子冇得王法，经常在阴间犯规，已被打到了不知是多少层的地狱，可能要晚好几天才能被放出来。

这个老鬼，他说得好像有些阴阳怪气，难道还对我的这个土家族儿媳耿耿于怀？

得知我在过奈河桥时冇有将孟婆的忘魂汤吞进肚里，而是悄悄吐在了自己的胳肢窝里，从而冇有糊里糊涂进入地狱，以至于至今还在阴阳两界自由荡悠，鼓痴不禁羡慕得要命。他说，真冇有看出来，你做人的时候心眼实得像秤砣，死了竟有如此空的心窍。我拉腔拉调地说，我不是有心窍，而是心中有儿女，就变得强顽，嘴再干渴，孟婆汤再香甜，它也馋不到我！

鼓痴晓得我是在敲打他，便不好意思地打了几个淡哈哈。

哈哈哈哈。

这鼓痴，做人的时候几乎不会笑，做鬼的时候竟笑得像野人，真是阴阳颠倒！

鼓痴虽说成了鬼，但他一肚子的学问却还在。他告诉我：七月半这个日子，最早源于农作物丰收后的秋尝祭祖。古时，人们认为庄稼丰收是神灵与祖宗保佑的结果，所以到了收获的季节，便祈祷神仙祖宗，求祈他们继续保佑，同时，人们也让先人检阅自己的劳动，看是否对得起先人们的恩典。这样，一进入鬼月，人们都会将收到的五谷果品摆在神龛上和坟茔前，同时还在坟前烧上足够的纸钱，让先人享用。

前年鬼月，我还是人，今年鬼月，我已是鬼。和其他的鬼不同的是，我冇有进地狱，而是待在坟前高大的重阳树上。这棵重阳树长了三百多年，有八九丈高，树头差不多罩住了一亩田大的地面。这树下的堤山，它虽然不是真正的山，但它是垸子里最高的一小片地。按风水中山地中找平地、平地中找山地的说法，重阳树可是占了长堤垸的绝佳风水。重阳树是江汉平原特有的一种树，寿命极长，都说寿命长的树阴气重，甚至可以成精，这还真是不假。鬼怪都喜欢待在高而阴凉的地方，所以，高大茂盛的树，一般都是鬼怪聚合之处。前年八月，我被侉老东一刀捅出两个血窟窿之后，我安有清仇人的去向，便想往这棵重阳树上爬，我本来也只是想想，但身体竟自个儿飘到了树边。我摸摸树干，抬一抬脚，身体竟然就往上飘升。我就这样像一朵云一样，轻而易举地上了重阳树。从此，我就喜欢上了这棵老重阳树，也离不开它。我把自己当成一只鸟雀，成天成夜地待在这树上，只是偶尔下来走走。

前年八月，一群侉老东从岳阳开过来，准备去沔阳打国民党的军队——王劲哉的一二八师。在经过长堤垸时，本来走长川河边的大路上的侉老东，突然拐到了村垱后的堤山这里。那时，虽然永骄在村垱上盖了新屋，我却坚持留在堤山上住。我要尽我的职责，看守这堤山上的鼓楼。再说，堤山上埋着鼓痴和我的第一个儿媳，堤山下埋着我的堂客和鼓痴的堂客。侉老东在堤山上抓住了我，要我交出三年前跟他们比鼓的人——永骄和春雷。难怪这侉老东要从大路上拐到小路上，原来是来报仇的。那个侉老东军官，左脸上有一个枣大的枪子瘤，他就是与鼓痴师徒比过鼓的三个侉老东中的一个，我记得他比鼓时，穿的是宽大的黄色怪袍子。那次比鼓，他们遭到游击队和自卫队的分头袭击，这个家伙骑马逃走了，冇想到他现在当了主官，杀到堤山来报仇了。我不会把永骄和春雷的去向告诉他，我相信不管我满足了他的么子要求，最后他也不会放过我。我说永骄和春雷被抓到县城修工事去了，瘤脸侉老东果然又逼我交出金丝楠乌木鼓，我自然不会说出藏鼓的地方。这个瘤子脸侉老东气得杀了我，又烧掉了这江汉平原独一无二的鼓楼。不过，这个家伙也冇有得到好死，第二天早晨，他们就进入了游击队、民兵与国军的伏击圈，在东荆河边被打得全军覆灭。而永骄和春雷他们这些民兵，正是去配合早得知侉老东行动的抗日军队，他们也参加了这次战斗。据说那个杀我的瘤子脸侉老东在拉着马尾巴渡东荆河逃命时，又是中了春雷的飞刀。春雷真是好样的，不愧为赵家垴的小李广花荣！哎，要是永骄亲手杀死那家伙，我会更加开心。唉，可惜一身功夫的永骄，在与侉老东比鼓时，被侉老东打穿了胆囊，精精壮壮的一个人，变成了一个枯豆干子，功夫也大不如前。不过他的脑壳灵光，是长堤垸民兵中的智多星吴用。前年，永骄和春雷参加了新四军游击队，听说永骄当了参谋长，又成了游击队中的智多星。

我听桂妹子悄悄跟珍姆说,永骄和春雷他们捎信回来,要族里在这个七月半好好热闹热闹,道士打醮、和尚做盂兰盆会,都要搞起来。他们说我、鼓痴和幺姑,都是为抗日而死,垸董老爷也是因为丧生,因为兵荒马乱和水灾,以前的七月半都冇有怎么祭祀,今年的七月半要好好祭祀一番。我见村子里还真动起来了。厚基族长等人接连商谈了几个晚上,一应的操办,都分交几个人经办了。这哈,不管是阳世的人,还是阴间的鬼,就等着看热闹了。

我正要从重阳树上下地,鼓痴就在树下冲我招手了。这个鬼家伙,做人时是我的东家,我都听他的,他还上了瘾了,做了鬼还要支使我。现在,我也该来个阴阳颠倒了,否则,我岂不是白做了一回鬼?我装着冇有看见,故意不理他。在这阴阳之间待了将近两年,我快要闷死了,正好逗逗他解解闷儿。

我的铁哥,我都在村子里转了一大圈,你快下来嘛。鼓痴在树下讨好地冲我说。

这家伙变化真大,居然叫我铁哥了。也行吧,我叫了你几十年东家,现在你叫我哥我也当得起。这家伙做了鬼之后,腿倒是齐全了,不像在阳世时离不开一对拐杖。不过,我总觉得他冇得两只拐杖,反而有一滴怪怪的不顺眼。

我爱理不理地说,露水都冇有干,你急个么子噻。

咋不急,我都看见你家的新儿媳和我家的儿媳两人一大早就往湖里去了,我想跟着去看看,又不大好意思。

鼓痴竟真的露出不好意思的笑来。这个鼓痴做了鬼之后,变得还

583

真有些可爱了。

我说，你跟过去也有得么子不好意思，你是鬼，她们是人，不比你在阳世时，公公跟儿媳不能太亲近。

鼓痴笑道，说是这么说，我还是觉得有一滴不妥当。虽说我们两个做公公的都成了鬼，可以不顾忌人间的礼俗，但要是离她们太近，我们的阴气会损到她们的阳气。

鼓痴读的古书多，这些都是书里学来的，做了鬼也冇有忘记，我不得不服他。

我听珍娌和桂妹子商量，今儿她们要到离湖里去寻寻野物，这不由得使我担心起来。我昨儿夜里给珍娌托了个梦，叫她们不要去湖里，冇有想到她们还是去了。我和鼓痴两人的堂客，就是在鬼月里下湖采莲子时遇上了龙卷风，两人同时从小船上落水而死的，我真担心她们两个年轻女子。这湖面太大，青天白日照样有龙卷风，不过谢天谢地，今儿的太阳不错，应该不会刮风落雨，但是我们得赶紧跟过去，万一有么事，也好保护她们。虽说鬼救人一命，不仅会使被救的人被阴气所伤，还会破坏阴间的规矩，会被阎王五嗲罚到下一层的地狱。但为了自己的后人，这也值得。

我和鼓痴轻飘飘地穿行在庄稼地里。我们不敢走正道，怕我们的阴气伤了阳世的行人。都说七月里鬼太多，阴气重，人一不小心就会被阴气所伤，轻则生病，重则丧生。这个说法可不大靠谱，那是人们不懂得在鬼月里回避。我昨晚忘了托梦告诉珍娌，叫她这个月里不要单独出门，天太早和天太晚，都不要去水边，也不要往庄稼和树木茂密的地方去。她的婆婆，就是在最不该出门的时候出了门，在最不该下湖的时候下了湖。这个女子，还有桂妹子，胆子都天大呢！自从她们成立妇救会之后，胆子就更大了。

我们很快追上了珍姆她们。还好，她们还约了两个女子和一个男将，一个是兴虎的堂客，一个是横癫子的堂客，男将就是横癫子。横癫子冇有去游击队，还是当他的民兵，不过他现在是民兵队长了。人们要他去参加游击队，他说他怕在战场上侉老东笑他是癫壳子，丢赵家垴的丑，丢中国人的丑。其实，这野鸡日的是舍不得他的大奶子堂客，生怕哪个把他的堂客偷了吃了，怪不得人们都说他是村子里最骚的家伙。其实这也难怪，他因为小时候长过癫子，脑壳不仅冇得几根头发，而且还瘪瘪凹凹，长得丑怪。这样，别的男子一二十岁就夜夜抱着堂客困了，他呢，一直苦熬到三十出头，才娶到朱家门的大奶子大屁股的朱寡妇。这朱寡妇二十五六岁就死了丈夫，三四年后又死了儿子，被公婆认为命太硬，克夫又克子，便把她赶出了家门。她回娘家住了一年，又被娘家的嫂子和弟媳不容，说她是扫帚星。朱寡妇人虽然长得好，但人们都怕她的硬命，再嫁也不容易，最后是横癫了不管不顾，娶了她回家。他们两口子一个脑壳丑、一个命硬，成婚后倒是十分恩爱。这两个人干柴遇烈火，都想把耽误的欢爱补过来，床上的事不免就做得十分频繁，还惊天动地，因此遭村人笑话。成婚后，有人不叫永横为癫壳子了，开始叫他奶猪仔，说是他一到夜里，就要啃堂客的奶子。这癫壳子也好，奶猪仔也好，他人也十分大方，舍得力气帮人，也不差血性，我一直还挺喜欢他的。你看，他现在不是在保护这几个女人嘛。再说，垸子里总得还留几个青壮

585

男将噻。

邀上好几个伴儿下湖,这珍姆做事还真是细心稳妥,整个垸子里找不出第二个来呢。唉,永骄的姆妈呀,要是有她这个儿媳这份细心,哪会死在水里,可怜她儿媳都冇见着一个,更不用说见着两个了,更更不用说见着可爱的孙伢子了。

鼓痴见我走得慢,火急火燎地说,老铁,你快滴噻。

我笑道,你不怕阴气伤你儿媳的话,你就自己上前走嘛。

你这个老铁!鼓痴说,你昨儿卖关子,不告诉我儿媳的来历,哼,我现在看出来了,她肯定是长阳山里的。你看她走路的样子,喜欢低头弓腰,走路一跳一跳的,还有她的口音……

口音你都听出来了?叫你不要离人太近,你这是要害你儿媳呢!你不晓得你儿子等这个媳妇,他等得不晓得有多痴多苦,真是死人子不知活人子的苦啊!

鼓痴低下脑壳说,我错了我错了。可是,她们走这么急搞么子?

我嘲笑道,你怎么变得婆婆妈妈了?你离她们远远的就行了噻。

我们穿行在密密的庄稼地里,这样既是为了躲避强烈的太阳光,也是为了察看庄稼。中谷田里的谷子还是青色,但浆汁早就灌满了,米粒也开始变硬了,比往年的中谷都要好呢。都说大水灾过后的一两年,田地会格外的肥,还真冇有说假。豆子田里的黄豆和黑豆,毛毛荚子都结得长长的,长四粒豆米的怕是有三成以上呢。不时有金色的折蛛弹跳起来,闪着翅膀蹦向一边。好大的折蛛,怕是都有中指长呢。还好,这些家伙不是太多,太多就要成灾呢。厚基族长回家隐居那年的蝗灾,满天满地的蝗虫，就像天上飞起了黑雪一样啊，现在想起来，叫我这个鬼都打哆嗦呢。幸亏那年见多识广的厚基族长回了村子，带领大家把蝗灾降低了一半。

折蛛就是蝗虫，它的腿折着，我们这儿都叫它折蛛。

鼓痴说，哎哎，可不可以快一滴？你看他们都走得只剩尺把长的影子了。

我看你做鬼之后，别的倒是改了，就是急性子冇有改。我们走路风快，你急个么子噻。你看这芝麻长得怎么样？

好呀！

好个屁！我倒忘了你是个不懂五谷的家伙。你是瞿家大少爷啊，你是专门靠嘴壳子吃饭的打丧鼓的歌师啊。你只会唱"芝麻开花节节高，人生百年日日好"，至于怎么高怎么好，你晓得个狗屁！

鼓痴说，你这个老铁，在阳世时人们都说你是苕，嘴壳笨拙，成了鬼了，倒成了精，说话这么不文雅！

哼，不文雅就不文雅，我要文雅做么子哦！

我和鼓痴一路吵着闹着，越过了甘浪湖堤，过了禾丰坑，来到了离湖边上。我们远远地望见，横癞子从我过去住过的渔棚边解开小船，五个人钻进了湖荡里，荷叶丛里，不时响起他们的笑声。我们家过去住过的这个茅草渔棚，被永骄送给一对老夫妻了，我早看出来了，这对老夫妻是一边打鱼，一边为永骄他们传递消息，所以这渔棚也为对付侉老东发挥着作用呢。这真让我自豪。

入了秋的离湖，虽不如夏天里那般好看，但却充满叫人踏实的景象。

湖面上时而打起一个大大的浑儿,那是肥美的大鱼在捕食呢。那黄了边的大荷叶底下,一个接一个的莲蓬都勾着头,它们像小媳妇一样不好意思呢。那闪着油光的菱角叶子,都被水底下的菱角挤得翻了起来,就这菱角,也当得饭呢。当年活动在这一带的贺龙和段德昌的红军,就是靠菱角莲子和湖藕当军粮呢,这也是他们舍弃最初看好的贺龙的老家湘西,最后选择在江汉平原的湖区"闹红"的原因。浅水里,无边的篙草(生长在江汉平原及洞庭湖平原湖区的一种大型水草,它的肉质茎称篙芭,也称茭白)也开始黄了,稍稍细看,就可以看到鼓胀得圆滚滚的篙芭绽出了浅黄的皮,像黄铜一般的灿亮。篙芭这个看着不起眼的东西,用火一烧,里面全是黑黑的粉。这黑黑的粉倒入口中的那一刻,烟雾似的还有点呛喉咙。这粉儿甚至冲到鼻孔里去,一直香到嗓子眼里。这篙芭比炒米粉子还要好吃呢,虽说吃篙芭屙黑屎,但是有吃的就好啊,你管它是黑屎还是黄屎嘛,又不是屙出来给人看的。那些少水的地方,荒年都吃观音土,屙都屙不出来,哪敌得过这糯米粉子一样的篙芭。

我问鼓痴,哎,你还记得有一年闹水灾颗粒无收,我们吃了半个月的篙芭和莲子吗?

鼓痴心不在焉地说,不记得了。

这家伙,心都跟着他的儿媳妇飞了。

我又说,哎哎,你看那桂妹子,你的儿媳,她把那枝粉红的荷花摘了下来,把花瓣一瓣一瓣地放进湖水里,像放十几只粉红的小船呢。你看她把那鹅黄的荷花芯,竟插到头发上去了,你别说还真好看呢。山里来的女子下湖,么子都觉得新鲜呢。

鼓痴支吾道，嗯嗯。

你要搞么子？我一把拉住鼓痴，这家伙竟然要下湖。我气恼地说，你不晓得水是传阴气的啊？你这一下水，阴气就会传到伢子们那儿去。我估计，我们的堂客在那年七月落湖，可能就是有鬼魂下了湖，甚至跟踪着她们，所以她们的船才翻的。

鼓痴赶紧退上湖岸，像个做了错事的伢子。这个家伙，读了一肚子杂书，么子都晓得，就是不晓得实际该怎么做。要不是他上辈子是我的东家，两人相处得像兄弟，我就拿这话来骂他了。

湖里响起水乡小调《十送》。这江汉小调，山里来的桂妹子也学会了：

一送郎斗笠，
背在背心里。
就怕下雨打湿衣，
姊妹那个哟，
又怕晒黑皮。


二送郎撮箕，
竹篾来扭系。
送给我郎去挑堤，
姊妹那个哟，
我郎把亏吃。

小调还冇有停,忽然响起横癞子粗门大嗓的《饮酒歌》。横癞子膀阔腰圆,中气十足,唱得字正腔圆。

此筷不是快,
悟空与八戒,
跟斗翻了十万八千里,
那快才是快。
…………

鼓痴听得痴痴的。这个歌疯子,他成了鬼,再也唱不了歌,心里一定痒得像猫抓。

## 二

太阳偏西了,珍姆他们划着船回到了岸边。一湖的清水,被西边的太阳映得通红,分外好看。他们的收获不小,圆圆的莲子、尖尖的菱角、虎口粗的篙芭、一人多长的野藕,把船舱都堆满啦。桂妹子的斗笠里,还装着一兜野鸭蛋。横癞子从船舱里拎出三只大脚鱼,十二个爪子和三条尾巴张着摇着,怪喜人的。他们每人挑起一副担子,一闪一闪地登上湖岸,沿着湖野小路向村子走去,夕阳下,他们黑黑的小背影就像皮影戏上的影子。

快近堤山的时候,两个男将碰上了珍姆和桂妹子他们,几人一起说着话，向村垴走去。有一个男将是赵家垴的女婿，就是业化的二丫头的第二个丈夫，他叫三九麻嫩，是王家老爷垴上的。这个家伙不是当着"黄卫军"的小队长吗？听鼓痴说，蒋介石手下的大将戴笠组建了苏浙行动委员会别动队，曾留学日本士官学校的熊剑东被任命为淞沪特遣队支队的司令。上海沦陷后，熊剑东率军前往江浙一带打游击，更名为"忠义救国军"，起初他们对侉老东作战也十分勇猛，被称为一支抗日劲旅，因此，熊剑东那时也是一名抗日勇将。可是在一九三九年初，熊剑东在上海被侉老东俘虏，便从抗日将领变节为卖国汉奸。他来到武汉，仍打着抗日旗号，以保卫黄色人种这个模棱两可的旗号为幌子，在武汉组建起"黄卫军"，并于一九四一年六月开赴监利。开始，人们大都不明真相，还以为熊剑东仍是以前的抗日将领，就十分拥护他，加上"黄卫军"的军饷丰厚，不少青年也纷纷加入了他的"黄卫军"。三九麻嫩也在那一阵的"入黄"潮流中稀里糊涂地加入了"黄卫军"。进去一段时间之后，这些军人才发现情况不对，"黄卫军"竟然要听侉老东的使唤，他们才晓得是上了熊剑东这"狗熊"的当——有些人暗中把熊剑东称为"狗熊"。现在，三九麻嫩这几个家伙这么晚了来赵家垴，肯定不会有么子好事！

鼓痴要去找三九麻嫩的麻烦，我拦住他说，阳世的事，阴间的鬼最多只能托个梦，你管了不仅不起作用，还要被阎王五嗲下油锅。

鼓痴不甘心地说，总不能眼看着他去害人噻。

我说，如果鬼能管得了阳世的事，那我们就可以去把侉老东都变成鬼了，而侉老东变成了鬼，他们又可以把新四军和国军也变成鬼。那样一来，阳世也好，阴间也好，不全都乱了套，那还成一个世界？

鼓痴听得额头上的青筋直鼓，气得说不出话来。

我和鼓痴转了一天，都有些疲乏，鼓痴很快就困着了。他冇得鼾声，也冇得呼吸，而他在阳世的时候，困起来总是鼾声震天，比他唱丧歌的声音小不了多少。我在阴阳之间浪荡惯了，不觉得累，便趁着这个机会独自行动。鼓痴这老鬼性子太急躁，有他跟着，我担心办事会不稳妥。

透过屋上的瓦缝，我看见珍姆和桂妹子在折河灯。

清油灯下，珍姆的手指不停地翻飞，半篁烟的工夫，就折好了十几只漂亮的河灯。桂妹子才折出六只河灯，她对珍姆佩服得五体投地。河灯放到河面上时，把里面一截寸把长的蜡烛点上，它就可以顺水漂流，为那些亡人照路。最简单的河灯是方形的，就像一只冇得盖的盒子，名字也就叫盒子灯。珍姆嫁到赵家垴来后，每年族里都安排她折荷花灯。折荷花灯既费工夫也费纸，折河灯的纸是族里统一买了发下来的。荷花灯的样子就像荷花，有六个瓣的，有八个瓣的，有一层的，有两层的，多的可以叠到四五层，比盛开的真荷花还要大，珍姆折荷花灯又快又好，冇得一个人能赶得上她。

珍姆告诉桂妹子，七月半逢五年小办，逢十年大办，今年虽然不逢五不逢十，但游击队要为抗战而死的人办一场祭祀，所以就按逢五的规格来办了，因此，族里今年要折八十只荷花灯，其他的以盒子灯为主。自从珍姆嫁过来后，她和桂妹子就跟永骄和春雷两个人一样，好得跟一个人似的，么事都在一起做。这赵瞿两家的两代人，一直就是这样，现在连第三代的龙伢子、虎伢子和凤丫子，也都像亲人一样，我和鼓痴见了，特别开心。

我又来到厚基族长家——当然是赵家的族长。厚基族长家是一个两进的四合院子：进了门楼是第一进的屋子，中间一个过厅，左右是两个下人住的房间；过了过厅是天井，天井左右是东西厢房，东厢房住的是晚辈，西厢房被改成了一个大谷仓，厚基族长称它为茅包仓，还请业鉴刻了一块木牌挂上门首，茅包仓长年存着两万斤谷子，是厚基族长专门用来帮村人渡灾荒的；过了天井才是第二进的正屋，中间是中堂，左右两边是东西睡房，是当家人和老人住的地方。

三九麻嫩和他的同伴，果然就在厚基族长家里，三九麻嫩的丈佬业化也在这儿。他们在劝说族长，说是侉老东也要来这儿放河灯。那年，侉老东在堤山比鼓时，垸子西北角的飞机场工地被郑县长带的自卫队围攻，打死了二三十个侉老东。在赵家垴的四十多个侉老东又遭到游击队的伏击，在赵家桥附近死了三十多个。现在，侉老东想来赵家垴的桥头放河灯，为死在河边的侉老东招魂照路。

三九麻嫩说，侉老东说了，双方交战，死者无过，不管是中国也好，日本也好，都应当尊重死者。再说了，我们中国，自古以来也是死者为大。族长，侉老东也是不想跟我们弄得太僵，他们想跟我们一起放河灯，是想融洽双方的关系。那年在河边死了三十多人，他们也不怪我们赵家垴。他们还说了，来放河灯，纯粹是非军事的活动，也可说是民间活动，侉老东把军装一脱，也是普通人噻。

厚基族长说，他放他的河灯，用不着跟我们说。我们和他们，根本就冇得任何关系。

业化说，他们说得好像也有一滴道理。

厚基族长正色地说，业化，你的女婿不懂我们赵家垴的人，难道你也不懂？他们的人为么子死在赵家垴，为么子跑到中国来送死，这还用我来说吗？他们杀的中国人还少吗？鼓痴、老铁、幺姑，侉老东冇有来的时候，他们都活得好好的，他们不都是死在侉老东手上吗？

厚基族长可真叫人佩服，他的儿子业国也死在侉老东手上，虽然是死在侉老东的老巢日本，不是死在家里，但也是为国捐躯，可是他却只提别人，不提自己的儿子。

三九麻嫩说，族长，你郎说得都对，我是怕侉老东一不高兴，祸害我们赵家垴。

厚基族长说，你也晓得只要我们不跟他们一起放河灯，他们就有可能祸害我们？

这翁婿俩说不出话来了，只得告辞。厚基族长家的狗也不喜欢他们，冲他们直汪汪。三九麻嫩还不死心，边走边说，族长你郎再想想，也就是给死人放一哈河灯嘛，我好歹也是赵家垴的女婿，也是为赵家垴人的平安担心，我们现在不能跟侉老东硬碰硬嚯。

正在这时，鼓痴竟也找来了，我拉着他就出了院子。我想知道，这三九麻嫩的葫芦里到底装的么子药。

鼓痴说，先别走，我们再听听，我想这侉老东肯定冇有安好心，就算他们真的只是放河灯，我们也不能跟他们一起放。再说，这河是我们中国的，为么子要放他们日本的河灯？

我说，管那么多搞么子！

鼓痴说，那你背着我来这儿搞么子？嗯——我看出来了，你是不想让我跟着。你到了阴间，很嫌烦我了是不是？是的，你在阳世时，是当过我的长工，做过我的跟班，为我做了很多分内分外的事儿，现在到了阴间，是该阴阳倒过来了，是该我听你的了，可是，你为么子总是想甩开我？我真有你想的那么浮躁，真会坏你的事儿？

我哭笑不得。这鼓痴，做人的时候，一辈子大大咧咧、干干脆脆，成了鬼后，却变得婆婆妈妈，小心眼一个接着一个。

我说，好好好好，是我的不是，我给你赔罪。

鼓痴说，算了，我不跟你老铁计较，算是我给你赔阳世时欠下的罪。不过，你别急着走，春雷马上就到了。

果然，厚基族长家的狗又在屋外汪了起来。

旺虎。春雷冲狗低低地叫了一声，那狗就不汪了。

看来，今年这个七月，还真是不平常。

春雷进屋的方式与众不同，他冇有敲外面的门，而是纵身而起，脚尖在西边的院墙上急点两哈，跃上院墙的瓦檐，然后像谷草一般地落进院子。他的轻功练了多年，是长堤垸轻功最好的后生。

春雷在正屋门外敲响了厚基族长的中堂门，敲得很轻，因此，他与厚基族长的见面，冇得其他人晓得。

从春雷与厚基族长的谈话中，我们才晓得侉老东要与赵家垴人一起放河灯的原因。原来，五年前，侉老东在长堤垸西北角修飞机场冇有得逞，只好到县南长江边的白螺矶去修。但是他们还是不死心，现在又决定在长堤垸修建碉堡，设立据点，以对付活动在离湖一带的新四军游击队，保卫他们所占据的县城的安全。他们另一个更重要的目的，则是想把离湖周围四五个县的垸子当作他们的粮草基地,以便随时征粮抢粮。离湖周围的四五个县是江汉平原的中心,是产粮最丰的地方,既是鄂豫两省抗日队伍的主要粮食来源之地,也是佫老东眼中的肥肉,哪方占领了这片地方,哪方就获得了战略大后方。而离湖南岸的长堤垸,则是这个战略大后方的战略要地,新四军第五师襄南军分区离湖游击大队的一个重要任务,就是跟佫老东抢夺这块地方。主要负责这项任务的是游击队的马大队长,马大队长自然把最重要的任务交给了最熟悉长堤垸的参谋长永骄,春雷则负责与离湖周边各村垸的联络。

佫老东要和赵家垴人一起放河灯,目的是要让老百姓认为他们也是重情重义的人,是跟我们一样也过七月半的东亚人,是想要赵家垴人放弃对他们的敌视与警惕,这样,他们在垸子里修建碉堡、设立据点,才能顺利进行。他们这样做的目的,也有渗透的意图,他们想让日伪军与老百姓打成一片,方便监视老百姓与抗日武装的联系。这不,他们派了三九麻嫩这个"黄卫军"的小队长,过来打起赵家垴的主意。他们要三九麻嫩以亲族关系来说动族长,则是他们计划的第一步。好在族长是见过大世面的明白人,不答应与佫老东一起联合放河灯。

不过,春雷倒是劝厚基族长,先别彻底拒绝三九麻嫩,话留点余地,看看佫老东到底想搞么子。春雷说,在敌强我弱的时候,硬抗不是最好的办法,要摸清敌人的意图,灵活机动地进行斗争。春雷说,这是马队长和骄哥经常跟我们说的。最后,春雷说,既然佫老东提出要与老百姓一起放河灯,我们也可以利用这个机会反制他们。厚基族长认为春雷说得有理,表示将组织族人,全力配合游击队。

鼓痴说，我在阳世时，一直不怎么服厚基族长的气，冇有想到他这个陶渊明式的隐士，竟还真是一个爷们儿。

我笑着说，你在阴间做了几年鬼，倒是明白了不少阳世的道理。

春雷本是为秋收护粮的事来找族长的，现在得到了新的消息，他也不像往常那样回家与桂妹子亲热了，马上就离开了村子，消失在黑夜中。

鼓痴叹道，冇有想到，我这个在丧鼓丧歌上冇得多少天赋的儿子，现在也出息成这样了。过去，我认为他是个实心脑瓜子，特别是丧鼓词背不出几段，把我气得要死，而你家永骄，则是过目不忘、言辞机巧。所以，我那时一直待春雷冷淡，简直冇有把他当自己的儿子。说到这里，鼓痴有些悔恨，他说，唉，我怎么就忘了孔夫子说的因材施教，怎么就忘了术业有专攻呢？永骄是一个文人，春雷是一个武人，我不该要他们俩一个样啊。

我嘲笑道，你岂止是对春雷冷淡，你对他姆妈不冷淡吗？你对周围好多人都这样呢！你一直不大臣服厚基族长，叵你的春雷跟他关系却不错，他们俩是忘年交呢。春雷从他那儿学到了不少东西呢。

鼓痴说，学的不过是炒菜。

我说，难道就冇有学到做人处世？再说，你对春雷冷淡得像外人，而厚基族长对他却关心得像子弟。

鼓痴低下了脑壳，悔叹道，是的，我现在想起来，才晓得我真不是肉长的心。春雷的姆妈脑壳是有些笨，但是她若不是有些笨，会嫁给我这个败家子吗？唉，我对春雷的姐姐也不好，我也认为她有些笨，跟她姆妈一样……唉，在阳世时，我总认为自己聪明得不得了，除了喜欢聪明人，其他的人都不放在眼里。

好啦天才的鼓王，这个世上，我晓得你只看得起永骄一人。你这个人哪，就是想人人都像自己。古话说，要想人人像我，除非有两个我。好啦，不嚼陈谷子烂芝麻啦。后人们都胜过了我们，我们该放心啦。这侉老东，我看也蹦不了几哈啦。

我和鼓痴来到业化家，业化正和他女婿三九麻嫩说话。业化是个老实人，话也不多，他这个二女婿却能说会道。业化今年的苞谷收得好，堂屋里堆得走路的地方都冇得了，他一边说话，一边和他堂客剥苞谷。三九麻嫩在一旁抽纸烟，也在不紧不忙地帮着剥苞谷。这个三九麻嫩，也还算不忘本，还能帮丈佬剥苞谷，看来也不是不可救药。他带来的那个兵，则在偏房里困得呼噜震天。

业化抽了一口旱烟，说，虽说你是怕侉老东祸害赵家垴，可你跟着他们屁股后面转，也不是么子好事。你想，这侉老东绝不会在这儿生根，迟早是要走的，你可不要在这十里八乡落下骂名，弄得将来子子孙孙被人戳脊梁骨。

三九麻嫩说，崖崖你郎放心，我不过是为了养家糊口才当这个兵的，我原来做房地中人做得好好的，侉老东一来，房地买卖都冷下去了，我总不能坐吃山空，就先当一个有饷拿，还一去就有个官职的兵，等今后侉老东走了，我再做回我的中人。我也冇有想到原本的抗日英雄熊剑东，竟然摇身一变投了侉老东，害得我也受侉老东的支使，也让人们背地里吐涎水。可是，这怪得了我吗？好多人也是跟我一样上了这狗熊的当，也都一时脱不了身。

业化说,当然,我们也晓得这些,被那个姓熊的蒙骗的,也不止你一个。

三九麻嫩抽了一口纸烟,从鼻孔里喷出一股烟来,生气地说,其实我参加"黄卫军"的原因,也还因为我们王家老爷塆的风气不正。我们族里主事的几个人,心胸狭窄,冇得赵家塥族中的主事人那样的度量和见识,他们读的书不如我多,外面的人缘也不如我广,心里不服我的气,所以从来就冇有正眼看过我。他们眼红我能挣几个活钱,看不得我们一家吃的穿的好过他们。我好歹也是一个正经生意人,他们却说我根本冇得么子本事,说我不过是一个撮白打拐的骗子,总是咒我迟早都破产,你郎说气不气人?所以朋友一邀,我就进了"黄卫军",我就是要证明,我不比那些人差,就是要在王家老爷塆上争口气。我王三九不靠嘴巴照样有饭吃,照样比他们混得好。佛争一炷香、人争一口气,我一个"黄卫军"的小队长,总不比他们一个保长族长差吧?不过,我进"黄卫军"之后,上面让我搞么子,我不过都只是面儿上应付一哈,我做事绝对会有分寸,伤天害理的事,你郎放心,我是绝对不会做的。

业化的堂客说,你被族里的人眼红和看不起,受他们的欺负,我们也晓得,二梅都被塆上的女人们欺负得躲回娘家来了,要不是永骄的堂客珍姆出来说公道话,她都不敢回家呢。不过话说回来,你穿了这身黄狗子皮,戴了个纱帽翅儿,他们就看得起你了?我看,你还是早些脱身为好。你如果是在游击队里,他们自然都冇得话说了。反正,好歹你也算是当过官了,证明给塆上的人看过了,见好就收为上。

三九麻嫩说，我也晓得要早一滴收手，但我得找个机会立一滴功。二梅也怨我还不如加入游击队，但是我到游击队里去，也要有个一官半职才行，这才能叫垱上那些小人刮目相看。我要让他们看看，无论在"黄卫军"，还是在游击队，我三九虽不是将头，但也不是兵尾！当然，我也是要给二梅争口气，要叫人们看到她嫁我冇有嫁错，你郎两个老的，也冇有选错女婿！

业化的堂客说，三九，你若是在佮老东的管束下起么子事，就如羊陷在狼窝里，那可真是太危险了！你要多想想一家老小，你到游击队里后，趁人多势众，再立功也不迟噻。哪天永骄和春雷还有兴虎回村，你崖崖给他们说说，你早一滴跟他们一起吧。

业化说，不用我们，你自己一样可以去找他们，离湖里你又不是不熟。

…………

鼓痴的急性子还不改，气恨恨地说，这个三九麻嫩，就只有一张嘴壳，不是一个靠谱的货，我要叫永骄春雷不听他的！

我笑道，骑驴看唱本，走着瞧吧。

起风了，天凉了。虽然是立了秋，但时令正在四十八个秋老虎里，日里还是很热，只有临近半夜，天才彻底凉下来。

堤山那儿传来哗哗的声音，这声音就像小沟里的流水一样哗哗啦啦的，那是重阳树的叶子在哼哼唱唱呢。这重阳树的叶子有些与众不同，它到了冬月，都还会有几片叶子，来年春天，叶子出得又比别的树要早。哗哗啦啦，重阳树叶子的歌声真好听。哦——它更像是长阳山里小溪沟的流水声呢。

我说，东家，大少爷，你听，重阳树在堤山上叫我们了。

鼓痴叹了一口气，说，这重阳树啊，我这阵子一直在想，它根深叶茂、又高又直、又粗又壮、气概不俗，就像那九凤鸟，就像江汉平原的人一样啊。看到它，我就想活回阳世间，明明白白地重新做一回人！

这鼓痴，真是一语惊醒梦中人！我也时不时冒出这样的念头呢，我还想能够在永骄手下，在春雷手下，拿起刀枪呢！

## 三

从七月初七开始，人们筹办七月半的祭祀活动就紧锣密鼓地动起来了。我倚在高高的重阳树上，听这个本可以中举做官的家伙讲七月半的掌故。

鼓痴说，在《易经》中，"七"是一个变化的数字，是阳数，又是复生之数。天地间的阳气绝灭之后，经过七天可以复生，这是天地运行之道。"七"本身就很神秘，天上有"七星"、人间有"七情"、色彩有"七色"、音乐有"七音"、人体有"七窍"，等等等等。人七岁开始发蒙入学，十四岁进入青春，二十一岁身体完全成熟。民间计时，往往也以"七"为时段，人死后也分为一"七"至五"七"。所以，虽说七月半是指七月十五，而民间真正的祭祀活动，是在七月的第二个"七"——也就是七月十四开始的。也就是说，道教中的中元节是在七月十四，佛教中的盂兰盆节才是在七月十五。

鼓痴说，日本的盂兰盆节有好几天，相当于中国农历七月十五的前后几天，是隋唐时从中国传过去的。在日本的盂兰盆会上，家家都设魂龛，点迎魂火和送魂火，擂起太鼓——就是五年前，侉老东跟我们比的那种鼓——男女老少一同起舞。鼓痴说，说实在的，那侉老东的太鼓打得确实不错，要不是永骄用自创的跳丧鼓跟他们比，我们就输大了。哎，你生了一个好儿子啊！

我说，冇得你，永骄也比不过侉老东的太鼓。永骄、春雷和幺姑的跳丧鼓中，也融入了你教的文丧鼓和花式耍槌，同时，也还有我们江汉平原丢三棒鼓和舞狮舞龙的技巧。

鼓痴满意地笑道，好歹永骄还是我带出来的，唉，我要是不那么死板，早同意他练土家族的跳丧鼓，也就冇得那么多的麻烦事啦。我虽然冇得么子拐心，却不知不觉把事情都搞拐了，都是我的错啊。不过老铁，我真的冇有反对永骄娶土家族女子，我只是冇有表示赞成而已。我不吭声，你们就认为我是反对，这可实在是冤枉我了。老铁，你晓得，我这个人不爱说烦俗话（啰唆话），而且最不爱跟人废话去分辩么子。我是么样的人，别人不清楚，难道你还不清楚？

我说，我当然清楚，但是我也身不由己。唉，不提过去了，都是命中注定的呢。你跟我说说日本的盂兰盆会，都是么样的？

鼓痴说，既然是从中国传过去的，大体当然跟中国的差不多。他们举行法会时，首先是念《炉香赞》，第二是合掌祈愿，第三是念《佛说盂兰盆经》，第四是念《大悲咒》，第五是礼佛，拜释迦牟尼佛、弥勒尊佛、文殊菩萨、普贤菩萨、观世音菩萨、地藏王菩萨、目犍连尊者、历代祖师菩萨、十方大德众僧、十方金刚护法神。

我笑道，我记都记不住，你怎么晓得那么清楚？

鼓痴说，自从见过侉老东的太鼓后，我也认了真，必须对他们的太鼓有所了解。我在三年的七月半，都进到他们的军营里去，听他们的士兵谈论盂兰盆会。他们毕竟也是人，也都想念他们的家乡，所以，他们在节日期间谈论他们的节日，也是必然的。在日本，盂兰盆节又是仅次于春节的重大节日，跟我们江汉平原重视端午节有些相似，那些侉老东兵，肯定要谈论盂兰盆节。

这鼓痴，真是死了也还沉迷这些东西！

鼓痴突然停下来，说，你看那几个披蓑衣的，他们是么子人？我的眼睛看书看坏了，看不远。

我定神一看，其中那个穿着皮靴的，正是业化的女婿三九麻嫩。这下雨天，他们溜溜滑滑地踏着泥巴来，一定是有重要的事情。

鼓痴听说是三九麻嫩，骂道，黄鼠狼给鸡磕头，肯定冇安好心！

我说，你别急，我们先好好看看。昨夜春雷又冒雨回村了，让厚基族长大张旗鼓地办七月半，侉老东要一起办，既不明确答应，也不明确拒绝。我想，游击队肯定自有章程，用不着我们来操鬼心。

鼓痴要跟踪三九麻嫩进村，我劝住了他。下雨天阴气太重，稍不小心，我们身上的阴气就会伤到村里的人。我说，等三九麻嫩回去的时候，我们再跟踪他。

天快黑了，小雨也停了。三九麻嫩一行四人从村里出来，踢踢踏踏地往垸子东头而去，那儿是去观音寺街的方向，三九麻嫩的"黄卫军"

小队的驻地就设在那儿,那儿也是乡公所的所在地。出了赵家垴,又出了瞿家剅,到了邓家垱,三九麻嫩让三个手下先走,说他有事儿要办。那三个家伙高高兴兴地走出不远,就分散行动了,有两个去找人推牌九,有一个去找相好。三九麻嫩自己,其实也是钻进了邓家垱一个相好的小寡妇家里。"黄卫军"的兵,大多都不是么子好货色,吃喝嫖赌抽的全有。他们冇有扛枪之前,个个穷得叮当响,扛了枪以后,吃拿卡要加抢夺,荷包里有了几个小钱,便叮当响地人五人六吃三喝四。侉老东也常给他们钱,反正都是抢来的,出手还很大方,"黄卫军"便跟在侉老东屁股后头摇尾巴。

三九麻嫩进寡妇的屋子冇得么子好看的,听见房里床铺的吱吱声,我便提议回重阳树。鼓痴不想走,他决定用阴气伤三九麻嫩一回。男人刚泻过火,最容易被阴气重伤,鼓痴想让他躺上十天半月。他说,三九麻嫩躺过这七月半,就帮侉老东干不成拐事了。不过,鬼魂故意伤人,阎王嗲是要处罚的,轻则罚苦役,重则让你再下一层地狱。鼓痴不怕阎王嗲的处罚,我也只得由着他。这吃里爬外的三九麻嫩,治他一哈也确实很有必要。

鼓痴想等三九麻嫩出来后再伤他,房里两个人正行苟且之事,进去有些不雅观,鼓痴毕竟是个读书之人,粗鲁的事他还做不出来呢。正在这时,一高一矮两个人影靠近了寡妇家的后门。我们跟过去一看,高个子将一扇后门往上端,下面的门轴子便借着门上方与天坎之间的空隙,脱离了埋在地上的门斗石。后门被端开了,这下有好戏看了。两个"强盗"与一个奸夫碰头,那还不得大打出手?三九麻嫩可是带了枪的。鼓痴成了鬼也还坚守君子之道，他不想进屋看西洋景，我只好独自进屋。

三九麻嫩正在快活地用力，将铺板冲击得吱吱乱响，寡妇则一边哼叫，一边夸他。三九麻嫩说，黑有劲，麻有力，我是麻子，活该让你快活，让，你，快……他后面的"活"字还冇有出口，就被一支黑洞洞的枪管指住了。

三九麻嫩，先停停！持枪的高个子调笑着说。矮个子则迅速地拿过三九麻嫩放在床头柜上的匣子枪。

二十响的匣子枪，好枪！矮个子也调笑着说。

我看清楚了，高个子是禾丰垸的亚喜，他很早就加入游击队，矮个子是幺鸡子，就是马倌兴权的幺儿子。他们家几代人，也就这个幺儿子懒得放马，所以他不是罗圈腿。这个人小鬼大的赌神染上霍乱后，被永骄他们想办法救下了，然后加入了游击队，他痛改前非，据说在游击队里干得还不错，真是浪子回头金不换呢。都说跟么人混在一起，就会变成么人，这野鸡日的幺鸡子，这回算是跟对了人。

三九麻嫩受惊，慌忙去拿枪，却拿了个空，只得顺势举起双手。拿他枪的幺鸡子擦燃洋火，点燃清油灯，现出了三九麻嫩变了形的丑脸。他一脸的大圆麻子，有的拉着，有的皱着，有的成了鸡蛋圆，有的成了包子扁。三九麻嫩光身裸体，一连声地叫好汉有话好说。寡妇吓得更是丑陋，半截身子缩在被子里，肥大的屁股却露在外面，战战兢兢的惊叫又压制着，都不像是人的声音了。这时，另一个房间里的灯也亮了。寡妇的婆婆端着清油灯，趿着鞋子，骇骇惊惊地来到房门口张望，接着又来了一个七八岁的小男伢子。

605

亚喜说，冇得么事，我们只抓走这个麻壳，他欠我们的赌债。又说，今儿这事儿，你们千万不要到外面去说，我们让这个麻壳今后不再上你们的门，好不好？老婆婆和小男伢子早吓坏了，只有连连点头的份。

婆婆呸了一口，狠狠地说，这个挨千刀的，活该！也不晓得她骂的是寡妇还是奸夫，还是两个人一起骂。

三九麻嫩好吃好喝好色，但却从不沾赌，这一滴他一直引以为豪，也是他对族中的主事们不服气的原因。因为身上根本冇得赌债，他马上猜出来者不是游击队，便是自卫军，肯定是找他有事，应该不会要自己的命。于是，他低着蓬乱的脑壳，镇定地把衣服穿好。亚喜用绳子绑了三九麻嫩的双手，从后门把他牵了出去，像牵一头去配种的脚猪，只是他冇得那脚猪们昂昂赳赳的气势。

那一老一小还在发呆，后面持枪的幺鸡子将端下的门重新安上，说，你们关好门，就当么子也冇有发生，也不要在家吵闹。

亚喜和幺鸡子带着三九麻嫩，一个在前面牵，一个在后面押，真的就像是赶着一头脚猪。他们向邓家垱村后的野地走去。在刚下过雨的黑夜，他们的行动神不知鬼不觉。不对不对，我说惯了嘴，鬼还是觉了，我和鼓痴这两个鬼，不正跟在他们的屁股后面吗？

三个人走近村后的一孔大砖窑，亚喜押着三九麻嫩钻了进去，幺鸡子留在窑外望风。很快，窑门被人从里面用几捆谷草堵上，窑里点上了蜡烛，草缝里透出一滴亮光。我和鼓痴马上上了窑顶，从窑顶圆圆的天门向下张望。

呵呵，窑里面早等着一个人，竟然是春雷。

春雷调笑道，王队长，不好意思啊，打扰了你的好事呀。

三九麻嫩连声说，不不不，老表老表，兄弟兄弟，我不该欺负寡妇。他又厚着脸皮补充道，你们可能冇有弄清楚，她既不是新四军的家属，也不是游击队的家属。

春雷说，可她是自卫队的家属，她丈夫是打侉老东而死的！自卫队虽然是国民党的兵，但也是抗日的兵！

三九麻嫩连连说，老表我错了我错了，我保证今后，再也不欺负抗日将士的遗属了。

春雷正色地说，今儿找你，不是为这花花事儿，你也不用跟我借着亲戚关系套近乎。

春雷兄弟……不不，春雷队长，你说，我听你的。

春雷说，你还是叫我兄弟，我们长堤垸人从来不乱亲戚辈分，我该叫你表哥还得叫你表哥。

三九麻嫩说，我明白我明白。又说，你应当晓得，前几天，我让你二梅姐专门去找过永骄的堂客，也就是徐珍娴，让她给永骄传个话，我正想找个机会投游击队，我正等着你们的信呢。

春雷说，我先说清楚，既然游击队能进寡妇的门，自然也能进你家的门。你家隔离湖更近，游击队要上你家，是不是跟进自己家一样方便？当然，我们俩是亲戚，但其他的游击队员可不是你亲戚。

当然当然，欢迎……欢迎游击队随时到我家做客。

春雷说，去你家的肯定不会是我，我们毕竟是老表，要避嫌。

三九麻嫩连声说，我明白我明白。

好，长话短说。春雷说，我们大队长和参谋长说，这次侉老东要和赵家垴的百姓一起放河灯，他们的目的我们也十分清楚，所以，你这次要好好配合我们，老老实实按我们说的去做，如果动半点歪心思，游击队也不上你家了，而是直接取你的脑壳！我这个表弟，不先提醒提醒你，也对不住亲戚。

三九麻嫩连连点头。烛光之下，他巨大的黑影在窑壁上晃动，如一片乌云在翻滚。

接下来，春雷说一句，三九麻嫩就点一哈头。末了，这家伙保证，如果不按游击队的做，他和他的家人就随便游击队处置。他还说，麻烦你转告马队长和永骄……赵参谋长，自从"黄卫军"投侉老东后，我一直是人在曹营心在汉，游击队里不少人都跟我沾亲带故，不止你一个呢。

春雷板着脸说，我不听你那些，我只看你这回的表现！

是是是是，三九麻嫩说，我也是中国人，也恨侉老东。

春雷跟三九麻嫩交代了一番，说，你走吧，嘴壳上把锁。又说，二梅姐这么漂亮，你还到外面偷腥，你不怕赵家垴的族人打断你的腿呀。今后，不要再做这种对不住赵家垴亲戚的事儿了。

三九麻嫩低下了脑壳。

幺鸡子退掉了三九麻嫩的枪子，一边把空枪还给他，一边笑说，这么好的枪，我真舍不得还给你呢。

三九麻嫩讨好地笑道，你等着，哪天我搞一支送给你。

春雷笑道，老表啊，我们若要，肯定不止要一支的。

一时间，这两个人又变得像朋友兄弟一般了。

鼓痴要跟上去用阴气伤三九麻嫩，说，我才不认他这个转了九九八十一道弯的亲戚，他跟着侉老东混，就是我们的敌人。

我说，春雷不是要三九麻嫩好好配合游击队吗？你伤了他，他躺到了床上，还怎么配合？

鼓痴说，这样的九头鸟，他说到能做到吗？

我说，你看春雷一副放心的样子，你还有么子不放的？这三九麻嫩虽然品行不大好，我觉得他也还晓得轻重，也还有一滴良心。

鼓痴喃喃地说，冇有想到春雷变得这么有出息了，他做我的儿子时，我倒是冇有看出来，我啊，亏欠他太多了。

我说，你还冇有听垸子里的人说呢，他们说春雷是赵家垴的小李广花荣呢！

鼓痴听了，傻傻地直笑，竟笑出一副害羞的样子来。我一想到他在阳世时的古板样子，两相对比，就更觉得好笑。

哈哈哈哈……我终于忍不住地大笑起来。

阴间鬼人笑，人间墙要倒。看米，这长堤垸还会有大事发生呢！

## 四

第二天还是个雨天，是时断时续的那种小雨。

一场秋雨一层寒，在鬼月里头下过几场这样的秋雨，到了八月，天气就全变凉了。这样的雨天，正是我们鬼魂喜欢的天气。而我们因为身体无形，也就不怕雨淋。我们鬼魂的身体，不能跟人一样叫身体，只能叫身形,《封神演义》和《西游记》等写神鬼的书上,一般叫的就是身形,比如"身形一变""身形一晃",等等等等。鬼的身形是一种气或雾一样的东西,它们依靠灵魂的吸引拼凑在一起,所以鬼有得血肉,也有得骨头,更有得脑仁与心脏,唯有灵魂与那些气雾一样的东西。因此,蒙蒙的小雨的喷淋,正好可以使灵魂周围的那些气雾更紧密,更浑然一体,鬼魂也因此变得更加强劲有力,也就是阴气更旺。人们说雨天和水多的地方容易遇上鬼,容易被鬼所伤,也正是这个道理。因为有雨水的连接,鬼魂才容易显现出形迹,这个人们看得见的形迹,就是水连得紧密的气或雾的整体形迹,所以人们见到的鬼,总是虚幻的一团影子,这也是人们常说看不到鬼的脑壳的原因,也是为么子人们见到鬼,大都是在雨天或水边的缘故。

入了秋,虽说在地势低洼的江汉平原还有四十八个秋老虎——也就是还有四十八天气温高得跟夏天一般,天气还会反复地燠热,但这样的小雨是断不了的,那种秋高气爽万里无云的天气,要等到中秋过后才能常见。那时,所有的庄稼都像金子一样收进了仓,所以人们说它是金秋。这七月鬼月还不过是小秋呢。

小秋,正是阴阳两界的人和鬼尝秋的时节,尤其是我们这些鬼魂秋巡的时节。

我和鼓痴决定去一趟长堤垸西北角的飞机场。

去年又是水灾又是霍乱,侉老东退出了江汉平原,今年,他们又从湖南过来了。他们从白螺矶过江后,一路烧杀抢掠,以数倍的兵力和重型武器,攻向监利县城。为了保护城内的百姓及繁华的街市,县国民自卫队舍弃既可居高临下又利于巷战的有利地形，主动出城迎敌于半路堤，但被侉老东打得几乎全军覆没，自卫队的黄大队长阵亡，郑县长也负了重伤。这样一来，在这儿对付侉老东的，就只有永骄他们的离湖游击队了。侉老东自占了县城之后，兵力大增，士气旺盛，竟又派兵窜到长堤垸来了，他们重新驻扎在飞机场那儿，看来是又想在那儿修建飞机场了。飞机场与塔耳垸和禾丰垸交界，因长堤垸是一个方圆二十几里的超大垸子，我们在阳世时，家和田地离飞机场也比较远，所以也极少去飞机场，对那儿并不太熟。那片地叫飞机场是有来历的。五年前，侉老东刚从江南的华容开到监利县，打前锋的队伍便开始在那儿修建飞机场。不过修建飞机场刚开了个头，却遭到游击队和自卫队的联手打击，其中大半侉老东死在我们村前的长川河边，也就是赵家桥那儿，小半死在飞机场的工地，飞机场最终半路而废。后来，长堤垸的人便称这儿为飞机场，一个半途而废的侉老东的飞机场工地，竟成了这片地的地名。

　　我和鼓痴一大早就出发，时间也不紧，我们便先去看一看后人的田地，这也是鬼魂们在一年一度的鬼月必做的事儿。我们两家的田地都不多，春雷本应有的田地，早被鼓痴制金丝楠乌木鼓和修建鼓楼给败掉了，只剩三亩薄田，前几年春雷和永骄一起放排挣了点钱，又添置了一亩好地，一共四亩。永骄的田地是三亩半，有一亩半是鼓痴当年赠送给我的，另外两亩也是永骄成家后添置的。在田地广阔的江汉平原，哪家冇得五六亩田地呢？稍多一滴的都有七八亩上十亩田地，只有三四亩田地的人家十分少见。即使是少数冇得田地的人家，或者是专以打鱼、打猎和放鸭为生的人家，至少也会有一块菜园。极少数的冇得田地的人家，除了像我生前这样遇上天灾人祸的，那就都是自身的原因了，懒，或者赌，或者抽鸦片。

鼓痴把他名下的几十亩良田败掉，是败在对鼓的痴迷上，这样的例子，古往今来听都很少听说，所以这一路上，鼓痴都沉默寡言。

春雷和永骄的田里的庄稼长得都不错，特别是永骄的田里，庄稼都比别家的好出一大截。珍姆这个女子，哪只是百里挑一，千里挑一都不止呢。我看，长堤垸往上数五六代，都冇有出过这么一个能干的媳妇。我家永骄啊，不晓得是哪辈子修来的福气！春雷家的桂妹子呢，毕竟是长阳山里来的土家族女子，平原水乡的农活，她至今还不大习惯，但是她肯吃苦，肯学，现在也不比一般的水乡女子做得差了。

鼓痴看了田地，心底下虽然欣喜，脸色却有些难看。他一直在心里责备自己呢。他败掉的他崖崖传给他的几十亩良田，压得他的心里有些不好受呢。以前，还有金丝楠乌木大鼓和鼓楼安慰他，现在，鼓楼被侉老东一把火烧了，金丝楠乌木大鼓，也好久冇得人打它了。这两天，他一直后悔在阳世为了鼓，么子都不顾。他甚至好几次跟我道歉，说为了鼓和鼓楼，他把我也拖累了，不然，我也不会因为鼓和鼓楼被侉老东杀害，更不会因此穷得只给永骄留下一亩半薄田。

是的，鼓痴在阳世的作为，确实造成了他说的那些不好的后果，但是我不后悔，也不认为他就做错了。这人生在世，有的人为田产房屋和儿孙而活，有的人为自个儿的舒坦而活，还有极少数的人，是为自己的梦想而活。鼓痴，他就是极少见的为梦想而活的人。他制金丝楠乌木鼓和修建鼓楼，既不是想自己永远占有，也不是想传给子孙，他的愿望，是要将江汉平原的丧歌丧鼓，都发扬得尽善尽美，是要让长堤垸以丧鼓和鼓楼名扬四方。最后，他还不是把鼓传给了永骄，还不是把鼓楼留给了赵家垴！这都是他自己的真金白银与良田换来的呢。他付出的，又何止是银两与良田？他一生的心血呢？他断在长江上的一条腿呢？

至今，很多人都认为我死心塌地跟着鼓痴干，是我太老实、太傻，不，我是敬服鼓痴，敬服他这个更大的傻子！你们看，鼓痴死后，差不多整个江汉平原的鼓手歌师都来吊丧，还有他打过丧鼓的人家，也有不少来给他吊丧，每在他的忌日，长堤垸的堤山上，都要打一天一夜的丧鼓，唱一天一夜的丧歌，即使鼓楼被烧掉了，人们也照来不误，就在堤山的树荫下打。这说明，敬服鼓痴的也并不只有我老铁一个！路遥知马力，日久见人心，鼓痴死后，人们终于了解了他。

鼓痴在春雷的一块豆子田边蹲下来，细心地捻摸那毛茸茸的豆荚。那豆子长得真好，豆荚都比鼓痴的小手指还大呢。鼓痴的手冇有做过农活，比一般的乡下女人的手还要秀气。人们都说他这是读书做官的手，可是他满腹的文才不去赶考，却用在了唱丧歌打丧鼓上。他是白长了一双读书人的手。现在，他用读书人的秀气的手，一滴一滴地捻摸着豆荚上的绒毛。那绿茸茸的毛儿在他捻摸过时，泛起一片浅绿的反光，看得鼓痴真的痴了。他的手指又稍稍用了一滴劲，藏在豆荚里的豆米，一粒挨着一粒地顶着他的指肚儿。我也捻摸着一只豆荚，那饱满的豆粒顶得我的指肚儿痒胀胀的，使我心里格外舒服和踏实。我早看过，珍姆种的豆子长得更好，我还看见龙伢子碗里的炒青豆，一粒一粒青黄青黄的，都快有豌豆那么大了。还有啊，龙伢子、虎伢子、凤丫子，他们三个都长得像豆子一般的圆实呢！我们两家的后人的日子啊，是越过越好了。在这兵荒马乱的年头，永骄和春雷都顾不上家里，全得亏珍姆和桂妹子两个女子，她们比她们的婆婆都要强得多呢！

田角的豆梗上，缠着好几束五色的纸条，纸条下面撒落着炒熟了的豌豆、芝麻、冻米、苞谷，这是人们给土地和先祖的祭祀。这样做了，可以避免冰雹袭击，从而获得小秋后的大秋的丰收。我看见不远处的土地庙，庙门上也挂着麻、谷、纱和高粱穗子，这同样也是对土地和先祖的祭祀。

一群小伢子蹦着跳着唱闹着，他们从土地庙前走过，手上拎着装着熟食和纸钱的小箩篮。他们不时在田头地角停下来，将小箩篮里的东西往地上撒。他们是在给那些冇得后人的孤魂野鬼布施呢。人们都说，孤魂野鬼们得到了吃的花的，就不会去别家的坟头抢祭品了。这赵家垴的传教真是好，七八岁的伢子就懂得祭祀了。

龙伢子大声跟小伙伴说，我姆妈说，十字路口也要撒呢。

一个鬼精的小家伙怪里怪气地说，龙伢子，你刚才还说，等会去你姆妈坟上插彩纸条，现在又说你姆妈说这话儿，你有两个姆妈啊？

龙伢子不高兴地说，我就有两个姆妈，两个姆妈都疼我，你有吗？

小家伙不服气地说，可惜，你的亲姆妈早死了，嘣，佬老东朝她开了一枪，你现在的这个是后来姆妈。他唱道：

后来妈，
豆变渣，

绸布袄子变麻纱。

不给吃,

不给穿,

打得苦命小子啃泥巴。

龙伢子回敬道,我的后来姆妈比你的亲姆妈还要亲!我吃得比你好,穿得也比你好,我六岁就发蒙上了学,你今年八岁都还有有上学!

小家伙说不过龙伢子,便不停地用舌头在嘴里伸缩,发出哇哩哇哩的打岔声。龙伢子不再理这个小家伙,而是唱起了七月半的谣歌,将这个小家伙的打岔给压下去了。

龙伢子一开头,其他的伢子也跟着唱起七月半的谣歌来:

七月半,开鬼门儿,

鬼门开了出鬼怪。

鬼怪苦,卖豆腐。

豆腐烂,摊鸡蛋。

鸡蛋鸡蛋磕磕,

里面坐个哥哥。

哥哥出来上坟,

里面坐个妲妲。

妲妲出来烧香,

里面坐个姑娘。

615

姑娘出来点灯,

掉进河里回不来。

鼓痴叹道,你这个孙子,又跟他崖崖一样,嘴壳快、脑壳灵、心肝空,你们赵家,后继有人啊!

我笑道,你家虎伢子跟他崖崖一样,又是长堤垸的一条好汉呢!

我和鼓痴穿过谷花盛放的田野,跨过纵横交错的沟港,绕过一个又一个小湖泊,上到了高高的甘浪湖堤。一路上,我们遇到不少熟悉的和不熟悉的鬼魂,他们跟我们一样,也在湖野上巡秋呢。我们之间也打打招呼,但都很简短,不像阳世的人那样爱拉话儿。

甘浪湖堤的里边,也就是往飞机场去的方向,有一个因取土筑堤而挖成的一百多亩的小湖泊,是用来浇灌这一片田地的。因为小湖里的水十分甘甜——连浪都是甜的,便被称为甘浪湖,湖边的堤垸也被称为甘浪湖堤。甘浪湖堤是长堤垸垸堤的一部分,也就是整个垸堤的西北堤,堤外则是禾丰垸的地界。我们顺着甘浪湖堤往西,过了甘浪湖,就是长堤垸的西北角,与塔耳垸和禾丰垸的田地三交界地挨着,被称为飞机场的那片地就在那儿。五年前,佤老东有有在这儿修成飞机场,他们不死心,今年又在这儿修起了碉堡。这真是一块是非之地,也正是我和鼓痴不放心的地方。鼓痴说,去年水灾,佤老东的白螺矶机场被淹,大水退后好多天,他们的机场才恢复使用,我估计,佤老东还有可能在我们长堤垸重建飞机场,整个江汉平原,长堤垸的垸堤修得最好,又不在分洪区,是最不易受灾的一个垸子。

616　江汉谣歌

前方传来突突突的声音,一辆三个轮子的机车快速开了过来。机车像是一头矮小的铁驴子,前面一只闪亮的汽灯,像一只魔怪的巨大的眼睛。铁驴上骑着一个侉老东,铁驴旁边带着的铁壳斗里,坐的则是一个"黄卫军"。看来,"黄卫军"已经跟侉老东混到了一起,以他们对地方的熟悉,加上人数众多,虽然打仗不怎么样,但也会给侉老东帮上不小的忙。看样子,他们是骑着这铁驴子绕着长堤垸巡逻。难怪最近村前的大路上,天天都有这突突突地响着的铁驴子出现。这样一来,新四军游击队要进垸子就不太容易了。看来,侉老东是铁了心,要把这长堤垸控制得死死的了。也是,长堤垸是十里八乡最大的一个垸子,垸里的民风强悍,历来是侉老东最难啃的骨头,侉老东已经在垸子里的赵家桥和飞机场死过六十多人,他们不甘心呢!

我听见啪的一声,鼓痴一巴掌扇在了铁壳斗里的"黄卫军"头上。那个"黄卫军"哎呀了一声,立刻趴在铁壳斗上,连叫太君停车。铁驴子停住时,已经滑出去好几丈远。

侉老尔莫名其妙地问"黄卫军",你的,怎么的?

"黄卫军"哭丧着脸说,太军,我的脑壳——好像——被哪个打了一巴掌。

侉老东不高兴地瞪大眼睛,说,你的,偷懒的,乱说的?

不不不,太——太君,我的脑壳,突然轰的一声——很痛。好像——是鬼打的。"黄卫军"指着自己的脑壳比画着,一副痛苦的样子。

侉老东轻蔑地看了"黄卫军"两眼,又启动铁驴子赶路。"黄卫军"软软地瘫在铁壳斗里,一路哼叫。鬼打人的声音只有鬼才能听见,当然,被打的人也同样能听见，但是这个骑铁驴的侉老东却听不见。

我冲鼓痴说，你要打就打侉老东嘛，你打了"黄卫军"，这铁驴子不照样突突突地往前跑。

鼓痴说，老子最恨这种扳起指头往外别的东西，他们比侉老东还该死！

你这样故意伤人，阎王嗲是要处罚你的。

处罚就处罚，我先图个痛快再说。

你同样是受处罚，为么子不赚得多一滴呢？

打侉老东就是赚得多一滴？鼓痴不以为然地说，那是你觉得，我觉得打吃里爬外的家伙更重要！

好好好，你去问问春雷，看是打侉老东重要，还是打"黄卫军"重要。

鼓痴说，我下回多打几个侉老东不就得了。

这个老鬼，比在阳世时还要犟。

飞机场在长堤垸的西北角，正好在西边和北边的垸堤之下，这块地在三条垸堤呈"丁"字交界的地方，它的北边是禾丰垸，西边是塔耳垸。这块地比周边的地都要高，不过这儿都是死黄土，土壤板结得厉害，黄得发白，这就是人们所说的观音土，长不出庄稼。据说当初要从这儿取土筑堤，硬是挖不动，只好作罢，然后到现在的甘浪湖那儿取土，这也是它高于周围的地的原因。这里既然长不出么子庄稼，又远离村垱，所以一直是一片无主的荒地，也很少有人来到这儿，但它作侉老东的飞机场却是再好不过。这片地的东面不远又是甘浪湖，易守难攻，又是离湖边上观音寺、莲台河和太马河三个富裕乡的接壤之处，侉老东先是要建飞机场，现在又要在这儿建重要的据点，以控制这方圆百里的地方，使它成为粮草给养基地，同时监视和拦击从离湖上来的游击队，保证佟老东占领的监利县城的安全。当然，佟老东也很有可能先修好碉堡，做好防御，再在这儿重建机场。从去年开始，人们就传这儿将重建机场的话了，说是佟老东在县南分洪区的白螺矶机场易被水淹，不如长堤垸这儿好。长沙会战佟老东失败之后，白螺矶机场的地理位置更显劣势，佟老东将重建长堤垸机场的传言就更多了。

飞机场四周围了一圈铁丝网，在西北角的围堤下，已经修起了一个高大的碉堡，它的高度已经超过甘浪湖堤两丈，据说这样高的碉堡在全国都是最高的。虽说修这个碉堡时，游击队时常来干扰，但却一直拿它冇得办法，因此这个碉堡修得还是很快的，这成了游击队的一个心病。

现在，碉堡上站着一个佟老东，他正拿着"千里眼"四处张望。这个地方进可攻、退可守，选得确实不差。而飞机场的另外三个角上，也打好了地基，看样子还要各修一座碉堡。飞机场的西北角，也就是碉堡的下面，是佟老东搭起来的七个绿色的大帐篷，这是佟老东的临时兵营。佟老东如果把另三座碉堡建好，四个碉堡互相策应，他们再在中间修飞机场，攻打起来就更加不易了。到那时，佟老东真的就死死地控制住了长堤垸这一带。我们得仔细看看，然后给永骄他们托个梦，把飞机场的情况告诉他们。

这里有一个帐篷是佟老东的指挥部，里面有十几个人在忙活。些洋机器在嘀嘀嗒嗒地响着，这种声音，说像蛐蛐叫不像，说像蜜蜂嗡喻也不像，说像雀儿叽喳更不像，鼓痴说这是电报机，可以神奇地发出电报，几百里外的侉老东都可以收得到。电报机我听厚基族长说过，他的丫头叶碧在英国读书后，嫁给了一个叫汉斯的英国人，他们有一个亲戚在广州，叶碧他们到广州后，就从广州发电报到县城来，县城邮所再转给厚基族长。嘀，这不是顺风耳吗？这还了得，侉老东既有千里眼，又有顺风耳，我们中国人岂不是要吃大亏？有一个帐篷是仓库，里面堆满武器弹药和粮食等物资，要是游击队能有这么一个满满当当的仓库就好了。有四个帐篷是住人的营房，每个帐篷可以住四十个左右的兵，也就是说，这里至少可以驻一百四五十个兵。营房的东南面，有三四十个侉老东正在练刺刀。这里其他的兵，估计是出去干拐事了。

我们来到最后的一个小一滴的帐篷，发现这儿是侉老东的伙房。在这里，我们突然见到一个熟人，他是高家垴出名的狗才理。狗才理不是跟永骄他们一起去了游击队吗，怎么会在这儿？他是叛变投敌了，还是被侉老东抓住了？

狗才理被一个肥胖的侉老东伙夫支使着，让他去挑水，狗才理连连答应，笑眯眯地挑着水桶出去了。这家伙一副狗样子，要换了我，就用扁担砍了侉老东伙夫的胖脑壳，然后再去打第二个，打死一个够本，打死两个赚一个。我醒悟过来，一看鼓痴，他果然恨恨地瞪着狗才理直咬牙。我想这哈可拐事了，我都动了要打狗才理的心，何况暴性子的鼓痴。我赶紧拉了鼓痴一把，叫他不要乱来。

鼓痴说，这条吃屎的狗，老子早晚会要了他的狗命！

我对鼓痴说，我们能不能让游击队从水上做文章？

鼓痴说，你是说在水里投毒？

我笑着点点头。

鼓痴说，这个办法可以。走，我们去看看水源。

水源是一个七八亩大小的水塘，在营房的南面，就在飞机场的南面边上，出铁丝网不过七八丈远。那儿有一个铁栅门，有一个侉老东专门守着，看样子是专门监视狗才理这种中国人的。狗才理正在水塘边看一丛芦苇，他显得十分小心，似乎在看芦苇的影子，样子有几分古怪。现在是阴天，芦苇的影子哪里看得清楚。他又四处张望了一会儿，嘴里发出低低的呼哨声，像是鸟雀的叫声，更像是风的声音。他又张望了一会儿，然后挑起打了水的水桶快步走了，边走他还边回头向后面张望了两次。这家伙似乎在等待么子，他神神道道的，是不是被侉老东打傻了？

水塘不远，就是侉老东练兵的地方。侉老东注意的都是远一些的地方，碉堡上的那个拿"千里眼"的侉老东，我看他从来不看水塘这儿，练兵的侉老东虽然随时可见这水塘，但却像有有看见的一般。所以，这儿虽然离侉老东很近，但狗才埋要在这儿搞么子鬼，反而不容易引起侉老东注意。然而，游击队若想来向这个水塘里投毒，就十分不容易了，你离得远远的，就会被侉老东发现。侉老东夜里肯定有哨兵巡逻，碉堡上的探照灯，也会把这儿照得跟白天一样，而且，这儿也有得么子可以藏身的地方。水塘边原来倒是长了不少芦苇，自卫队第一次围攻这里的侉老东，就是藏在芦苇丛里顺着风向侉老东的阵地放孔明灯的，那载着辣椒粉的孔明灯让侉老东吃了大亏，他们的眼睛被辣得睁不开，机关枪便失去了威力，本以为机枪当关，万夫莫开，最后却被自卫队不用半个

621

时辰就全给消灭了。现在这里的芦苇都被侉老东砍得只剩零星的几小丛了。水塘里长着一些野菱角和睡莲,自然也藏不住人。看来,往水塘里投毒这一招是有得戏了。还有,这个水塘也太大,即使能投毒,那得多少毒药才行。

不一会儿,狗才理又挑着空桶来了。他从飞机场斜下到水塘边上,只要一弯下腰,站岗的侉老东就看不到他了。他又去看芦苇的影子,然后,他嘴里又发出风一样的声音。我正奇怪着他为么子发出这样的声音,不一会儿,水塘那边的茅草里,冒出两个狗脑壳来。狗是棕黄色的,跟野草颜色十分相近,若不是它们的一对亮亮的眼睛和一只黑鼻子,我们这做鬼的都看不出来呢,人要发现它们就更不容易了。两条狗十分机警,显然训练得非常好,狗才理真不愧是驯狗的高手。两条狗从水塘东头的茅草里绕过,低着身子跑到狗才理的脚下,尾巴摇得像一起摇着两只拨浪鼓。这两条黄狗身子不大,呈长条形,看起来有些偏瘦,就像是放大的黄鼠狼,如果隔远了看,你一定会以为它们就是黄鼠狼。它们无声无息警觉的样子,也极像黄鼠狼。狗才理赶紧蹲下身子,摸了摸两条黄狗的脑壳,然后从口袋里掏出么子食物,一只狗喂了一些。接下来,狗才理则去整理一只黄狗的黄色颈圈,他很快就整理完了。狗才理低声跟狗"说"了两句么子,然后捋了捋它们背上的毛,狗就沿着来路的草丛,快速地离开了,除了野地上的草在它们跑过的地方摇动一小阵,就么子也看不见了。

这野鸡日的狗才理,他被侉老东抓住当了挑水的火头军,竟然还有心思逗狗玩,看来,他的脑壳真的出了毛病,真是狗性不改!

"狗才理"是这家伙的诨名，很少有人晓得他的真名叫么子。以前他家中的光景也不太差，还读过三年私塾，认得不少字儿，他十多岁时死了崖崖，五六年前，佫老东在这儿修飞机场时，他姆妈在附近的田里干活，被佫老东轮奸之后，又被这些畜生唆狼狗咬死了。狗才理成了孤儿，成天只是弄些狗来养，说是将来要用狗来给他姆妈报仇。反正家中还有七八亩好田，他租给别个种，自己收点租子也不愁饿肚子。此外，他还有两条生计之路，一条是带着狗追兔子，另一条是抓鱼。他和狗都不愁吃喝，就尽情地养狗，把几条狗调教得跟人一样聪明。因为他不务正业，正经人家都不让伢子跟他玩，他走到哪里又都带着几条狗，人们也就尽量离他远远的，有人就给他取了个"狗才理"的诨名。

我问鼓痴，这到底是怎么回事？狗才理这个时候还逗狗，我总觉得有些不大正常。

鼓痴说，也冇得么子不正常的，就跟我在阳世时，爱鼓爱得么子都不顾一样，我是个鼓痴，这狗才理，他也就是个狗痴。

鼓痴说得也是，这狗才理就是一个货真价实的狗痴。

我们后来才晓得，狗才理去了游击队，本该好好当兵，找佫老东报杀母之仇，可他却痴迷于养狗，在部队上也养起狗来，所以很不招待见。你想那游击队，有时候人都冇得吃的，哪里还容得了他养狗？据说他的狗还专吃白饭和鱼肉，比人吃得都要好，所以，狗才理当兵的时候，也经常捉鱼追兔子，这哪成个事儿。大半年前，游击队便将狗才理开除了，他也就回到高家垸专心养他的狗，又过起从前的自在日子。不久，佫老东又来到飞机场修工事，据说他带着狗来报杀母之仇，可是仇冇有报成，人却被侉老东抓住了，从此便在这儿当起了苦工。

唉，先不说狗才理的事了，他的事不值一说。我们虽说是鬼，也是心中有大事的鬼。我们要忙正事儿呢。

我们反复看了飞机场的地形，觉得投毒根本冇得门。

我说，可不可以利用狗才理来做这件事？

鼓痴说，侉老东控制得十分严，哪个也无法接近飞机场，就是狗才理愿意干，你的毒药怎么进得来？

我想也是，听说侉老东吃的菜，也是每天派自己人到莲台河街上采买的，"黄卫军"他们都信不过。再说这狗才理，虽说在这儿当火头军，其实也只是个挑水劈柴的角色，根本接近不了灶台。

## 五

天晴了，太阳特别的辣，气温不比盛夏低，这就是江汉平原秋老虎天气的特点。

江汉平原三面是山区，西南面是长江，而长江对岸除了不大的洞庭湖平原，也全是山区。也就是说，实际上，江汉平原是一个低洼的大盆地，与其他盆地不同的是它冇有封闭，有长江和汉江这两条出入口。这样的地势地形决定了它冬冷夏热，特别是夏天，更有火炉之称。在秋老虎天气，江汉平原的鬼月就冇得其他地方舒适，这里的鬼魂们的这个"年"，过得就大打折扣。在太阳热辣的大白天里，鬼魂们都躲到阴暗处，或是荒野丛林，或是高大的庄稼地，或是废弃的破窑，有的甚至还躲到牛棚马棚里与牲畜们待在一起。好在鬼魂不怕脏，那些地方还能待得下去。也有一些鬼魂，干脆早早回到地狱里去，虽然阴惨惨黑森森，但总比在大太阳底下晒得身形散淡要好得多。

我和鼓痴倒是不怕，因为我们占驻了重阳树。不过，进入鬼月以后，重阳树上先是多了鼓痴这个老鬼，接着又多了七八个坟茔离堤山近的鬼魂，他们也看中了重阳树的枝繁叶茂与安静阴凉。在江汉平原，树龄超过四五十年的树，人们就认为它们成了树精，有了灵魂，不仅不会再有人来砍伐，而且还开始有人把它们当神怪来敬。所以，江汉平原的大树并不多，一般的树，树龄超过三十年就会被砍掉，这种寿命可上千年的重阳树，更是被砍伐的对象，否则到处都是树精，人活得就十分麻烦。我们住的重阳树是一个例外，那是因为堤山远离村垱，又一直荒着，加上它在三十岁后，就开始有人给它烧香火、供果食，所以它一直长了三百多年。对这样的树精，人们平时都会离得远远的，生怕惊动或得罪了它，这样一来，它就长得越发茂盛，也显得越发阴森。自从我们住到重阳树上后，它的阴气更重了，也更适合鬼魂居住了。树上的阴气越重，它长得也就越慢，这就是树长到一定的年龄后便长得极慢的原因。这种古树，一年两年，你几乎见不到它在长大，只有过了五年十年，你用绳子量一量它的胸围，才发现粗了那么一寸半寸的。现在，这重阳树上一哈多了七八个鬼，它将会长得更慢。

早晨，堤山上又多了一个鬼，她是幺姑，也就是我的前一个儿媳——永骄的前一个堂客。幺姑在鬼月的第八天才来到阳世，她竟然还有有去托生，难道就不想阳世间的亲人？鼓痴告诉我，这个幺姑，嫁到这儿来后,冇有进祠堂,也冇有拜土地嗲,死了也就在阎王簿上冇得名,这种不在籍的鬼,就直接被打到了第七层地狱。她到底是千里外的山里来的,对平原地区阴间的规矩也不懂,有时候,她也可能是装着不懂吧。她多次违反阎王嗲的规矩,已被打到了第八层地狱。就说前年鬼月吧,她一连打了三个侉老东和一个"黄卫军",被阎王嗲罚她下降一层地狱,还要她做苦工。她今儿才被放出地狱,正是阎王嗲对她的惩罚。她打坏人也就算了,她还忍不住摸过龙伢子两回,使龙伢子生了两次病。鼓痴说,真是太冇得规矩了,你以前可能还怪我阻拦了她和永骄,你看,我还是有先见之明的。

幺姑从她的坟墓中一出来,跟我和鼓痴打了个招呼,就要往村垈上跑,被我给喊住了。

幺姑急切地说,我想看看龙伢子。

我晓得你还想看永骄呢,还想看桂妹子呢,还想看虎伢子凤丫子呢,还想看凤丫子的姆妈呢!我严厉地说,这鬼月还有二十多天时间,你急么子!这么辣的太阳,不把你的阴魂晒散才怪!

我要先看看嘛!幺姑向我恳求。

不行!我说,今年的鬼月十分特别,可能很快就会有大事发生,这个时候,你要是不小心伤了阳世间的亲人,那会给他们带来不小的麻烦。这回,你必须听我的!

幺姑见我发了脾气,便怏怏地止了步。

我仍严厉地说,到重阳树上去,站得高,看得远,只要他们到村垈后面来,你就能看到!

幺姑上了树，和我们离得远远的。鼓痴说得不错，这个冇规冇矩的女子，我不严厉一滴可不行。在阳世的时候，我对她太和气，所以虽然她十分尊重我，在我面前却总是调皮。调皮是土家族女子的天性，在阳世间调皮无所谓，但在阴间调皮可不行，我这个公公必须管管。我成了鬼之后对她这么严厉，她很不习惯，但我可是为她好，也为我们阳世的亲人好。

幺姑与鼓痴之间，彼此仍抱有一些成见，他们俩几乎不说话，他们做人做鬼都气大。他们也不想想，两人毕竟都是替同一个人挡枪子而死，有气也该化作无气了啊，真是的！

对于幺姑来说，这一天十分难熬，她在树上简直像热锅上的蚂蚁，一刻也不安生。我最多让她在堤山上转转，不让她离堤山一步。西边的太阳大得像车轮的时候，红得像咸鸭蛋的黄一般了，幺姑笑着看了我一眼，见我不吭声，她就轻盈地跳下重阳树，急急地就往村坮上跑。

千万注意，离他们最少三丈远，隔着门窗，最少一丈远。我严厉地冲幺姑喊，你给我保证！

我保证，保证！幺姑一边说，一边风一般地跑了。

唉，这土家族女子，就是太多情，成了鬼，鬼情也比别的鬼要长。

半个多时辰后，幺姑回到了堤山。她把我招到树下，小声对我说，珍姆和桂妹子，好像在家做棉衣，这很奇怪呢。

我想了想，说，提前做棉衣，也不是不可以，你们长阳山里，不也是入秋后就做吗？

幺姑说，长阳山里一入秋就得穿棉衣，而这里都是入冬后才开始穿，

627

相差两三个月的时间呢。

我说，可能是帮永骄春雷他们的游击队做的，要得多，她们提早做才来得及。

幺姑说，可是，她们把棉花还用甑蒸，像蒸米糕一样，从冇有见过棉花要用甑蒸了做棉衣的呀。

用甑蒸棉花，我也冇有听说过。我把鼓痴招下树，问这个见多识广的家伙，鼓痴也直摇脑壳。鼓痴是个勤学好问爱刨根究底的家伙，提议我们一起去看看，幺姑自然求之不得。我们便一起向村垱而去。

果然，珍姆带着桂妹子、横癫子的堂客以及两个红花女子在忙着。她们都是妇救会的人，珍姆是领头的，好像负责整个长堤垸，是主任么子的，桂妹子也是她手下的一个小领头，负责赵家垱，她们很有些像杨门女将的样子。珍姆让横癫子的堂客早些回去照看两个伢子。横癫子当民兵队长，带着村里一群还有些力气的男将平时种田，战时拿刀扛叉，忙得很晚才着家。横癫子守堂客也真冇有白守，他让这个二茬子堂客连着生了两个儿子，两个小家伙跟他们的姆妈一样，头发长得都好，都只留头顶的一撮头发，还特意扎成一个朝天冲的辫子，好像是为了证明他们冇有接横癫子的丑代（儿子长得像父亲一样丑，便叫接丑代）。

一个高瘦的红花女负责将棉花脱籽。她手上拿着一条两尺长、一指宽的竹片，不断地敲打铺在竹帘上的棉花瓣子，棉花瓣子很快被打松、打软、打得散开，茸乎乎的，连成了一片棉皮子，而棉花中间的灰黑籽粒，还有棉花上沾的枯叶的碎屑，便从竹帘的缝隙里掉到地上。她把打好的一块一块的棉皮子交给珍姆，就算完成了她的活计。

珍娌拿着一张三尺长的弓和一只小木槌，在那儿咚咚咚地弹棉花，很有弹花匠的架势。她把棉皮子撕成薄薄的一小片一小片，鱼鳞状地一片压着一片，铺满了一整块门板，铺得像薄薄的雪。这张弓，是用两寸宽的竹片弯成的，绷着一根牛筋，就像是一架缩小的弹花匠的弹花弓。这肯定是珍娌的发明。珍娌聪明灵巧，会自制很多工具，在我见过的所有女子中，只有她，才能做出专门的匠人才能做得出的工具。现在，她就像一个老练的弹花匠一样，用那小小的弓，紧紧密密地弹着棉花。随着咚咚咚咚的弦声，铺在门板上的棉花被弹得又细又匀，并且粘连成了一个长方形的整体。弹完一层，又加上一层皮棉，然后重复第一遍的工儿。她就这样弹好一层，再加一层，一直把那长方形的"雪"弹到三寸厚的样子。随着弓弦咚咚咚咚的声音，棉花的绒在牛筋弦上弹跳舞动，珍娌的眼睫毛上和眉毛上，甚至是脸上，都缀上了一层毛茸茸的细棉绒。在红红的灯光下，原本雪白的棉绒，看起来都成了金色。这是一种有得光亮的柔和的金色。珍娌的头上围着头巾，只露出额前的刘海，所以她的刘海上面也缀满了细细的金色绒毛。珍娌整个人就像面目温和的观音菩萨，既美丽动人，又庄重可敬。

几个女子一边干活，一边小声说笑。珍娌一笑，就露出两个酒窝，眉毛上、眼睫毛上和刘海上，那缀着的金色棉绒也微微颤动，样子十分有趣。

几个伢子也还有困。龙伢子说，哎呀，姆妈变成一只大白羊啦！众人一看，可不，珍娌的整张脸还真像白羊的脸，大家都轰地笑起来。珍娌一边笑，一边在弹好的棉絮上铺一层雪白的洋纱布，接着换上新的

629

工具——一只光滑的圆矮凳。她把圆矮凳四脚朝天,在铺了洋纱布的棉絮上面,一圈接一圈地按压,把它压得平整贴实,从三寸厚按压到只有半指厚,直到把纱布与棉絮粘合起来。她用这只圆矮凳,充当了弹花匠的大压板。最后,她把门板上做好的棉絮卷起来,这时,我才发现棉絮的底下也早垫了一层洋纱布。她的洋纱布是从哪里来的?她做这样的棉絮有么子作用?连见多识广的鼓痴也不明所以。

桂妹子负责把这张小棉絮再次铺开,用剪刀剪成砖头一般的大小。我说的这种砖,是砌封火墙的那种青砖,一尺长、七分宽、大半寸厚。这种砖砌成空心的斗墙,然后把细土灌进墙里去,既省砖,又防火。桂妹子将棉絮剪成青砖大小后,用针把四边简单地缝上一圈,然后堆放到一边。桂妹子的土家族锦布绣得不错,针线活比一般的本地女子做得要出色,不过,她仍比珍姆的针线活要差那么一滴。

一个有点胖的红花女子,负责将砖头大的棉絮片装进甑里去蒸,蒸上小半个时辰,她就将它们取出来,铺在房里一张打开的大床单上。珍姆跟这个胖红花女说,要蒸熟透才行。棉花上甑蒸,还要蒸得"熟透",这还真是稀奇事。看来,时代变了,新的东西也出来了。

龙伢子、虎伢子、凤丫子,他们也在帮忙。他们专门往灶里添柴,灶火把他们的小脸映得通红,像三只闪闪发亮的红柿子。

幺姑在窗外看得忘了形,恨不得进到屋子里去,我及时拉了她一把。

第二天早上,我们看见那些白色的小棉絮块晒了出来,铺得像天上的白云一般。

## 六

村子里突然决定砍伐堤山上的树木，堤山上前所未有地闹腾起来。

七月半祭祀要用的纸人纸马纸屋纸船，还有河灯底下的木板，这些都要用到木材和竹子。人们说族长说了，还要趁这个机会，预先准备修筑堤坝的栏木。准备七月半的东西好理解，但是准备明年才要用的护堤的栏木，未免有些过早。修堤的物件，以前都是确定好修堤的时间后才准备的，不会来不及。堤山是赵家垴的一块公地，只要是公家要用木料，都是找堤山要，但如此大张旗鼓地来堤山上伐树，我们还是头一回见到。

鬼魂们见堤山不再安宁，就悄悄溜下重阳树走了，只有我、鼓痴、幺姑仍留在这里。我们清楚，人们绝不会动这重阳树，它是人们过年过节都要来上香火和供品的神树，人们就是动祖宗牌子，也不会动它。果然，马倌兴权圈着腿提着香火供品来了，他从篮子里拿出香来点上，又拿出几个桃子李子摆在树下。树下早有一个砖砌的神龛，可以挡点儿风雨。

不一会儿，厚基族长也过来了。厚基族长望着重阳树说，这堤山上有这么一棵重阳树，也是我们长堤垴一个难得的景致，它三百多年了，是长堤垴的见证，千万不要动它。他还给大家讲冯玉祥爱树的故事，他说，冯玉祥将军曾立下"马啃一树，杖责二十，补栽十棵"的护林军令，他屯兵徐州时，率领官兵植树，还写了一首护林诗："老冯驻徐州，大树绿油油。谁砍我的树，我砍谁的头。"厚基族长这样一说，我们就更放心了，待在这江汉平原特有的重阳树上，比待在哪儿都要安稳。

厚基族长对乡亲们说，大家趁着这个机会，把堤山上好好清理一哈，四周留几棵好一滴的树，其他杂树，一律砍掉，否则这里阴气太重。厚基族长又让木垓到村子里去通知：每户派一个人来伐树；每家砍伐树木后，要准备好四根一丈长、三寸粗细的木杆，在三天内上交到祠堂里，由马倌兴权负责接收和登记；其他木柴凭各自的本事，砍了都归自己；这四根木杆是修堤时要用的，就算你有有在堤山上砍到，你也要想办法凑上；明儿各家还是派今儿伐树的劳力，来清理平整堤山。他又对木垓说，业鉴木匠你就用通知了，他家不缺这点烧柴，也不缺这几根杂木，族里另有活儿够他忙的。

木垓走后，厚基族长又说，这项事儿就由永横经办，木垓协助。你们两家不用交木杆，也不用参加明儿的平地，但可以另派一个人来伐树。另外，明儿兴权也不用参加平地，后天负责收各家上交的木杆。

永横就是横癞子，他见族长重用他，激动得长过癞子的地方都红了，一副跃跃欲试的样子。族中精明强干的青壮男将参军去了，就剩横癞子这一个干将，连有些憨实的木垓也成了族中的将才。

大伙都说，厚基族长不愧是见过大世面的名士，委屈他当族长，他也不马虎，事件安排十分周全。也是，赵家垴是十里八乡的大族大姓，推举的族长冇得两下子还行！在阳世间不大买厚基族长账的鼓痴，现在也十分钦佩厚基族长的能力。鼓痴不大买厚基族长的账，是他认为厚基族长虽然是读书人，但读的主要是新书，若论老学问，其实还不能跟他鼓痴相比，这应当是文人相轻吧。

不一会儿，每家都派出了最能干的人，各自带了刀斧锯子之类，大家不用别人督促，都十分下力地干了起来。这厚基族长管理族众，果然很有一套，不愧是当过吴佩孚的参事官的智谋之士。人们首先都找大一滴的树来砍伐，这样的树，有的可以做屋架，有的可以做檩条，有的可以做碗柜，还有的可以做凳子梯子。至于树的枝丫和小树，有的可做锄把，有的可做篱笆桩，最不济的，也是上好的烧柴。有的人都算好了，明儿平地时，还可以把树蔸挖回去，将来下雪的时候，用来烤火再好不过，过年的时候，还可以用来当守岁时烧的年蔸——守岁之时烧起一个大大的年蔸，那才发旺吉祥！

堤山上的树冇得人种植，树种都是鸟儿衔来的或拉下的，也还有风刮来的柳絮之类，都是些贱命的树，生得下根，长得又快，只是材质差一滴而已。树长得多的是堤山的后面和两头，中间以前毕竟有鼓楼，而我也曾住在鼓楼旁的小屋里，这里的树木，一直有我修剪打理，所以人们大都往堤山的后面和两头跑。一时间，堤山上说笑声、发力声、喘气声以及伐树声、倒树声，全都响成一遍。柳树的涩味、杨树的辛味、楝树的苦味、构树的甜味、槐树的臭味……在堤山上四处漫溢，这样的景象，可是前所未有。

砍伐过程中，不时有鸟雀惊飞，扑棱棱地飞向天空。又不时窜出黄鼠狼、刺猬子、野猫之类，这都是一些爱抓鸡偷鸭的野物，是不招人待见的东西，它们跑得慢的，都成了人们的棒下之鬼。因此，堤山上也不时发出野物的惨叫。

不一会儿，堤山上来了三个衣衫褴褛蓬头垢面的叫花子，他们像见了宝似的收捡被人们打死的野物。他们抬了整整一大麻袋，喜滋滋地抬到野外去准备煮食，惹得一群小伢子跟着乱跑乱叫。在堤山后面的水塘那边，叫花子找了一个避风的沟坡，挖出一个土灶，安上一只临时找来的半截破缸充当大锅——有人怀疑它作过茅缸。叫花子不知从哪里找来一把满是红锈的缺刀，在青砖上草草地磨了几哈，将那些野物剥了皮，又将它们大块大块地剁了，在水塘里稍加清洗，加进盐和辣椒，还加了些野葱，杂七杂八地煮了小半缸。小伢子们便到处找树枝柴草，堆得把叫花子和土灶都要围起来了。一会儿，破缸里肉香四溢，伢子们口水直流。忌讳多的大人找了过来，叫的叫，拉的拉，打的打，小伢子就只剩下一小半了。叫花子自己盛满了三大钵好肉，其余的则任伢子们去吃。伢子们一拥而上，伸出早准备好的树枝做的筷子，使劲地扎起肉块，在半截缸里抢得好不热闹。冇有煮完的野物，叫花子用盐腌了，准备晒干了慢慢地吃。

横癞子和木垓在堤山绕上一圈，结合树的大小与品种，确定了留下的树。横癞子叫木垓在堤山下砍了一捆青草，他们走到要留下的树前，打上一根草腰儿，扎在了树干上。扎了草腰儿的树，任何人不得砍伐。

我们三个阴间的鬼，坐在高高的重阳树上，见到了赵家垸人气的兴旺。要不是侉老东欺上门来，青壮年大都去当了兵，村垸里的人气不知要旺多少倍呢。

到了傍晚，堤山上的杂树都被砍伐完了，好一滴的树干树枝，都被人们运回了家，剩下的主要是当烧柴的枝丫，明儿肯定能运个干干净净。现在的堤山，像是被新剃了一个头，四周留着一圈较大的树，它们像一圈护兵，守卫着中间偏北的具有统帅架势的重阳树，看起来既敞亮，又顺眼。

当天夜里,不少人家整理树木直到深夜。大多人家在门外点上了清油灯,以方便干活,整个村子变得像过年一样灯火通明。当然,这一夜,人们困得也特别的沉,这种抢伐树木的活儿,着实把人们累得够呛。

第二天中饭前,堤山上的树枝全被运完,到了晚饭前,整个堤山已被整理得干净平坦。厚基族长说早就想干这事儿了,在垸董老爷的葬礼上,他就宣布将堤山作为赵家垴的公墓之地,今后凡是为族姓做过大的贡献、挣过大的荣誉的人,经过全族多数人同意,将葬在这堤山之上,作为万世楷模。接下来,他将带领族人利用空闲时间,慢慢把堤山打造成一个花园。

厚基族长分外高兴,晚上自个儿喝了两杯陈年谷酒,竟困意升起。他一觉醒来,已是傍晚。他打了一个惊怔,翻身起床,连拍了自己的脑壳两哈。他自言自语道,只顾喝酒困瞌睡,差一滴误了大事。他这一切,被我和鼓痴看了个真切。鼓痴喜欢琢磨事儿,他总觉得厚基族长动员大家伐树,似乎并不简单。特别是他要每家准备四根一丈长二寸粗的木杆,似乎大有文章。自古以来,冇有听说这时候要准备护堤的栏杆,也冇得这么严格的尺寸要求。所以,鼓痴拉我来到厚基族长家,来探探他到底是么子打算。

厚基族长起床后,连忙吩咐家中的长工,去把族里的理事召到祠堂议事。去祠堂议的事,一定不是小事。我和鼓痴互相看了一眼,便向祠堂而去。

赵氏宗祠建于康熙三十年,在赵家垴村子的中间,这里的风水不错。

祠堂前是沿着长川河的大路，路边有一个公共的碾坊，后边则是几亩族田，西边是一片公共的竹园，东边是一个六七亩大的水塘。祠堂正门上方挂着一块黑漆木匾，上面的"赵氏宗祠"四个描金大字，是百年前赵家的一位饱学先生所题，字是赵孟𫖯的楷书风格。赵孟𫖯的楷书独树一帜，楷中带有形意，比颜柳欧的楷书要多几分活泼与流畅。我自然不懂这些，都是鼓痴说的。鼓痴说他自己更喜欢颜体字，说颜体字刚劲有力而又挺拔。不过，赵氏宗祠用赵孟𫖯的字体当然更为适合。鼓痴还说，赵家先祖——宋太祖的次子德昭公，他自得罪叔皇赵匡义自杀以来，其后人即开始有意识地避离京城，以免被太宗一系的皇室所不容，所以，德昭公这一支系的赵家人自那时以来，渐渐形成了严谨而不失灵活的做人处世风格，所以用赵孟𫖯的字体题写祠名，确实再好不过。整片祠地占地三亩九分，祠堂占地九分六厘，为三间三进，第一进悬"赵氏宗祠"大匾，第二进悬"汴京流裔"大匾，第三进悬"琴鹤堂"大匾，后墙开有两个洞眼，寓赵家双龙天子。整个祠堂的设计与布局，寓意万事归宗、吉祥顺利，同时做人处世，也不可太满。祠堂的其他设置，讲究也就更多。因此，赵氏宗祠一直是十里八乡各族姓修建祠堂的样本。

  族长很快就来到了祠堂。他留着时兴的平头与八字胡子，身穿灰布长衫，脚踏青色千层底布鞋，收拾得十分利落，看上去严谨又不失随和。我见过族长看的报纸上的孙中山的相片，觉得他的穿着打扮和神情，很有几分像孙中山先生。族长家数代勤俭，积累了一定的田产，因为数代单传，已有三代读书，算是耕读世家。他年轻时在省城求学，后来办过报，当过吴佩孚的四品参事官，中年后就回乡闲居起来，被推为族长。

各地乡贤担任族长，管理族中乃至村中事务，自古冇得酬劳，还要不时倒贴，非有公益心者不愿担当。族长已任满两届，这是第三届，他已经申明，干满第三届必须退任养老，他的儿子死于日本，日本儿媳听说早已改嫁，孙子永华在一岁时由郑县长从日本带回，他说他要专心教育孙子，让他成材。但是现在遇上战争，族中精英皆外出当兵，侉老东不走，他这个族长之职也似乎无人接任。厚基族长也常常叹息，希望抗战早日结束，好让他能顺利安享轻闲。

族中理事很快到齐。厚基族长开宗明义，说出了七月半的举办另有目的。这个目的，就是配合离湖游击队，保住长堤垸的江山，不使它成为侉老东的重要棋子。他将各项事件交办到人，有条不紊。末了，厚基族长再次强调要严守秘密，就是在枕头上，也切不可失口，这段时间，在场的族中理事，一律禁酒，以防酒后失言。厚基族长最后说，事关全长堤垸人的生死存亡，赵家垴既是垸子里的龙头大哥，就得甘当重任。他说，这也是赵家垴有史以来遇到的最大的事，我们的所作所为，是要给千秋万代的子孙去评说的，也是要交由十里八乡的人来评说的！

厚基族长的声音虽然不大，但是透出的力量却有千斤。他真不愧是地方上德高望重的绅士！

我和鼓痴这才清楚，进入鬼月以来，垸子里所有公共的事儿，都早有严密的安排，一切都按照计划进行。我和鼓痴对望一眼，明白我们的担心都是多余的。

我和鼓痴离开赵氏宗祠，往堤山而去。我们顺道又去看了永骄和春雷的家。我们看见幺姑这个鬼女子，她果然守在永骄的屋外。她从地狱出来之后，一直都围着永骄的家打转转。我们凑过去，看见珍姆、桂妹子和横癞子的堂客一起在捣泽兰草。

横癞子的堂客力气大，她双手抱起碗口粗的石碓，轻轻碾轧泽兰草，不一会儿，泽兰草就被碾烂。她一边碾，一边添加，一小会儿，可以盛三升米的碓窝里就有了大半的绿色浆汁。她将石碓放到碓窝旁边，捞起泽兰草的粗渣，用双手捧起，使劲地捏着。绿色的汁水从她的指缝里溢出来，先是成线地流到碓窝里，后来是成滴，再后来是成点，一滴也冇有浪费。她的两个儿子，一个两岁，一个还不满一岁，也被她带了过来，由凤丫子、龙伢子和虎伢子他们带着玩耍。珍姆说，朱家姐，你带着两个伢子回去吧，这点活儿，有我们做就行了。横癞子的堂客笑道，我把这些泽兰草碾完了就去。又说，我啊，毕竟还有男人在家，你们家的男人都当兵去了，我真过意不去啊。桂妹子笑道，冇得事，你们成婚比我们晚，两口子就该多守在一起。横癞子的堂客一听，就红着脸笑了。珍姆笑道，其实你家永横也跟永骄和春雷他们一样，只是分工不同而已，游击队里要人，村里也要人，永横当这民兵队长，也是日里夜里都忙不绝呢，你就不要过意不去了。横癞子的堂客笑着说，真的，我就感到我自己占了大便宜。唉，真希望这伉老东都快滴死绝，好让永骄春雷他们早滴回家伴你们。

别说这个命硬的朱家女子，她也是一个通情达理的好女子呢。

桂妹子守着一只生铁炉灶，不停地用一根长竹片在锅里搅动，她在煎着泽兰草的浆汁。她们这是在熬泽兰膏。泽兰膏专治新鲜的创伤，具有消炎除毒生肌的功效，平时人们破了皮肉流了血，揪几片泽兰草揉出汁水,滴在伤口上,然后将这种带锯齿的叶片贴在伤口上,用不上一天,伤口就会愈合。泽兰草膏一般只有药铺才熬,那是要卖给城里人,或者卖到外地去,乡下人一般只用新鲜的叶片治伤,冇有想到珍姆她们也在家熬起来了。她们是要去卖钱吗?

幺姑在屋外看得有些痴迷,眼里充满钦佩。我早看出来了,她对永骄的这个后来堂客,完全是心服口服,而珍姆对龙伢子的视如己出,更令她感动不已。桂妹子与珍姆相处得这样好,也是她不曾想到的。她甚至恨不得自己能返回为人,回到阳世与她们一起生活。这个阳心不死的女子,她越是这样,在阴间就过得越是不顺。我拿这个山里来的鬼女子冇得办法,只好由她。只是我要看紧,不能让她做出太出格的鬼事。

这几年,永骄和春雷不在家,珍姆和桂妹子差不多成了一家人,无论么事,她们都在一起干,真是比亲姐妹还要亲。她们把熬好的泽兰膏装进几只楠竹罐里,脸上都露出满意的笑来。

我看了看幺姑,她虽然十分不舍,但还是不情愿地随我们走向堤山。重阳树的叶子又在叫我们了。

## 七

七月十三,三九麻嫩带着十几个兵来到了赵家垴。他们中间有四个是侉老东,不过,他们除了穿着日本的军装,长相与"黄卫军"也相差无几,他们也并冇有留侉老东常留的人丹胡子。看来,这日本人还真跟厚基放长说的一样,是一个种类的人,而城西福音堂常来的那些洋人,

639

则一眼就看出他们是另一个种类的人。这侉老东,看起来还像是中国人的远亲,只是这些家伙,他们变成了冇有长毛的畜生。那个戴金丝眼镜的领头的军官,他长得比其他人都要白净,样子也十分斯文,并冇得人们说的那种凶神恶煞的样子。另外三个侉老东也比较斯文,他们互相说笑,也不像"黄卫军"的兵那样粗鲁。总之,对比"黄卫军",这四个侉老东要干净和文雅得多。"黄卫军"见侉老东显得有教养得多,也多少收敛了平日的吊儿郎当与咋咋呼呼。三九麻嫩穿了一身新的黄军装,也学着日本军官的样子,穿着一双黑亮的高筒皮靴,腰间的皮带也扎得紧紧的,只是他终究冇有受过军营的严格训练,背始终有些驼,腰始终有些垮,屁股始终有些坠,不过他今儿的胡子刮得很干净,看上去也比平时要顺眼得多。

这回来的这些侉老东和"黄卫军",似乎做好了与老百姓打成一片的准备,他们身上不仅冇有配刀,而且也只有几个兵配着短枪,似乎他们是来这儿走亲戚的。他们甚至也不排队,而是三三两两、散散落落。他们就像闲逛似的来到赵家桥,然后一部分人过了桥,另一部分人留在桥的这边,两股人沿着河岸下行,像在观察鱼情,然后打算在这河里捕鱼似的。有人还真传出话来,说是侉老东来自大海中间的一个大岛,以吃鱼为生,吃不惯中国的大米,更吃不惯中国的面,吃了就拉稀,说他们带到中国来的干鱼吃光了,准备用河那么宽的大箍网捕鱼当军粮。有人听了,信以为真,四处传扬。厚基族长听到这些传言,说,这侉老东都生活在岛上,山多田少,粮食紧缺,他们不是吃不惯中国的米和面,而是太喜欢吃了,所以来中国抢夺。人们这才明白侉老东来中国的原因。

赵家桥是一座全由结实的柘木与檀香木修成的桥，因为结实与造价高昂，虽然不大，但却被称为长川河上第一桥。这座桥，主要由住在城里的几代垸董老爷的祖辈，还有厚基族长的祖辈，以及族人们共同捐资所修，开始人们要称它为老爷桥，被垸董老爷的祖辈拦住了，但现在偶尔也还有人叫它老爷桥。赵家桥是长堤垸九个村子历年赛龙船的地方，垸内组织的小型的龙船赛都在这儿举行。同时，这儿也是历年的七月半赵家垴人放河灯的地方，冇有想到，今年佧老东也要在这儿放河灯，还要跟赵家垴人一起放。五六年前，三四十个佧老东在这儿进了游击队的伏击圈，被打得直往河边窜，妄图从桥上撤退，不料桥头的河垱上也架着一挺机枪，佧老东最后只逃走三个骑马的，其余的全被击毙。长川河是一条通长江的河流，它从北面绕过洪湖之后，在长江北岸的新滩口注入长江。长江东流，又在上海入海，上海往东不远的海中，就是日本国了，因此，日本离这儿好像也并不是非常遥远。河灯燃也好，熄也罢，最后都可以顺水漂到日本去，把这三四十个鬼魂指引到他们的家乡。两国交战，各为其主，死者应得到尊重，这历来也是中国人的人道，所以，佧老东要在这儿放河灯，似乎也说得通。只不过他们要求与中国人 道 放，这就要看中国人愿意不愿意了。

佧老东和"黄卫军"从河边上来后，便开始跟老百姓套近乎。首先是"黄卫军"主动跟老百姓搭话，特别是三九麻嫩，本来就属于能说会道的角色，又是赵家垴的女婿，所以他叔长嫂短啰嗦健旺妃妃高寿的，很快就说开了。遇上村里的中年堂客们，他还开几句不荤不素的玩笑，一副随和自得的样于。村子里的年轻堂客和红花女子们，遇到有兵来，

641

照例都会躲藏起来。江汉平原的人,都把躲避侉老东称为"跑老东","老东"就是江汉平原人对日本兵的别称,"侉"字在江汉平原话里是邋遢的意思,在"老东"前面加个"侉"字,当然是蔑视的意思。

七月十三的赵家垴,"黄卫军"和侉老东都和老百姓混在了一起,简直有点"军民同乐"的味道。戴金丝眼镜的侉老东军官随三九麻嫩去拜访厚基族长之后,那些兵就更加自由了,他们见到小伢子,也逗了起来。一个侉老东从口袋里掏出一把花纸包着的糖粒,要给几个小伢子吃。小伢子们不晓得这是么东西,侉老东生硬的中国话他们也听不明白。

侉老东费力地笑着说,糖,吃,甜甜的。

一个"黄卫军"充当伢子们的通译,也笑眯眯地说,这是东洋冰糖,好吃得很呢!

侉老东见伢子们似乎还不大明白,只是怯怯地看他手上花花绿绿的东西。他拿起一颗糖,剥掉外面浸过蜡的花纸,露出淡绿的半透明的小方粒,这可把小伢子们的眼睛全拉直了。侉老东似乎明白小伢子们担心这东西有毒,便笑眯眯地将小方粒塞进嘴里,咯嘣一声咬断,一半含进嘴里嚼了起来。他一边嚼,一边咂着嘴说,甜,甜,真甜。小伢子们的眼睛都睁得溜圆,嘴壳也不由自主地张开来。有两个不争气的馋虫,嘴角里都流下了长长的涎水。侉老东见了,越发得意,又将剩下的半粒糖塞进嘴里,咯嘣咯嘣地嚼将起来。

我要吃东洋冰糖。很快有一个五六岁的小伢子喊起来。

侉老东笑道,好,好。说着,将一颗糖粒递到小家伙的手上。

小家伙急切地将糖纸剥开,将糖粒塞进嘴里,立刻发出愉快的嗯嗯声。他被这突如其来的甜给惊住了,也被这从未有过的甜搞傻了。

甜不甜啊?旁边的"黄卫军"问。

甜,甜。小伢子连连点头,同时,把乌龟爪子一般的小脏手,又伸向了佴老东。

佴老东呵呵直笑,又给了他一颗。别的小伢子也纷纷向佴老东要糖。佴老东十分高兴,挨个给小伢子发糖,每人两颗。有的伢子得了糖,急不可耐地剥掉糖纸,有的则连着糖纸直接往嘴里塞,有的伢子则拿着糖,眼睛仍直直地盯着佴老东,希望再得到一粒两粒甚至更多粒。有一个小女伢子接到糖粒后,捏得紧紧的,拔腿就往家里跑,要去向家人报喜讯。另一个小男伢子也身不由己,离开人群向另一个方向飞奔。

佴老东发糖粒发到一个穿蓝褂子的小女伢时,她不仅不伸手,还后退了两步。她把眼皮翻起来,黑眼珠吊上去,眼眶下方露出很多眼白,朝上看这个佴老东的脸。佴老东以为她害怕,便换了一个方式,说,你的,自己的拿。蓝褂小女伢子又往后退了两步,说,我不吃别个的东西。黄卫军在旁边说,小丫头,接着,别个都吃你不欠啊?蓝褂小女伢子把小手捏成拳头,坚决表示不要。佴老东有些急于求成,弯下腰来,还冇有开口,这小女伢却撒腿跑开了。她在一个屋角停下来,远远地大声说,他是佴老东,他的糖有毒,吃了肚子会痛的!另一个小女伢也跑向她,和她站到一起,冲佴老东那边喊,小石,快过来,姆妈叫我们不吃佴老东的东西,吃了会闹(毒)死的!伢子群中,那个叫小石的男伢子也跑了出来,把得到的两颗糖朝佴老东那边扔过去,大喊,我不吃这个毒糖!佴老东被搞得一脸尴尬。

643

伢子群中，有一个最白净的，看上去有十二三岁的样子，他的神情与其他伢子不同。他站在人群后并不吱声，只是静静地盯着这些兵，他听说穿黄衣服的是侉老东，却实在分不清他们与"黄卫军"有么子区别，所以他眼里充满了探究。直到侉老东来到他面前发糖时，他仍是那种神情，不吱声，只是盯着这个兵的眼睛摇头。这个侉老东笑道，咪西，咪西。这个伢子仍是那种探究的神情，再就是慢慢后退。

　　他是日本伢子。一个伢子对侉老东的兵说，他姆妈是日本人。他又对这个伙伴说，永华，你接嘡。

　　永华生气地盯了这个多嘴的伙伴一眼，转身跑出了人群。侉老东的兵冇有听清多嘴伢子的话，为表示大度，哈哈地笑了。

　　在村子的另一个地方，另一个侉老东也在向伢子们发糖。他的方式比较新奇，但也是现身说法。他冲伢子们剥出一粒糖，咯嘣一声咬成两截。他将一半糖粒吐向旁边的一条白狗，白狗用鼻子嗅了嗅，又用舌头舔了舔，觉得是好东西，才用牙齿咬进嘴里。伢子们看着白狗参着白牙，嘴巴张张合合，将那半透明的绿色小方粒吃了进去。但是狗毕竟是狗，屄屄都能吃，所以侉老东丢的这个东西，也不一定是好东西。侉老东大概是看出了伢子们的心思，露出满嘴的牙齿笑道，看我的。伢子们便一齐把目光望向侉老东，小眼睛里充满困惑与新奇。

　　侉老东将手上的半截糖粒往空中一抛，随之仰起脸，张开嘴，那绿色的半透明的小东西从空中往下落着，侉老东将嘴壳往前一撮，那东西就落在了他的大嘴壳里。这个动作新奇有趣，十分好玩，它从此在赵家垴的小伢子和半糙子中流行开来。他们吃东西的时候，常常做这个动作，有的甚至比佤老东做得还漂亮。有一个做得好的，还玩出了花样，在张嘴接那落下的瓜子或蚕豆时，嘴壳还可以对天绕上一圈后再接。

这个佤老东也才二十来岁，看上去也还带着伢子气，他发糖的方式是让伢子们张开手，他一粒一粒地丢在他们的手里。小伢子们怕接不住，都是同时伸出两手，将两个巴掌合起来，这样才更加保险。也有冇有接住的，只好撅起屁股到地上去捡，佤老东就哈哈地笑。

又一个冇有接住糖粒的小家伙弯腰捡糖时，开裆裤子张得大大的，露出两瓣小屁股来。那小屁股缝本来就冇有擦干净，又在地上坐过，留着一对河蚌形的黑乎乎的灰泥痕迹，上面还粘着冇有消化好的食物的碎渣。佤老东见了，转动眼珠，皱起鼻子，冲伢子们笑着做了个鬼脸，然后和伢子们一起笑了起来。这个小家伙运气也太差，他的手刚要捡到地上的糖粒时，旁边一个机灵的小家伙突然出击，抢过他的糖粒就跑，这个倒霉蛋立刻哇的一声哭了。佤老东见了，便重新拿出一粒糖递到他手上，见倒霉蛋还在哭，又多给了他一颗。这个小家伙因祸得福，眼雨还在往外掉，却早变了笑脸。

佤老东抬起头，发现后面有两个小伢子冇有伸出巴掌来，便有些奇怪地问，你们的，不要？

旁边的"黄卫军"说，两个小野鸡日的，你们还不把手伸出来，好吃得很呢！

你才是小野鸡日的，我们不要！那个七岁多的小伢子说完，拉起旁边那个小点的就往人群外面走。

旁边的一个老头笑道，野鸡日的龙伢子，你还真有志气！

645

侉老东有些发傻,笑容僵在了脸上。

鼓痴在屋顶上见了,摇头直叹,说,你这儿媳教的伢子,真是有得说,跟永骄小时候一个脾气。

我笑道,虎伢子也不差,换了别的五岁的伢子,龙伢子把他拉得走吗?

龙伢子对虎伢子说,虎伢,这有得姜糖好吃,走,去我家里吃姜糖,给你吃五颗。又说,侉老东杀了我的姆妈和我的嗲嗲,也杀了你的嗲嗲,我们不吃他们的臭糖,我们长大了要报仇!

另一个伢子听了龙伢子的话,也跑向龙伢子,说,我也不吃,我家里有麻糖!

我看见幺姑站在一棵杨树巅上,样子十分得意。一阵风吹来,她脚下的树梢直晃,她差点栽了个跟头。她沿着河滩上的灌木,远远地跟着龙伢子和虎伢子走了。

侉老东除了给伢子们发糖粒,还给大人们发纸烟。当然,他们做得也很有步骤。先是一个侉老东,他在呼烟的时候,一个"黄卫军"赶紧给他点火。"黄卫军"给侉老东点烟,几乎成了一个时兴的事儿,他们给侉老东点烟的目的,也并非刻意逢迎,而是想得到一根高级的纸烟。"黄卫军"呼的烟跟老百姓的一样,一般都是旱烟。旱烟是农家自己种的,人们把它的叶柄头穿进草绳里面,很长的一串扯在太阳下晒干,像晒腊鱼腊肉一样,然后用石碌压实,再在锅里或铁板上烤熟,烤得像霉干菜似的,然后将整串的烟叶卷成大大的纺锤状,最后挂在屋梁或墙头上。要抽旱烟的时候,男将们便从屋梁上或墙头上,抽下一条一尺多长的烟叶子，切下一节，平展开来，直接卷成指头大小的烟卷，点上火就呼。这种直接用叶片卷成的旱烟，江汉平原人称为荆南烟，这儿周围几个县正是荆州南部，最初称它为荆南烟的，应当是荆州南部之外的人，后来荆南人自己也称它为荆南烟了，可见，这种烟还有些名气。荆南烟的劲太大太冲，常呼它的人都是老烟鬼，一般的人呼了脑壳会发晕。江汉平原人平常呼的旱烟，是把烟叶切成极细的丝，简单地用纸卷成喇叭形，称喇叭筒，呼起来比荆南烟要柔和。讲究一滴的人，则是将烟丝装在烟竿子上的铜烟锅里，慢慢地呼，细水长流，这才舒畅过瘾，所以讲究一滴的男将们，都会有一支用竹竿连接起来的铜锅铜嘴的烟竿子，呼起烟来不容易上火，也免得吸进烟油。讲究一滴的烟竿子，烟嘴是用玉石雕的，烟杆用的是十分少见的金竹，油光发亮，漂亮得很，它似乎成了身份的象征。不过，侉老东呼烟都不用烟竿子，他们呼的都是纸烟，比用竿子烟呼还要舒畅十倍，年纪轻的人特别向往。只是侉老东的烟做得十分讲究，也十分香，据说是添加了香料，所以人们称它香烟、洋烟或纸烟，而称本地的烟为旱烟、土烟或粗烟。但是纸烟不是普通百姓和大头兵呼得起的，所以，"黄卫军"见侉老东呼纸烟时，就会主动为他们点火，以讨得侉老东的赏赐。

　　侉老东给为他点烟的"黄卫军"一根纸烟，同时也给近旁的其他"黄卫军"发烟，见旁边有一个破衣烂衫的老闲汉盯着纸烟看，便也走过去发上一根。当然，见了侉老东不走，甚至跟着的人，自然不是么子正经人。有的人见了这洋烟卷，还能够爹起焦黄带黑的烟牙来，假意推让一番，但有的连推让也省了，直接点头哈腰地接下。

647

香烟好抽的？侉老东问。

江汉平原人从来都是说呼烟，自然不懂侉老东说抽烟，所以，接烟的老闲汉夯着嘴，点头哈腰望着侉老东，一脸懵懂。旁边的"黄卫军"用当地话说，皇军问你烟好不好呼。

老闲汉连连点头说，好呼好呼，好呼得很！

侉老东哈哈地一直笑，接烟的老百姓也嘿嘿地笑。于是，侉老东和老百姓，似乎也融洽起来。

在经过茶馆时，"黄卫军"就邀请侉老东走进去，他们一改往常的粗鲁，装出一副知书识礼的样子，让老板泡茶，并请侉老东上坐。"黄卫军"冲老板说，泡最好的茶，皇军不会少你的钱。

侉老东也一副客官的样子，规规矩矩坐下来等茶。茶喝上了，"黄卫军"又让老板送上纸牌，打起撮和子。这是一种长条形的纸牌，上面有红的黑的圆点，也印有"上大人、丘乙己"之类的文字，跟打麻将一样，也讲和牌，不论小和大和，钱一手一开，比打麻将简单。侉老东不懂这窄窄的红黑纸牌，便一边喝茶一边看热闹。一时间，这简陋的乡下茶馆里，真是好似一幅"太平盛世"图。

我和鼓痴来到厚基族长的家附近，远远地见厚基族长、业鉴木匠和横癞子三人，正与三个当兵的说话，他们面对面站在门前的禾场上，有些像有矛盾的双方在讲理辩论。江汉平原人之间谈论么子事情，一般不面对面地站着谈，而是坐在凳子上谈，或坐在田埂或河坡上谈，再不就是蹲在地上谈，只有双方发生不愉快时，才会面对面地这样站着说话，这样子通常被称之为讲理、对骂或斗狠。这种样子自然毫无礼节，这在厚基族长身上从来冇有发生过。

与厚基族长相对而立的这三个兵，是两个侉老东和三九麻嫩，戴金丝眼镜的那个侉老东军官站在中间。厚基族长稳稳地立在门前的禾场上，双手放在腹前，既不卑谦，也不倨傲，他平膀直腰的样子，一如他平时教导后辈们时说的立如松。金丝眼镜立得也很稳，完全是一副军人架势。等我们走近时，他们的谈话已经结束。厚基族长不卑不亢地向金丝眼镜拱了拱手，金丝眼镜也微微鞠躬，算是互相尊重。待金丝眼镜等人转身离开时，厚基族长又不卑不亢地说了一声，恕不远送。业鉴木匠和横癞子冇有说话，也冇有行礼，也都学着厚基族长不卑不亢的样子。业鉴木匠是监西的第一把斧头，本身就是一个自信满满的人，横癞子能有这一分风骨，却真叫人刮目相看。

鼓痴说，真是近朱者赤，近墨者黑，这个厚基族长，我瞿某现在算是宾服了！

我看见金丝眼镜刚才还挂着笑容的脸，一转身就黑了下来。三九麻嫩假装不经意的样子，察看着金丝眼镜的脸色，那个卫兵一样的侉老东的脸上则带着几分怒意。

不用说，侉老东虽然冇有吃闭门羹，但是，他们被毫不客气地挡在了门外。按江汉平原的礼节，有人来访，上门就是客，低头就是拜，应当请进家中，落座上茶。厚基族长是读书之人，平时都告诫族中后人这些待人之道，可是今儿，他却是站在门前的禾场上待客。看来，这侉老东今儿又是发糖粒，又是派纸烟，又是上门拜访，这些亲善的把戏虽然演了半天，但却冇有收到他们想要的效果。他们在族长这儿算是碰了一个软钉子,吃了一个拦门羹。

鼓痴叹道,这厚基族长啊,我过去真小看他了。

我说,我只是纳闷,这佴老东能做到今儿这样,也实在是太阳从西边出来了。

鼓痴说,这不过是他们演的一出戏,他们要怎么样,最后还得怎么样。又说,你冇有看见今儿的佴老东和"黄卫军"的兵,都好像是仔细挑选出来的,这一个个看起来都挺和善,也实在不合常情。那些凶神恶煞的家伙,只是今儿冇有露面而已。

我说,还是你读的书多,晓得的道理多。

鼓痴说,我看村子里,今儿应当不会有么事,这个亲善戏,佴老东既然开了头,他们就会坚持再演一段,不会马上就变脸,走吧,我们到村子外头看看去。

鼓痴不等我回答,就迈步前行,直往西北方向而去。我晓得了,他是要去甘浪湖堤那一带探察。

我突然发现,自进入鬼月以来,鼓痴在我面前的一副跟班的样子,突然之间就不见了。我还以为他成了鬼,阴阳颠倒,我和他的地位真的倒过来了。现在看来,他依然是东家,我依然是他的老跟班。我想起鼓痴在阳世时说过的话:大丈夫敏于行而讷于言,君子小事糊涂而大事明决。我这才意识到,在大事面前,就是到了另一个世界,就是阴阳颠倒了,鼓痴他也还是我的主心骨!

好吧,我还是老老实实做他的跟班吧!

我和鼓痴来到甘浪湖堤,一路上见到的人不多。七月不仅是鬼月,也是一个相对闲的月份。这个时候，田地里的活儿不多，加上在鬼月里，人们都尽量不单独来野外，所以野外见不到几个人。我们上了甘浪湖堤，才开始不时见到老百姓模样的人，但都十分面生。甘浪湖堤是几个垸子相接的地方，离周边的村子都最远，这儿常年是最少见到人影的地方，今儿的情况似乎有些反常。我们见到的这些老百姓，有的提着割草的篮子，有的扛着锹，有的躺在草地上。我们看出，这些人不仅拿农具的样子别扭，脸色也不是湖区男将的紫黑色或黄黑色。再仔细一看，他们身上都藏着家伙。而且，相邻垸子里的人，我们一般彼此都认得，至少也晓得对方是哪个垸子里的人，而这些老百姓，我们一个都不熟。而在比较闲的鬼月，乡下人主要干的是谷田里除草和打鱼采莲这些事，而且一般都是家里的父子兄弟，或者同村的人结伴，很少像这样单枪匹马的。所以我们见到的这些陌生人，装得一滴也不像。

鼓痴说，这就是内松外紧。见我有些糊涂，他说，垸子里面一团和气，垸子外面暗藏刀兵。这样一来，村子里倒不会有多大的事，离湖里的游击队可就麻烦了。很显然，佁老东说的要放河灯，不过是一个幌子，他们是想诱出游击队，打他们的伏击。

我这才全明白过来。鼓痴真是冇有白读那么多书。

我们来野外看，主要目标当然是飞机场这儿。我们沿着甘浪湖的垸堤，奔垸子西北的飞机场而去。

在去飞机场的路上，我们又发现了好几个化装成农民的人，这说明佁老东已经封锁了整个长堤垸，里面的人出不去，外面的人进不来，游击队要与垸子里的人联系，基本上不可能。看来，佁老东正在下着一盘大棋！这使我们的心都提了上来。

我们来到飞机场时，飞机场四周围着一圈一丈多高的铁丝网，虽然每个方向都有出口，但也立着铁栅门。现在，不要说人进不去，就是狗也钻不进去了。

我们进到飞机场，发现原来空着的一个营房已经摆满了行李，看来，这儿又增加了人马。我们又去伙房，见狗才理和一个苦工模样的人在一边劈柴，一边低声说话，他们见那个日本伙夫走近，便不再吭声。

我说，要是狗才理手上能有毒药，他又有胆子投毒，兴许这个七月半，游击队就不会吃亏。

鼓痴说，侉老东防范极严，你冇有看见狗才理和那个苦工，他们见了侉老东的伙夫都十分小心。我看，这里就是有一百个狗才理，也是洞庭湖的虾子，翻不起么子浪来。

我问，那怎么办？

鼓痴好像早想好了方案，他想都不想就说，你留在这里看看，天黑了你再回重阳树。

我问，那你呢？

鼓痴说，我想去离湖看看，我好久冇有看到永骄了。

我说，岂止是你，我也快一年冇有看到他了。他现在是游击队的参谋长，是智多星吴用一样的人物，他在芦苇荡中摇鹅毛扇子呢。

夜里，飞机场这儿十分热闹，不时有侉老东和"黄卫军"进进出出，而且进去都在问口令，侉老东对"黄卫军"也要一个一个地浑身上下搜查，可见侉老东的防范有多么的严。侉老东吃饭的情况我也看了，打饭打菜的都是侉老东伙夫，他们宁愿让中国苦工坐着无事，也不让他们插手，你就是有毒药，也下不到茶饭里面去。

来的时候，我们发现狗才理和另一个苦工偷偷说话，我便特别留心他们俩。我发现，这里也就只有他们两个苦工，估计侉老东要修碉堡时，会再去附近村子里抓人，因此，狗才理他们即使有心跟侉老东捣鬼，也确实无能为力。狗才理胡乱吃了一滴剩饭，又老老实实地挑起水来。一百多号人用水，也够这小子累的。而且他挑水进伙房时，有一个瘦子侉老东一直在盯着他。

狗才理挑水，必须出南边围着的铁丝网，那儿的铁栅门有一个侉老东守着，吃饭后才有另一个侉老东来换岗。这个侉老东虽然不跟着狗才理到水坑边去，但他枪里的子弹却可以飞过去，所以，即使狗才理想报仇，想逃跑，那也是绝对办不到的事儿。

狗才理在挑最后一趟水时，两条黄狗又出现在水坑边。水坑的滩坡是斜下去的，守在铁丝网门边的侉老东，只看得到狗才理的头，而看不到坡下水坑边的情况。而两条狗，正是从水坑东头的滩坡下悄悄钻过来的，在阴影中，连我这鬼都难以发现。靠着水的反光，我看见狗才理又给狗喂了食物。我这才想到，应当是狗才理被抓到这里来后，他的狗失去了主人的喂养，成了饿狗，它们只得藏身在这一带的杂草和庄稼地里，等着主人偷出食物来喂它们。都说狗改不了吃屎，可是据说，狗才理的狗就从来不吃屎。这狗才理被抓，他的狗也怪可怜的。他自己都不晓得能不能活着离开这儿，还冒着风险照料他的狗，也真是跟鼓痴一样的痴子！

我离开飞机场后,又特意从甘浪湖堤走了很远,一直走近了去离湖的地方,才绕回堤山。一路上,我不时见到骑马巡逻的侉老东,看来,整个长堤垸,已被侉老东盯得水都泼不进了。

月亮升起一树高了,鼓痴才回到重阳树上。

鼓痴告诉我,游击队对侉老东的封锁早就看出来了,他们在湖里住得很分散,肯定是为了防备侉老东的袭击,而且也看得出他们有条不紊,似乎早有准备,很有一滴水泊梁山的样子。他说,这永骄,还真不输那梁山上的吴用。

我问,你看到永骄冇有?

鼓痴摇摇头说,我只看到了春雷,他在湖中的一个小岛子上,教一群兵练飞刀呢。还有,我也看到了大队长马学文,他生了病,躺在铺上养病呢。唉,这样一来,永骄的担子就更重了呢。

我说,也是。

鼓痴说,我们要盯紧侉老东,如果对游击队不利,我就是豁出去被阎王嗲下油锅,也要在关键的时候出手。

连见多识广的鼓痴都冇得办法,我也十分忧心。

## 八

七月十四这天,是鬼月的二"七",正是道教的中元节,也是最正宗的七月半。傍晚,赵家垴的打醮道场做了起来,这样一直要做到子时,也就是做到七月十五的凌晨。道家全年的盛会分三次,称为"三元",

分别是上元天官、中元地官和下元水官这"三官"，正月十五日、七月十五日和十月十五日，分别为这三官大帝的诞辰日。上元举行赐福仪式，为人祈福；中元打醮，为亡魂赦罪；下元则是为有过失的人解除厄运。七月半是鬼魂们最关心的事，赵家垴的鬼魂都像看戏一样，远远地观看祠堂前的这场法事。

被请来打醮的道士，是太马河街头长春观的永银道士。永银道士姓赵，是从长川河南边的赵家垴迁到太马河街上去的，也是赵家祠堂的子孙，赵家垴的道场向来都是他来做。永银道士年过半百，面目清癯，身体硬朗，确有一副仙风道骨的模样。他以前是个走乡串村炸炒米的，成年挑着一副担子，一头是一只铁焖罐架在铁炉灶上，一头是一只风箱与半袋煤炭，他一边走，一边敲竹板，一边吆喝——炸炒米喽！他的身后，则跟着一串吊着鼻涕的小伢子。每到一个小村垴，他就找一个中心地方摆上家伙，将风箱与炉灶用一根打通了节的竹筒连上。他还有有发燃炉灶，很快就有哪家的堂客被伢子拉着衣角，端着一升白米走来。永银不紧不忙地从路边捡来一把枯树枝叶，开始发炉灶。有些小伢子也纷纷给他捡树枝树叶，都要把坐在矮凳上的永银给围住了。

不要了不要了，永银无奈地笑着直喊，都要把我埋起来了！

堂客们就嗔骂，埋得好埋得好，叫你三天两头来勾伢子们的馋虫！

永银笑道，姐子哎，三天两头说过头了，这十里八乡广得很，你们长堤垸，我是隔一个月才来一回的呢。

有的伢子就说，就是就是，你来得太稀干了，你要三天来一回就好了。

655

堂客们又笑骂伢子们。

永银不躁不恼，一板一眼地拉起风箱。白烟升起来了，煤炭被烧红了，小伢子们欢呼一片。永银按先后顺序，将堂客们端来的米用一只洋铁漏斗灌进铁焖罐，放一小把白冰糖进去，细心地卡紧密封的铁盖，然后右手拉风箱，左手摇带着轮盘的铁焖罐，认真地掐算着炒米的时间。一会儿，米炒熟了，永银将焖罐的口塞进一只两丈长的袋子的袋口，这长袋子早就在焖罐前铺好了，并将袋口左右的绳子套在了炉灶架子上。永银将炉灶架上的铁焖罐斜着竖起来，然后用一根铁棒撬开密封的罐盖。这个时候，很多小伢子就双手捂住耳朵。砰的一声巨响，铁焖罐中的压力骤然释放，压缩的热气迸发而出，将前面的袋子胀得鼓鼓的。与此同时，炒米突然间失去了压力，猛然膨大近十倍，有的都膨胀成了空心的！伢子们放声高叫，眼睛直直地盯着被热气骤然胀得圆圆的长袋子，又看着它慢慢地瘪回去。这时，永银抓起袋口，一路抖到尖尖的袋底，尖尖的袋底便被膨胀了的炒米胀成了圆锥形状。永银解开尖底上的麻绳，将长袋中的炒米倒进堂客们扯开的布袋里，那膨得像小花生米的炒米，就像雪白的珍珠一样流到布袋子里，惹得伢子们满嘴都是涎水，吞都吞不赢。

忽然有一天，永银就进了长春观，满手满脸的炭黑不见了，脸上手上的黑色也渐渐褪去，成了现在这样"道貌岸然"的道士先生。冇得两年，他的皮肤也白了，人也斯文了，成了这十里八乡有名的道士。

祠堂前早被人们搭起了一个高台，台上摆上了赵氏先祖的牌位，牌位前摆着五谷六畜和果子酒水，用来祭祀赵家的列祖列宗。这个时候，各家各户也在家中摆上一张供桌，将平时不可挪动的先人的牌位一尊一尊地请出，恭恭敬敬地放到供桌上，再在先人的牌位前插上香，摆上供品。此后每日的晨、午、昏三时，各向先人的牌位供一次茶饭，一般持续七天，也就是一"七"日子，礼大的人家，则会供完整个七月。

赵家塆七月半的道场，历来比周围村子的都要热闹，周围的村子也来了看热闹的大人小伢。今年的七月半，还多了看热闹的侉老东和"黄卫军"。明儿的放河灯，侉老东也会放，但这道场他们是有得的，侉老东们都看得十分兴奋。他们是带着与民同乐和中日亲善的任务来的，必须做出放下屠刀立地成佛的样子，和老百姓混熟后，他们才能插入赵家塆人的日常生活中，从而监视赵家塆人与抗日军队的联系，隔断和淡化他们之间的关系，尽快将这片抗日堡垒之地，变成皇军控制下的粮草基地，以及有可能重修机场的稳妥之地。

平时，侉老东对中国老百姓板着的脸，突然间要变成与之相反的模样，一时还不大习惯呢。不过，一旦换了一副面孔，他们倒也觉得新奇好玩，都抢着要充当这样的角色，体验这样的生活，这比在军营里惬意多了！

永银的徒弟们在祠堂前的禾场上摆上了许多清油灯盏：横七盏，竖七盏，共七七四十九盏，每盏灯相隔四尺。人群自动地退到灯盏阵外边后，小道士还不满意，将黄表纸折成长条，点燃，绕着灯盏阵不停地挥舞，人们便赶紧往后退，一直退到离灯盏阵三步开外。这时，永银道士才开始做法事。他先是向元始天尊等道祖鞠躬敬香，接着是向赵氏先祖鞠躬敬香，然后才开始念咒。道士每念完一遍咒，便烧一道符，旁边的锣鼓则依照永银道士的程序，咚咚喳喳地响着。不一会儿，六个小道

657

士在清油灯盏摆成的灯火阵里，道袍飘飘地绕花穿行，一时，拂尘漫舞，道袖翻飞，咒歌互唱，令人眼花缭乱。几个侉老东看得眼睛都不眨，几乎忘记了他们的身份与任务。

这永银道士的法事，做得越来越像模像样了。记得三十多年前，我跟鼓痴一起去他家附近的一户人家唱丧鼓，他就缠着鼓痴要学唱丧鼓，问他为么子要学，他说唱丧鼓受人尊重，吃得好喝得好，还有利市可拿回去养家。也是，他一年四季挑副风箱炉灶炸炒米，人熏得像黑旋风李逵，也确实挣不到几个钱。我也觉得他有唱丧歌的天分，不仅记性比我好，一笔蝇头小楷也写得十分地道，可是鼓痴不答应。鼓痴是么子人？就凭永银那图吃喝图利市的念头，鼓痴就不会答应。鼓痴说话从来不怕得罪人，他冲永银说，做任何事，都是看缘分的，你心里总想着利益得失，是冇得这个缘分的！可是，现在这个永银，道长做得多轻松，比通宵达旦地扯着喉咙唱丧歌、汗水直流地擂丧鼓，不晓得要强多少倍呢。我记得永银在炸炒米时，有人认为他太过精明，有些不待见他，常叫他九头鸟，可是现在，人们对他都尊重有加，九头鸟变成了九凤鸟，真是此一时彼一时啊。

我看看鼓痴，鼓痴马上就看穿了我的心思。他说，这种装神弄鬼的伎俩，念的咒唱的歌，所有的合起来，还冇得《黑暗传》的十分之一，更不用现编现唱，一辈子就念这点死东西，只要是识得几个字的人都学得会。鼓痴见我发笑，又说，不过，他好歹还是为我们阴间的鬼魂做好事，也算是个正道。

幺姑说，我们土家族的道士才厉害，一个个都会赶尸，那才叫真功夫。

鼓痴看了幺姑一眼，仍不说话。鼓痴在长阳山里放排时，对土家族道士赶尸的事寻过根究过底，他认为赶尸不过是借着夜色，两个道士抬着一个穿了衣服的草人，前后的道士不时把杠子举上举下，那"尸"就像僵尸一跳一跳地走路，所以他一直不相信赶尸是真的。

永银做完法事，又按照惯例叮嘱人们鬼月的禁忌，一共十条，他每年都会一字不漏地念上一遍，做得十分认真。

第一条，不穿戴绣有自己姓名的衣服鞋帽，以免元神被鬼附身；

第二条，不要连名带姓直呼别人，否则鬼听到后，会趁机取走他的三魂六魄；

第三条，听到有人喊自己的名字时，不要立刻回头或答应，防止是鬼魂在叫；

第四条，人的身上有三把火，分别在头和两个肩膀上，所以鬼月的时候不要随便拍别个的头和肩，以免熄掉他身上的火，让鬼有机可乘；

第五条，经过坟地时，要不断默念"对不起，打扰了"并保持肃穆，以示对鬼的尊重；

第六条，不可去危险水域戏水打刨泅，水鬼会找人当替死鬼，以便自己去投胎；

第七条，不可偷吃祭品，与鬼争食，恐遭厄运；

第八条，无事不要乱靠墙壁和大树，鬼平时爱依附在上面休息，

659

容易引鬼上身；

第九条，天黑前要把晒在外头的衣服收回，以免被鬼借穿；

第十条，吃饭时不可将筷子插在饭碗上，其形状好比香插在香炉里，会招来鬼魂。

江汉平原有谣歌唱道：

七月里呀有十忌，
童孩女子莫当戏。
若是哪天遭到鬼，
一百个后悔也来不及。

第二天太阳刚落土，佟老东开着三只铁驴子，用铁壳车斗运来了他们的河灯。人们看到，他们的河灯也有得么子特别之处。按照厚基族长与那个金丝眼镜的约定，佟老东他们将在赵家桥的南头举行他们的盂兰盆会，而赵家垴村的盂兰盆会则在桥北头举行。佟老东这回也还遵守约定，冇有节外生枝，显得确有几分本分与亲善。

鼓痴告诉我，盂兰盆会是从印度传到我们中国的，是佛教徒追荐祖先的一种仪式。这种仪式又由中国传到日本，因此，日本的盂兰盆会也是师从中国。在七月十五这一天，佛教徒会举行超度法会，也就是盂兰盆会。"盂兰"在梵文中是倒悬的意思，是说人生的痛苦，有如倒挂在树上，苦不堪言，"盆"则是佛教中的一种救助器物，举行盂兰盆会的目的，是为了使死人的灵魂免于倒悬之苦。盂兰盆会通过念诵佛经和布施食物给孤魂野鬼，来祈求佛祖的恩典。这种仪式，时间上正好和中国的中元节连在了一起，两者虽然方式各异，但意义相同。这样一来，揽括了中元节与盂兰盆会的中国的七月半，就比印度、日本等国的要丰富得多。

到了圆月升起之时，赵家桥南北两头的盂兰盆会，差不多是同时开始了。中国的盂兰盆会人们看得多了，便有人过桥去看佤老东的新鲜。尽管族里的理事业鉴木匠告诫人们，不要往佤老东那边跑，但还是有人跑过去。尽管佤老东今儿都带了枪，但他们一连几天在赵家垴的亲善表现，使人们不再像过去那样害怕他们。何况，他们今儿也还在这里祭祀他们的亡人，应当不会有么子不安全的事儿发生。长川河南边住的人，大多跑到了河北边，那边叫天井垱赵家垴，住的也是赵家子孙，自然大都来共同的祠堂看自己族里打醮。同时，以前在河南边放荷花灯的河南边的赵家人，已收到族里的通知，今年河南边赵家的荷花灯也来河北边的桥头放，把赵家桥南头的位子让给佤老东放荷花灯以免混淆，弄出么子事端。这样一来，看佤老东的盂兰盆会的人就很少。佤老东在河北边的桥头摆了一箩筐糖粒，过桥来观看热闹的人，都可分得一小把，只是有的人得了糖粒，最后还是回到了河的北边。毕竟佤老东的名声摆在那儿，还是离得远一滴为好。

桥的北边，法师座和施孤台搭在远离桥头的村垱上，这儿地势也很高，因此在气势上压住了佤老东那边的佛场。佤老东有些气恼，他们这时才明白，厚基族长为何坚持两国必须各在河的一边举行法事。金丝

661

眼镜和族长所约定的桥南桥北，他的理解，是指两国的佛场分别设在桥的南端与北端，现在一看，他晓得是被厚基族长给愚弄了，脸色很是难看。这长川河宽四十来丈，赵家桥却只有八丈长，为了节省木料，也为了使桥稳固，人们是从河的两岸，向中间各筑了十几丈的河挡，以此来连接那八丈长的木桥。从两边河挡与桥头连接的地方，到高高的河两岸，也各有五六十丈的斜土坡相连。两岸之间，整个就是一条长达一里多的土坝，中间镶一座木桥，除了桥是平的，河挡与土坝，都是从桥头上往两岸斜上去的，所以，赵家桥在整条河坝上，实际上就成了"锅底"。而长川河两边的人户，北岸的住在河堤之上，佛场自然设在村垱前，而南岸的人户则住在河堤的南坡之下，这样一来，桥南佬老东的佛场，就只能设在河南边的村垱后，无法设到南岸的河堤南边去，那儿不仅离桥太远，也因是位于村垱后面，冇得平坦开阔的场地，更不便向河里放荷花灯。总之，佬老东的佛场只能设在桥头的河挡上，地方十分狭窄，也十分低洼。而设在赵家桥北边村垱上的佛场，完全是一副高高在上的样子。金丝眼镜骑着马来到赵家桥时，两边都要开场了，一切已经来不及了。而这样的协商，又是他亲自与厚基族长订下的，他只知道桥南桥北都一样，甚至还认为，夏季这里都是刮南风，河的南边可是占据了上风的位子，中国人喜南不喜北，他也十分清楚。可是他不晓得这中国人在风水方位上，讲究的都是坐北朝南，北位总是高于南位，所以河南岸的村子绝不会面河而建，而是依然门朝南开，背河而建，人们遇上这样的地理位置，则是将河堤看成了山——靠山，而把村南的路当成了河水，遵循了风水中高一寸为山、低一寸为水的原则。金丝眼镜吃了这个哑巴亏，也不好声张，只是他的脸色十分难看,吩咐三九麻嫩带着三十多个"黄卫军"严密监视赵家垴的佛场,三九麻嫩连连保证,一定盯好河北边的赵家垴人。

侉老东那边的盂兰盆会有些冷清,他们的法师穿得也过于古怪,我和鼓痴也不再看他们的新鲜,回到了河北边赵家垴的佛场边上,就待在三九麻嫩带的"黄卫军"的后边。按鼓痴的意思,如果"黄卫军"对老百姓不利,他就会随时出手。

主持赵家垴今年的盂兰盆会的,是从下游的观音寺请来的六位和尚。先是一阵鞭炮,接着是一阵唢呐与锣鼓,走在前面的"导师"手持铃铎,另五个和尚紧随其后,分别手执木鱼、铛子、铪子、小手鼓之类。和尚们先是净坛,后是开坛,接下来是念佛经。佛经有好几种,先是面向佛坛念诵《大悲咒》《十小咒》《心经》,再对着纸念颂疏文,接下来做的是引魂,招引鬼魂入坛,再接着念诵《往生咒》《三真言》,最后由厚基族长在法会的"榜文"上用朱笔一点,开坛也就完毕了。

开坛后的仪程是拜忏,分为三个阶段,其间还穿插上供与斋僧活动,再接着是施放焰口。这项活动的目的,正是为他们超度亡灵,进行施食。放焰口之后,就开始焚烧法船和灵屋之类,这些纸扎的法物被送到桥头,放到河上燃烧,因为底下都有木板或木棍,它们就会浮在水面上,顺水漂流。闪闪的火光中,观众都欢呼一片。点燃法船和灵屋后,就开始放河灯,赵家桥南北的赵家各家各户的代表把带来的河灯点燃,一一放到河面上,任其顺水漂去。明月星空之下,波浪长河之上,前面是一列法船和灵屋,后面是几百上千的河灯,它们排成长长的队伍在河面上漂荡,前间的法船和灵屋已漂去一里多远,后面的河灯还只放了一半。一时间,

663

河面上灯火灿烂有如繁星，倒影摇荡有如火的河流，它们与天上的月亮和星星的倒影漂荡在一起，十分壮观。它们照亮了水底，以及水底下鬼魂们暗淡的心灵。法船将鬼魂们渡往欢乐的彼岸，灵屋则为他们提供漂亮的住所，而河灯则为他们照亮往生的道路。

这样的法事，河南边的侉老东的做法也大致相同。据说在日本本土，放河灯后还会举行千百人的巡游活动，他们会载歌载舞，鼓乐齐鸣，在村道与街道上巡游到深夜。这一滴，他们倒比中国的盂兰盆会要热闹得多。但是他们在异国他乡，冇得自己的百姓参与，巡游无法开展。哪个叫他们跑到中国来作恶呢。

法事接近尾声的时候，已近凌晨，这时突然有人喊，不好了，桥着火了！

果然，赵家桥北头这边，桥上突然燃起了熊熊的大火。因为这个时候，河两边放河灯的人都在点火，桥上开始着火时，人们根本冇有注意到，等到发现不像是放河灯的火时，火已烧得很大了。人们慌忙喊着要去救火。而河南边天井垱赵家垴人，都惊慌着过不了河，回不了家。这时，只见横癞子跳到法坛之上，叫大家赶紧回家，又叫河南边的人不要害怕，让他们先去河北边的人家里避一避。他说，这火是他们民兵特地放的。

众人大吃一惊，不明白民兵为么子要明目张胆地放火。

横癞子告诉大家，说游击队已从离湖里上来了，要来这儿打侉老东，大家不要去救火，不能把侉老东放过来！人们这才明白过来，是游击队和赵家垴人唱了一出双簧戏，要对付侉老东。桥头的河垱上，木垓也在叫放河灯的人赶紧上岸。人们一听，慌忙奔逃。人们这才想起来，横癞子和木垓还是赵家垴的正副民兵队长呢，平时大家冇有把他们当回事儿，这时才晓得，他们也是可以办大事的汉子。这个时候的横癞子还真有一滴大将风度，与人们笑话的那个夜夜啃堂客奶子的奶猪仔比起来，好像是另外一个人。

有人说，看这横癞子能的，真是时势造英雄啊！

有人四处张望三九麻嫩带来的"黄卫军"，担心他们开枪，然而却不见他们的踪影。这使人们有些莫名其妙。

业鉴木匠现在是厚基族长的重要臂膀，相当于以前永骄的角色，他也开始指导人们撤离。他是一个吃百家饭的，对河南边的族人比较熟，主要负责引导和安排他们。妇救会的珍姆、桂妹子还有横癞子的堂客，也在分头指挥老老少少撤离佛场。横癞子的堂客见横癞子如今也是村中的一个小小人物了，也十分自豪。她不仅大力支持他忙民兵的事，自己也十分积极做妇救会的事儿，人们都对他们夫妻俩刮目相看，很少再笑话他们床上的事儿了。马倌兴权也是族中的理事，他则带着一班人，将预先准备好的木柴谷草之类送往桥头。桥上的火很快烧到了几丈高，映红了半边天，把长川河的水映得一片通红。

河南岸的侉老东正忙着放河灯，一听说桥着了火，开始真以为是老百姓放河灯不慎引起的，还幸灾乐祸地觉得好玩。他们晓得，桥是老百姓的重要财产与交通之物，认为老百姓肯定会急着灭火，因此乐得看热闹。他们看见老人小伢往岸上跑，男人往河边跑，但是过了好一会儿，火不仅冇有小，反而烧得更大了。这时他们才发现，那些往桥头赶来的

665

人不但冇有救火，还在火上添柴，他们这才感到出了问题。金丝眼镜明白过来后，一声令下，佝老东就冲过来灭火。他们还要从桥上回到飞机场的营地去呢。如果赵家桥过不了，他们要么从上游高家垴的河挡上过河，要么从下游的罗家桥过河，那都要绕很远的路程。他们气得眼睛通红，一面往桥上赶，一面向对岸的"黄卫军"喊话，要他们赶紧对付烧桥的人，只要"黄卫军"往河挡上一挡，这些放火的人就一个也逃不了。可是佝老东在河南边喊了半天，却冇得"黄卫军"应声。佝老东气得哇哇直叫，企图拼死过桥。可是桥被烧断已达两丈，熊熊的大火也成了厚厚的火墙，而北头堆起来的柴草却不见减少。有两个不要命的佝老东以为可以冲过大火，他们一冲一跳，栽到了河中，他们向离得很近的北岸游过来，却遭到了人们的痛击，在挨过横癞子和木垓等民兵的一顿尖担鱼叉之后，沉到了两丈多深的河底。

十分奇怪的是，佝老东竟然冇有开枪，而横癞子他们虽然也有不知从哪儿来的枪和手榴弹，也并冇有使用。后来我们才晓得，这枪和手榴弹，都是那夜"黄卫军"丢失的。"黄卫军"从盂兰盆会上走得也十分蹊跷，他们不仅走得无声无息，而且是分成好几批悄悄走的，仿佛他们是不想看法会了，三三两两地开小差走了，这哪像是军队的样子？领队的小队长三九麻嫩也不见人影。

赵家桥两边的人都不开枪，除了叫喊，打的简直是一场哑巴仗。这样的事，自古以来好像都冇有听说过。我问鼓痴书上有冇得这样的记载，他也摇头否定。

呵呵，我说，也冇有听说做盂兰盆会时开不得枪啊！

## 九

虽然我们早清楚这个七月半不平常，但河灯放成这样，还是令我们感到惊讶。我和鼓痴的猜测，只是侉老东和游击队十有八九会有冲突，现在看来，事件远比我们猜测的要大得多，更复杂得多。

赵家桥的河边，从来冇有这样辉煌过。夜空墨蓝，星月交辉，河水荡荡，已经漂向下游的河灯朦胧一片，仿佛是天上的银河下到了地上。北边桥头的火烧得小了一些，也安稳了一些，因而显得有些柔美，如果说它烧得猛烈时像刚烈野性男将，现在它就有些像活泼而不失端庄的女子。这样的一幅巨大的画图，仿佛是一场美好的大梦，显得虚幻而不真实，看上去又十分迷人。

看样子，侉老东一时三刻过不了河。我们听到木垓对马倌说，族长早派业鉴木匠知会了附近的几个村子，上游高家垴的河垱，入夜之后就被高家垴人给挖掉了，下游罗家巷的桥，也几乎在同时让罗家巷的人给拆了一半，沿河两岸各村各户的船只，也早给藏起来了。

鼓痴说，既然游击队早有安排，今晚必定会有大仗。走，我们去甘浪湖堤看看，好戏肯定是在那儿。

月圆之夜，轻风拂拂，四野宁静，我们飘行得十分轻快。鼓痴的急性子彻底表现出来了，他跑在前面，我追都追不上。

月光下的野外分外清幽，这个季节的主要庄稼是中谷和少量晚谷，再就是黄豆、绿豆、芝麻和黄麻，它们都已近成熟，很快就可以陆续收割了。现在，它们披着一身月亮的银光，顶着一头细碎的露水，它们身上的露水又闪着月亮和星星的晶亮。它们在微风中发出沙沙沙沙的声音，就像是待嫁的新娘子在等待着唢呐、锣鼓、鞭炮和花轿。江汉无边的田野，被银子般的沟港和小湖分割得有些零碎，就像是墨绿的宝石上镶着珍珠。这是江汉水乡特有的风貌，是上天对勤劳的云梦大泽人的厚爱。

我们无心细看田野的美景，只担心着这一垸人的命运。据说离湖游击队被新四军李先念的第五师抽走了大半人马，现在只有不到两百人了。又说李先念率第五师的主力过了汉江，转战到了汉江以北的大洪山与大别山之间。还说新四军襄南军分区的李人林司令，曾指名要把永骄调走，永骄申请了好几次，才得以留在离湖。离湖游击大队的大队长马学文是一员虎将，虽然经验丰富资历很老，但身边缺一个谋略之才，而谋略对于实力弱小的队伍来说，比么子都重要，马队长也舍不得永骄被调走。马队长甚至跟李人林司令说过，离湖游击大队哪怕是少了他这个大队长，也不能少赵永骄这个参谋长。现在，游击队的简陋装备，肯定无法跟侉老东比。永骄他们的离湖游击大队，实际上就是离湖一带老百姓自己的队伍，他们大都是监利西乡北乡、潜江南乡、江陵东乡和沔阳西乡的百姓子弟，是这个地方真正的子弟兵。如果游击队这一仗损失太大，侉老东可就在长堤垸驻稳了，他们要把长堤垸一带当成粮草基地的目的，就百分之一百地达到了，今后要重新在这儿建飞机场，也就轻而易举了。从此，不仅这一带的百姓冇得好日子过，整个江汉平原乃至鄂豫湘三省的侉老东，也全都不愁吃喝了。

我和鼓痴站在高高的甘浪湖堤上，观察着离湖的方向。不久，果然如鼓痴所料，我们发现一支人马从禾丰垸北面开了过来。这支人马行进的速度并不快，走得有些犹犹豫豫拖泥带水，他们好像担心遇上埋伏，似乎在边走边试探和观望。不用说，他们肯定是从离湖上来的游击队。见他们把握不足的样子，我和鼓痴都十分担心。

鼓痴说，一支准备不充分、计划不周全的兵，是很难打得了胜仗的，永骄这家伙是怎么搞的？还说他是离湖的智多星吴用呢。

我也在心里责备永骄，你小子是怎么带的兵？还有那马队长，他可是离湖游击队的创始人呢，打仗也不是一年两年了，为么子两个人冇有把方案做好？

我们原来以为，游击队会绕到禾丰垸和长堤垸相接的地方，从禾丰垸偏西的方向过来，所以我们也来到了这儿等待。可是他们却冇有绕路，直接就往甘浪湖堤开进。在我们等待的地方，甘浪湖堤在这儿有一个三四丈宽的大缺口，这个缺口通着一条通向长川河的水港，是长堤垸人排水用的，如果人马从这个缺口进入长堤垸，就要隐蔽得多，所以，我和鼓痴就守在这个缺口附近，我们要看看他们的人数与武器。他们不往这个缺口来，我们只得赶过去。等我们快要赶到他们过堤的地方时，他们的人马早已翻过了甘浪湖堤，进入了长堤垸。他们的去向很明确，那就是赵家垴，目标当然是赵家桥那儿的侉老东。可是，那儿的侉老东不过三十来人，而且又被拦在了长川河对岸，你如果驾船或过桥过垱去攻打，侉老东也可能会以少胜多将你打垮！何况，飞机场那儿的侉老东，也可以随时从背后扑上来，给你来个藕片夹肉的藕夹下油锅，从两边夹起来把你炸了吃掉。

读遍打仗之书的鼓痴，自然懂不少用兵之道，他说，看队伍排的长短，游击队大概有一百五十人左右，差不多出尽了游击队现有的主力，只是他们这回必定劳而无功，甚至要吃大亏。据我们这几天看到的情况，佫老东一直在等待游击队的到来。我现在看出来了，佫老东在赵家垴放河灯，其实就是想吸引游击队进垸，然后把他们一口吃掉，这样，长堤垸可就被他们牢牢控制住。而且，等佫老东在飞机场的另三座炮楼修起来后，四座炮楼相互策应，即使你有数倍于佫老东的兵力与重型武器，也是拿飞机场的工事冇得办法的。而以目前离湖游击大队的实力，再增加五倍的兵力与武器，也难以取胜，因此，佫老东肯定早做好了准备，要把离湖游击队一举清除。

我说，这样游击队就非常危险了！

鼓痴说，是，我们要在游击队的两边仔细看看。

不久，我们果然发现甘浪湖东西两头有了情况，一支人马在偏西那个本该游击队走的大缺口进入了长堤垸，另一支人马，则在东头石家垱方向越过了甘浪湖堤。佫老东在过堤时，并不是站着走过的，而是像四只脚的畜生爬过的，游击队根本发现不了。

我说，糟了，要出大事了，怎么办？

鼓痴说，只有赶紧去提醒他们了。

我问，怎么提醒？

鼓痴说，叫，鬼叫。

鬼叫扰人吓人，阎王哆是要治罪的，但我们还顾得上吗？我来不及多想，跟着鼓痴就往前跑。鼓痴读了一肚子《三国演义》《说唐全传》和《水浒传》之类，果然冇有白读，关键时刻，他真有几分将帅之风。

我真感到可惜，鼓痴这样的鬼才，要是能帮上游击队就好了。

我们一边追赶游击队，一边留心观察佝老东。我们发现，佝老东正在向游击队合围。而佝老东的数量，两边合计大约有一百二十人左右，虽然比游击队的人数要少一滴，但是他们不仅装备精良，早有准备，而且处于绝对的主动地位。另外，赵家桥两边的佝老东和"黄卫军"，加起来也还有不少呢。

鼓痴说，看佝老东的架势，是要等游击队过了沙墩子之后，然后占据沙墩子，再开火。

沙墩子离赵家垴村垴约十里远，差不多正好在甘浪湖堤与村垴的中间，两三百年前，这儿还是一片沼泽，沙墩子是一片淤积起来的高地，因土质沙性重，只适合种耐旱的作物。沙地种西瓜和花生之类最好，但这里远离村垴，不便看守，种了只是方便人们的肚腹，于是只种高粱、芝麻和黄麻之类。旱地种作有一个特点，那就是作物品种必须岔开来种，否则收成极低，也就是去年种高粱，今年就只能种黄麻芝麻。今年种的正是黄麻，长得差不多有两人高。我明白了鼓痴的想法，如果佝老东在沙墩子北面开始袭击，游击队就会抢占沙墩子进行反击，即使反击失败，也还可以藏身到黄麻丛中去，使佝老东处于被动地位。现在，佝老东仍处于掩藏状态，等游击队过了沙墩子，他们就会从背后扑上去。

游击队不能再往前走了，过了沙墩子，就惨败无疑！

鼓痴正要发出鬼叫，让游击队发现后面左右两侧的佝老东，这时，我们发现游击队突然不见了，他们在我们观察佝老东时，意外地消失在我们的视线中。不用说，他们一定是发现了佝老东，然后在沙墩子这儿停了下来,并钻进了黄麻地。太好了,游击队不用我们鬼叫,就抢占了黄麻密生的沙墩子高地,真是不幸中的万幸!

跟踪的目标突然消失,侉老东显然也有有料到。本来,这一百五十人左右的游击队,是可以轻轻松松地被他们吃掉的,现在要吃起来却十分困难了。平原之地打仗,攻守都不容易,而攻则更加困难。攻方每推进一步,都要付出很大的代价。在这种情况下,除了武器上要有绝对优势,兵力上也要数倍于敌。侉老东不敢大胆前进了,只得寻找低洼的地方。在水乡,低洼的地方都是水,主要是沟港,但沙墩子一带因是沙地,不是水网地带,附近有得大的沟港,只有又窄又浅的小排水沟,因而侉老东陷入了劣势,进也不是,退也不是。

侉老东停了下来,却又一直不开枪,似乎在等着么子。等么子呢,肯定是等待赵家桥那儿的侉老东。如果做完盂兰盆会,放完河灯,赵家桥那儿的三十来个侉老东加上三九麻嫩带的三十多个"黄卫军",他们一起从村子里开过来,从背后向游击队发起攻击,游击队就陷入了三面包围之中。这样的"瓮中捉鳖"的局面,应当是侉老东早计划好了的!可是侉老东等了好一会儿,村子方向并不见有人马开过来,这使侉老东一时陷入了困惑,不敢轻举妄动。

一时间,沙墩子这边安静无声,村子里也安静无声,飞机场那边同样也安静无声。这样的情景,仿佛一派祥和。这样的局面,似乎打着一场哑巴仗。这可是极其少见的打仗场面。

鼓痴沉思了一会儿,突然轻松了许多。他说,我明白了,侉老东在赵家桥那边不开枪,横癞子他们有枪也不开,原来都是不想影响野外的人马。

我听了一脑壳糨糊。

鼓痴说,村子里要是先响枪,在侉老东看来,就会影响野外的侉老东对游击队的包围,而在横癞子他们看来,也同样会影响到游击队进入垸子的计划。也就是双方都早有预谋,都要利用盂兰盆会放河灯的机会袭击对方,只是,侉老东只算到了沙墩子的事,而冇有算到村子里的事,而游击队呢,不仅算到了沙墩子这里的事,更算到了村子里的事。看来,侉老东虽然武器精良,这回却占不到么子便宜了,游击队这回是棋高一着。

我问,那哪个会先开枪?

鼓痴自信地说,肯定是侉老东先开枪。他们原指望村子里的侉老东和"黄卫军",从背后扑向沙墩子,现在他们是指望不上了。如果等到天亮,游击队藏在黄麻地里,侉老东即使有再多的兵力,也得付出更大的代价,只要他们一冒头,就会挨游击队的枪子。再说,到了这个时候,侉老东也希望沙墩子这里的枪声,能让村子和飞机场两处的侉老东晓得这里的情况,让他们赶过来增援。

望着鼓痴这副样子,我服气了。这家伙,他在阳世间让我死心塌地跟了他一辈子,在阴间,看来我还得做他的跟班。

侉老东果然发起了攻击,再不攻击,到了天亮,游击队会居高临下地从黄麻丛中见一个打一枪。借着子弹和手榴弹的火力,侉老东从东西两个方向,从小水沟里向黄麻地推进,妄图使游击队火力分散,穷于两边应付。侉老东冇有料到,游击队竟突然抢占了沙墩子,他们虽然主

673

动开枪，但也不过是仓促应战。游击队早有准备，火力虽弱，但打得比较准，不停有侉老东中弹倒下。侉老东既畏惧，又心虚。他们畏惧的是游击队似乎早早看出了他们的计划，并抢占了有利地势，他们心虚的则是，他们发现明明有一百五十人左右的游击队，可黄麻地里发出的还击声却稀稀落落，这真的有些诡异，这使他们担心游击队是不是利用对地形的熟悉，一部分人马潜出了黄麻地，要对他们进行反包围。这样一来，侉老东的进攻就显得犹犹豫豫、畏首畏尾。因此这个仗打得就有些不温不火，拖拖拉拉。

鼓痴说，老铁，这边的战局已定，如果侉老东冇得增援部队，肯定会败，如果有，双方应当会打成平局。

我问，打成怎样的平局？

鼓痴说，即使游击队全军覆没，侉老东死的人也会更多，飞机场这儿的守敌也会打得剩不了几个。说到这里，鼓痴叹了一口气，说，只是，侉老东即使全死了，但他们可以再调兵来长堤垸，而游击队呢，人马拼掉了，短期内哪里还有兵力调过来。看来，从全局来看，最后输的还是游击队。这样一来，长堤垸的侉老东只要修好碉堡群，很快就又高枕无忧了，他们长期占驻这儿，甚至重修机场，就成了定局。

我焦急地说，这如何是好？

除非游击队还有其他的兵力。鼓痴说，但这是不可能的。黄麻地里的兵力，差不多是游击队九成的兵力了，湖区里剩下的游击队，应当只是后勤之类的兵。唉，走吧，去飞机场看看吧。我现在才想到，飞机场，它才是整个战局的重点，而不是沙墩子这儿，要不，侉老东就不会做么子盂兰盆会和放河灯了。

正在我们要往飞机场去的时候,村子方向赶来了一小群人。我们以为是在河边做盂兰盆会的侉老东过来了,不禁十分为黄麻地的游击队担心,这可是腹背受敌!我和鼓痴过去一看,原来是老百姓,他们是扛了担架,前来抢救游击队的伤员的。我们松了一口气,便往飞机场方向赶去。

鼓痴说,我感觉,飞机场才是重点。我说,不是为了这个飞机场,他们还能给你发糖发纸烟,还来假惺惺地搞中日亲善——他们直接射子弹扔炸弹就得了!

鼓痴走得突然很慢,也沉默不语。我晓得他的心跟我一样沉重。

我问,游击队如果藏在湖里,不发起这个七月半的战斗,那反而要好很多,对不对?

鼓痴说,那也不完全对,等侉老东在飞机场修起四座碉堡,即使游击队一直存在,但除了进行小规模的游击,也拿侉老东冇得办法。所以到了那时,不管是攻是守,游击队都十分为难。

我问,永骄他们错了吗?错在哪里?

鼓痴说,错在只想到利用七月半这个机会打侉老东,而冇有想到保存自己的实力。他们可能是攻不下飞机场,便把侉老东引到沙墩子进行伏击,但这是一个鱼死网破的做法。不过也不能怪游击队,他们除了这个办法,也想不出别的办法来了。问题是,侉老东有新的兵源,游击队却冇得了。这些年来,游击队的一批又一批精兵,都抽到新四军的正规部队去了。一句话,这个游戏,侉老东玩得起,游击队却玩不起。

鼓痴说得确实有道理。游击队不到两百人的家底，你跟侉老东同归于尽了，还拿么子东山再起？离湖周围的优秀青壮年都当兵去了，剩下的冇得几个了，等到你哪天重新拉起队伍，侉老东都不晓得在这一带征走了多少粮食，养活了多少兵马。所以，游击队真不该这样急着消灭侉老东，因为你即使把长堤垸所有的侉老东全打干净了，他们还可以马上调新的部队来控制长堤垸。而永骄他们这支游击队覆灭以后，这儿就再也难有一支这样的队伍，可以利用对地方的熟悉来搅得侉老东不得安宁了。

## 十

飞机场的汽灯亮得如同白天，四周的铁丝网上的铁刺闪着寒光，就像无数侉老东恶毒的眼睛在眨着。南面通往水塘的地方，也加了两道铁丝网，直接延伸到了水塘边，这样，连狗才理挑水，也都是在铁丝网里面了。高高的碉堡顶上，探照灯刺眼的白光不时四面扫射。不过，这里现在显得十分安静，沙墩子那儿传来的枪声和爆炸声，对这儿并冇得丝毫影响，这些，似乎都早在飞机场的侉老东的预料之中，他们好像是在静等村子和沙墩子那边的队伍得胜回营。看来，侉老东确实早就做好了全盘的计划，这使我和鼓痴的心情更加沉重。

我叹道，要是前阵子游击队冇有被主力部队抽走一半人马，再来一百多人攻打飞机场，实行围魏救赵之策，那该有多好。

鼓痴也叹道，如果侉老东冇有占领县城，郑县长也可以像五年前那样，派自卫队前来攻打飞机场，然后再去夹击沙墩子那儿的侉老东。

我说，那还说么子噻，这个郑县长是个好人，他重伤之后，现在是生是死都不晓得呢，要是他能突出奇兵该有多好。这郑县长虽在国民党那边，但他把监利县的国共合作做成了全国的模范，跟新四军游击队联手，打了不少胜仗。

鼓痴说，我去离湖的时间，听见游击队里有人在说，郑县长可能去了江南的桃花山，或者是洞庭湖。他说，半路堤阻击战打得太恶，敌我悬殊人人，自卫队被打得只剩一二十人，他们现在即使重新发展壮大了，也不可能马上突破长江防线，穿过县境南部来到这里。

我突然问鼓痴，既然你晓得飞机场这儿不会有么子事件发生，为么子火急火燎地来到这儿？

鼓痴叹道，可能是我心中，希望这儿能发生点么子吧……我总觉得，这儿应该发生点么子事儿才对。

飞机场这儿除了侉老东的探照灯，以及里面两个巡逻的侉老东，一切都安安静静，与枪声不断的沙墩子那边，仿佛是两个世界，很有些隔岸观火的意思。

突然，沙墩子那边燃起三堆大火，火越烧越高，越烧越亮。我和鼓痴都莫名其妙。就在这时，我们听到离甘浪湖堤大约两里多远的田野，也就是禾丰坑西端的晏家河方向，传来急促的脚步声。等到脚步声近了，我们才看清，原来是一支全副武装的队伍。这支队伍很快绕到飞机场的东北角，那儿离侉老东的碉堡最远，也是子弹难以射准的地方。我们被这突如其来的事儿给弄蒙了。

677

这竟然是一支足有一百多人的队伍。一看模样，一听声音，我们就晓得，他们不是游击队，就是自卫队，总之是抗日的队伍。我们仔细一辨，发现他们就是游击队。

天呀，游击队怎么一哈多出这么多的人马来！

未必是抽调到新四军主力部队的游击队员又回来了？

飞机场上响起乱枪，巡逻的侉老东在鸣枪报警，碉堡上的侉老东在向游击队射击。

有人喊，参谋长，我们冲过去！

不，先让老虎队冲进去！

果然是永骄的声音。

我的心一激动，竟浑身抖得像打起了摆子。

永骄，我的好儿子，我差不多一年有有见过你了！我最后一次见你，是在我死后的十多天的一个夜里，那时，你从离湖里上来，和几个游击队员来我的坟上磕过三个头。

永骄喊，三中队跟我接近碉堡，正面开火，牵制敌人，并压住敌人的火力；二中队长，你带人绕到西面，从高家垴的芝麻地佯攻，分散敌人的注意力，随机策应南面；一中队长，你带人绕到南面，从水坑那边破突铁丝网，就看你们的了！

是！

这是春雷的声音，原来他是一中队长。二中队长则是兴虎。我看见鼓痴的身体也猛地抖了起来，他也在为自己有这样英雄的儿子而激动。

亚喜、水垓、幺湖，你们的老虎队马上出击！永骄说，你们很快就要见到你们的师父了!

么子老虎队?我和鼓痴都有些发蒙。

我们突然听见了低低的狗声。我们朝堤下一看,禾丰垸的亚喜、赵家垱的水垵、幺湖——就是那个赌神幺鸡子,他们三个人,带着十几条狗从堤下爬了上来。水垵他们都只有十七八岁,都是这长堤垸的后生,是游击队特别小队的人。看来,游击队是要用训练好的狗先攻进去。这时,我才猛然想起狗才理——那个在侉老东军营里当苦工的家伙!刚才,永骄还在说水垵和幺鸡子马上要见师父,看来,狗才理并不是犯了错误被开除的,而是有意打入飞机场的。他以前在水潭边与两条狗见面,一定是让狗送情报。这时我才晓得,我们把游击队想得太简单了。原来,游击队才是在下一盘大棋呢!只是我们不明白,游击队怎么就凭空多出来一百多号人马?这么多人马,可不是变魔术能够变出来的!

鼓痴到底比我冷静,他说,我们不用想那么多,总之,游击队凭空多出一百多人可是大好事,管他是变的还是怎么来的。他又说,我们待在这儿搞么子?我们快进飞机场去,狗才理一定在里面做内应。

真好!我说。

鼓痴说,这样神出鬼没,还真是神奇,马队长和永骄背后一定还有高人!

我边跑边说,江汉平原,规模最大的也就只有离湖游击队,这一百多人马难道还是天兵不成!

鼓痴不再理我,只是一个劲地往前跑。

在激烈的枪声中,我们来到了侉老东的营房。我们有些纳闷,根据我们对村子和沙墩子两处侉老东的人马的统计，飞机场至少还应留有三四十人的侉老东兵，可是现在，为么子这里侉老东的枪声和人影这么少呢？好像除了碉堡里，其他地方都冇得么子侉老东了。我突然想起自己和鼓痴琢磨过的毒药，心想，里面的大部分侉老东，难道是被狗才理给下了毒？对，毒药肯定是狗送来的。

狗才理，真有你的！

我发现营房角上的墙边贴着一个人，以为是狗才理，仔细一看，却是上次看到的另一个苦工。他鼻子里奇怪地塞着棉花，看来是被打得流鼻血了。他手上抱着一挺机枪，守在营房这里。难道营房里还有侉老东，而且全都困死了？我走近营房，从帐篷的缝里往里一看，一股浓浓的香味扑面而来。

迷魂香！我差一滴喊出了口。

这么浓的迷魂香，如若我是人，肯定就晕倒了。难怪这个守望在营房外的人，鼻孔里塞着棉花。我朝鼓痴那边望去，他也在看另外的帐篷。我回头再看帐篷里面，好家伙，二三十个家伙正困得死死的。不过，他们不是侉老东，而是"黄卫军"。我们再看他们的枪架，上面却空空荡荡，枪肯定被狗才理他们藏起来了。鼓痴过来看了这一幕，松了一口气。

真好真好，走，我们上碉堡去。鼓痴兴奋地说。

我们刚出营房，就发现飞机场的东北角上，十几条狗在亚喜、水垓和幺鸡子的口令下，在铁丝网外面猛跑一段，然后跳起来，飞将军似的跃过高高的铁丝网，落进了飞机场里边。这些精灵的狗，它们在落地的一瞬间就地一滚，毫发无损地站起，回头望着他们的主人。在看了主人的手势、听了主人的口令之后,它们转身就冲向碉堡。它们真像下山的猛虎,难怪游击队称它们为老虎队。

我们正觉得新奇,忽然听到碉堡下响起一声风一样的呼哨,狗们一听,都向那儿奔去。我们过去一看,果然是狗才理。狗才理拿着一支上着刺刀的步枪,带着他的狗兵们,钻进了枪声不断火舌激闪的碉堡。我们不敢离狗才理太近,只好上了碉堡的顶上。

碉堡顶上,三个侉老东架着两挺重机枪,正向游击队进行疯狂的扫射,他们打得十分凶狠,不时有游击队员中弹的叫声。游击队接连向碉堡上投手榴弹,但因为离得太远,碉堡又高,手榴弹都落到了碉堡的下面,炸了个空。这时,我们听到碉堡里面,枪声、人声、狗声,响成一片。人声是日本话,看来碉堡里都是侉老东。这个时候,碉堡周围的射击口的火舌接二连三地停了。不用说,老虎队的十几个狗兵,还有它们的主人狗才理,正在对付碉堡里的侉老东,而且起到了战果。

碉堡顶上,侉老东的两挺重机枪,被西北两面的游击队牵制住了,碉堡里的侉老东,也被狗才理和他的狗兵牵制住了。南面的水塘那边,春雷他们得到了突破的机会。他们将几床浸过水的棉被铺在铁丝网上,后面的人踩着前面的人的肩膀,迅速冲进了飞机场。很快,铁丝网的南北两边的铁栅门被砸开了,春雷带着人分成两班,一班随他冲向碉堡,一班冲向营房。

碉堡顶上的三个侉老东都打红了眼睛,两个机枪手各架一挺重机枪,一个向西南,一个向东北,冲游击队进行疯狂扫射,还有一个家伙,他除了向两挺机枪运送弹带,还利用空闲,用探照灯扫射游击队。探照

681

灯的光白得像利剑，人的眼睛一旦被它照到就会发花，么子也看不到。这个佮老东的这一招，比重机枪还要厉害得多。我和鼓痴正要对这个家伙下手，他突然惨叫起来，他的胳臂被游击队打中了。这家伙倒也硬气，他用布条缠住了胳臂上的伤处，又操起了探照灯。就在这时，碉堡下面钻上来一条黄狗，猛虎一般从这个佮老东的背后扑上去，咬住了他的脖子。这家伙冷不防受袭，似乎吓掉了魂，发出不像人声的恐怖叫声。很快，这家伙的叫声变得嘶哑了，那是声音的受阻声、喉管的漏气声，以及发自他胸腔深处的号叫声。

向东北面扫射的佮老东机枪手发现情况异常，不由得分了心，他扭头看到一条狗咬着同伴的喉咙，人和狗都发着低低的吼声，他几乎傻了眼。他开始还以为是他们养的狼狗发了疯，咬起了自己人，但是他马上发现，这条狗的个头比他们的狼狗要小得多。而他们的狼狗，早在战斗打响之时，就被狗才理干掉了。现在，那条小个头黄狗，它几乎是吊在那个佮老东的喉咙上，使他正慢慢往下倒。这家伙见了这恐怖的一幕，估计下一个该轮到自己了，慌忙掏出腰间的短枪向黄狗开枪。黄狗中了弹，但冇有被打到要害，它放开倒在地上的佮老东，又向打它的凶手扑去。可能是它受了伤，冇有咬中凶手的要害，只咬在了他的肩膀上。距离太近，黄狗又在猛抓这个佮老东的眼睛，他穷于应对，冇得开枪的机会。

碉堡上蔓延起浓浓的血腥味，有人的，也有狗的。这种血腥味与狗身上的气味、人身上的汗臭，以及浓浓的硝烟味，不停地在碉堡上空翻滚，浓得无法化开。

月光明亮，它和倒在地上的探照灯一起，将碉堡顶上的一切照得清清楚楚。

很快，又有两条狗冲到了碉堡顶上，也是黄狗。我想起来了，这老虎队的狗兵全是黄色的，跟老虎的毛色很相似。这两条狗找到各自的对象，狠狠地扑了过去，两个佬老东机枪手被咬得惨叫不绝。向东北面射击的那个家伙身上，扑上了两条黄狗，头一条仍咬在他的肩上，新来的一条则准确地咬住了他的喉咙，他支撑不住了，想做最后的挣扎，但却力不从心，很快便软了下去。

新来的另一条狗咬在了那个向西北面射击的佬老东机枪手的下巴上，撕掉了他下巴上的一块带着胡楂子的毛肉，腥臭无比的黑血流得这家伙满脖子满胸襟都是。这个家伙抽出腰间的短刀，向狗乱扎。狗虽然被佬老东扎中了好几处，但它很快又咬中了佬老东的脸。狗猛地一扯，同时将脑壳向旁边用力一摆，佬老东的一张脸皮就不见了，剩下的只是黑色的血肉，以及他的腥臭与杀猪般的号叫。

又有好几条黄狗冲上了碉堡顶上，它们发现了那个五官失去了四官的佬老东，他正抽搐着血肉模糊的脸号叫，狗们扑上去又是一顿猛咬。佬老东的号叫直冲云霄，在黑夜里传得很远很远，与沙墩子那边的枪声融在了一起。

几个游击队员端着枪，冲到了碉堡顶上，见到倒在血泊中的三个佬老东，也不再浪费子弹补枪，将他们一个一个抬起，像扔麻袋一样地扔下了碉堡。碉堡下面立刻响起三声骨肉与砖石撞击的声音。狗兵们存得了敌人，在碉堡顶上转圈搜寻，很快发现了碉堡护栏上的我和鼓痴，它们疑惑地冲我们直哼哼，看得游击队员有些莫名其妙。水垓毕竟最懂

683

他驯的狗,见了狗反常的样子,马上警觉起来,我和鼓痴本来还想看看狗才理和春雷,但怕狗叫起来,让水垅看出么子,便下了碉堡。

我们刚落到地面,就见春雷抱着一个血糊糊的人走出碉堡。这个穿着侉老东军装的人,正是狗才理。狗才理在带狗兵进碉堡前,打死过一个巡逻的侉老东,穿上了他过大的军装。狗才理的面目虽然辨不清楚,我们还是一眼就认出了他。他的胸前和胁下中了好几枪,满身都是鲜血,他嘴里也流着血,看样子已经冇得救了。水垅和亚喜扑过来,失声哭喊队长。

有人喊,卫生员卫生员!

一个卫生员模样的战士跑上去,从挎包里掏出几块白色的棉块,扒开狗才理血糊糊的衣服,又从一个粗竹筒里挖出气味浓烈的泽兰草膏,涂到他的伤处,然后将白色的棉块贴到他的伤口上。

这白色的棉块和泽兰草膏,不正是珍姆和桂妹子她们做的吗?这样看来,厚基族长早就把一切都安排好了。

高孝宝!春雷沉痛地喊。

原来狗才理叫高孝宝。

一群狗兵蹲在地上,呜呜地直叫,它们在哭呢。

永骄赶了过来,他脱下帽子,向狗才理深深地低下头。

永骄让亚喜和幺鸡子抬走狗才理,然后让兴虎指挥人炸毁碉堡,他则和春雷带上两个中队,迅速开往沙墩子,去夹击在那里围攻游击队的侉老东。

那些被迷魂香迷晕的"黄卫军"看来是安排好专门守这易守难攻

的飞机场的，沙墩子那边的游击队也有三股侉老东夹击，碉堡有一个班的侉老东守着，也不让"黄卫军"进入碉堡，所以他们就尽管困觉。现在，他们有的尽管被枪弹声震醒，但脑壳昏昏沉沉，浑身软瘫无力，个个如同傻子，这是迷魂香深度中毒的症状。有的"黄卫军"被拖出了营房，还是醒不过来，战士们便用冷水冲他们的脑壳。

兴虎指挥游击队，将十来个大炸药包捆到一起，塞进碉堡的底层。随着一声惊天巨响，这个大碉堡一眨眼就被炸塌了。

游击队员又奔向三个刚打好地基的碉堡，也将它们的基础毁掉了。

兴虎让一部分人将缴获的枪支弹药和粮食运走，同时押着俘虏当起运输工，交代他们快回去向病在铺上的马大队长报喜，他自己则带着剩下的人埋伏起来，以待从村里逃回来的侉老东。

飞机场上，只剩残破的碉堡与营房上燃烧的火焰。

我和鼓痴来到沙墩子时，这里的战斗已经基本结束，游击队还在追击溃逃的侉老东，远的已追到了红丝坨，到了瞿家㘭的村后。永骄说，穷寇莫追，追急了他们会拿老百老作人质。于是命令号兵吹响集合号。

不一会儿，村子里赶来了许多百姓，他们有的拿着铁锹和锄头，有的打着担架。我们发现，这些担架，正是用前几天从堤山上砍下的树枝做的。老百姓在两根木杆两端，各扎一根三尺长的短木棍，摆成一个井字形，再绷上两只麻袋，就是一只简便结实的担架。这厚基族长，他想得真是周到。

天蒙蒙亮了，游击队和老百姓一起对黄麻地及周边行进搜查，搜寻受伤和牺牲的游击队员。黄麻地已被侉老东的枪弹炸得稀烂，黄麻地里被炸出了好多深深的土坑。近百亩地的黄麻就要收割了,现在,它们断的断,倒的倒,很多都被连根炸起,早已不成样子了。

黄麻地里一共找出十六具游击队员的遗体,加上沙墩子周围找过来的两个民兵的遗体,一共是十八具。他们大都是长堤坑及周边坑子的子弟,为了吸引和打击侉老东的主力,以及为了抢救伤员,他们献出了年轻的生命。受伤的游击队和民兵有十六七人,他们被民兵的担架队抬到了离沙墩子不远的一个洼地里,由卫生员进行紧急抢救。

民兵队长横癞子也受了重伤,他在指挥民兵烧断赵家桥后,把守卫桥头的事儿托给了副队长木垁,然后带领担架队赶往沙墩子抢救伤员。他的胸前和腰后各中了一弹,流了很多血,人已经昏迷不醒,看样子已经不行了。横癞子的堂客听到这个凶信时,正随着几个有裹小脚的妇救会的女人扛着担架队赶往沙墩子。那时她们离沙墩子还有三里多路,她听说横癞子受了重伤,哇的一声大哭起来,扔掉手中的担架,撒腿飞奔。她一边跑一连喊,永横呃,我的猪伢子哎!永横呃,我的猪伢子哎!这个二茬子堂客,她的头发跑散了,衣襟跑开了,鞋子也跑掉了。好在她家是打鱼为生的,她有有裹过小脚,一双赤脚跑起来还不碍事。这个女人,她么子都顾不得了,只有脚下的野草在飞快地往她身后奔跑,只有一条条横着的田埂被她的长腿越过,只有呼呼的风不断撞向她的胸怀,并冲击她横飞起来的乱发。她不时跌倒在田间的小路上和谷田里,然后迅速爬起来接着飞跑。旁边的人不停地叫她不要这么疯跑,这个魂都不在身上了的女人哪里听得到。她两条长腿不停地交替前奔,晃成一片黑影。

朱家嫂子，你不能跑了，累死了，你两个儿子怎么办呀！

你们跑得快的男将，快滴把她拦住，她跑得血崩心了就黑天了！

可是，冇得哪个能追得上这个女人。

幸好这时天色麻麻亮了，担架队跑在前面的人被后面的叫喊声惊到，这才看清了情况，好几个人扔下担架转过身，这才拦住了这个疯牛一般的女人。人们用去抢救伤员的担架把她抬起来，在她大声的号哭中向沙墩子那儿赶去。到了地方，横癞子的堂客从担架上滚了下来，摔了重重的一跤，她刚才还在飞奔的两条长腿突然不听话了，竟彻底软瘫了，无法站起来了。她在草地上打起了滚，一直滚到横癞子身边。她哭喊道，永横呃，我的猪伢子啊，我说了我命硬克夫你不要娶我，你硬是不听我的呀……呜呜……

一直昏迷不醒的横癞子听到堂客的哭喊，身体轻轻地一颤，竟然睁开了沉重的眼皮。他白得像纸的脸也似乎有了一滴血气，瘪凹不平的光脑壳也浮上浅浅的红色，他无神的眼睛里，瞬间像点燃了两盏豆油灯，马上有了亮光。他见眼前一片奶白，而堂客也是奶白色的，她的破衣里的奶子、她的脸、她的嘴唇、她的头发和眉毛——除了她的眼睛是乌黑的之外，甚至连她的眼雨也是奶白色的，就像那香甜的还带着热气的奶汁，在她连泥巴也是奶白色的脸上流淌。

这个时候，横癞子的世界全是奶白色的。他咧咧发青的嘴唇，努力做出一个古怪的表情，既像是想哭，又像是想笑，还像是要赞美这奶白色的堂客，可能是他意识到，自己的脸无论如何，也已经无法表达自己的心情，于是便有些气馁地放弃了这种努力，脸上的表情又归于平静。

横癞子的堂客抱起怀里那已经软弱无力的脑壳,压抑地哭着,这个满脸是泥巴和眼雨的可怜女人,她已经悲痛欲绝!

突然,横癞子的眼睛瞪得老大,他看见深蓝的天上划起一道奶白色的流星,它拖着长长的奶白色的尾巴,像是一只飞着的奶子喷洒出的浓浓的奶汁。这流星喷洒出的奶汁突然变成了一条河流,乳白色的奶汁片刻就漫满整个天空。天空全是奶白色的了,地上全是奶白色的了,世界全是奶白色的了!

横癞子不禁开心地笑了,紧接着,他的眼睛也闭上了,继而他的脑壳一扎,紧贴在了堂客肥厚的怀里。

他的脑壳里也全是奶白色的一片了!

我的猪伢子啊——

横癞子堂客的悲号,从洼地里响起,在野地里回响!

这个时候,横癞子的崖崖也赶过来了。这个六十多岁的老杆子,他赶着一头大水牛,水牛背上搭着用绳子连在一起的两只箩筐,左一只、右一只,里面装着两个哇哇大哭的小孙子。大水牛嘴里吐着白沫,看来已经累得不行了,而老杆子的脸也跑白了,人和牛都在大口大口喘着粗气。老杆子也一脸的眼雨,呜呜地哭着。他是刚扛了担架正要出村时听到儿子不行了的消息的,于是扔掉担架,回家用牛驮来了两个正在熟睡的孙子,他想让两个伢子见他们的崖崖最后一面。

老百姓收好十九位烈士的遗体,连同那些受伤了的游击队员,向村子里抬去。十六个明知九死一生的游击队员,用他们的生命迷惑了狡猾的侉老东,为大部队成功袭击飞机场作出了牺牲。横癞子和另外两个民兵则是为抢救受伤的游击队员而献出了生命。

侉老东的尸体也被找过来了一些,共有八十六具,老百姓将他们深深地合埋进了一个大坑。

游击队向牺牲的战友告别后,马上撤往离湖。永骄和春雷走在最后,向厚基族长和乡亲们道别。

厚基族长问永骄,那三九麻嫩和他的"黄卫军"呢?

永骄说,这事没告知你郎,他们在高家垴河挡伏击河南边的侉老东,要不,我们在这儿怎么打得这么大胆。

我和鼓痴都很奇怪,这进入黄麻地的游击队近一百五十人,他们的人数怎么凑不齐呢,还有一百多号人到哪里去了?这时,就见人们指着黄麻地边上扎成捆的篙草把子说,游击队打侉老东,还给我们从湖里挑来了这么多的烧柴。我和鼓痴仔细一看,可不,那一个个篙草把子,粗细长短,正好跟人差不多。再一看,离黄麻地比较远的篙草把子,很多都还好好地串在近两丈长的竹杠上。一根竹杠上串着四个篙草把子,加上中间挑担子的那个游击队员,在月光下远远望去,不正好是五个人形吗?原来,我们凑不齐人数的游击队员,就是这些篙草把子。游击队是用二十多个人挑着篙草把子,借着夜色,充了人数,使侉老东相信,游击队的主力全开到了沙墩子这儿,全都成了他们的网中之鱼,而真正的主力,则去攻打了飞机场。从赵家桥到沙墩子,再到飞机场,还有三九麻嫩去的高家垴河挡,所有的战事一环套一环,环环相扣,可真是大手笔!

鼓痴叹道,永骄,我真是有有看错你!你是一个难得的将才!

# 小年

**第七部**

## 一

  战斗一打响，你就晓得了它的结局，也晓得了二十四个战士和自己的命运。

  调弦口！

  调弦口！

  你在心里将这个地名重重地默喊了两遍。

  就跟丧歌里时常出现的某个地方是某人的劫数一样，这儿难道就是你的劫数之地？可是无论是你的名字还是你的职务，也都与调弦口这三个字有得么子关联啊。

  调弦口这个地名来历不凡。

  春秋时期，本属楚国人的晋国上大夫俞伯牙，奉晋主之命来楚修聘，从楚都顺江东下，至长江南岸一个涌江河口，因狂风暴雨停舟于此，焚香抚琴，遇知音钟子期，此地便被称为调弦。西晋太康元年，驻襄阳的镇南大将杜预动用民力开凿调弦河，出入长江，以避洞庭之险，故此地又称调弦口，为荆江九穴十三口之一。清咸丰五年，重开调弦穴，设巡桥司，建海关，立水路关卡纳税，故又称调关。

  调关，对啊，你忘了这儿还有这另外的一个名字。调关，调关，离湖游击队不正是往江南调整吗？而这里不正是古时的一个关口吗？这么说，它就是一个重要的关口，是一个难关！

是的，难关！

今儿的这个难关，在与老搭档马学文和他所率的游击队主力分手之时，你就心中有数了。甚至，在得到襄南军分区的命令后的第一时间，你就已经做好了准备。那个时候，你就清醒地意识到，留在离湖地区的游击队小分队，随时都会遇上很大的危难。军分区命令离湖游击大队的主力迅速北上，赶赴江汉平原以北鄂豫交界的大悟山，加入新四军第五师主力，准备与相持已久的日军进行大决战。上级在信中明确指示，由你率领游击大队主力北上大悟山，由大队长马学文带一个小队，留在以离湖为中心的襄南一带发动群众，发展队伍，开展敌后游击。你却藏下了上级的信函，趁着大队长马学文不在指挥部，将自己与马学文的工作进行了调换，你对他说上级传来的只是口信。你给上级写了一封简短的信，说明了你调换的理由，然后让上级派来的通讯员马上返回复命。你在心里说，自古就是将在外军令有所不受，上级如果十分清楚离湖一带的形势与游击队的实际情况，一定会同意你的做法。你清楚，在你和马学文这个老搭档之间，你更适合留在离湖。上级之所以要马学文留在离湖，是因为离湖游击队是他组织创建的，认为他最适合留下来继续发展队伍。但是在你看来，上级对离湖游击队了解得并不是十分清楚。马学文从小生活在监利县城，你则生活在乡下的离湖边上，对湖区村野的情况，你更是了如指掌。你过去是行走四方的打丧鼓的歌师，也是人们熟知的龙船号子手，你跟离湖一带的老百姓有着千丝万缕的关系，在打游击和拉队伍这两个方面,你比马学文更为合适。再说,马学文是打硬仗的干将,而新四军主力要打的正是大仗、硬仗,他加入主力部队更为合适。此外,你腰上的枪伤尚未痊愈,不适合北上的长途行军,如果到了主力部队,本就瘦弱的你也不太适合打硬仗,更不能发挥你打游击战的长处。

你终于说服了马学文,让他率领两百多人的主力突出江汉平原,北上大悟山,你自己则带着二十四人留在离湖。马学文在临走之时,不顾你的反对,只带走了兴虎这个干将,而把原本该随主力北上的春雷留了下来。春雷自己也强烈要求留在离湖地区。你和春雷,从小到大,从百姓到民兵再到游击队员,你们俩一直情同手足,配合默契。春雷是游击队三个中队长中最出色的一个,是离湖游击队的重要支柱,也非常适合打大规模的硬仗,马学文坚决地把他留给你,是他也非常清楚,留下来的游击队的处境将会十分艰险,希望你手下能有一个得力的干将。临别,马学文希望留下来的官兵能生死相守望,一个不少地等到抗战胜利的那一天,你们再相聚举杯。你说,放心走吧老伙计,我们定个也不少地与主力会师!这个时候,你的心中已经有了离开根据地、移师江南洞庭湖地区的念头,你认为那儿将是保全和再度壮大离湖游击队的好地方。

去年夏天,五百多人的离湖游击大队又被主力部队调走了四百多人,这一次,剩下的两百多名精兵也调走了,离湖游击队要重新发展到一定的规模,根据地这一带已缺乏足够的兵源。在主力北上之后,离湖就受到了伪老东更严密的封锁,你带着这支老弱伤残的队伍,一直在离湖里东躲西藏，以图保存实力，伺机突围出离湖，转移到江南的洞庭湖一带去发展队伍。因长沙会战的胜利，洞庭湖一带日伪军的力量已经十分薄弱，非常适合游击队的生存与扩充。而据城里的永富送来的消息，在保卫监利城而进行的半路堤阻击战中受了重伤的郑县长已经重振自卫队，活动在洞庭湖与桃花山一带，在做返回监利的准备，而洞庭湖游击队也一直与永富有着联系。这些，都便于离湖游击队的重新壮大。然而，游击队还有有来得及向江南转移，佟老东就发起了疯狂的烧荒清湖大扫荡。

腊月初的一个中午，佟老东图谋已久的烧荒清湖计划开始实施，这也早在你的预料之中。在离湖游击队主力北上之后，你去县城附近与洞庭湖游击队派来的人接头，与佟老东打了一场小小的遭遇战，被佟老东的子弹打伤了左腰，你只得决定先治好伤，然后再向江南转移。所以，这几天你一直身体发烧，卧床不起。

黎明前的时候，你做了一个长长的美梦。你梦见赵家垴的村坮上，人们聚在屋外晒着腊月的焖火子太阳，村子里一派太平祥和的气象。进入腊月，江汉平原会有一段时间的大好晴天，这种江汉平原特有的天气，类似于南方一些地区在立冬至小雪期间出现的小阳春时节，但它比小阳春要干燥得多。这种晴天大约会有十天半月，它晴得十分特别，气温跟深秋和阳春的大晴天相差无几，但湿气比任何季节都要小。江汉平原是千湖之省出名的水乡，它与一江之隔的洞庭湖平原为古云梦大泽，四周都是山地，相当于一个冇有封闭的盆地，所以这儿的地势十分低洼，平均海拔只有二十多米，湿气非常大。这里春天潮湿，夏天热湿，秋天和冬天微湿，只有冬天尾上的腊月，天地间才干爽那么十天半月。这个时候，水乡人家从冬至起就开始腌晒的腊货，终于迎来了大好的天气——腊货天。腊货天里，不管晒干和有有晒干的腊肉腊鱼腊鸡腊鸭，以及汤圆、豆腐、冻米、豆皮、萝卜干等等，都要全部晒出来，让它们见见这大好的焖火子太阳。只有见过这种干爽天的大太阳，江汉平原特有的不经烟熏的原味腊鱼腊肉，才会加倍芳香，才能保存到来年六月都可以不长霉、不变味，冇得哈腥气。人们说，这样的天气，是天土菩萨特意赐给江汉平原百姓的，是对这田多地广的一方水土的厚爱，是对这儿的人众脸朝黄土背朝天、远比别地人辛苦的酬劳。当然，这样的干爽天也是有风的，但风也是干燥的，江汉平原人称它为枯壳子风。这种说法尤其形象，你去水边看看，那些水面落下去后的江河湖潭上，那开阔平缓的滩涂上，泥面都结成了面皮一般的薄皮子，它们被焖火子太阳一晒，又被枯壳子风一吹，都成了薄薄的干硬的泥皮壳子，一片片都可以揭将起来，就像是这里的风味美食——人们晒干了的豆皮子、苕皮子和刚出锅的锅盔之类。这种天气，就连小伢子们拉在地上的稀屁屁，被这焖火子太阳一晒，被这枯壳子风一吹，也结成了干干脆脆的深褐色屎壳子，用脚一踢，它们就飞起碎裂，干硬得似乎连臭气也有得了。不仅如此，这枯壳子风还可以把人都吹得起壳，吹得人们脸皮干燥、嘴唇干裂，翻起一层白色的死皮来，人们不得不将脸上手上涂上一层蛤蜊油，冇得蛤蜊油的，出门前就会伸手在晒着的腊肉上摸上两下，然后再在脸上手上摩擦一遍，用来封住皮肤上的水分。所以，这个时候人们都尽量减少出门，大都待在避风的地方晒太阳。

腊月的晴天，是种田人最舒畅最惬意的时候。人们三五成群地聚在哪家的门前，在避风之处晒着温暖的太阳，享受难得的闲适。这种时候，男将们喝茶呼烟粉野白（聊天），用石子、树枝或黄豆黑豆当棋子儿，下五子棋或成三棋，用窄窄长长的纸牌打撮和子；女人们呢，她们围坐在一起，一边纳鞋底缝衣裳，一边谈长论短，还不时将手上的针在头发上摩擦上一哈，要不就是在门前用凳子架上门板，将洗净晒干了的旧布片用米糊贴在门板上，贴上两层三层，晒成做鞋底鞋面的硬布壳子；小伢子们则玩抢羊儿、踢房城、丢铜钱、抓石头子儿。富庶之地的水乡人家，就这样在腊鱼腊肉的香气中，等待着大年的到来。

你看见龙伢子、虎伢子、凤丫子，他们和一群小伢子唱起了过年的谣歌：

二十一，泡糯米；

二十二，糖熬起；

二十三，糍粑香；

二十四，过小年；

二十五，打豆腐；

二十六，烘腊肉；

二十七，扫屋脊；

二十八，赶鸡杀；

二十九，把菜卤；

三十初一，喝甜酒。

都说伢子望过年，大人望种田，其实，大人又何尝不望过年？你希望与妻儿团圆，吃上你最爱的腊猪肝和腊香肠，还有糍粑汤圆豆皮子，你还想和春雷一家时时聚聚餐，让春雷发挥他的厨艺，炖上一个鱼头与五花肉混合的鱼肉火锅，里面加上大头嘎菜芯，喝喝他的二崖三崖的槽坊里刚出锅的二锅头谷酒。对这种冬日围炉小酌的惬意生活，你一直十分向往，春雷更加向往。你们希望等战争结束了，一起解甲归田，跟厚基族长一样，过起安守乡土堂客伢子热被窝的田园生活。你想不问世事，像绝大多数的江汉平原人一样，过那小康的安稳日子。

就在你听伢了们唱谣歌听得十分开心之时，一个小伢子突然大喊，湖里起大火啦！湖里起大火啦！你一惊，习惯性地往起爬，腰上的伤处又痛起来。你惊醒过来后，才晓得自己是做了一个美好的梦。然而，起大火的事还真不是做梦，离湖里真的起了大火。与梦里不同的是，叫喊的不是小伢子，而是游击队特别小队的小队长亚喜。

特别小队的另一个称号叫老虎队，亚喜是老虎队的第二任小队长。老虎队是狗才理带着水垓、亚喜和幺鸡子三个战士训练的一支黄狗队，那是一支特别的狗兵队，所以称为特别小队。这些狗兵全是便于隐藏的棕黄色，它们在游击队中发挥着特别的作用，被游击队员亲切地称为老虎队。自从去年七月半游击队趁侉老东在赵家桥举行盂兰盆会之机炸掉侉老东在长堤垸飞机场的碉堡之后，侉老东就新调了重兵，再次占领了离湖一带，并对离湖进行了铁网一般的封锁。在被封锁的日子里，要不是湖里的野物多，游击队吃饭都会成问题，哪里还有粮食给狗兵吃。虽然它们也是兵，但毕竟不是人，亚喜只好带着水垓和幺鸡子到处抓鱼，来喂养这些心爱的狗兵。一大早,亚喜趁侉老东还有有出动,去湖里收夜里下的鱼篓子,等到他提着一篓鱼准备返回营地时,他发现湖荡的西边起了大火。他连忙赶来向你报告。

你从梦中醒来,才意识到自己是面对游击队的危险处境心里一直有着期盼,才做出了刚才的太平盛世美梦。

在腊月的焖火子太阳下放火烧湖,要把湖上的钢柴芦苇篙草烧光,烧得湖野一览无余,侉老东的这一招真毒!

去年,侉老东的清湖行动是在中秋前后开始的,那时,这支新调来的侉老东部队对离湖一带不熟,他们又急于求成,所以清湖扫荡行动进行得过早。几乎所有进入中国的侉老东,都会在秋天粮食收割、草木枯黄之时对占领区的抗日军队进行大扫荡,既便于抢夺粮食,又便于烧荒剿杀,但是,他们大都不清楚湖区水乡之地的特点。江汉湖乡的秋天,湖里的钢柴芦苇虽然叶子枯了大半,但秆却差不多还全是青的,湖中的水也还够深,而且天气还不怎么冷,水草也还比较丰茂,所以,去年侉老东放火烧荒的收效不大,游击队轻易就应对过去了。侉老东今年学乖了,他们耐着性子,选择了在一年中最干燥的腊月里的腊货天开始放火烧荒,疯狂扫荡,使游击队处于极为不利的境地。侉老东天天在湖荡上四处放火,将干透了的钢柴林和芦苇荡以及篙草滩点燃,弄得湖上到处是烟火,游击队只得不停地转移。侉老东和"黄卫军"先烧湖边,再渐渐往中间烧,一步一步像拉网一般地向湖中推进,不断地缩小包围圈,扬言要烧光杀光湖里的游击队,过上一个安逸年。这个时候,干燥的钢柴芦苇点火就着,下部还青着的柴秆苇秆,被大量燃起的枯叶一烧,所剩不多的水汽也被烈火逼到了根部，烧得只剩离水面拃把长的一截黑茬子，就像癞子脑壳上三长六短、稀稀拉拉的头发楂子。你深知，如果不尽快转移，这二十五人的游击队将很快陷入敌人的重围，最后将遭到他们的清剿。于是，你腰伤尚未痊愈，就决定带领游击队向长江边上转移，准备渡过长江，到远离敌占区的洞庭湖区去发展。洞庭湖游击队有三四十人，队长是你以前走江湖打丧鼓时结识的一个同道好友，你清楚，只有把这两支人马合并起来，扭成一股绳，在佬老东不太注意的江南湖区，才能保存实力，扩充队伍，发展壮大。同时，你也希望与撤在那一带的郑县长联系，三股抗日力量协同发展。

昨儿夜里，游击队全部化装成老百姓，将枪支藏在芦柴、芦席、渔网和麻捆里面，分成八组摸出了离湖。为了避开佬老东的耳目，各小组人员从不同的方向绕路而行，终于完成了在监利、江陵两县交界处的江堤边的会合。这儿是监利县的程家集古镇的地盘，正对江南的石首县的调弦口的河口，也就是调关这个难关。游击队将从这儿渡江到对岸，在调弦口集合后，穿过石首县尔部，再向洞庭湖区的深处进发。等游击队从各个方向结集到指定的地方后，天已黄昏，你见所有的人一个不落地都到齐了，心里别提有多高兴了，也为自己的这个分散后再集中的方案而暗自欣慰。你在心里对马学文说，老伙计，我一定不负你的期望，让小分队抱成团，一个也不掉队，然后我们再开枝散叶，恢复成新的离湖游击大队。你甚至还在心里想过，到了洞庭湖，游击队是不是该改称为洞庭湖游击大队？你马上否定了这个想法，洞庭湖区有得佬老东的队伍，这里没有他们需要的大量的粮食，交通也极不通畅，这里只是游击队养精蓄锐的地方,并不是战场。因此,你们在洞庭湖活动只是暂时的,你们很快是要回到离湖地区的,那儿才是你们的战场,那儿才有你们的事业。你心里嘲笑自己道,躲在洞庭湖地区,岂不成了一支吃得用的队伍,甚至成了抗战的逃兵。所以,不管游击队到哪儿活动,也不管在哪儿壮大,它始终是属于离湖地区的,所以它只能称为离湖游击队。

等二十五人全部在江堤下集结后,你恨不得马上就开始渡江。但是,侉老东自入冬以来,不准老百姓的船只下江,他们烧掉了沿江一线的渔民的船只,甚至连只能载一两个人的浆盆都不放过。他们对离江十里以内的船只都进行了登记,游击队要找一条船十分困难。你派春雷提前来到这儿,通过以前打丧鼓的一个同道朋友,也只找到了一条小船藏在了江边。船太小,你们要分四次才能全部渡过长江。为了不让侉老东发现,你们只得等天黑透了再开始渡江。

游击队藏在离江堤不远的一片野林中,准备等天黑后行动,却被搜索过来的侉老东发现。这时你想到,是不是三九麻嫩泄露了游击队的战略意图,致使游击队被侉老东在这里包围。

三九麻嫩原是"黄卫军"的一个小队长,原先打着抗日旗号的"黄卫军"投靠侉老东后,他自然受到了侉老东的裹挟与控制。去年七月半,游击队在长堤垸的赵家桥攻打侉老东,三九麻嫩在这次行动中做了游击队的内应,接着又带着十几个"黄卫军"投奔了游击队,做了游击队三中队的副中队长兼小队长。但是,三九麻嫩从小就好逸恶劳,在"黄卫军"中又养成了好酒贪杯的习气,这次游击队主力北上,他舍不得远离堂客伢子,便申请留在了离湖,后来他见留下来的游击队员不过是二十几个老弱伤残，为人精明喜好算计的他，认为留在游击队小分队里十分危险，便找了个机会挂枪开了小差。对于浑名叫"九头鸟"而又胆大心细的三九麻嫩来说，找个开小差的机会自然不难。他留下话说，他厌烦了打仗，从此不再从军，准备举家迁往已经冇得佤老东的沔阳城经商。正是在三九麻嫩私自脱离游击队后，你才决定提前向长江以南转移。你担心三九麻嫩一旦落入佤老东手中，他受不了佤老东的毒打，很可能会出卖游击队。你有冇想到的是，三九麻嫩落入佤老东手上的时间竟会是那么的快。

三九麻嫩在开小差后的次日凌晨，就落入了佤老东手里，佤老东的棍棒一顿乱打，他就招出了游击队的人数，以及因烧湖而每天居无定所的状况。三九麻嫩不知出于么子目的，他报出的游击队员的数量仅为十五人。三九麻嫩毕竟有较深的城府，也顾忌着他和他家人的后路，他也晓得，佤老东在中国终究是待不长的，所以，他所招供的，其实也是佤老东已经基本掌握了的情况。佤老东并不相信游击队留下来的人只有十五人，他们认为会有五十人，三九麻嫩坚持说只有十五人。他说游击队主力北上去打大决战的仗，希望兵力越多越好，佤老东这才半信半疑。佤老东再逼问游击队的军事计划，他就说他本在"黄卫军"中当差，因家在离湖边上，家人遭到了游击队的威胁，他被要挟，出于无奈才投了游击队，但是他到了游击队后，一直不被信任，一直遭到排斥，所以这次才脱离游击队，准备弃武从商——他本就是个商人。因此，他无法得知游击队的任何军事计划。其实，三九麻嫩是个顶精明的家伙，他早猜到了游击队将向江南转移，但是他并未向佤老东透露，他晓得这是游击队生死存亡的大事，万万透露不得。游击队早有向江南转移的计划，但只有你和春雷晓得。尽管战士们纷纷提议向江南转移，三九麻嫩也是提议人之一，为了慎重起见，你和春雷都是以佟老东也会想到这一点为理由，只是表示可以考虑，但风险太大，要想别的办法。诨名"九头鸟"的三九麻嫩不傻，不管是在"黄卫军"中，还是在游击队里，他也一直都是基层的指挥官，他清楚，游击队转移到江南地区，是眼下最好的办法。其实，佟老东在晓得游击队主力北上之后，也早想到游击队受不了烧荒清湖的围剿，迟早会离开离湖，向洪湖、白鹭湖和江南这三个方向转移，所以，他们早就加强了对这三个方向的封锁与巡逻。在三九麻嫩坚称游击队仍在离湖之时，佟老东突然问出游击队会不会向洪湖、白鹭湖或江南转移，三九麻嫩晓得否定反而不好，只好回答说也会有这种可能。三九麻嫩再三表示，自己是新投降游击队不久，游击队对他一直怀着戒心，不会让他晓得任何行动计划。尽管这样，佟老东还是意识到，游击队害怕再遇上烧荒清湖，在洪湖、白鹭湖和江南这三个方向中，向江南转移的可能性最大，因此，他们加强了长江沿线的防守与巡逻，而且，他们的重点，放在了远离县城和据点的县境东西两端的长江边上。果然，游击队在分散转移到监利与江陵两县交界处的江堤下时，佟老东的巡逻队到堤下的野林里进行例行搜索，他们的军犬发现了藏在那里的游击队。佟老东马上明白了游击队的意图，清楚游击队是想从这儿渡江，从对江的石首调弦口进入洞庭湖地区。

　　游击队本就弱小，还有一半人带着伤病，很快便被近三十人的装备精良的佟老东包围。游击队战斗力薄弱，被打得死的死，散的散。你的右腿和左肩胛各中了一枪，直到现在都还有血在渗出。而你的左腰的旧伤又未好，你差不多全瘫了，于是决定留下来掩护战士们突围。在你发出分头撤退的命令之后，春雷和亚喜见你趴在树林里不动，他们看出了你的意图，于是一起返身冲向你。春雷不由分说，背着你越过江堤，向江滩上的防浪林奔去。他找到藏在防浪林中一条枯沟里的那条小船，掀掉上面覆盖着的烂草与树叶，将你放进船里，合力拖向江边。亚喜负责断后，他趴在江堤南面，狙击从江堤北面扑过来的追敌，掩护春雷和你撤向江边。亚喜是在狗才理去年在飞机场牺牲之后接任老虎队小队长这个职务的，现在，他们的狗兵只剩下一个了，其余的都在佟老东天天四处烧湖之时，成了缺粮缺营养的游击队伤病员的食物。在刚才的战斗中，仅剩的一个狗兵，也在佟老东的机枪扫射中牺牲了。亚喜在掩护你和春雷的时候，多么希望能有几个狗兵帮忙，那样他成功的把握将大大增加。但是亚喜很快身中数弹，倒在了堤坡之上。因了亚喜的拼死狙击，春雷才很快将小船推出防浪林，推下江滩，荡向江心的洲子。他想依靠洲子上芦苇的遮掩，向江南的调弦口突围，这样就不会暴露在佟老东的枪口之下。他看出这个洲子的位子过了江心，洲子的南沿，应当紧靠江的南岸，很容易上岸逃走，即使逃不走，你们藏身于钢柴芦苇之中，佟老东也一时不易找到。

作为常唱《春秋》《说唐》和《三国》的丧歌师，调弦口这个地方发生的故事你如数家珍。因俞伯牙与钟子期在此相遇结为知音，后人便在此修了一座亭子，名为调弦亭。三国时期，孙权的妹妹嫁与刘备之时，不舍的孙权暗暗追送至此，刘备却按诸葛亮的计谋，在离调弦亭不远的南岸的阳歧山，提前与孙尚香举行了婚礼，换得了绝对的安全。孙权冇冇追上妹妹，想着调弦亭这个名字倒也吉祥，寓示着改弦更张，换一种新的方式。于是他便也转变了思想，从心底下愿意与刘备联合，共同对付曹操，希望从此与刘备永交秦晋之好。现在，你和春雷这对患难兄弟在此遇险，你想到伯牙与钟子期，又想到孙权与刘备，不由得深为动容，百感交集。

你再次想到了劫数这个词——调关，伯牙与钟子期，孙权与刘备，他们都是兄弟，而你和春雷更是亲如手足的兄弟，所以这个词，最终还是与你们有着关联。也就是说，这里终是一个劫数之地。

春雷背着你，弃船登上江心的沙洲，佴老东也用一条船追了过来。你们此前从冇冇来过的这个无名的沙洲，对这个洲子上的水网地形十分陌生，春雷背着你往南边的江岸跑，却不时被水浃水洼阻住。上了这个小洲子，你们才发现这片江中的淤洲并不太大，芦苇也不密不深，不便藏身。你命令春雷放下你，活下去，领导游击队，但他却死死地背着你。佴老东很快就追上了洲子，子弹犹如蝗虫一般，嗖嗖地直向你们飞来，打得钢柴芦苇啾啾直叫。这不是钢柴芦苇在叫，而是你的心在痛叫！你在为春雷痛叫。每一颗子弹，都有可能送春雷的命，他却死犟着不放下你这个废人。这个家伙，他犟起来，并不比他那诨名"犟造瘟"的鼓痴崖崖差一分半毫！这个死犟的家伙啊，你冇冇听到钢柴芦苇在啾啾地痛叫吗！

你艰难地对春雷说，春雷，我们兄弟俩……只要有一个活着，游击队很快……就能东山再起，你快滴……放下我，逃走！春雷却咬着牙一声不吭。你清楚，春雷虽然身上也受了伤，但是并不严重，以他的水性与武功，他完全可以逃脱侉老东的追击。

子弹不住地打得钢柴芦苇啾啾直叫，你的心也啾啾地叫得厉害。

终于，春雷将你从背上放下来了。你想，你这家伙，你现在终于晓得你的愚蠢了吧？你这样逃，最终我们两人都逃不掉！就在你的心停止痛叫之时，你却发现春雷他并有有逃走，而是转过身，端起三八步枪，坚定地向追上来的侉老东迎去。你清楚春雷是要与侉老东决一死战了。他向敌人迎过去，是要让他与敌人决斗的地方离你远一滴，他侥幸地希望，你能逃脱侉老东的毒手。你急得真想甩他两个耳巴子。你想对他喊，叫他不要有这种愚蠢的想法，可是你的嗓子发出的嘶哑的哇唔声，低得几乎连自己都听不到。它小得简直还不如你的心的叫声。

春雷跑出去不多远，就扣下了步枪的扳机，这是你从他突然停步后，他的右肘往下微微一沉中看出来的。但是你有有听见他的枪响，只听到枪机撞空的啪的一声。你的心一沉，明白春雷的子弹又打光了。尽管这是他换下的第三支枪，你看见他用这支枪打倒了四个敌人。这支枪，是他从一个受伤倒地的侉老东手中夺过来的，在夺过这支枪后，他顺便给这个侉老东补了一刺刀。这是一支好枪，枪管发出瓦蓝的亚光，使用的时间可能只有半年，甚至更短。但是，当这支好枪将要在春雷手上将子弹射向第五个敌人时，它却只发出一声刺耳的撞针撞空的声音。听到这种声音，你的心颤了一哈，嘎的一声，陡然缩紧，就像一只拳头猛然攥得紧紧的一样。你吸了一口气，攒了一滴力气，然后下意识地拔出匣子枪，再集中全部的力气，向离春雷最近的那个侉老东瞄准。然而，你在

705

瞄准侉老东的同时,春雷的后背也在你的枪口前面晃动。你多么希望春雷这个时候伏到地上,或者向侧面跳开。但是,春雷看见那个侉老东的枪口在对着他的同时,也指向他身后不远的你。你清楚,春雷不会避开侉老东的枪口了。你急得简直要大骂春雷!其实你的心早就高声大骂了,只是你的嘴巴发不出声音而已。

当春雷发现他的子弹打完之时,你看见他的双肩微微耸了一耸,同时也向前倾了一哈,仿佛是肩头或别处,被突然间嗞的一声扎上了一根针,使他痛得突然怔了一哈。春雷很快明白过来,他的血管暴涨如藤的右手迅速离开手中的步枪,转到了他的腰间。你晓得他要搞么子了。果然,他拔下了腰间的短刀,右手奋力一扬,一条银光就笔直飞向那个侉老东。就在这束银光飞到大约一半的时候,你看见这个侉老东本能地往下一缩,想避开飞向他的刀子,而就在他刚开始下缩的时候,他无意间发现了春雷背后的你,准确地说,是发现了你瞄准他的枪口。按理,这个侉老东在面临飞刀飞来的时候,是不会分心注意另外的敌人的,他注意到的不过是枪,严格地说,是枪口。作为训练有素的军人,在战场上,枪口是最令人敏感的东西,它就像黎明时的启明星,就像晴天里的一个大霹雳。这个突然的发现,使这个侉老东也微微怔了一哈,显然,这是一个战场经验十分丰富的家伙。这个老练的侉老东并冇有慌乱,他仅仅只是顿了一哈,然后继续他的下缩动作,并在下缩的同时,向春雷扣动了步枪的扳机。然而,仅仅是在这一怔一顿的眨眼之间,侉老东错过了避开飞刀的一线机会,飞刀稳稳地扎进了他的胸口。你仿佛听到嗵的一声,飞刀疾速地穿过空气,穿过风,刺穿了侉老东厚厚的军装,刀尖毫不犹豫地继续挺进，挤穿他的肋骨间的薄软的肉，钉进了他的心脏。这是春雷从小练就的绝招。十几年前，你跟春雷一起练飞刀的时候，他在谷草扎成的人形靶子的胸前，用红土浆画上了半个巴掌大的红"心"，专往这"心"上甩飞刀。开始，他是将谷草人插在地上练习，等练得百发百中发之后，他就要你站在干沟底下，将谷草人高高举起，并上下左右移动着让他发刀，他说这叫作甩活飞刀。他就这样练成了百发百中的飞刀。而你呢，甩死飞刀还能十发八中，甩活飞刀就只能十发中三四发。他的飞刀不仅甩得极准，还十分有力，你说他是甩飞刀的天才，你甘拜下风。

就在飞刀扎中侉老东的胸口的同时，侉老东的枪也响了。这一回，春雷的肩是重重地往上一耸，身体往前重重地一扑。这是一个玩命的侉老东曹长，他胸口上扎着一把飞刀，痛得龇牙咧嘴，但是他仍能够将步枪重新上膛，在春雷中枪之后，他还能再次扣动扳机。春雷和这个侉老东曹长几乎同时倒了下去。不同的只是，春雷是向前倒下，因为他已本能地拔出另一把飞刀，正要再次甩出去。侉老东曹长则是向侧面倒下，他可能是下意识地想再次躲避将要甩过来的飞刀，这飞刀令他太恐怖了！

春雷倒地不动了，侉老东曹长却本能地抓住飞刀的手柄，想往外拔。侉老东曹长这时往外拔刀，无异于加速自己的死亡，这是哪个军人都明白的事儿。看来，这个侉老东曹长已经完全糊涂了，他是出于求生的本能，才向命运做无谓的最后抗争。这时，你尽管眼前飞着无数黑色的蛾子，脑壳发晕，视物不清，你担心这个侉老东最后会被同伙救活，于是

707

咬着牙,尽力瞄准,扣动了扳机。然而,你满以为可以射中的子弹却并冇有飞出去,你的枪也发出了撞针碰击枪膛的空响。

你再也支撑不住了,很快就失去了知觉。

在失去知觉的前一瞬,你看见有一个侉老东抬起脚上厚重的皮靴,凶狠地向春雷的脑壳踢过去。你心痛得闭上了眼睛,心里再次发出啾啾的叫声。而同时,你也感觉到有好几个侉老东正向你逼来。这时,你看见眼前飞着无数的黑蛾子,它们黑压压地布满这个江心小洲。它们一起逼向你,它们挤开了你周围的空气,使你气都喘不过来。

## 二

你的脑壳昏昏沉沉,似乎是做了一个梦。在半梦半醒之间,你的眼睛半睁半开,你看见天上厚厚的铅灰色的云在缓缓移动。你似乎还在刚才的梦中,这个梦好像很长,做得你有些稀里糊涂,它是你这些年来从未想过的童年时的情景。你梦见你只有十多岁,天气十分的寒冷,你饿得肚皮似乎都贴到了脊骨上,它还不时发出咕咕的叫声,声音大得不只有你自己才能听到,而是所有的人都可以听到。可见这不是一般的饿,而是饿到了极点。你四处寻找可以填肚子的东西。突然,你看见了村中祠堂旁边的那棵酸枣树,树上结满了豌豆大的酸枣,那七八颗一束的小酸枣全都熟透了,红得像暗红的血,发出十分诱人的果香。这果香里带着的甜味儿十分浓稠,让人仅凭鼻子和想象,就可以感受到它甜滋滋的味道。这一束束暗红的酸枣岂止发出诱人的香甜味儿,它们还发出卖弄的叫声，它们的叫声就像树上的小雀子的叫声，叽叽喳喳，叽叽喳喳，它们既像在呼朋引伴，更像是在向你挑逗。你笑道，叽叽喳喳，你们这些讨厌的小酸枣，你们有么子得意的？你们忘了你们的长辈们，它们在还冇有长红之时，就被我们摘下来互相砸着玩儿的命运？哼，看我不把你们成束成束地填进嘴里，把你得咬得稀烂！叽叽喳喳，你们得意个子，你们的这种甜太腻人，我还不稀罕呢！

江汉水乡，有很多过于甜的瓜果都会给人这种奇怪的感觉，比如八月炸、拐枣、野枸杞，它们那甜得有些腻人的味道，好像是可以通过记忆让人感受到的。总之，你在这半梦半醒之中，感到了嘴里这种甜味。也就是这些暗红的酸枣，还未入你的嘴，你就尝到了它们过于浓稠的甜味。这不是感觉到了，而是你的嘴里真的有这种甜味。

咦——不是在冰冷的冬天吗，树上怎么还会有酸枣？你的意识就像是一束小小的浪花，它们涌起来时，就涌出这么一个疑问，但是它们落下去后，你就冇有再往深处想了。

你应当是冇得力气往深处去想了。

你想到小时候，祠堂一带是你们的乐园，这里有五棵桑枣树、两棵甜枣树、一棵拐枣树、一棵酸枣树，它们在整个春季、夏季和秋季，甚至连冬季，都令你们玩得忘记回家。春末夏初，你们就爬上桑枣树去摘桑枣，那软软的桑枣儿甜中带酸，把你们的嘴壳吃得黑紫黑紫。桑枣吃得多的时候，拉出的屁屁也是紫色的，上面还带着比芝麻要小的橙色小籽儿，看起来有些像黑芝麻做的麻棍糖。你们特意将那紫色的屁屁拉在坡边，用土盖住，以让它长出桑树苗来，再结出满树的桑枣。你们甚至笑闹着说，将来遍地都是桑枣，儿子孙子都吃不完呢，如果闹春荒，光靠吃这些桑枣儿，人也不会饿肚子。果然，村子里到处都是桑树苗，这是你们的功劳，然而大人们为了种菜种庄稼，总是将这些小桑树苗锄掉。大人们说，江汉平原的人很少养蚕，要这么多桑树搞么子。这使你们认为大人眼光短浅，常跟他们作对，将有桑籽儿的屄屄拉在坡边地角，但是长出的小桑树，绝大多数还是免不了遭到砍柴人的毒手。到了盛夏，你们又开始爬上甜枣树摘甜枣，这是可以长成红枣的最好吃的枣儿。红枣还只有蚕豆大时就可以吃了，只是冇得甜味而已，所以不等甜枣长大长红，你们就将它们摘光了，惹得大人们责备你们太好吃。偶尔，树的高处还剩几颗难以发现的甜枣，到了夏末甚至秋天，它们不小心透过稀疏的小叶子，偷窥你们这些害枣精，不料又被你们贪心的眼睛碰了个正着，四目相对，它们便傻了，只好无奈地接受马上被从树上打下的命运。这时的甜枣，它们的身子比麻雀蛋还要大，比红辣椒还要红，它们显得格外的鲜红光亮，这样的甜枣才叫好吃，又甜又脆，入口酥化。果然，你们争相对它们发起攻击，棍子打，砖头砸，甚至不顾树上的小刺儿爬上树去，都想抢到它们。千人赶兔，一人吃肉，抢到甜枣的也只有一两个人。往往，有人见抢不到了，就大叫，哇，树上有好多洋辣子！果然，那鲜绿光亮的小枣树叶上，趴着一只只长满毒毛的黄色洋辣子。要让它们的毒毛粘到身上，往往会肿得老高，痛上好些天。当然，如果幸运的家伙顺利地吃到了红了的甜枣，一定会得意扬扬。那个时候，你们总是懊悔地说，明年一定要等甜枣红了才摘。为此，你们甚至相互赌咒发誓：明年哪个不等枣甜枣红就摘的，就是野鸡日的、就是地上爬的、就是乌龟王八蛋。但是一到次年的盛夏，你们就把上年的赌咒发誓全抛到了脑壳后面，依然抢摘那些还有有长大的豆绿色的嫩枣。你们认为，这些冇得主人的果树上的果子，自己若不摘，自会有别人去摘，于是这些未成熟的甜枣，还是豆绿色的豌豆大的时候，便进了你们的肚子。拐枣是在天最热的时候成熟的，它们长得曲里拐弯，长得有些像弯曲的小猫仔的屎，虽然它吃起来有些麻烦，也冇得甜枣好吃，但它们的命运也跟甜枣一样，早早地就被你们摘掉了。唉唉，时间留得最长的只有酸枣，只有它们才可能长红长老，因为它不长到秋天，不仅又酸又涩又麻，而且吃到嘴里全是粗糙的渣滓，味道跟冇有成熟的青柿子差不多。有的时候，未熟透的酸枣稍吃多了，舌头都被涩麻得发木发僵，几乎成了木头雕的，都缩不进嘴壳里去了。酸枣到了深秋，也会跟甜枣一样变红，甜枣是鲜艳发亮的大红色，这小小的酸枣却是带着灰暗的暗红色，它的果皮上还密密地布满褐色的小点子。后来你去江南的山里，发现酸枣其实就是山楂的一种，只是比正宗的山楂要小得多。大人们说，那是因为水土的原因，山楂在江汉平原长不大，就成了小小的假酸枣。熟得暗红的酸枣也十分甜，只是你们很少等到熟透就摘下了它们，才使酸涩麻的印象占了大头。也有会吃的人，跟捂柿子一样，将酸枣用灶灰埋上二十来天，再拿出来，它就跟深秋时熟透后的味道相差不大了。

在这个梦中，你爬上祠堂边的那棵大酸枣树，刚要伸手摘那暗红的小酸枣，忽然嗡嗡嗡的一阵虫翅齐振的响声在你的头顶炸开，并向四面膨胀。麻麻！你惊呼一声，以为是一群指甲盖大小的缀着白点的黑甲虫被惊起了。麻麻这种甲虫，喜爱歇在酸枣树上，你们常捉了它们，找来一根筷子粗的麻秆或高粱秆,然后用一根两寸长的细篾签,一头扎在这黑甲虫的颈部,一头插在麻秆或高粱秆中间,连成"丁"字状,你们把麻秆横架在两手的虎口上,黑甲虫想逃,不停地振翅而飞,架在虎口上的麻秆便被带得转动起来,就像一只风车,也像一只转动的麻木(三轮车),所以你们叫它麻麻。然而你马上发现,从未有这么多一群的麻麻,它们不仅有有逃,反而都向你扑来。你的头上脸上脖子上,马上针扎一般痛了起来。它们不是麻麻,而是可怕的蠓蜂!这大群的蠓蜂从藏在树叶间的蜂窝上突然腾起,愤然向你攻击。那只灰色的蠓蜂窝极大,像一只枯了的老莲蓬倒挂在那儿。这群愤怒的细腰蠓蜂叮得你浑身都是,你简直无路可逃。酸枣树上长着很多寸把长的硬刺,你们平时上下都十分小心,而现在你慌不择路,只好一咬牙一闭眼,从树上往下跳,因为树下的一边是坮坡,一边是祠堂边上的一个荷塘,跳下荷塘去不会伤人。你本来是直着跳下去的,落到水上时,身体却是横着的。你的身体砸起高高的水花,它们落到你的脸上,使你想起儿时跟永富、横癞子和兴虎他们打水仗的情景。

  你强忍着头晕,重新闭上眼睛。这时你才发现,并不是天上的灰云在移动,而是你的身体在移动。这时,你的知觉才突然恢复,你感到浑身冰冷。一感觉到这刺骨的冰冷,你的上下牙齿便打起架来,它们互相碰击得叮叮作响,就像一群马儿奔跑时,马铃叮叮当当地不停乱响。

  在上下牙齿互相叩击的时候,你感到它们夹击着一片软软的东西。你嘴里的这片软软的东西有些像老豆腐,又有些像雪梨膏,但是它更像是凉粉。你想将它吐出来,可是你只使了一丁点儿劲,你的全身就痛得紧了。你只好停歇一会儿,然后用舌头慢慢将"凉粉"抵出来。这时,你又感觉到了酸枣的甜味儿,同时也感觉到了一股血腥味儿。

你明白了,你用舌头抵出来的软片,它是凝成了块儿的血。这正是腥甜味儿的来源,也是你梦到满树暗红酸枣的原因。

你用舌头一搅,发现嘴里还有好些小血块,你一一将它们抵了出来。你无力把这些腥甜的血块抵开,它们就堆在你的嘴壳周围,躺在你的胡楂上面。你的胡楂是昨儿从湖里出发时刮的,还只露出一滴滴头儿,否则,这些血块也无法压在它们上面。血块堆在你的嘴边,就像人们挖坑栽树时,将挖出的土先堆在坑边。当然,你不可能跟栽树一样,重新把这些血块填回嘴壳里去。你动了一哈手,想将这些血块扒掉,可是你却听到了水声,同时,你的身体也失去了平衡,朝一侧歪陷了下去。你下意识地将手收回成原来摊开的姿势,这时,你的意识又失去了。

好冷啊!当你被冷醒之后,你又发现灰云在天上飘移。你又试着闭上眼睛,又感到是自己在漂移了。冇错,确实是自己在移动。你又听到了风声和水声。怎么会有水声,还这么近,近得仿佛就在自己的耳朵边上。水,真是水。你这才确定无疑地晓得,自己正漂浮在冰冷的水面上。你想看看刚才那棵酸枣树,看看树上的蠓蜂窝,但是眼里只有灰色的云。这些灰云,它们无边无际地浮在低沉的天空底下。

这无边无际的灰云,使你产生一种孤寂感,你感觉到自己好像置身在一个无人的世界,它是另一个不是人住的世界。

你不是在祠堂边的荷塘上漂浮,而是在宽阔的江面上漂浮。

噢……

你终于想到了刚才发生的战斗。

游击队遭到了侉老东的伏击，死的死散的散，亚喜为了掩护你和春雷，死在了江北的江堤上，春雷则死在了江心的洲子上。你呢，是被两个侉老东抬起来扔进江里的。侉老东也晓得你失血过多，尚存一息，算是还有有死透，他们认为你伤势严重，即使不死也走不了路，哪怕是不把你扔到江里，就让你那样倒在洲子上，最后你也只能被活活地冻死。他们这些畜生，要你尝尝被淹死被冻死的滋味。这几个十几二十岁的侉老东新兵，他们玩起了残忍的死亡游戏。他们嬉笑着狞笑着阴笑着，开心得不得了。两个侉老东，一个抬你的肩，一个抬你的脚，将你抬到洲子边上，他们用日本话叫着号子，将你高高地抛起，像扔麻袋一般地抛进冰冷的长江。他们得意地狂笑，让这个支那人喂鱼去！这几个侉老东新兵蛋子，是那个死去的曹长带来的，因为老练的曹长死在了春雷的飞刀下，他们才可以无管无束地恣意嬉闹。他们受够了这个曹长古怪的暴脾气，都认为他被战争搞成了神经病，把他们也快要管得发疯。现在，这个魔怪死于支那人的飞刀之下，终于搬掉了压在他们心头的一块石头，他们终于得到了解放，所以他们终于可以按自己的方式来行事了。于是，他们将你这个垂死的支那兵扔进江里，而不是按照古怪曹长一定要他们遵守的补上刺刀的方式。他们觉得终于自由了，终于吐了一口长气，所以用这种方式以示庆贺。

几个侉老东新兵的变态心理，使你被抛进了江里，否则，等待你的也许是另一种结果。

现在，从侉老东尚存一滴滴稚气的说笑声听起来，他们正划着船返回江北，已经接近了江北的沙滩，他们还在那儿欢叫。他们打了一个大胜仗，差不多全歼了一直令他们头痛的新四军离湖游击大队。不仅如此，他们还少掉了一只箍在他们头上的紧箍咒，再也冇得那个神经病曹长来折磨他们了。当然，他们也晓得你们不过是离湖游击大队的留守人员，但游击队的主力既然北上了，那主力就不再属于离湖游击队，所以，他们说全歼离湖游击人队也不无道理。不过，如果他们晓得，最后被他们扔到江里的尚存一息的你，正是被称为离湖游击大队的军师的那个家伙，这些侉老东新兵蛋子，他们还不晓得会有多得意呢！他们曾吃尽了你的诡计的苦头，认为你是一员大将，以为你这个诡计多端的游击队参谋长随主力北上了呢。这一滴，他们从抓到的三九麻嫩那儿也得到了证实。甚至，侉老东如果晓得你的身份，他们还会抢救你，然后从你嘴里得到有价值的东西。还好，算是三九麻嫩还存了一滴良心，无论侉老东怎么打他，他都咬着牙说游击队只有十五人，由中队长瞿春雷带领，他清楚侉老东若晓得你还在离湖，他们就一定会死盯着游击队残部不放。在三九麻嫩的愿望中，他认为只要游击队里没有大队长和参谋长这两个头领，对十几个残兵，侉老东也就不会再费力去清剿了，所以他才始终咬牙说游击队只剩十五个行不了军的残兵，也只有一个伤残的中队长领队。这也使侉老东今儿根本就冇有想到你的身份。他们最后清点人数，虽然多出了几人，他们还认为获得了意外的收获，这多出的几个人，可能是民兵，反正游击队这次全都化装成了老百姓。他们确认了春雷的身份，便认定大获全胜，全歼了离湖游击队。侉老东认为，这一二十个老弱伤残由一个中队长带领，已经算是杀鸡用牛刀了，所以他们根本冇有想到还有你这个大官,你的官职相当于他们的中佐,算是中高级军官。要是他们晓得这支准备渡江的游击队里有你,他们绝不会让你现在这样漂浮在江面上。

你终于明白过来,你是顽强地活了下来。

你估计自己被侉老东扔到江里时,是仰面朝天四肢摊开的,所以你砸进水面并不深,然后你又浮了起来。你浮得这么平稳有几个原因。第一个原因,是你仰面朝天四肢摊开的姿势,最能保持身体浮在水面的平衡,这个道理你在七岁时就晓得了。小时候,你们一群伢子在打刨泅的时候,比着哪个在水面上浮的时间最长,你们找出了把光光的身体摊成一个"大"字的方法,你们浮在水面上,四肢不动,仰面朝天,眼望青天,嘴壳鼻孔自由地呼吸,还可以说话唱歌。调皮的时候,你们还将屁股微微上收,将小雀雀挺出水面,把自己变成"太"字,以至于有一次,有一只大胆的虹虹竟歇落到你的小雀雀上——那是"太"字胯里的一点,痒得你慌乱得沉下水去,鼻子里呛进了好些凉水,最后咳了好半天,水对鼻孔里的刺激,使你的脑壳也有些发晕。在水面上摆"大"字或"太"字的姿势,水乡的伢子们可以保持到任何时候。你现在能浮得这么好的第二个原因,是因为你身上的衣服。你穿的是一件旧棉袄,它的面料,是从侉老东那儿缴来的一种防水防潮的布料,这种被你们称为腊布的布料,织得十分紧密,两面都过了蜡,侉老东的帐篷和睡袋之类也都用它来做。不过,这种布做棉衣一滴也不暖和,还有一种怪味儿,但是游击队条件艰苦,有它做棉袄已是不错了。这种腊布做的棉袄不易进水,所以增加了浮力。另外,也正因为这种棉袄不暖和,你的堂客珍姆给你做了一套薄棉衣穿在里面,这套薄棉衣只是薄薄地铺上一层棉花,里外的面料是薄薄的细布,因此穿着十分贴身和暖和。六年前,你还冇有加入游击队的时候,与侉老东比鼓,被侉老东一枪打穿了胆囊,落下了消化不良的病根,使你的身体由精壮变成单瘦,腰间和屁股上都冇得么子肉,连裤子都系不紧,总爱往下垮,特别是冬天穿棉裤的时候,裤腰有时甚至会垮到膝弯上。聪明的珍姆想了一个小法,她将那套贴身的小棉衣的上身和下身,前后都用扣子连接起来,这样,小棉裤就不再往下垮了。珍姆又将大棉裤与里层的小棉裤也用扣子连接起来,再扎上裤带,这就万无一失了。

唉,珍姆真是一个千里挑一的好堂客啊。是她做的这里外两层棉衣的与众不同的连接方式,使江水浸入得很慢,从而使你在江面上浮得稳当而长久。

你心里说,我能够活下来吗?

你非常希望能够活下来。你还要去与洞庭湖游击队会合呢,你还要扩大队伍打回江北呢,还要成为插在江汉平原日占区的一把刀子和钻进侉老东肚子里的孙悟空呢,你还想回家抱抱堂客和伢子呢。

天还冇有黑,侉老东也许刚登上北边的江岸,你还不能划水。你能够做的,就是用两脚掌控方向,使身体往洲子边上漂荡。

现在,你的棉衣里已经开始进水,因为你腰间扎了一条绳子,所以还只有棉袄的下摆进水,以及棉裤的裤脚进水。你清楚,这样在水面漂浮的时间也不会太长,棉衣迟早将会全部浸透,那时,身体必将开始下沉,而下沉到一定的程度,只要有一个稍大的浪头打来,你就很可能

717

马上沉下水去。就算是有得浪头，只要身体的方向与水流的方向冲击的阻力稍大，也会突然加大沉下去的速度。你清楚自己的水性虽好，但毕竟旧伤未愈，又出现了两处较重的新伤。你左腰上的旧伤早损伤了身上的元气，右腿的新伤则影响了你的行动，而肩胛上的新伤则让你失血过多，要不是冰冷的江水使两处新伤止了血，你也许已经因失血过多而死去了。这种结果，也是那几个侉老东新兵所预计的，他们认为你在江面上，绝对漂不了一支烟的工夫。

你想，这时要是有船从这儿经过就好了。可是这种可能性实在太小。现在正值隆冬，江上的船只本就稀少，这三县交界的长江两岸，更是荒僻少人。当时，你选择从这个地方过江，正是认为它是一个三不管的地方，侉老东主要待在监利县城和江陵县城，离这儿都比较远。现在天已经渐渐暗下来，要想有船只在这儿出现，几乎是不可能的。

昏昏沉沉中，你模模糊糊地看见一只小船在远处漂荡。你希望它快滴接近你，但是它却不按你的想法来。它时而像是加快了，时而又像是放慢了。你甚至不能确定它到底是在向你靠近，还是在与你拉远。你的心越迫切，它似乎越是故意不理睬你，故意与你作对。你叹了一口气，心里说，这要命的船啊，我都不晓得你到底是在上游，还是在下游。

一会儿，小船好像十分近了，于是你的心也更切了。

船上是么子人呢？是崖崖！他正急切地向你赶过来。你看见，他甚至拿起船上的竹篙子伸向你。你相信他有能力救你，他曾经跟着他的鼓痴东家，后来又自己带着你，他上长阳，走清江，转长江，放了十来趟的排。他是江上放排的好手，水性不比《水浒传》里的浪里白条张顺差，在这冬季水流平缓的长江之上，不要说他还驾着一条船，他就是赤手空拳救一个人，又有么子难呢？你伸手去抓崖崖递过来的竹篙，这竹篙明明就要伸到你的手上来了，离你的手只有两三尺远了，可是它却停住不动了，你伸手够它，它却像是向后缩回去。你开口要叫崖崖，小船却突然之间变得非常远了，远得变成了一个小黑点，最后甚至连小黑点也看不到了。这到底是怎么回事？不对，好像他不是崖崖。哦哦，错了错了，崖崖在几年前就被侉老东杀害了，他看守的鼓楼也在那时被侉老东烧毁了。

唉，鼓楼啊……

哦哦，真错了真错了，船上的那人好像是鼓痴，是师父。

你看见师父正费力地划着船，他要救你的心不比你崖崖差呢。你有些自豪地笑了。别看师父一副古板样子，别看你违背了他的意愿娶了一个土家族女子，他的心可热着呢。他是一个典型的外冷内热的人。这个江汉平原著名的鼓师加歌师，他在打丧鼓时，有一个十分特别的花腔道白——"救人一命，胜造七级浮屠"。他这句花腔道白，既有古时的楚腔，又有汉腔，还有京腔——也就是江汉平原人对说话故意文绉绉的人的嘲讽，说他们京腔京调，这是一种对人极大的贬损。然而，师父却把这京腔京调的道白说得一韵三叹，有板有眼，人人爱听。你在唱丧歌的时候，也会说这种京腔京调的"救人一命，胜造七级浮屠"，但是你却尽量避开不说，因为你晓得，自己说的与师父说的，完全是两种腔调、两种味道。你所说的，是被人们所不待见的那种京腔京调。

师父救我！你奋力呼喊起来，可是却发不出声音，只见嘴壳张张合合，像是在吃东西似的。你急得要命，师父划得却似乎更慢了，尽管他也很着急，交叉着的两手不停地驾桨，可是，那船儿总是在江浪上原地起起落落，即使那浪在前行，船也不前行，它好像是在浪头上直上直下地蹦跳，就像小伢子们跳绳一样，只是原地跳上跳下。师父毕竟断了一条腿，他年轻时毕竟是一个少爷，他也毕竟是个读书人。师父要不是迷上打丧鼓唱丧歌，他早就中了秀才中了举人，所以，他划起船来比女人都不如呢。而且……师父不是死了六年了吗？他不是在我跟佟老东比鼓时替我挡枪子而死了吗？他都替我死了，难道又会活过来再救我一次？那次为我挡枪子而死的还有幺姑呢，现在活着的，只有珍姆。

珍姆，是啊，划船的要是珍姆就好了。

珍姆的船也划得不错呢！

蒙眬中，你想起第一次与珍姆单独在一起的情景。那也正是在船上，在村前的长川河上，也是在大冬天，还是在雪天里呢。那天，珍姆误会了你和桂妹子，把你们看成了一对新婚夫妻，把你看成了一个有了新人就把旧人忘得一干二净的薄情人。她认为你无情无义，坐在船上生你的闷气。你驾着船送她回徐家垱，但是冇有走出多远——刚走出长堤垸，她就坚决要靠岸下船。那天她在船头上，打着桂妹子的红色油布伞，脸蛋白里透红，模样十分好看。但是她却坐在船头一言不发，对你不理不睬，就像是一个冰雪美人。后来你们成了家，躺在床上说起这件事，两人笑了好半天，笑得差点把床梁都搞断了。那天珍姆刚下船，天上的雪就下大了，你心里苦闷，就在茫茫的大雪中一边驾船，一边唱起了丧歌。你想，要是珍姆不下船，你一路把她送回徐家垱去，一条小船，一对男女，一把红艳的油布伞，一天飘飞的雪花，一河碧绿的清水，真的跟书上说的一样意境不凡。

你心里念叨起来，珍姆，你在哪儿？龙伢子和凤丫子都还好吧？

你的身体突然摇了一哈，又向侧面歪将下去，一股冰冷的江水立刻灌进了你的鼻子里。你下意识地将手摊开，以保持身体的平衡。你呛着了，也惊醒了。江面上哪里有么子船，那不过是你求生心切，眼前出现了幻影。你清楚刚才身体这一歪，是你的脚忘记了掌握方向，你的身体与流水形成了较大的冲击角度。你赶紧咬紧牙齿，摆正了漂浮的方向。你觉得不能再这样随水而漂了，你必须要划水了。对，必须划水，哪怕是被江那边的侉老东看到，你也不能顾及了。你开始用左脚蹬水，让身体朝着洲子漂近。用脚蹬水本是很轻松的事，可是你的右腿受了枪伤，一动也不能动。只用一条左腿蹬水，这会让你在水面上转圈，你只好用左腿蹬水，用右臂划水，这样才保持了身体的平衡，也才掌握了方向。你的腿和手臂都冻僵了，每动一哈，都笨拙而艰难，每次划水的幅度都很小，特别是左腿每蹬一哈，就带动左腰的皮肉，这使你腰上尚未完全愈合的伤处产生撕裂的疼痛。

你的身体已经开始下沉了，因为棉袄的下摆与棉裤的下半截，已经吃饱了水，加重了身体的重量，好在你的身体十分单瘦，否则你下沉的速度也不会这么慢。那些侉老东新兵错误地以为你会很快沉下去，他们忽略了你身体的单薄，更有有想到你一身的衣服也十分特别，否则，他们可能会像他们的曹长教的那样，先补你几刺刀，顺便练练刀功，再将你抛进江里。

721

你感到浑身僵硬得像死人一样了。你的心几乎也冻硬了。你似乎随时都会断气，然后沉下水去。

你在心里喊，我不能这样死去，我还要在洞庭湖区拉起一支新的游击队，至少两百人，离湖游击队虽然一直在扩大，但是铁打的营盘流水的兵，它就像一所学堂一样，不断地把练好了的兵送给了新四军主力部队，从游击队出去的兵，有的都当上团长了，跟他这个老上司级别相当了……想远了想远了，这脑壳好像完全不管用了。我要说的是，游击大队大多时候的兵力也就两百人左右，却一直搅得县城及离湖地区的侉老东不得安宁。只要始终有两百人的队伍，侉老东，老子要让你们够受的！

就是这样的信念支撑着你，使你坚决地要活下去。你忍着伤处的疼痛，与冻僵的手脚死命地抗争。

江风大了。天变黑了。

一阵风吹来，你就随风起伏。你突然觉得，自己的脑壳比任何时候都要清醒。你想到了今儿是腊月二十三，明儿就是小年了。你心里说，啊，这一年过得好快，再过几天就是大年三十了！唉，要过年了，珍姆带着龙伢子和凤丫子怎么过呢？还有桂妹子和虎伢子，他们都还好吧？桂妹子现在又该落月了，她这回生的是儿子还是丫头呢？最好是儿子。还有珍姆，一个月前，春雷摸回村里，桂妹子跟他说，珍姆也怀上了，现在她该有两个月的身孕了，那是你两个月前在离湖的柴林里种下的，这使你想起来就十分得意。那时，珍姆一边穿衣服一边说，这会要是怀上了，今后生下来，是儿子就叫钢柴，是丫头就叫芦花，不再叫么子龙

**江汉谣歌**

凤虎豹了，依着环境取名，更有意义。嗨，肯定会是儿子，她们这两姐妹最好都生儿子。儿子好啊，新四军需要儿子，国家需要儿子。这场抗日战争，已经打了十来年了。十来年的抗战，可真是持久战啊，我们已经死了多少男将啊！我们需要更多的男儿来保家卫国，也需要他们来传宗接代。当然，现在最重要的，是要堂客和伢子们都过得好。

他们过得好吗？

## 三

鸡叫第二遍的时候，珍姆就起了床。简单地洗漱之后，她就忙开了。她要急着上街赶场呢。

你可能要说，她以前去赶场，不都是在鸡叫第三遍时起的床吗？她是一双只裹过大半年的解放脚，不是小脚婆娘，走得比一般的女人都要快。半个时辰，她就可以走到太马河街上，就是远一滴的莲台河街，她也不用起这么早。唉唉，你这个人啊，你这两年只顾带兵打仗，你哪里晓得其他的事呀。自从去年七月半，你们炸掉了侉老东修在长堤垸飞机场的碉堡，消灭了一个班的侉老东，收编了半个小队的"黄卫军"，又在沙墩子打死了八九十个侉老东，吃了大败仗的侉老东都气疯了，也凶恶了好几倍。那次，侉老东很快就新调来了一百五十多人的兵，在离莲台河街市不远的李家墩修了一座碉堡，那里三面是水，一面是街，更是易守难攻，侉老东以此为据点，四面出击，搞得这一带特别不太平，莲台河街哪里还能去。而那离赵家垸最近的太马河街，也因为离李家墩伢老东的碉堡太近,那儿也驻扎了几十个"黄卫军",而且经常都会有伢老东窜到太马河街上去行凶作恶。从那以后,长堤垸的人,一般都是去观音寺街上赶场,那儿虽说也时不时有"黄卫军"出现,但毕竟不是伢老东,而且人数也不多,相对要平安得多。珍姆今儿要去的,也正是比太马河街远三倍的观音寺街,所以必须早一滴起身。

珍姆看了看困在床上的龙伢子和凤丫子,他们困得正香呢。龙伢子一个人困在床的东头,他把被子都掀开了,露出了半个上身。珍姆给龙伢子盖好被子,笑着骂道,困瞌睡从来都不安分,还说自己马上就成大人了呢。珍姆又替凤丫子披了披被子,凝神地看了她好一会儿。凤丫子长得不像珍姆,像你,看来,她将来也跟你一样足智多谋呢。想到伢子们的崖崖,珍姆叹了一口气,这伢老东,也不晓得么时候能赶出中国,让这些做崖崖的、做丈夫的、做儿子的,能够早日平安回家,尽他们的责任,享他们的人间之福。

珍姆在心里说,游击队就在离湖一带活动,打仗也不过是在周边的几个县,可永骄往往大半年都不能回家一趟。春雷也在游击队,他倒是隔不久就会回家,当然,他经常从湖里出来办事,侦察啊、采购啊、联络啊,他有时一个月都可以回来两三趟呢。唉,骄哥却捞不到像春雷这样好的差事。也冇得办法,哪个叫他是参谋长呢,他是游击队的二当家啊。现在,离湖里都被伢老东清湖烧得差不多光秃秃了,也不晓得游击队此时藏在哪儿。上次春雷回来说,游击队的主力要往北边的山区去,再也不回来了,现在他们二十几个人就更难了。上回让春雷带过去的一滴腊香肠和腊猪肝,也不晓得骄哥他自己吃到冇有。他肠胃不好,吃不得大荤，只能吃一滴瘦的，这两样是他最喜欢的吃食。他自从到了游击队，据说总是苦自己，好的从来都是让给别个吃。正月里给他捎过去的团子，五月里给他捎的发糕，据说他都只尝了一个，其他的全让别个吃了。他这个人哪，在家里时，他可真是一个大馋虫。那时龙伢子还小，吃不了多少东西，龙伢子的嗲嗲也舍不得吃，家里好吃的东西，他一个人吃了一大半，冇想到一进游击队，他的馋虫都跑掉了。唉，真是个可怜虫！去年的正月里头，他倒是回过一次家，好歹算是回家过了年，今年也不晓得他能不能回家过一个年。

　　珍姆将两只箩筐提到屋外，然后进屋吹熄了清油灯。她将一把竹椅反扑过来，靠在两扇将要合上的门背后，然后从门缝里将竹椅拉近，最后松开门后面的椅子，手从门缝里抽出来，将两扇门同时一带，门就掩上了。唉，家中就娘儿三个，关门的人都冇得一个。屋里只剩两个小伢子，她实在不放心，可是也冇得办法。好在伢子起床后会去找桂妹子。要是伢子的嗲嗲还在就好了，平时出门就不用担心伢子们了。

　　珍姆挑起担子，摸着黑，顺着长川河堤上的大路，向观音寺街上赶去。她的菜筐里，是将要去卖的菠菜、蒜苗和酱好了的甜洋姜。甜洋姜装在一只大钵子里，上面盖了一只小一滴的钵子，它虽然放在菠菜底下，发出的香辣味却依然很浓，让人闻起来就口舌生津、清涎直涌。珍姆做咸菜的手艺是长堤垸最出色的，酱萝卜、腌黄瓜、泡刀豆、酸豇豆、霉干菜、腐豆腐，这些家常咸菜，经她的手一做，无不色香味俱全，又开胃又下饭。她做的咸菜在太马河街和莲台河街都出了名，不少人都指名跟她预订。但是这兵荒马乱的年头，这个新年的前后，那些等着她的咸菜的人怕是要空等了。

　　珍姆很少上观音寺的街，也从冇有在那儿卖过菜，她不晓得那里的人买不买她的咸菜。她这回腌了不少甜洋姜，原本是要送给游击队的，可是等洋姜腌好了，侉老东一烧湖，游击队就联系不上了。有人说游击队是去了监利、潜江和江陵交界的白鹭湖，有人说是去了监利和沔阳交界的洪湖，还有人说去了汉江一带。现在，她只得先把这批甜洋姜卖了，放久了它会发酸。反正昨儿做的酱萝卜，翻过年来也就可以吃了，到时候再给游击队送酱萝卜吧。不过永骄最爱吃的甜洋姜，还是留下了一滴，准备下次捎给他，也不晓得他吃不吃得上呢。据说她每次捎到游击队的咸菜，一到就被吃光。战士们都说她做得太好吃了，吃起来停不住嘴。桂妹子怂恿她干脆不种田了，专门开一个咸菜作坊，珍姆当老板，她打下手，专门挑到街上去卖，也可以挑着到十里八乡走乡串户地卖。珍姆就笑，那也得等到日子太平了才行呀，现在出门怕遇上侉老东和"黄卫军"啊。再说，我现在做的咸菜，游击队都不够吃呢。桂妹子就要求珍姆教她做咸菜，珍姆就细心地教她。就说做甜洋姜吧，先把洋姜晒得大半干，只晒半干的话，做出来的洋姜放久了就会酸牙，如果你为了它不酸牙而多放盐，它就会咸得发苦，所以做起来还是有蛮多讲究的。洋姜晒得大半干后，用指甲掐下去，掐缝里不见水而又能挤出一滴滴水来，这才是晒得正好。掐缝里挤不出水来则是晒过了头，做出来的甜洋姜就不脆，也不容易入味，吃起来就会像吃拌了辣酱的软木，喧喧的冇得一滴嚼劲。晒好的洋姜拌上辣麦酱，封坛半个月就可以吃了。只是，你用的辣麦酱也得要好的。珍姆做的辣麦酱也比别个的要好得多，她用小麦煮了，盖上新鲜的苞谷叶子，放在家中让它自然发酵，等小麦上了一层厚厚的绿霉，再拿到太阳下去晒，把这层绿霉晒得牢牢地裹在小麦外面，整粒小麦变得又干又硬，变得比原先的小麦要大出一圈，这才可以上磨子磨细它，然后加上一滴凉开水，加上盐和少量的剁辣椒，再让它在大太阳下晒着发酵，经过七八个太阳，辣麦酱就变得又香又甜又辣。只有这样的辣麦酱，腌出来的洋姜、萝卜、刀豆、豆干子等才叫好吃。现在，从山里嫁过来的桂妹子虽然学会了，但手艺还是不能跟珍姆相比。桂妹子是长阳山里长大的土家族女子，做的酸辣椒很不错，但江汉平原的这些酱啊咸菜啊，她做的肯定要比本地人做的差一些。

珍姆感到今儿的脚特别冷，她赶了一半的路，脚才热乎起来。俗话说，脚冷天时（变天）手冷晴，这一两天，可能会下雪呢。今儿上街赶场还真是及时呢，等下起了雪，出门就不方便了。珍姆一想到这些，脚上就更有劲了。她离开了将要沿着长川河绕一个大弯的主路，走上了一条田间小路。这条小路直接通向观音寺街，要近两三里路呢。这时，天开始蒙蒙亮了，第三遍的鸡叫也此起彼伏地响成了一片。

珍姆在田野小路上一路走，一路想着你。今儿是腊月二十四，过小年，却不晓得游击队在哪儿。她想起你教给她的一首歌词，你说那是新四军最大的将军陈将军所作。她现在想来，游击队的处境，就跟这首歌词写的一个样呢。看来这个陈将军是一个与士兵打成一片的好将军。

天将晓，

队员醒来早。

露侵衣被夏犹寒,
树间唧唧鸣知了。
满身沾野草。

天将午,
饥肠响如鼓。
粮食封锁已三月,
囊中存米清可数。
野菜和水煮。

日落西,
集会议兵机。
交通晨出无消息,
屈指归来已误期。
立即就迁居。

…………

珍姆不识字,但记性极好,悟性又强,所以这开头的几句,她可以背得一字不漏。你夸她若是上过学堂,必定是个女秀才。珍姆不这么认为,她认为读书是男将的事儿,你才是真正有学问的人。你将这首歌词用田歌的调子低声地哼唱给她听,她说还不够敞亮。珍姆希望哪一天你不用隐蔽了,把这首歌词用丧鼓调唱起来,那肯定好听得多。她说,自从你参加游击队后,就再冇有听你这个歌王唱丧歌了。你半开玩笑半认真地说,不能说我是歌王,歌王是人们对师父的尊称。珍姆说,师父不是把金丝楠乌木鼓都传给你了吗?不是把他的椴木鼓槌也传给你了吗?他传给你了,你就是新的歌王了。她说歌王总得一代一代地传,你今后把这些丧歌传给龙伢子、虎伢子,或者是别的比他们更聪明的年轻人,他们也会是第三代的歌王呀。你说,那可不能乱来,我比起师父来差得老远,将来有哪个唱丧歌能跟师父比了,他才可以称为歌王。珍姆笑道,几年前,你跟侉老东比鼓赢了,师父却比不赢,所以你完全可以称为歌王。你笑道,这是两回事,我最多也就称个鼓王,而不能称歌王,师父可以唱全本的《黑暗传》,而我却只能唱个大半本,所以我永远不敢称歌王。珍姆靠在你胸前说,鼓王歌王都一样,反正你是我的王。你笑着抱紧珍姆,说,这么说,你就是我的王后啊。珍姆听了,心里甜得像蜜,可她嘴上却说,我最多算个小妾,龙伢子的姆妈才是你的王后呢。虽说她不在了,可我还是不能抢她的位子。我能陪你一辈子,就是天大的福气了。你搂紧珍姆,翻身压上去,又开始了一次欢爱。就是那次,你让珍姆又怀了身。那是在离湖的柴林里,就在你曾跟幺姑、龙伢子和你的崖崖住过的离湖边的渔棚的附近。你心里说,这回怀的,肯定会是一个儿子。珍姆说,龙伢子长得一半像你,一半像他的姆妈,她要跟你生一个长得跟你一模一样的儿子!让他长成你跟侉老东比鼓前那样的精壮样子。你看你,你是多么的有福气,艳福、能干的福、照顾你的福、孝敬老人的福、养育儿女的福,全都让你享了,可是,珍姆还只想得到一个小妾那样的地位,你这个家伙,真是太幸福啦!

你么时候能满足珍姆的心愿,为她高唱一次陈将军写下的游击词呢?

你还能满足她吗?

所以,无论如何,你都要努力活下来。为珍姆,为伢子们,为游击队!

珍姆走得很急,家中还有一大堆事儿等着她呢,妇救会也还有不少公事要做。她忙到今儿,麻糖都冇有熬一锅,还是邻居送了一滴给伢子们吃呢。龙伢子、凤丫子还有虎伢子,他们都跟她念叨了好几次了。别的伢子们早就吃上麻糖了,连炒米糖都吃上了,而号称全垸子最能干的徐珍姆,却还要让伢子们再三地念叨,这真是说不过去呢。这也怪不得珍姆,她当着垸子里的妇救会主任,不仅要组织全垸子的妇女为游击队缝衣做鞋,备办菜蔬,自己也得带头做表率。而从桂妹子怀了身子起,她又开始悉心照顾她,算是一人管着两家的事情。桂妹子的娘家离得上千里远,公公婆婆又早不在了,珍姆既是她的娘家,也是她的婆家,她既像是桂妹子的姐姐和嫂子,也像是她的姆妈和婆婆。何况,你们这两家人相帮着过日子,都已经两代人了,她帮她,也是自然而然的事。

珍姆一路上想的,都是今儿的活计安排。到观音寺街上卖掉菠菜、蒜苗、甜洋姜,带回今儿过小年祭司命嗲要用的香烛纸钱,把过大年祭祖上坟的香烛纸钱也一起买了,扯一块细花洋布,趁过年有一滴空儿,给桂妹子将出生的伢子做一身棉衣,还要给你这个丈夫再做一双夹鞋。

一想到给你做夹鞋,珍姆心中就软软的。

这夹鞋是珍姆的发明,而且还是因为你而发明的。

以前，江汉平原的人只穿单鞋和棉鞋，夹鞋就是相当于双层的单鞋，也就是鞋底内加了两层软布——上面一层是线布，下面一层是厚厚的绒布，鞋帮里也夹了一层粗布，穿起来比单鞋暖和，比棉鞋轻便。你的肠胃不好，身子单瘦，阳气不足，脚总是凉的，这样的夹鞋，最适合你冬天里行军打仗穿。她这回准备扯一块厚一滴的洋布来做里衬。从街上回家之后，她要先做两家人的饭，吃完饭后，她要把那些腊肉腊鱼搬出来吹一吹风，还有前天请人打好的糍粑，也要切成片，再让糍粑干下去就切不动它了。之后，她就要准备熬麻糖了，都腊月二十四了，伢子们早馋坏了。昨儿夜里，她已经泡好熬麻糖的米，糯米黏米三七开，熬糖的重要材料麦芽子也早泡上了，米和麦芽子不能泡得太久，回家后先要把它们沥起来，否则熬的糖就不会酥，不能一敲就断，也不会怎么甜，弄得不好，还会扯不成形。照理说，都说过小年这天老鼠嫁丫头，不能开夜工干活，但实在冇得时间啊，明儿还有明儿的事，后儿还有后儿的事，熬麻糖的事实在拖不得了。还有徐家垱的娘家，也好长时间冇有回了，妣妣和崖崖的身体不晓得怎么样，弟弟秋儿去了新四军的队伍，那个在娘家娇生惯养的弟妹彩霞，她理家不知长进了冇有？还有，夜里熬完麻糖，还得去桂妹子家陪陪她，她这两天就该生了，看样子，很有可能是今儿夜里到明儿早上的事呢。正好，她一落月，就有糖吃。珍妞笑着想，不管生男生女，先起个小名儿，叫糖果子，乡下人甜日子不多，叫个甜甜的小名儿补一补倒不错。

想到这儿，珍妞又腾出一只手来摸自己的肚子，两个月了，伢子将来出生时，正是秋天，五谷都收了，么子都香了，就叫他香果子。你看她想得多周到，你和春雷两家，甜的香的都占了，还有龙虎凤也占了，多美气！

珍姆哪里晓得，仅在一天之间，离湖游击队就遭了大难，春雷已经不在人世，你也命悬一线，生死难料。她更冇有想到的是，随着游击队的惨败，侉老东和黄卫军终于迎来了他们的太平世界，他们不用再顾忌遇到游击队的袭击，从此可以大摇大摆地到处乱窜，为非作歹。因此，只在一夜之间，往日相对太平的观音寺街，也突然变得跟莲台河街与太马河街一样不再安宁。这几年，观音寺街因距离湖比较近，而距侉老东的据点比较远，所以这儿算是敌我交错拉锯的一个地方，白天，侉老东和黄卫军常窜过来清乡征粮，不让这儿成为游击队的固定地盘，夜里，游击队则来这儿活动。然而，昨儿游击队全军覆没的消息一传到侉老东的各个据点，他们立马就开始耀武扬威，肆无忌惮。

你不愧是一个深谋远虑的人，正如你潜意识的预感，游击队在离湖一带一消失，整个江汉平原的中南部，就会成为侉老东的天下，因此，珍姆此去观音寺街赶场，也实在是前途莫测。

## 四

春雷的牺牲使你十分痛心。你们从小就是情同手足的兄弟，何况，他又是为了你而牺牲的。如果他能够听你的话，在江堤上放下你不管，代替你去江南找洞庭湖游击队，也去找可称得上是他义父的郑县长，他即使在背着你到江中的洲子上后，也还完全可以逃脱侉老东的追击。但是他冇有听从你的，而是返身扑向了侉老东。你气得在心里大骂，春雷你这个混蛋！你以为你这是兄弟情义？狗屁！你这是愚蠢的小情小义！你明明清楚我们俩只要有一个人还活着，离湖游击队很快就可以东山再起，我们两个家庭也有依靠，可是，你却愚蠢地要跟我一起死！你蠢得像一头脚猪！你还总是说师父犟呢，我看你比他还要犟十倍！我如果还能活着而你也冇有牺牲，我非要狠狠揍你一顿！就是《三国演义》里的桃园三结义，最终也冇有让刘关张同年同月同日死！你这样愚蠢地送死，坏了离湖游击大队东山再起的大事！你真该挨一万个耳巴子！桂妹子马上就要落月了，你却选择在这个时候到阴曹地府去，你叫她怎么受得了？你叫她一个娘家离得千里远的女子，今后带着两个伢子怎么过？你这个蠢脚猪啊！

桂妹子她现在不晓得怎么样呢？春雷你这个蠢脚猪，你真是害了你的堂客和伢子！

这一夜，桂妹子根本就冇有困好。

昨儿卜午，她的肚子突然痛了一小阵，而那个时候，好像正是春雷遇难之时。你说，时间上这么巧合，这是不是夫妻同心，是不是父子同脉？到了下半夜，桂妹子的肚子又痛了一阵，虽然痛得并不厉害，但她再也困不着了。她不晓得肚里的这个伢子出生之后，春雷么时候才能见到他。她肯定这回生的也会是儿子，接生婆程妃十分有把握地说过，村垸上的女人们也说，这肚子又大又尖，又爱吃酸的，酸儿辣女，这回十拿九稳会是儿子。他们说，虎伢子有兄弟了，就叫豹伢子吧。桂妹子倒是不关心肚里的伢子，伢子装在她自己的肚子里，他生卜米后，就会跟虎伢子一样吃奶哭闹拉屎拉尿，他还会被风吹走了不成？她担心的只是春雷。

黑漆漆的夜里，躺在床上的桂妹子想，那个时候把春雷留在山里就好了。她冇得兄弟，姐姐嫁了人，妹妹也还小，父母一直想给她招个上门女婿。那时，旁边一个寨子里有一个后生愿意倒插门，可是她不愿意，她死活要嫁给春雷。春雷家也就他这么一个儿子，因此，她也根本冇有问他愿不愿意倒插门这样的话。她嫁到这里来后倒是问过他，他笑道，山里也不错，我也很喜欢山里平静的生活。唉，早晓得这样，当初是该问他一哈的，说不定，他真的就愿意到山里过一辈子呢。不过，当初自己一心一念地要嫁到这千里迢迢的平原水乡，是想给嫁到这儿的幺姑表姐做伴，冇得幺姑表姐，她也就不会认识春雷，更不会跟这个平原水乡有任何关系。不过，就在她要嫁过来的前几天，她得到了幺姑表姐被侉老东打死的凶信，那个时候，她也还可以提出让春雷到山里倒插门，但是她根本冇有这样想过。她除了要嫁给春雷，还要来给幺姑表姐的儿子一份母爱，那时她就是这样想的。她嫁到这儿来后，固然夫妻恩爱，却是聚少离多。春雷参加游击队打侉老东是正事儿，她十分支持，但是，她在这儿人生地不熟，家中又冇得了老人，一个人带着伢子生活，真的十分孤寂。要不是有珍姆像亲人一样对待她，她真不知自己能不能挺得住。现在，她只盼望侉老东从中国的土地上消失，春雷早日回家，夫妻父子团圆，男耕女织，共享天伦之乐。她听春雷说过，侉老东现在支撑不住了，很快就会完蛋了，他和骄哥也很快可以解甲归田了。

桂妹子想到这些，心里就暖融融的。她躺在床上，一边轻轻抚摸自己的肚子，一边回想她和春雷的点点滴滴。

桂妹子认识春雷的时候，春雷才十八岁，身子还很单瘦，与那时精壮的你不能相比。那时，她对春雷唯一有一滴不满意的，就是他单瘦的身体，她认为他缺乏你那样的充足的阳刚之气。桂妹子把她的想法跟幺姑说后，幺姑笑道，女大十八变，变的是容貌，而男大也有好几变，变是则是气概。她说，你是比着骄哥在看春雷，可春雷才十八岁，其实还是一个刚刚成人的伢子，不用两年，他保证会变得跟骄哥一样的精壮。幺姑还真冇有说错，等到桂妹子嫁过来后，春雷就吹气球一般地变了，变成了跟你当初一样的精壮汉子。只是在那时，你倒是被佤老东打伤，变得比当初单瘦的春雷还不如，轮到珍姆反过来羡慕桂妹子了。

桂妹子想起在那年的土家族女儿会上，她主动把春雷约到墟场外边。春雷那时为了你与幺姑的事，担心覃老二对你下黑手，自然冇得赶女儿会的心情，但是，他为么子不想想桂妹子的处境呢？桂妹子那时虽然只有十六岁，但也是一个明白事理的土家妹子，她也一直担心着你与幺姑的事，她更希望你们这对有情人终成夫妻。桂妹子那时约春雷，并没有想太多的情爱，而是想要利用女儿会的机会，使她的父母不再干涉她的婚姻，从而与春雷两人同心协力，一起帮助你和幺姑尽快渡过难关，然后再来好好谈她和春雷的大事。桂妹子的这种想法，绝对不是你们江汉平原人所认为的轻浮，而是她这个土家妹子对心上人的忠贞。你想想，那时，桂妹子的父母既舍不得她远嫁，也希望给她招一个倒插门的女婿，而旁边的寨子又有这么一个后生，所以，桂妹子只有借助女儿会的机会了。土家族的婚姻，也兴父母包办，但只要是冇有许人家的妹子，如果在女儿会上相上了意中人，按风俗，家人是不会再行干涉的。特别是年轻人在女儿会上成了夫妻，无论是家庭还是社会，也都是认可的，算得上是合情合理合宗法的夫妻。这正是桂妹子当初主动约春雷的原因。春雷呢，他从小书看多了，丧歌唱多了，江汉平原的礼俗就入了心。那时的春雷，就像《梁山伯与祝英台》中的呆子书生梁山伯，现在想起来，也十分好笑。桂妹子在与春雷互生情愫之后，也不是冇得一丝的犹豫，后来，她听到从江汉平原回去的石柱说，春雷发身了，比过去壮实多了，冇得少年时的书生气了，他已经长成了一个英气的男子汉。听到这样的消息，桂妹子才彻底放下心来，铁着心等春雷前去迎娶。她们山里的土家族人，都崇尚男人阳刚勇武呢。

桂妹子冇有点灯，她觉得在黑暗中想着春雷，反而更加心无杂念。

她已经习惯了在黑暗中思念，因为在黑暗中，她反倒可以想象出十分真切的画面来，就像是眼前出现了演戏的场面。她的眼前出现的春雷、她自己、虎伢子、以及其他相关的人，都有鼻子有眼，还有动作。她想起自己嫁过来的第一夜，春雷先是脱光她的衣服，再是把自己脱光，衣服胡乱地扔在一边，第二天起来，他到处找衣服，里面的小裤衩，竟然是在西墙边的箱子缝里找出来的，衬裙也是落在房间的地上，一只袜子在枕头底下，一只袜子在踏板上面。第一次交欢的时候，他开始十分小心，生怕弄痛了她。开始她也说痛，后来他再问她痛不痛，她说又痛又舒服。她这个说法把春雷搞糊涂了，也搞得他举棋不定。桂妹子见他这副傻样子，哧哧地笑起来。她这一笑，反而使他更不知道该怎么办了。第二天，他才开始放纵起来。她这才晓得，春雷身体强壮得像一只猛虎。

到了第三夜，他简直像发了疯，哪里还有半点的斯文，哪里还有半点的疼惜，简直像把她当仇人一般地折腾，折腾了一遍又一遍。桂妹子说，你这个家伙，当初一副书呆子似的斯文样子，原来都是假装的啊！想到这些，桂妹子就觉得春雷就在身边，就在黑暗的房间里，他露着雪白的牙齿，调皮地冲她挤眉弄眼，嘿嘿笑着逗她开心。

春雷平常在外面是个沉静的家伙，哪里像你这个风头出尽的歌师和号子手，但他跟桂妹子在一起时，却是会逗趣的家伙。

在冇得春雷的很多黑夜里，春雷的身影就经常这样出现。这样的时候，桂妹子就想他想得要死，把他想进肉里去，想进骨头缝里去，想得他无处不在，却又抓不到手。

有几个寒冷的冬夜，桂妹子以冷为由，带着虎伢子跑去跟珍姆一起困。她们让三个小伢子困一张小铺，两个大人挤在一头说体己话儿，常常说到深更半夜。两个二十几岁的年轻女人，同样家中冇得丈夫，她们真有一滴守活寡的感觉，自然相怜相惜。桂妹子本着土家族女子的率直，说她有时白天闲的时候，都想春雷想得要命，珍姆听了就哧哧地笑，笑得床架直抖。桂妹子不准她笑，说是这床一抖，使她又想到春雷在她身上乱动弄出来的声音，使她更加渴望他。珍姆听了笑得更加厉害，眼雨都笑出来了，桂妹子就又羞又恼地拿手抓她。桂妹子生气地说，你笑个鬼脑壳，你未必不想骄哥，未必不跟我一样想进肉里去，想得如猫爪子抓心？

珍姆笑道，我也是人，我当然也想，不过，我可不会想得像你那样厉害，羞不羞啊。

桂妹子不服气地说，那是你爱骄哥不如我爱春雷那样深切，我可是把春雷爱进心肝里去了。

珍姆说，你错了，你是从十六岁起爱上春雷，我可是从十四岁起就爱上你骄哥，我爱他，爱到他娶了堂客生了儿子还不死心，爱到他由一个精壮汉子变成了一个枯豆干子也还不死心，我爱他呀，把自己都爱成了二十出头的老女，爱得就差一滴要寻短路了！你说，你这样爱过春雷吗？你有像我这样狠心地爱过吗？有像我这样爱得不要命吗？

桂妹子虽然服了气，嘴壳却还很硬，她说，那为么子你跟骄哥定了亲，还一定要等到那么久才嫁给他？还有，你为么子冇有像我这样想得身上发热？

珍姆说，我是会管住自己。

桂妹子问，你是怎样管住自己的？说来听听，我为么子就管不住自己呢？

珍姆笑道，我想你骄哥的时候，也同样容易想到跟他的欢爱，也会想得身上发热，可是，每到这个时候，我就逼自己想他的可怜，想他的不容易。我想他吃不好困不好，想他在湖里被蚊子咬，想他被侉老东打成一副单单瘦瘦的身架，这样，我就慢慢平静下来了。你想，我一可怜他，我的身子还热得起来吗？

听了珍姆的话，桂妹子的眼雨滚下来了。她说，珍姆姐，我服了你，我是真的比不上你。你爱骄哥，就像是姆妈爱儿子，世上的爱，只有娘亲的爱才是最最亲的爱啊。而我爱春雷，纯粹是堂客爱丈夫，或者，还加上一滴妹妹爱哥哥的意思。所以，我不如你。

珍姆笑了,她一边替桂妹子揩眼雨,一边自己也流下眼雨来。她说,妹子啊,我何尝不想像你爱春雷那样,纯粹以堂客的身份爱骄哥想骄哥?我也想像你那样,增加一滴娇妹妹对亲哥哥的爱,那才是一个女人对丈夫最正常的爱啊。可是,我们生不逢时,我们的丈夫为了保家卫国,一个个都把脑壳扎在裤腰上,他们早上起来,可能还举着枪抡着刀打侉老东,到了夜里,他们可能就倒在了战场上,永远也起不来了。还有啊,你想,我们这么想他们,他们难道就不想我们?可是,他们有么子办法?你看那横癞子,大家都说他贪色,说他骚,说他离不开堂客,你看他最后不也当了民兵队长?前不久还死在了侉老东的枪下,丢下了他爱进骨头缝里的堂客,还有两个伢子。他的小儿子虽说一岁多了,可还在吃奶呢。还有,那个人们不大喜欢的三九麻嫩,都说他也跟横癞子一样,是一个最离不开堂客少不得女人的货,他不也抛下年轻貌美的堂客,投到游击队这边来了?这些男将啊,他们何尝不想天天抱着堂客,想亲就亲。他们比我们不晓得要可怜多少倍呢!

桂妹子听珍姆说到这儿,哇哇大哭起来,怎么也止不住,要不是用被子使劲捂着,都要把伢子们吵醒了。

珍姆也哭了起来,只是她哭得十分节制。她是姐姐,是妇救会主任,是垸子里所有军属的主心骨,她不仅要自己控制自己,还要引导垸子的姐妹们也控制自己。

桂妹子抽泣着说,珍姆姐,我明白了,我是把自己的苦楚想得太多了,却把春雷和游击队的战士们的苦楚想得太少。我只想到了他们提着脑壳打侉老东,只想到了他们缺吃少穿,却右有想到,他们也都使劲压制着男欢女爱的念想，冇有想到他们夜里过得也十分憋屈。有一次，我问春雷夜里想不想我，他说想，想得要命，想得恨不得我能像孙猴子那样变小，让他装在荷包里，带在身上，得空了就拿出来玩一玩、亲一亲……珍姆姐，我真傻。桂妹子责备自己说，以前我哪里想过，春雷他们为了打伢老东，血气方刚的年纪，在男女之事上比牯牛都不如，比公狗都不如。珍姆姐，从今儿开始，我也要像你一样，像姆妈爱儿子一样爱春雷。

珍姆安慰道，妹子，你也不用责备自己，你并冇有错，你的想法，都是一个年轻女人十分正常的想法，是人的本性呢。再说，你是在偏僻的山里长大的，又是少数民族，你行事本就比我们平原地区的人要直接。

桂妹子说，珍姆姐说得也是，我嫁来这儿几年，发现这大平原上的人，确实与山里人有很大的区别。我们那儿闭塞、落后，寨子里一个读书人也冇得，人都冇得文化冇得见识，我们说话做事，都是直来直去，都不怎么过脑壳。我人是嫁到这里来了，很多习惯和性情却根深蒂固，改不过来。就说我想春雷这件事吧，要不是你点拨我，我哪里能想得到这个份儿上。

珍姆拍拍桂妹子的胳膊，深深地叹道，其实，这也是伢老东逼的。我们哪个愿意做丈夫的姆妈，哪个不想做丈夫的小妹妹小丫头？可是，我们冇得这个条件。我们只能像姆妈疼亲儿子一样地疼自己的丈夫，希望他们吃得好、困得香，枪子儿都长了眼睛，绕开他们走，让他们把伢老东赶走，然后，他们一个个乖乖地回到我们身边，痛痛快快地做我们的丈夫，想怎样在我们身上倒腾就怎样倒腾，到了那样的太平时候，我们再做回小妹妹小丫头一样的真正堂客,让他们——好好地疼我们爱我们。你说呢?

唉,这些女人啊!你看,你们有多么好的堂客。可惜,春雷他是享用不到了,你呢,游击队的智多星、游击队的灵魂,你还能享到这样好的福吗?

## 五

桂妹子躺在床上想春雷,一直想到天亮。这使她本来就有些浮肿的脸更显憔悴,两边脸颊上因怀孕而生出的蝴蝶斑颜色也更深重,眼睛泡子也有些发肿。反正困不着,她便不顾笨重的身子,早早地起了床。昨儿夜里,珍姆关照过她,说她要上一趟观音寺街去卖酱菜,去买年货。珍姆也冇有问她要不要带年货,这是不消问的,珍姆一直操着两家人的心,桂妹子要么子东西,她比桂妹子自己还清楚。其实她们姐妹俩,自从嫁到一起后,根本就冇有分彼此。珍姆说她已经跟龙伢子和凤丫子交代过了,让他们起床后,就来她家跟虎伢子一起玩,一起过早,她会赶回来给两家人做中饭。珍姆还跟桂妹子交代,她跟隔壁的冯婶早说好了,让她多听着桂妹子这边的动静,如果她动了胎,冯婶就赶紧去叫接生婆程妃。她跟程妃也早说好了。昨儿夜里,珍姆还跟龙伢子反复叮嘱,叫他一定要好好待在桂姨妈家里,有么子事情,就随时喊隔壁的冯婶。

天冇有亮时,桂妹子的肚子又痛了一阵。她估计自己今儿可能是要生了,但是她不能躺在床上等着伢子出生。鸡要放出笼,猪要牵出去拉屎拉尿，中饭也不能坐等珍妯来做，起码要去菜园里摘点萝卜白菜，挖点葱蒜，把它们先择好洗好。她心里说，珍妯姐赶这么远的街够累的，我还是自己把中饭做好，等她回来就有吃的。

桂妹子起床之后，又把虎伢子催了起来。虎伢子困在床的另一头，在这以前，除了春雷回家的时候，虎伢子一直跟她一头困，她怀身七个月后，就让他自己一个人困一头了。这小子困瞌睡爱乱蹬乱捣，以前就经常踢到她的肚子。桂妹子揭开被絮一看，床的里边被虎伢子尿湿了。这家伙，半夜叫他起来屙尿，他迷迷糊糊地说有得尿。寒冬腊月的，天气也阴沉沉的，怕是要下雪呢，这尿湿的被絮怎么得干呀！桂妹子哭笑不得地叹道，这马上就要生第二个伢子了，第一个还在做撒尿宝，两个伢子往后可够我受的。

天气太冷，虎伢子还想赖床，但一见自己尿了床，就不敢赖了。

桂妹子替虎伢子穿好衣服，叫他去把龙伢子和凤丫子叫到家里来，她来给他们下绿皮子面过早。绿皮子面是珍妯送来的，她本来只做了三升米的绿皮子，就给桂妹子送来了一大半。她说桂妹子马上落月，带奶伢子，屎儿尿儿的不晓得有多麻烦，早晨下碗绿皮子面要省事得多。还说绿皮子里面，既有黏米和糯米，还有绿豆和黄豆，特别养人，也发奶水。桂妹子觉得，珍妯就像是她的亲生姆妈，一切都替她想得十分周到。

桂妹子切了一滴刚晒好的腊肉，下到锅里去炒。这腊肉是珍妯细心地教她做的，不仅香得很，还好看得很。江汉平原的腊肉，又香又干净又原汁原味，而长阳山里的腊肉不经过太阳晒，腌了直接用烟熏得黑乎乎的，防霉效果固然比江汉平原的腊肉强，但吃起来，真冇法跟平原水乡的腊肉相比。春雷喜欢吃膘厚的腊肉，他说膘厚的肉才香，可是他不晓得几时才能回家来呢，这可怜的家伙冇得口福呢。这绿皮子面晒得多有筋道，腊肉炒出油来，加上蒜子和甜麦酱，再加上水，绿皮子面煮得八成烂，撒上一点葱花儿，香得很。这样好吃的东西，长阳山里可是冇得的。山里人吃的，只是烟干气十足的黑乎乎的腊肉，还是大块大片的。总之，这平原地区的人，日子过得都十分精细，不像山里人那样粗枝大叶。她心里说，亏得嫁到了这大平原，日子过得比山里讲究了一大截呢。再呢，这春雷，这平原上的男将，他们把日子过得也十分讲究。别的不说，平原上的男将，大多都是做菜的好手，春雷在家里的时候，很多时候都是他做菜。可是山里的男将，勉强能做菜的打灯笼都找不出几个。

一想到这些，桂妹子又十分想念春雷了，想念这个全长堤垸厨艺仅次于厚基族长的家伙做的菜。人们还真冇有说错，怀身夫人最贪吃。她生虎伢子的前后几个月，春雷把她伺候得像皇后娘娘，他变着法子和化样，把这平原水乡所冇好吃的东西，差不多都做得让她吃了个遍。现在一想起那些好吃的，她的涎水就流得满口都是呢！

虎伢子把龙伢子和凤丫子都叫来了。虎伢子脑壳上多了一顶蓝布棉帽，跟龙伢子的一样。凤丫子说，我姆妈是昨儿夜里才做好的，说是马上会下大雪，叫我们今儿把帽子给虎伢子，让他戴新帽子过年。

桂妹子心里暖暖的，对虎伢子说，你可要记着姨妈的恩情呢。虎伢子连连点头说，我晓得，姨妈就是我的亲亲大姆妈。

伢子们一边吃绿皮子面，一边说过小牛的事儿。龙伢子是哥可，就给虎伢子和凤丫子讲过小年的一些禁忌。他说今儿不能说神、鬼、死、命这些字,打破了碗、杯子、钵子这些东西,大人小伢都不要吭声,要当冇得事似的,最重要的是,今儿小伢子犯了错,大人不能打屁股。

虎伢子听到这儿,高兴地对桂妹子说,好哇好哇,姆妈你今儿可不能打我屁股。桂妹子明白他心里的小九九,故意问,你有么子事该要打屁股?虎伢子的小脸一哈涨得像猴子屁股,支支吾吾地不肯说,龙伢子和凤丫子都有些好奇,不晓得虎伢子到底做了么子错事。桂妹子故意说,你到底犯了么子错呀?说了我保证今儿不打你。虎伢子得到了不打的保证,于是小声说,我尿了床。龙伢子和凤丫子一听,齐声笑了。

凤丫子把嘴里的绿皮子面都笑了出来。她停下筷子,唱起谣歌:

撒尿宝,
卖灯草,
一卖卖到窑圻垴,
逗起花狗子咬。
花狗子花狗子你不咬,
我是你的亲老表。

虎伢子被说恼了火,也用谣歌回击:

好吃佬,
卖灯草,

卖到湖里吃篙草；

篙草篙草吃不饱，

一泡牛屎胀死了。

凤丫子生气地说，你说哪个是好吃佬？

虎伢子说，我说你，你不正在我家吃绿皮子面吗？

凤丫子说，这绿皮子面是我姆妈做的，我吃的自己家的。

虎伢子冇得话说了，气得脸巴子通红了。

龙伢子制止道，凤丫子你不要笑他，你自己前几天不也尿过床吗？再说，我们本就是亲老表，从我们的嗲嗲开始，到我们的崖崖，再到我们，三代人都是亲老表，有么子好争的？

桂妹子从伙房里慢吞吞地走过来，听了伢子们的争论，就说虎伢子不懂事。她说，你脑壳上，戴着姨妈刚给你做的新帽子，你嘴壳里，吃着姨妈送来的绿皮子面，你好意思说凤丫子是好吃佬？

虎伢子低卜脑壳来说，我再不说了。

龙伢子说，虎伢子，你刚才说了过小年不该说的一个字。

虎伢子不解地说，冇有啊，我说了么子字？

龙伢子笑道，你说一泡牛屎胀——么子了？就是"胀"字后面的那个字。

凤丫子笑道，一泡牛屎胀死了，对，虎伢子，你刚才说了一个"死"字。

虎伢子不好意思地说，我冇想到这个谣歌里会有"死"字。

龙伢子说，你看你们两个，一连又说了三个这个字。

745

虎伢子和凤丫子都伸了伸小舌头。

桂妹子笑道，好啦好啦，快滴吃吧。明年我们在过小年之前，在梁柱上先贴上"童言无忌"的红纸，早一滴贴，就不怕你们犯禁忌了。

正在这时，门外来了一个老和尚，他在挨家挨户送司命哆的神像。虎伢子面都不吃了，跑过去接过那张巴掌大的红纸。红纸上印着一个黑色的半身老人像，还戴着伸着两个翅子的乌纱帽，这就是司命哆，也叫灶神，是要贴在灶壁上的。桂妹子让虎伢子去米缸里抓一碗米打发老和尚。和尚道士在过小年时，挨家挨户送司命哆的神像，是江汉平原和尚与道士趁着年关讨打发。和尚道士们根据各自的活动范围，划定各自讨打发的村垸，一般不会重复。

老和尚说了一些吉祥的话，又问桂妹子，你这个样子，都临时介月（某事临近）了，春雷又不在家，今儿的扬尘你怎么打扫？

桂妹子说，昨儿，我珍姆姐提前帮我打扫了。

老和尚说，这徐家垱徐皮匠的丫头，十里八乡都有名，你遇上了是你的福气呢。

桂妹子听了十分开心。

老和尚说，今年例外，明年，你们还是在过小年这天打扫扬尘。他说，你是千里外的山里嫁来的，可能不晓得我们这儿的风俗。老和尚煞有介事地说，这打扫扬尘的事，也是有来历的，是三师神把人们平时对神不敬的话，都记在各家的房梁、柱子和墙壁上，等天神派差役在小年过后一一查证，查到了就要处罚，所以，向着人间百姓的司命哆就嘱咐人们，在小年这天，把屋里上上下下都打扫干净，把三师神记在房梁柱子上的那些话扫掉，让天神的差役查无实据，所以，过小年时一定要敬司命嗲。

桂妹子连连答应，好的好的，我入乡随俗。

老和尚还不放心，又递过来一张黄表纸，说，吃过晚饭，你要把神龛上"九天司命灶君"的牌位请出来，放在灶台上，牌位前摆一个小盘，盘里装上豆子、谷子、麦子、芝麻、高粱等等，凑成五样就行了，供给司命嗲，同时，在灶台上扣上一只碗，碗底上再放一只小盘，盘里倒上半盘清油，放上六根棉花捻子，朝向六个方向，并一一点燃，再在灶前放一把新扫帚，这扫帚，就是司命嗲上天时要骑的马。老和尚见桂妹子似听非听，说，你可要记清楚啊。他又强调说，你再敲下一小块麻糖，粘在灶门上方，敬给司命嗲吃，也就是用糖粘住他的嘴壳，不让他跟天神禀报一家人的过失，最后，你还要放一挂鞭炮，敬送司命嗲上天。

见这老和尚絮絮叨叨地说个没完，桂妹子越听越糊涂了。她说，哎呀，你郎交代这么多，我不晓得记不记得住呢。往年都是珍姆姐来帮我做的呢，我还是等她回来帮我做。

老和尚笑道，你自己刚才都说入乡随俗，这些事你迟早都要学会的，依赖别个只能是一时，不可是一世呢。

老和尚似乎还有话要说，但他犹豫了一哈，终于告辞，赶前家去了。

其实，老和尚还真有重要的话要说，他从别处听来了传言，说是游击队在调弦口对岸，遭到侉老东的包围，败得很惨，不晓得春雷的情况怎样。但他转念一想，今儿过小年，接着就是大年，说这些不吉利，他又见桂妹子这么大个肚子，更不忍心让她担忧和伤心，所以，他最终有有说出口。这老和尚虽然话多，但到底还是一个出家人，也还晓得

747

滴轻重。

桂妹子觉得这个老和尚有些古怪,叫人心里总有些不踏实。

老和尚走后,几个伢子不知怎么又说到了老鼠嫁丫头。他们为这个故事的情节争执不下,就要桂妹子给他们讲说。这个难不倒桂妹子,长阳山里也有这个说法,虽然有些出入,但大致还是一样的,于是给伢子们讲了起来。

有一年的小年夜里,有一家人祭过司命哆,全都困了,只有家中的小媳妇还在收拾厨房。她忙了一整天,人很累,就在柴堆边坐下来歇息,不想却打起了瞌睡。半困半醒之中,她看到一群几寸高的小人,从灶门里穿出来,敲着小锣,打着小鼓,抬着小花轿,十分热闹。她感到奇怪,脚一挪,不小心踩死了一个小人,把那群热闹的小人给惊跑了。小媳妇吓呆了,愣着半天不动。一会儿,那群小人又纷纷出来,抬着死去的小人去送葬。小媳妇悄悄地跟着,跟到屋后的竹园里,见他们钻进了一个小洞。小媳妇细细一听,里面有老鼠吱吱叫,她这时才明白遇上了老鼠精。小媳妇是个聪明人,她后来把老鼠嫁女的情景绣在围裙上,看起来十分喜庆。后来,人们便把老鼠嫁女的情景画成画,过年的时候张贴。从此,人们晓得了小年是老鼠嫁女的日子,不得打扰,说是你吵老鼠一夜,老鼠就吵你一年。所以,小年的夜里,大人伢子一定要早早入睡,让老鼠快快乐乐地过年嫁丫头。有的人家还会在灶湾里放上半碗米,米上放一块小花布,以祝贺老鼠,让它们今后嘴上留情,不咬家具和衣服,不吵家人的瞌睡。

桂妹子讲完,伢子们又闹着要贴老鼠嫁女的年画。桂妹子说,昨儿姨妈说过，会从街上带这个年画回来的，你们放心吧。伢子们便又开始盼望珍姆早些从街上回来。

## 六

不知是黑夜提早来临，还是你的眼前发黑，总之，你半睁半闭的眼睛里的天渐渐黑了。天上铅灰色的东西，它到底是云彩还是雾气，你也拿不准。你的意识甚至也不时中断，脑壳似乎变成了一只装满潲水的瓦罐。这只"瓦罐"放在冰冻的水边，里面已结成了冰，但因为大气冷得还不够彻底，瓦罐中心的潲水还有有冻上，还有一个蛋黄大小的地方，处于欲冻未冻的状态，就像皮蛋中心流质状的溏心。也就是说，你现在的脑壳里面，就剩下皮蛋中心的溏心那么大的地方还是软的、活的，还有有僵硬。你是靠那一撮欲冻未冻的流质般的意念，支撑着你欲断不断的思绪。你的心脏，大概也跟你的脑壳的情况差不多，也跟一只溏心的皮蛋一样，仅剩一滴滴流质的血液，那血液甚至也处于欲凝未凝的状态，它还能微弱地、缓慢地……压动，绝对是压动，而不是跳动。总之，你的意识也好，心跳也好，正接近于一个极小的临界点，这个极小的临界点如果还存在，就可以说你还活着，如果不存在了，那你就是死了。

当你的意识如蛛丝马迹一般显现的时候，你发现天上的铅云低得不能再低，这气流、云彩和雾气一样的东西，它似乎真成了铅质的，沉重地直压下来，好像是整个天突然变得极端的厚，厚得有几千几万里。这样的天，就变得出奇的低矮，仿佛整个天变得跟深厚无比的地一样，成了一个结结实实的巨大无比的隆起的盖,把整个大地给盖了起来。这样的天地,其实应该说是凝成了一体,就像那个装满潲水、被冻得仅剩中心一滴流质的瓦罐,也像一只巨大的充盈天地的溏心皮蛋。所以,现在的天地之间,也仅剩那么一滴的空隙,叫人呼吸十分困难,也叫人的思绪走得困难。

你感到自己整个人也变成了一只被冻住了的大大的装满水的瓦罐,或者是一只奇大的溏心皮蛋。准确地说,像是一只双黄的溏心皮蛋,在脑壳和心脏的中心,分别还有一滴滴冇有冻结得僵硬的地方。

天地怎么会变成这样?

人怎么会变成这样?

你似乎是在问,又似乎是在感叹。

你想,现在你的所作所为,江北的侉老东是看不见了。

你大概顺水漂得远离了调弦口,现在应该漂到了北岸的仙剐口的对面。

仙剐口是长江北岸的荆江大堤的一段,这儿的江段险恶,历史上多次溃口,江堤北面被冲出了好几个巨大的渊潭,所以这里既不适合种庄稼,更不适合住人,是个十分荒凉的地方。

你希望这个时候有人发现你,这样你也许能活下来,但是你这个意念算是空想。

你虽然在洲子的边上,但洲子是江心淤积起来的一个沙洲,江流在这儿分成南北两股,往下流出好几里路后又合二为一,所以,洲子其实就是江心的一个孤洲。你所在的位子,是在洲子的北边,正对着江北的仙剅口，而这个时候的长江北岸，即使有人在江边出现，他也看不到江心洲子边漂浮着的一个人。而洲子的南边呢，先是隔着一股不太深的江流，再往南是宽阔的江滩，江滩再过去才是长江南面的江堤，即使江堤上甚至江滩上有人，但隔着两人高的芦苇荡，江南的人根本见不到你。你要想活下来，靠别个是有得用的，靠自己也几乎不可能，要靠，只有靠天了。

不管靠哪个，你都十分想活下来。你还有很多事要去做，你还有很多爱要给堂客和伢子。

你开始还能用左脚蹬，用右手划，虽然手脚动作的幅度极小，比螺蛳河蚌在泥上滑得还要慢，但是毕竟能让你向洲子一滴滴地靠近。有时，虽然看着你离洲子近得很了，可是流水一冲，又把你冲离洲子，前面所有的努力全都白费了。你便咬着牙坚持再划。其实你的牙齿都不要你去咬了，你身体大多数部位早已僵硬如木，或者冰冻如铁，它们早钉在了一起，要分开它们已经不容易了。你相信只要能够靠上洲子，就多了一分活下来的希望。可是，你的手脚动作的幅度太小了，也太慢了。你身上的伤也在为难你，你只要稍稍动一哈，左腰和右腿上的伤就作痛，肩胛上的伤好像不怎么痛了，它已经麻木了。要命的是，你的手脚越来越僵硬，越来越接近冰冻如铁的状态。

其实，你整个人早已开始变得僵硬，或者说，你差不多已经接近于死亡。

你想起那年去长阳山里放排，因为要让幺姑脱离代姐填房的命运，你与那霸蛮的覃老二斗智斗勇。那时的你多么厉害，你故意跳入清江之后，假装挣扎了一阵就沉到了水下。那时，你可以像一条机灵的大鱼，

751

从江心一口气潜到岸边的木栈码头底下,完全不费么子劲,也不觉得憋闷。覃老二那一帮人都认为你死在清江底下了,他们这才放过你,使你获得了逃走的机会,并顺利地将幺姑从山里带了出来。人们都说,你也是江汉水乡的浪里白条!可是今日不同往日,你这个浪里白条,再也翻不起一丝一毫的浪来了。

北风,北风,加大了的北风。

当你的意识又出现的时候,你听到了加大了的风声,同时也感到了波浪有力的起伏。

啊,这江上的风浪,它像在摇着一只巨大的摇窝,用力地摇晃着你。还有江浪,它像一只大手在拍打着你。你像一个困在摇窝里的小伢子,被过重的大手拍得惊醒了,于是,你的意识突然间清晰多了。一个浪头扑拍下来,正好拍在你的脸上,你的鼻孔里立即灌入了冰冷的江水。这使你艰难地咳了起来,咳得浑身作痛,这样的痛感,好像激活了垂死的你,让你又从死亡线上挣了过来。你本能地张开嘴,将灌进去的水吐出来。其实也不叫吐,只能叫让它自己流泻出来,你还哪有吐水的力气?这时,你的心里突然间像敲打火石,亮亮地闪了一哈火星。你认为,你活下来的可能突然间大了好几倍。你本能地伸直四肢,好让自己不容易被波浪摇得沉下水去。你的棉裤里全进了水,里外都湿透了,棉袄因为有绳子扎在腰间,胸前的部分还有有湿透,背后的部分则开始渗进了水。你的下半身几乎全部浸在水下了,上半身也沉下了一半,好在一张脸还勉强露在水面上,还能让你有微弱的呼吸。

风更大了,更大了,它一直用力将你往洲子边上吹,好像是要把你挤上岸滩。这是多好的风啊。

模模糊糊中，你似乎又进入了梦境。你梦见几十只上百只江猪子拜起风来了。呵呵，还是白色的江猪子呢。这种被称为白鳍豚的江中精灵，它们是要救你呢。

人们说，发大水前出现的是青色的江猪子，那是凶兆，一般是在夏季出现。在下大雪之前常出现的，则是白色的江猪子，这是吉兆，是瑞雪兆丰年呢。呵呵，这些可爱的白江猪子，它们像一头头白色的糙子猪，在一哈一哈地将你往洲子上拱呢。

对，你说，拱，用力拱，吉祥的白江猪子们，全靠你们了！

你突然想到白江猪子报恩的故事。说是一个打鱼的老人，曾经救过一只因顽皮而跳上沙滩的半大的白江猪子，它刚好滚入了沙滩上的一个浅水坑，怎么跳也跳不回江里，老渔夫见到它时，它已经筋疲力尽了，只能等人来将它捉走开膛破肚，或是等水鸟们来分吃它的肉。事实上，已经有两只尖嘴的灰鹭开始啄它了，它的缎子一样的皮，已有好几处被啄破，流出了血水。这时，老渔大驾着小船赶来，他一滴一滴地用桨扒着，将它从沙滩上的浅水坑里扒到了江里。过了几年，老渔夫在江上突然遇到大风，小船被浪打翻，一只大白江猪子钻到老渔夫的身下，把他顶起来，将他一直驮到了江边，救了老渔夫一命。据说，那件事也发生在年关。你心中感到一阵莫名的暖意，这种暖意，是冰冷到极点而产生的一种痛。这种冰冻的痛火辣辣的，因此让人觉得它是一种暖，这种奇怪的暖，有时候还会是一种发烫的感觉。唉，不管它，能有这种奇怪的暖，至少说明你还有有死去，也说明你还有活下来的可能。

你昏昏沉沉的脑壳里出现一幅画面，画面上正是一只小小的白江猪子。那是有一次你从长阳放排回来，下了清江，进入长江不远，那只小白江猪子被破网缠住了，它的尾巴和鳍都使不上劲了，就跟你现在的手脚使不上劲差不多。你和崖崖将四十六根大刺杉扎成的大木排靠过去，用长竹篙将这只小白江猪子够过来。原来，那破网上还缠上了一截挂有滚地钩的渔线，这才使小白江猪子脱不了身。你将扎在它身上的四只铁钩取出来，扯掉了那团破网，将它放回了江里。你想，现在，这么多江猪子一起拱你，难道是被你救过的小白江猪子带着同伴来了？可是，清江的出口是在宜都，那儿离这儿远得很呢！它即使晓得你遇了难，也来不了这么快呢。可是，它们不都在拱着自己吗？

难道真有这么神奇的事？

你见到几只很大的白江猪子一齐用力，将你猛地一掀，你就摊在了洲子边的沙滩上。真好，多谢，多谢，多谢……你的意识里不断出现这两个字，直至意识模糊，模糊得又中断，或者说停息。

冷，冷，冷啊……

你的意识深处飘起一片孤零零的雪花，它飘在你的脑壳里面，就是在那个尚未冰冻的脑壳的中心，那个蛋黄一般大的地方。那里不是一小团欲冻未冻的潲水样的东西吗？不是一小团像皮蛋的溏心一样的东西吗？那里怎么会有雪花，而且还是飘飞的雪花？

哦……哦，脑壳里面怎么突然又变空了，真的空了，而且这样一想，它就开始像孙悟空的法术一样——不对，孙悟空的法术还做不到这样，是九九八十一难中那些妖怪的法术，也不对，应当说是法器，而且，那些法器都来自天宫的好多位天神，那些么子乾坤袋、大葫芦、古怪瓶子之类。这些法器，看起来与人间正常的器物一般大小，但是只要孙悟空被罩进去或吸进去，它就变得无限的大。你感到无比的古怪，难道人的脑壳，也会变成天神的法器？

哦哦，脑壳里面更大了，大得像船舱了，比你们在离湖中那只指挥船的船舱还要大。游击队员们都说，那只指挥船是游击队的大脑，因为那是你和老搭档马学文常待的地方，很多游击战的方案，就是从那个船舱里谋划出来的。那时，马学文抽着旱烟，你则含着花椒，你们一起琢磨战斗方案，春雷、兴虎等中级指挥员也经常参与。马学文靠抽旱烟提神，你却是靠含花椒提神，一遇上复杂的情况要琢磨，你就从口袋里掏出几粒花椒来含上。马学文说，你几粒花椒入口，再复杂的问题也能变得脉络清晰、有条有理，以至于游击队员都叫你花椒军师。自从侉老东烧湖之后，游击队与老百姓断了联系，你口袋里的花椒也断了。江汉平原不产花椒，人们也不吃花椒，除了县城，其他集镇也不会有人售卖。你的花椒来自长阳山里，它是山里人不可缺少的调味品，更是驱寒祛湿之宝，你去长阳放排时就爱上了它，而你的第一个堂客幺姑也少不了它。后来桂妹子嫁给了春雷，她也长期备有花椒。珍姆见你爱它，也在家中备了不少，她晓得你是花椒军师后，还特意托桂妹子让娘家人捎来上好的花椒，说是要让花椒为打侉老东立功。

哎哎，如果不是冇得了花椒，游击队向江南转移的事，你是不是会有另一种安排？比如在离湖一带多转一些时日，多制造一些假象，然后找到最好的时机与最好的渡江地点。作为一个指挥员，你早已习惯反

755

省作战方面的事情。但是这一次,你却一直找不出问题出在哪儿。你清楚地知道,要把责任推到三九麻嫩的身上,那也是有得道理的。与侉老东一接火,就有人骂肯定是三九麻嫩出卖了游击队,你马上就断然制止了。仅凭直觉,你就认为这样给自己找台阶是错误的。向江南转移的事,其实侉老东早有预估,三九麻嫩说与不说,其实都冇得么子区别。所以,原因还是要从自己身上来找。要是你不是处在现在这种境地,要是你有提神的花椒,问题的症结你肯定早找出来了。

尽管你生死未卜,你还是一直在寻找失败的原因,这是一个指挥员最基本的素养。

这次向江南转移失利,问题到底出在哪里?你努力要把它想清楚。这个执着的念头,似乎是你能一再从昏迷中醒过来的动因,是你仍保持着生命迹象的根源。

哎哎,脑壳好晕,哎哎,它变得像屋子那么大了,又变得像十个屋子那么大了。嚯,它……它像天那么大了!这么大的脑壳呀?那片小小的雪花呢?看见了看见了,这片雪花也变大了,变得比菱角花还要大……比荷花还要大。不是说最大的雪是鹅毛大雪吗?怎么会有比荷花还大的雪花?

哇,这个六只角的大雪花真漂亮,凤丫子要是看见了,肯定会高兴得不得了!龙伢子也喜欢雪,一下雪他就喜欢到屋外跑,堆雪人,打雪仗,他带着虎伢子和一群伢子,把堆起来的雪人当侉老东来打。看,龙伢子还在漫天的大雪中跑着跳着呢。

哦,脑壳里满是雪花了,飘得无边无际。不对,好像是芦花。也不对,芦花是在秋天飘飞的，在连续几个大太阳之后，芦花漫天飞舞，就像是在蓝天白云之下下起了大雪。游击队最爱在芦花飞舞的时候打侉老东。侉老东不习惯这种漫天飞舞的绒毛，他们常被这种软绵绵的东西弄得眼花缭乱和烦躁不安。游击队员大都从小在芦花中长大，芦花再怎么飞，对他们都丝毫冇得影响，他们打起枪来，反而比平时还要准。

这不是冬天吗，哪里来的芦花？何况，湖中的钢柴林芦苇荡，早被侉老东烧掉了大半，篙草也烧得差不多了。

哦，对了，今儿不是过小年吗？选择在小年前夜向江南转移，也正是认为在这个时候，老百姓都会忙小年的事，侉老东会认为老百姓冇得工夫配合游击队，他们的防守和巡逻都会疏忽一些，冇有想到还是被侉老东给包围了。问题的关键，到底是不是疏忽了三九麻嫩这个家伙？你对自己说，应该不是，越来越不像是。虽然三九麻嫩估计到游击队会向江南转移，但过江的地点他也完全不晓得。如果自己老是怀疑他，那无异于自己给自己寻找失败的理由与借口，这，不是一个合格的指挥员应该有的品格，也不是一个男将的做派！

突然，你的脑壳里电光一闪，就像夜空中闪起闪电，把你的脑壳里照得明亮通透。

对，游击队既然可以分散地钻出离湖，为么子不可以分散地去江南呢？为么子一定要在调弦口对岸集合了一起过江呢？

是的，自己担心在严酷的形势下，会有游击队员意志不坚定，有可能像三九麻嫩那样中途变卦，趁这个机会脱离游击队。你也担心老弱伤残过不了江，那样，本来就太少的游击队员，岂不是又要减少？

你还担心分散后的游击队员,遇上小股的侉老东或"黄卫军",会对付不了,会吃亏。你相信人多力量大,本来游击队的力量就够弱的了,你不想因分散而变得更弱。

也许还有一个原因影响了你的决策,那就是你怕辜负老搭档马学文的期望,不想散失小分队的任何一员。你们都清楚游击队的主力去了新四军主力部队,就不会再用离湖游击大队这个名称了,而是变成了新四军第五师某团某营,甚至还会是分散到好几个团营里去,这样一来,真正的离湖游击大队,就只有你所带领的这个二十几人的小分队了。于是,你实在不愿小分队的人员轻易减少。

问题越来越清晰了。

正是这几个方面的顾虑,影响了你的决策。

游击队过江,这对于擅长游击战的你来说,本来是一个很简单的问题,而你却在关键时刻想得过于复杂,以致最后,人员集中过江的思路占了主要地位。

你清楚了,这一次,你犯了大错,你过多地考虑了集中过江的优势,以及分散过江的劣势,从而作出了错误的决策。胜败往往就在一念之间,你终于找到了失败的原因!

你在心的深处,发出了长长的一声叹息。

这是无比悔恨的叹息!

现在,你终于明白了,自己是错在了谨小慎微之上。难道是游击队的弱小和你自身的伤痛,使你变得失去了大气与果决?

你开始在心里痛骂自己。是自己的一念之差,葬送了离湖游击队,这不仅是二十几条生命，更是江汉平原敌后抗战的希望！

年关之时，侉老东本就会加强巡查，何况他们又清楚游击队想要过江！如果二十几个游击队员继续按三人一组，分头各自过江，然后在江南集中，就不会被侉老东在江北的野林中发现了，更不会被一网打尽！就算有的战士跟三九麻嫩一样脱离游击队，就算在渡江中会有人牺牲，但总会过去一部分人吧？只要过去了一部分人，离湖游击大队就可以很快重建。

说到底，还是自己不够刚强，不是一个合格的军事指挥员。自己不愿队员减少，不愿战士伤亡，只看了眼前，而没有看长远。这是一个军事指挥员的大忌。一句话，又是感情在作怪，就像春雷，他明知能从江中的沙洲上逃脱侉老东的追杀，却义无反顾地返身扑向侉老东。

你们兄弟俩都犯了感情的错！

看看，赵永骄，你还一直在找客观原因，还想往三九麻嫩身上推责任，你还要不要脸？你还是不是一个男将？

当你终于找到问题的症结之时，一切已经晚了。你痛悔不已！你无法原谅自己！

你说，我该怎样向上级和游击队的家人谢罪！

雪花突然全不见了，你的脑壳里，全变得一片漆黑。

# 七

你瘫在洲子北面的沙滩边，这里刚好是一个凹进沙洲的回水湾。

这是一个十分安全的地方，如果江水不突然猛涨，即使有很大的风浪，你也不会被卷到江流里去。这样凹进岸滩的回水湾，在长江的干流两边随时可见，而在淤积起来的江中沙洲边上，一般只有下游的洲尾上才会出现。江河中的洲子，就像毛笔写下的行书字的长长一撇，头部和两侧都比较光滑流畅，而尾部因为墨汁不多和提笔收锋，以及收笔的快疾，从而出现一些不齐整的墨迹，也就是书法中的飞白或者枯笔。江河中的沙洲与毛笔字的一撇极为相似，它的头部和两侧，因常年经受江流的冲刷与刮带，十分少见这样的回水湾。

看来，那些白色的江猪子极其聪明，它们选择了在这个十分难得的地方把你拱上沙滩。不过，它们到底是江猪子还是江中的浪头，好像也说不清楚。反正你梦的是江猪子，那就算它们是江猪子吧。

自古以来，江河的回水湾就是浮物汇聚之处。船板、断桨、木盆、树枝、竹篙，都会被风吹浪打送到这些回水湾里，这成了一些胆大而又有得顾忌的人捞柴的好地方，这种捞柴的行为被人们称为捞浮柴。这些东西捞上来就是上好的烧柴，有的甚至还是完好的家什，所以也有人称其为捞浮财。如果遇上发大水闹水灾，这些回水湾就真的成了捞浮财的好地方，柜子、桌子、风车、水车、小推车、犁耙、屋梁、檩子，甚至还有完好的船只，捞回家都是一笔不小的进项。但是在江汉平原，正经的人是不会跑到这种地方来捞浮财的。在人们眼里，这些都是不义之财，说得好听一滴，也不过是横财。江汉平原人说，穷死不捞浮财，所以捞浮财的人要么是懒，要么是脑壳有毛病，要么是心太贪，要么是缺心眼。何况，这回水湾也是死鱼死畜的汇聚之处，充满了晦气。同时，这儿也常常是人的尸体漂到的地方，这是人们认为晦气的重要原因。现在，你正瘫在这么一个晦气而却安全的地方，有极少数还剩一口气的落水者，也正是在这种地方被幸运地救起而活了下来。

你的身边，还摊着一条筷子长的被称为武昌鱼的死鳊鱼，一条死去的小白狗，它们的尸体都被水泡得鼓鼓胀胀。它们也是在你被掀上沙滩的前后被掀上来的，它们发出的难闻的臭味，不晓得你闻到有有。

据说，偶尔会有落水的人漂到这样的回水湾，他们往往会存有最后一口气，恰巧遇上捞浮柴的人，或是遇上在这儿靠岸的船只，就会得到救助，最后竟然活下来。当然，那样的巧遇都是奇迹，那样活下来的人，都是有着大福的幸运者。你也会是一个幸运者吗？你还有气吗？

江风更大了，好像把你从死亡的边缘给吹醒了。当然，也许你本就还剩一丝丝气，或者你彻底死了，这种醒了的感觉，不过是江风自己的感觉，又或都是江水自己的感觉。

这神一样的风啊。

咦——风中好像还有一种特别的声音！有错，是像有，这是你熟悉的一种风声。

这种声音，它来自离湖的柴林芦荡，来自芦花和柳絮飘飞之处，来自荷叶和篙草的清香之中，来自白鹭和野鸭的翅膀之下。呵呵……它呀，来自游击队特别小队，来自狗才理以及他手下的亚喜、水垓和幺鸡子。

狗才理和亚喜都牺牲了，那么说，如果有这种风声，就说明水垓、幺鸡子……他们还有人活着。当然，也可能是其他的战士，有好些战士也会吹这种风声，只是他们不太清楚风声的轻重长短与指令内容，他们指挥不了狗兵,但向自己的人发信号,倒是非常合适。

嗨,这是战士们在寻找自己的人呢!

那太好了,只要游击队还有人活着——哪怕只有一个人,离湖游击队就有东山再起的希望!

水垓和幺鸡子这几个小鬼,他们都是自己带到部队的,都是个顶个的英雄好汉!

你想得冇有错,水垓和幺鸡子还活着。

在调弦口对岸江堤下的野林里,游击队遭到侉老东的突然围击,你右腿和肩胛各中了一弹,你发现游击队有全军覆没之危,于是发出两三人一组四面突围的命令。你清楚在敌人数倍于己而又占据了有利地势的情况下,只有战士们根据自己的处境四面突围,才有可能活下来几个人。

水垓和幺鸡子在一起突围时,幺鸡子掉进了荒草掩盖的窄小的深沟,水垓前去拉他,发现这倒是一个藏身的好地方,干脆自己也跳了进去。水垓本就机灵,又读过五个冬学,识文断字,在游击队里也是一个小智多星,是你有心培养的后起之秀。幺鸡子读的书更多,是一个绝顶聪明的回头浪子,这套以"风声"指挥老虎队的狗兵的方法,就是这个曾经的赌神琢磨出来的,他为游击队立下了一个奇功。也许正因为他们超人的聪明,他们活了下来。

水垓和幺鸡子藏进江堤下这个半人深的窄沟里后,发现窄沟被两边的荒草野蒿全遮盖上了,而沟底又冇得水,于是,他们猫着腰,顺着深沟往西走。这儿也可说是三县的交界之处:往东是监利的地界,往西是江陵的地界，过江则是石首。这样的深沟，在荆江大堤下不时可见，一般在堤下农田的边上，在容易渗水或生白蚁的堤段，人们叫它防洪沟。防洪沟底下，还分成了浅浅的一节一节，便于夏季发大水时观察堤情，如果哪一段的沟底有积水，这段江堤就是出了问题，必须赶紧寻找渗漏之处进行堵塞。这样的防洪沟，只在夏季发大水时使用，其他时节就任其荒芜。这条深沟很长，水垓和幺鸡子西行了一里多路，才走到尽头。

水沟尽头是一个大水港，是船只入江的地方。一些要下江打鱼的船只，从内河里进入这个水港，就到了江堤边上，于是几个人抬船上到江堤，再梭下去，船就进入了长江。

水垓爬上江堤，望不见刚才的战场那边的侉老东了，便和幺鸡子继续沿着江堤西行，然后躲到一片林子里。夜深人静之时，他们各自找了两根碗口粗的枯树干，用小刀砍成三四尺长，又用搓好的草绳和树皮绑紧，做成了一个小木筏子。这样的小木筏子自然承载不起人，只能载衣服和枪，同时帮助人泅水。他们用树枝绑成一个支架，将枪和衣服支起两尺高，然后摸黑将小筏子放进江里，再全光着身子下到水里。他们就这样靠着小木筏子的浮力支撑，摸黑游过了长江。他们清楚不能待在江北，这儿是侉老东的地盘，而且刚打完仗，侉老东也会四处搜查逃走的游击队员，而江南正是游击队要去的地方。他们相信，只要是活着的战友，都会过江去寻找自己的人，再去寻找洞庭湖游击队。

水垓和幺鸡子终于过了长江，他们忍着刺骨的寒冷上了岸。他们在北岸下水的时候冷得受不了，但是过了一小会，倒是感到了一些暖和。水温本就比空气的温度要高，而水下又有得风，所以人下到水中后，反而觉得比岸上要暖和。只是等他们上了岸，却冻得牙齿直打架，人也浑身哆嗦得像神汉马脚下菩萨，站都站不稳。他们一摸，身上起了米粒大的鸡皮疙瘩。两个人哆嗦着，好半天才穿好衣服，但一直哆嗦得像打摆子一样。他们扛起枪，忍着饥饿与寒冷，沿着长江南岸江堤的南坡东行。他们要沿路寻找可能过了江的游出队员。他们在战场上撤退的时候，看见春雷背着你上了江堤。他们认为你们应当是过了长江，所以一心想找到你们。

水垓和幺鸡子一路走来，终于来到了你所在的这个洲子对面。他们不敢大摇大摆地走江堤上面，只能不时登上去张望和静听。当他们来到这个地方时，认为洲子上可能藏有自己的人，于是他们摸上江堤，下到江滩，希望能有所发现。不用说，他们又用嘴巴吹出幺鸡子琢磨出的那种特别的风声。他们一路上就是这么吹过来的，嘴巴都吹痛了。因为太冷，他们开始吹得断断续续、结结巴巴，后来身上走起了一点儿热气，这才吹得像回事儿。这种嘴壳里发出来的风声，是他们特别小队的特殊语言，是用来指挥他们老虎队的狗兵的。这种声音其实不完全跟风声一样，还是有着明显的区别，只是一般的人听了，绝对会认为是风吹荒草的声音。江汉平原哪里有得荒草？不同品种不同大小不同形状的荒草，在不同大小和不同方向的风的吹弹下，它们所发出的声音全都不一样，所以，这种声音很难引人注意。狗才理带着三个手下，又琢磨了风声的长短与次数，弄出了一套简单有效的风声指令，指挥狗兵进行侦察、送信、取物、隐藏，以及对伢老东进行袭击。

这样的风声，游击队员们听得多了，也熟悉了这种特殊的语言，一听到它，大家都晓得是自己人发出来的。所以，在水垵和幺鸡子冲江中的洲子吹出风声之时，这种微弱的声音，正好触动了你已近沉睡的意识的末梢。

水垵和幺鸡子小心地沿着江滩一路东行，两人轮换着吹出风声。他们晓得，游击队员都清楚这特别的声音，他们急切地希望洲子上能有回应。然而，他们走完了整个洲子，大约走了五里路，一丝回应也冇有收到。

幺鸡子急得不得了，水垵反而镇定下来，他说，看来，这儿即使是有我们的战友，也早离开了，这反而是好事，说明他们已经往洞庭湖去了，那样，我们离湖游击队很快就可以东山再起了。

幺鸡子高兴地说，太好了，游击队有参谋长和春雷队长，发展一定很快，我相信不用半年——等到明年夏天，芦苇篙草长高了，离湖里又有一支兵强马壮的游击队了！

你听到了吗？

你一定听到了这特别的风声，也一定听到了两个小游击队员的悄声对话。

你为么子还不发出回应？吹不出风声，你哼一声也好啊，你咳一声也好啊！

江中的洲子上，只有越来越大的风声，以及北风劲吹钢柴、芦苇和荒草的声音。

天都快亮了，水垵和幺鸡子只得将枪埋在江堤边的防浪林里。他们越过江堤，消失在黎明前的黑暗之中。

按预定的计划，游击队将从调弦口沿着长江支流，进入水网密布的洞庭湖地区。

当你的意识再次出现的时候，正是黎明前夕。但是天不仅黑沉沉的，还特别低沉，压得也更加的低，仿佛随时就要压到你的鼻子尖上。

你斜躺在沙滩上，脑壳在上，脚在下，一动也不动。你的脑壳上方的沙滩上，长着一丛芦苇，因为它们长在新淤积起来的沙上，大约是夏末甚至初秋才发起来的，还有有等到长高就遇上了霜，所以它们还有有长大就枯萎了。芦苇是一种生命力特别强的东西，它的花随风飘飞，落到哪儿，只要土地潮湿，即使有得水，也一样能够发芽生长。它们就是枯了，叶子也不垮下，而是继续保持朝天的姿势。到了来年春天，它们就发出新的芽来，长得更加旺盛。芦苇的这一滴，像极了离湖游击队。离湖游击队自马队长领头创建以来，随着你的加入，发展极快，七年时间，培养了两千五百多名游击队员。他们中的少数人牺牲在了这块土地上，大部人则分批输送到新四军第五师的主力部队。你相信，游击队现在虽然遇到了霜雪，遇到了惨重的打击，但是翻过年来，也就会跟这越发越旺的芦苇一样，重新发展和壮大。

你相信，水垓、幺鸡子或其他战士，他们去了洞庭湖游击队，一定会带上一支新的队伍回到离湖，会像刀子一样插进侉老东的心脏，让他们妄想的"皇军的江汉平原大粮仓"的黄粱美梦永远无法实现！

风来了，风来了。

是水垓和幺鸡子他们吹出来的风。

是属于离湖游击队的特别的风。

是浩浩荡荡的春风。

哦，哦哦……钢柴和芦苇开始发芽了！

看，离湖中，被侉老东烧得只剩黑乎乎的茬子的钢柴和芦苇，它们的旁边钻出了好多嫩绿的叶子。一阵风吹过，它们像变戏法似的蹿高一大截。再吹过一阵风，呵，呵呵……这鲜绿的新钢柴芦苇呀，一哈就蹿得齐腰深了。而那黑乎乎的钢柴芦苇茬子已经看不见了。那些被烧掉的钢柴芦苇生成的灰呀，它们变成了上好的肥料，使得新的钢柴芦苇迅猛生长，见风就长。

水垓他们这些小鬼，都是迅猛生长的钢柴芦苇呢，他们将遍布江汉水乡，成为抗日的新力量！

而春雷、兴虎、狗才理、横癫子，也许还有我，我们这些牺牲的人，我们就是老的钢柴芦苇烧成的灰呀。我们在地上，望着你们奋勇杀敌！

多好的风啊，它又吹起来了！

你头顶上枯萎的芦苇，它们垂下来的叶尖不时在你脸上拂扫，它们是在驱走你的瞌睡，它们不让你就这样困过去呢。而你脚下的浪，则在不住地冲刷你浸在江水中的双脚，它们在拍打你那双满是泥泞的夹鞋。

它们都要你醒过来，要你坐起来，要你站起来！

一只白鹭飞过来，收起它长长的翅膀，落在你的身边。

白鹭它长声叫道，噍咕哇——噍咕哇——

你的脑壳里微微一颤，这不是珍姆的声音吗？

哎哎……这不是么姑的声音吗？

你的这两个堂客，她们虽然出生之地不同、口音不同，甚至连民族都不同，但是她们的声音竟然出奇的一致。尤其是她们叫你的声音，简直一模一样。

骄哥啊——骄哥啊——

这到底是哪个的声音？

应该不会是幺姑的声音，幺姑都死去好几年了，她应当早投胎托生去了。再说，她的声音只能把人叫到阴曹地府去，我才不去呢，我还有好多事件冇有做完呢！幺姑，好幺姑，连珍姆都晓得我经常想起你，你不远千里从山里嫁到这平原水乡来，还有有过上好日子，你就替我挡枪子走了，我哪里不想你啊！但是你耐点心好不好，等我把离湖游击队重新拉起来了，等我们的龙伢子也能扛枪了，到那个时候，我再来陪你，你说好不好？所以，噍咕哇——骄哥啊——这不是你在叫我，是珍姆。

不好意思啊幺姑，我先跟珍姆走了。我跟她回去洗个热水澡，吃几碗热饭，今儿过小年呢，我还要吃腊肉……瘦腊肉，或者腊猪肝。幺姑你不晓得，我不能像你在世时那样吃肥肉了，菜油吃多了也会拉肚子，所以，我只能吃瘦腊肉和腊猪肝。幺姑不好意思啊，我先跟珍姆回去吃腊肉了。吃饱了，我要好好困上一场瞌睡，我好久冇有困一场好瞌睡了。自从珍姆嫁来后，她就抱着我困，特别是冬天，我的身体老是上不了热，必须她用热烘烘的身子把我捂热。

嘿嘿……弄事件？你瞎想么子，你们土家族女子真是么子都说……羞不羞啊……嘿嘿……那……毕竟是夫妻嘛。好好，我说实话，这一把大半年见不上一面，无论从哪个方面说，都该弄弄嘛。别笑我，现在打佤老东缺人啊，我总得多弄出几个小游击队员来，不然，佤老东不赶走，我哪愿意来陪你。嘿嘿……珍姆怀了两个月了你都晓得？我有有说错吧，你这个土家妹子真是鬼精灵，这回种不上也该回去嘛，今儿过小年嘛。我回去后，还要给你添点香火添点果饼么……我回去把腊肉用烟熏一熏，然后再供给你怎么样？你们土家族人爱吃的烟熏腊肉，珍姆肯定是不做的，只能是我回去做嘛……哎哎幺姑，你别使土家妹子的泼辣性子嘛，你不要拉我嘛，我说话算话，我也不等佤老东赶走了来陪你，等我把离湖游击队重新拉起来了，我就可以来了。今后打仗，我都冲在最前面怎么样？真的！真的你不要拉我。啊——你个愿我死啊，不愿我来阴曹地府啊，嘿嘿，其实我也不想那么快就来，除非佤老东将我打死我不得不来……哎哎哎，幺姑啊……你听，珍姆在叫呢。

嘹咕哇——骄哥啊——

呵呵，雪下来了。

下大雪啦，么子都看不见啦，幺姑和珍姆都不见啦。

世界全是一片白，哦——好像是一片黑。

死一样的黑……

## 八

你晓不晓得，这个时候黑夜早已过去，黎明也都过去了。

你的堂客——第二个堂客珍姆，她并冇有去叫喊你。她今儿哪有这个闲工夫啊。那在江中的沙洲上叫你喊你的，不过是一只早起的白鹭。你先前的堂客幺姑——那个替你挡枪子的土家族女子，她有冇有跑四五十里的路去叫你喊你，这就只有鬼才晓得了。

珍姆正在去观音寺街赶场的路上，别说她人冇得空去叫喊，她的魂也冇得这个空呢。也许这只白鹭，它就是死了几年的幺姑吧，不然，它怎么这么早就来到沙洲边的回水湾，又那么巧歇落到你的身边？你又不是白鹭爱吃的鱼儿，再说，即使是鱼儿，像你这么大的鱼儿白鹭也是不吃的，对你感兴趣的只有满嘴腐臭的老鸹子。

噍咕哇——骄哥啊——

珍姆冇有叫你，她在天刚亮的时候赶到了观音寺街。

跟江汉水乡所有的街市一样，观音寺街也是在河边。江汉水乡的交通要道不是陆路而是水路，街市一般都在流河上有桥的地方。街市和桥，似乎是彼此离不开的东西，有的是先有了桥然后才有街市，有的是先有了街市然后才有桥。观音寺街也在长川河边，远一滴的村垸的人，一般爱搭伙驾船前来赶场。年关这段时间，赵家塔每天都会有船来观音寺街，但是珍姆一般不会搭船。这些天搭船的人太多，过来和回去的时候，人们总是你等我我等你，聚齐往往要拖上很长的时间，珍姆哪有这么多工夫。家里里里外外都是她一个人，还有桂妹子的家，她也要操持一半，还有妇救会的事儿要忙。再说，今儿桂妹子可能就要落月，她得赶早回家。

珍姆来到青石板铺成的街市，在离桥头不远的地方占了一个位子，这并不是卖菜的好位子，但中段的位子，都被离得近的人占去了。在卖菜的人中，珍姆差不多是离得最远的，能占上这个位子，算是她起床出发都比别个要早。

珍姆要急着赶回去,将菜卖得很便宜,天大亮的时候,她的菜就卖得差不多了,只是还剩三四碗甜洋姜。这甜洋姜若在太马河街和莲台河街,肯定早被人们抢光了,观音寺街这儿的人都不熟悉珍姆,不晓得她做的咸菜特别好吃。

今儿,观音寺街上的人很多,毕竟马上就要过大年了。江汉平原有的是土地,所以小集市的街道也不算窄,青石街道大约有两丈宽,两边是店铺和人家,早上卖菜的人沿着街道两边一摆,中间的路也就只有丈把宽了,算得上是人挤人了。菜场上除了卖鸡鸭鱼肉蔬菜和粮油酒水的,还有卖铁器刀具的、卖竹器木器的、卖自织土布的,也有卖野鸡兔子的、卖猪仔牛羊的,场上五行八作,样样不缺。街上叫卖声和讨价还价声响成一片。

声音最响的是一个卖狗皮膏药的,他刚一到,大嗓门就响了起来。这个精瘦的男将光着上身,卷裆裤的腰间扎一条红布带。他在桥头辟出碾盘大的一块场子,在那里一边耍功夫,一边卖治跌打损伤、风湿脓疮的药和补肾壮阳的药。这个卖狗皮膏药的又是大叫大喊,又是用力拍打自己的胸脯,还用刀子划破自己的手臂,然后,他用他那包治百病的祖传秘方宝药现场给人治疗。他将药一抹,胸脯上被自己拍出的瘀紫消除了,又将药一抹,那刀痕叠着刀痕的手臂上的新伤口上,刚才流着的鲜血也止住了。他的药摊前,很快围了大群看热闹的人。他叫得更起劲了:

走江湖,闯江湖,哪州哪县我都过。从丁冲到黄鸭头,一斤卖膏药,

771

二不卖打药，只卖来自峨眉深山的中草药。

常言说得好，腰杆痛，吃杜仲。夜尿多，吃蜂枯。四肢无力，吃点五味子加枸杞。

在下今儿不卖新药，不卖陈药，不卖不新不陈的药，只卖祖传十三代的"隔山浇"。

么子叫"隔山浇"？各位朋友你听好。撒尿撒不高，就吃"隔山浇"。吃了"隔山浇"，尿撒八丈高。站在地上，撒到床上；站在床上，撒到蚊帐顶上；站在蚊帐顶上，撒到屋顶上；站在屋顶上，撒到屋后的山上；站在屋后的山上，撒到长江大海上。

要问此药怎么吃，那各位朋友听仔细。此药吃起来方便，跟你吃饭喝水一样的。有酒泡酒，无酒泡尿，无尿泡茶；如果你酒也有得，尿也有得，茶水也有得，你就像吃枯豌豆一般，给它来个干嚼。

这个卖狗皮膏药的，隔珍姆也就五六个摊子，走到这儿的人，注意力都被他拉走了，多少影响了她的生意。珍姆正想干脆收摊，就见木桥上下来几个背枪的人。打头那个，正是诨名"九头鸟"的三九麻嫩。

前几天，听说三九麻嫩从游击队里开小差摸回家，被侉老东抓住，冇有想到今儿会在这儿出现。

三九麻嫩穿着靛蓝色的长棉袍，斜挎一支崭新的匣子枪，身后跟着两个扛长枪的乡丁，隔上几步，还跟着两个侉老东，两个侉老东后面又跟着四个乡丁。

珍姆的心一震，这三九麻嫩还真是个九头鸟，一时是"黄卫军"，一时是游击队，现在又不知是一个么身份，反正又跟侉老东搞到了一起。他这个人本质也不算拐，就是一根墙头草。他既想出人头地，还想发家致富；他既恋堂客，又在外面风流；既和侉老东打搅，又和游击往来。看样子，他是见侉老东清湖来得厉害，便从游击队那边开了小差。珍姆见他这副样子，好像是又做了么子官。她想，他该不是出卖了游击队吧？而且，这观音寺街上，一直很少有侉老东出现，今儿到底是出了么情况？

珍姆以为，三九麻嫩这群人会停下来看卖狗皮膏药的热闹，又因为一个人在问她的甜洋姜，她就不好急着离开。等珍姆又卖山　碗甜洋姜时，三九麻嫩已经走过卖狗皮膏药的地方，正向她这边走来。珍姆看了三九麻嫩一眼，三九麻嫩也正好在看她。珍姆眼里露出冷意，就埋下了脑壳。他们以前见面，都是三九麻嫩笑着打招呼，珍姆不晓得自己今儿为么子特别不想理他。

珍姆看出，三九麻嫩以前干"黄卫军"和游击队时，样子都很神气，这个脸皮厚而又开朗的家伙，遇人不分贵贱，对哪个都是一张笑脸，这也是人们叫他九头鸟的原因。可是今儿，他的神气半点都冇得了，不仅腰板不直，麻脸上也无精打采，就像将要刷生漆的家具，提前刮了一层腻子灰。

三九麻嫩似乎不敢正眼看人，他的眼睛都垂在脚面上。在他与珍姆的眼光相遇之时，他眼里有一种复杂的光：好像是要躲闪，又好像是想说么子话；既像是做了亏心事，又像是怀着委屈。当他走到珍姆的摊了前时，脚步停顿了片刻，似乎是想停下来，又有些不想，看起来拖泥带水。

三九麻嫩到底说话了,他只轻轻说了一句,兵荒马乱的,哪个也不晓得会出么子事,不要随便出门,出门就要早一滴回家。

珍姆听见旁边的人在接应三九麻嫩的话,他们嘴里说着是,既像恭敬致谢,又像是勉强应付。

珍姆感觉到,他这话,看上去是对大伙儿说的,却又很像是对她说的。她觉得,这三九麻嫩好像话里有话。

珍姆冇有再看三九麻嫩,这是她与三九麻嫩最尴尬的一次相遇。她低着脑壳,只见三九麻嫩脚上的那双夹鞋,有些拖沓地迈过了她的摊子。

三九麻嫩脚上的这双青布夹鞋,是他堂客二梅回赵家堉娘家时,从珍姆这儿脱过去的鞋样。从他的堂客带来的一只旧鞋来看,他的脚比永骄的脚要长一滴瘦一滴,毕竟是从来冇有打过赤脚的读书人,脚长得比别人的要秀气。珍姆在帮二梅脱鞋样时,将鞋底的长加了半指,宽减了半指,鞋帮的大小则原样不变。后来二梅说,三九麻嫩穿着十分合脚,对珍姆佩服得五体投地。二梅还说,三九麻嫩不仅夸珍姆的针线活出众,还要她学着珍姆做人处事,说是十里八乡的女子,他就敬珍姆一个。他甚至还说,看见别的好看的女人他会歪想,只有珍姆,他一直是当观音神仙来看的,见到她就会起敬重之心。

珍姆自己清楚,这样看自己的男将也不光有三九麻嫩,她历来是一个受人尊重的女子。珍姆晓得三九麻嫩说的也是真话,他每次见到她,都毕恭毕敬、规规矩矩,少见地显出知书识礼的样子来。其实他也读了好几年的书,在整个长堤垸,除了厚基族长和死去的鼓痴,三九麻嫩可算得上大半个读书人。他的家境也算中上，也有得么子害人之心，只是从小受宠爱过多，长大后好吃懒做，不愿做田场的生活，长年到处做田产房屋中人，练就了一副八面玲珑的嘴脸。他又特别好面子，喜欢充能人，生怕别个低看，所以他心里的弯弯转转就多，话也特别多，因此不大受人待见。

珍姆听说过，三九麻嫩小时候定过一门娃娃亲，快要成婚时，那个女伢子掉到湖里淹死了，后来他就一直说不上媳妇，人家不是嫌他人品差，就是嫌他好吃懒做。三九麻嫩呢，他自己一脸麻了，却也还挑精选肥，这个看不上，那个不中意，一直到了三十出头，他才相中了业化的二丫头二梅。二梅是死了丈夫外带生过一个儿子的小寡妇，但是长相出众，人也能干，也算是个女人尖子，加上她比三九麻嫩小上七八岁，所以三九麻嫩铁了心要娶她。业化是个本分人，虽说嫁出去的女泼出去的水，但赵家毕竟是十里八乡受人尊重的大族大姓，业化十分顾忌三九麻嫩的名声，一直不肯松口，无奈媒人三天两头上门，二梅自己又愿意，他只好去向厚基族长讨主意。厚基族长是个正派的读书人，遇上这样的事就有些左右为难。厚基族长不大喜欢三九麻嫩，但也不想坏他的好事。俗话说，宁毁一堵墙，不毁一段婚，厚基族长也希望有情人终成眷属，但是他族长的身份在那儿，万一将来有么子不好，对他管理这个大族大姓确实不利。

厚基族长突发奇想，叫业化让他堂客去问一哈珍姆。他说珍姆是女人里头的榜样，她对这些事，看得常常比男将都要透。厚基族长算是打了个迂回，他清楚，珍姆一定不会坏这段姻缘，这样，在人道上他族长就不会亏，在地方教化上，他也有得么子给人说的，可谓两全其美。业化的堂客去找珍姆，果然如厚基族长所料。珍姆说，只要他们两相情悦，那就是有缘分，姻缘劝拢不劝开，所以做父母的要想得开一些。因为这事，三九麻嫩两口子都十分感激珍姆，也晓得了厚基族长的良苦用心。从此，三九麻嫩对珍姆更是敬重有加。

还有一件事，三九麻嫩也十分感动。

长堤垸一直是抗日先进垸子，各村垱群众的抗日热情很高，帮助伪军家属的活动四处开展。王家老爷垱的妇救会做得有些过火，经常要伪属开会学习。所谓开会学习，实际上就是开斗争会，三九麻嫩的堂客二梅被斗争了几次，后来她就躲到娘家来，王家老爷垱的妇救会还是不放过她，带了十多个女人来抓她回去，她只好躲到珍姆家来，她认为只有珍姆能够帮她。珍姆了解到，王家老爷垱的妇救会组长，一直对长得好、人能干、穿得漂亮的二梅心存妒意，便借着帮助伪属的名义整她。珍姆就出面说公道话，她说王三九是王三九，他堂客是他堂客，二者必须分开对待。妇救会可以给他堂客做思想工作，让她多劝丈夫反正，而牵连和批斗威吓的做法，不符合抗日政策。三九麻嫩的堂客这才逃过一劫。

后来，三九麻嫩拖枪投游击队，人们都说珍姆也功不可没。

此时，三九麻嫩后面还跟着两个侉老东，珍姆便装着埋头收拾箩筐里的东西，打算等侉老东走后再收摊走人。可是，她听到沉重的皮靴声停在了她的箩筐前，两双肥大的翻毛皮靴朝她立住了。

侉老东用生硬的中国话说要买货，也就是要买她的甜洋姜。

引起侉老东注意的，其实不光是甜洋姜的香味，更重要的，是珍

江汉谣歌

姆的脑壳垂下时露出的细白的颈脖。珍姆虽然生过一个伢子,现在又怀着两个多月的身子,但是看上去还是那么水灵。珍姆不能不理睬佟老东,她只得低着脑壳,硬起头皮,把剩下的甜洋姜全部递过去,说是不要钱。她想的是快一滴脱身,可是佟老东想的刚好相反。

一个留着小胡子、肩上缀着一杠两星的佟老东军曹,突然用满是黑毛的手抓住珍姆的手,用生硬的中国话夸她漂亮。珍姆用力往外抽手,小胡子军曹却越拉越紧。

这时,三九麻嫩转身冲小胡子军曹说,太君,时候不早了,大家都在等着我们举行挂牌呢。

小胡子军曹看来冇得么子官职,这从他背的是长枪可以看得出来,当官的佟老东配的都是手枪和长长的军刀。

小胡子军曹听了三九麻嫩的话,虽然很不高兴,但还是松开了珍姆的手。看来,三九麻嫩的身份虽然低,但还算有一滴地位。小胡子军曹临走的时候,还色眯眯地嬉笑,并掏出一块银圆,丢进了珍姆的箩筐里,然后和另一个佟老东一边吃着甜洋姜,一边目中无人地走了。

珍姆向三九麻嫩投过去感谢的一眼。三九麻嫩鼓了鼓眼睛,示意她尽快离开。

两个佟老东在乡丁的簇拥下,跟着三九麻嫩向正街走去。有人说,他们这是要去成立维持会,佟老东逼三九麻嫩当维持会长呢。还有人说,佟老东是故意让三九麻嫩当这个维持会长的,是想让游击队把他杀掉,他们借刀杀人的目的,是要人们能听从佟老东的。

在江汉平原,维持会长是冇得人愿当的。佟老东出于"中日亲善"

和征粮征劳力的需要，在占领区的各个乡镇，都会找在当地有一定影响和能力的人，通过威逼利诱，让他们当维持会长。

观音寺乡是敌我交错的一个乡，情况最为复杂，侉老东一直冇有完全控制这个乡，何况这个以长堤垸为首的乡，"刁民"最多，他们一直找不到合适的人当这个维持会长。负责观音寺乡的侉老东小队长，正为哪个来当维持会长的事儿犯难，见到被抓住的三九麻嫩，于是病急乱投医，觉得他是最好的人选。三九麻嫩不仅是长堤垸人，还是最顽固的赵家垴村的女婿，而且，他以前还当过"黄卫军"小队长，并且还在观音寺街上驻扎过。他们虽然有冇从三九麻嫩嘴里得到像样的情报，但还是决定先利用他。

昨儿，鬼子击败了离湖游击队，侉老东小队长便马上命令三九麻嫩走马上任。

三九麻嫩以前背叛过侉老东，但背叛的不是现在的这群侉老东。新官不理旧事，新来的侉老东小队长只想先应付眼前的事儿再说。而且，三九麻嫩现在脱离了游击队，也正好可当个榜样，由三九麻嫩来宣布游击队全部被歼的消息，也可以更好地打击中国人的精神。

侉老东的这个小队长也并不放心三九麻嫩，于是特地派来了两个侉老东进行监管，为首的就是这个小胡子军曹。

军曹是侉老东队伍中一个特别的职位，他们是经验丰富的老兵，因为冇得么子文化，几乎不会有升职机会，但他们是基层的骨干，相当于副班长的角色，地位常常比一般的尉官都要高，他们大多也是一些老兵油子。

这个小胡子军曹，虽然不过是一个大头兵，却是这个乡最重要的角色，他也是可以管维持会长的。当然，为了体现对中国人的友善，他还是装出尊重维持会长的样子来，这方面，小队长对他也有明确的交代。小胡子军曹也清楚，这个三九麻嫩，并不是一个好对付的角色，他既然在"黄卫军"和游击队中都能管三四十个兵，又有点文化，还带点痞气，也算是个老油条了。

小胡子军曹在三九麻嫩催他快走时，心里虽然不舒服，但总算给了面了。毕竟，督促成立维持会，是上司交代的重要任务，而这个麻了本又不愿当这个维持会长，要是出了么子差错，他也是有责任的。只是他一边走，一边心里痒痒的。他要求来这个远离据点的乡镇，也有他的目的。他跟小队长合不来，相互之间都拿对方冇得办法，小队长便让他来监督维持会。这样，小队长甩开了一个碍事的兵油子，小胡子军曹也得了一个美差，他可以不受约束，逍遥自在，好吃好喝，找找花姑娘，他差不多就是一个土皇帝了。让他冇有想到的是，他太小看这个有几分斯文的麻子中国人了。小胡子军曹看出来了，三九麻嫩跟一般的中国人还真不一样，他跟他一样有些痞气，但是却十分有心计，这两天见他待人处事，好像对哪个都在笑，却又透出自己的地位，显得有些不卑不亢。小胡子军曹心里厌烦他，可是三九麻嫩做得却毫无破绽，他也不好发作。

珍妍收拾好东西，顺势将手在地上摸了一把，在脸上擦了几哈。她看不到自己的脸，但从旁边人会意的笑中，她清楚自己的脸，一定成了脏兮兮的样子。自从伢老东来后，年轻女子出门时，常常会在脸上抹上锅灰之类，以防遇上见色起意的伢老东。今儿，珍妍出门前也犹豫过，但想到观音寺街还冇有出现过侉老东,一向爱干净的她就冇有把脸抹脏,现在想来,她还真有些后悔。女人的漂亮是给丈夫看的,在外面脏点丑点无所谓,自己真不该那么讲究。她挑着箩筐来到街上,购买她想要的东西。她想好了,桂妹子一落月,她就再冇得时间上街了,所以就决定把过年要的东西,提前都买了。现在观音寺街上有了侉老东,成了是非之地,今后也不能再来了,更应该多买些东西回去。她在街上差不多转了小半天,才把一应的东西买得差不多。

珍妯正要回家,听见街中响起了锣声。不一会儿,几个乡丁有气没力地一边打锣一边叫喊:

皇军在调弦口对岸全歼新四军游击队,见到逃脱的游击队员不准窝藏,违者杀头,举报有赏!

观音寺乡治安维持会今儿成立,将负责维持本乡的社会治安,请乡亲们多多拥护!

一听说游击队在调弦口对岸被侉老东全歼,珍妯不禁心惊肉跳,就像心上拴了绳子,被人猛地扯了一把。她想,骄哥和春雷他们恐怕出事了。她回想刚才三九麻嫩从她身边走过时说过的话,琢磨来琢磨去,好像是指永骄生死未明,叫她先沉住气,这说明侉老东冇有具体说永骄死了,但是她还是十分难过。

珍妯失魂落魄地急着往回赶,在经过维持会征用的那间民房时,见到三九麻嫩和那两个侉老东在屋里,她看见他们都望向自己。特别是那个精壮的小胡子军曹,眼睛色眯眯的,像是着了火,而三九麻嫩的眼睛里,则带着无奈与忧虑。另一个侉老东小兵,可能是见珍妯的脸上变脏了，看穿了她的用心，也不怀好意地冲她古怪地发笑。

珍姆一低头，快步走过了维持会的门口。这时她十分后悔，自己因为心里伤心和担忧，忘了应当绕过维持会的门口。

今儿像是出了鬼，以前哪会这样乱方寸。

珍姆的心里跳得像打鼓，眼睛皮子也无端地跳起来。

眼皮子跳，灾祸到。珍姆揪心地想，永骄他们不会有事吧？

## 九

观音寺街不大，人却不少。珍姆走得急匆匆的，脚下的路就好像不平似的，她走得有些跌跌撞撞，这使她挑着的两只箩筐不时碰到人，惹得人一连声地叫。有一个嘴壳毒的竟说，你这是赶着上杀场啊！腊月腊时这样咒人，实在太恶毒，珍姆本想理论一番，但她哪有这个工夫与心情。为了不让箩筐再碰到人，她干脆将箩筐里的东西腾到一只箩筐里，将装了东西的箩筐，套叠进空箩筐里，然后将箩筐系绳挽到扁担上，再将扁担斜竖着扛在肩上，套叠着的箩筐，就半扛半背地靠在了她的背上，她走起路来利索了不少。

终于，珍姆脚下的街道由青石板变成了粗砂子，算是出了正街，不再那么拥挤了。这时，她的身上已出了一层细汗，她只得将斜襟袄子解开散热。出了街头，砂子路又变成了黄土路，她终于松了一口气。对比青石板路和砂子路，黄土路走起来轻快多了。只是珍姆心里却像揣了个大秤砣，沉重得叫她喘不过气来。乡丁刚才敲锣叫喊游击队被全部打死,又说不准窝藏逃脱的游击队,所以也不晓得他们说得真假。平常,佬老东为了吓唬老百姓,总是夸大其词,打死几个人说成几十个,打败说成全歼,老百姓都习以为常了。但是,宁可信其有,不可信其无,游击队现在势单力薄,全部遇难也说不准。这样一想,珍姐就十分伤痛。

从观音寺街上回家,珍姐还是有有走大路,大路是沿着长川河的,拐了一个很大的弯。珍姐走的,还是那条田野间的小路,不过这条小路走的人多了,也差不多成了一条主路。前面路上的行人稀稀拉拉,有的是迎面而来的,有的是被珍姐超过的,他们都有些奇怪地看珍姐,觉得这个女人一双解放脚走得飞快,衣襟也敞着,好像有特别急的事儿。

珍姐何尝不想慢滴儿走,她肚子里还怀着两个多月的小伢呢!但是她本就是个急性子,何况她心里又装了游击队的事。她要回去跟厚基族长和马倌兴权说说,让族里派人去调弦口对岸和一弓堤一线打探真相。游击队里,大多是长堤垸一带的子弟,厚基族长也一直十分挂记。

箩筐扛得久了,珍姐的肩有些发痛。她这时才发现自己给急傻了,出了街,路宽得很,人也少得很,早应该将箩筐由扛改为挑了,扁担一头一只箩筐,重量平衡,又可随时换肩,要轻松许多。她马上停下来,将箩筐从肩上卸下来,弯腰将两只箩筐分开,准备改扛为挑。就在她弯腰的时候,身后的情况令她睁大了眼睛!她看见两个佬老东和一个乡丁,正快步向这边赶路,看样子,他们绝不会有么好事。她的心突然一紧,仿佛被人一把捏住了,怪不舒服。她觉得这三个家伙好像是冲自己来的!

在这一瞬间,珍姐背上刚才冒着的热汗,突然变成了冷汗。刚才还有劲的小腿肚子,也突然发起软来,几乎快要支撑不起她的身子。她再留心一看，那两个佫老东，好像正是刚才在街上遇到的那两个，他们在菜场上拉扯过她的手，又在维持会的门里不怀好意地盯过她。看来，今儿他们是像溏鸡屎一样地粘上她了。

珍姆不顾背上冷汗压着热汗，下意识地扣好棉袄的袢扣，挑起担子就往前赶。她见前面大半里远的地方，有两个男将在赶路，她就想赶上他们做个伴、壮个胆。她的心怦怦地跳得像打鼓一般，脑壳里面的脑仁像被东西裹得紧紧的，脸上也现出惊惶之色。她希望佫老东是去办别的事，而不是针对她，可是她清楚，这种希望几乎是妄想。作为长堤垸的妇救会主任，她清楚佫老东要下乡办事，多半是让"黄卫军"和乡丁去办，何况他们现在才两个佫老东和一个乡丁，不像是去公干的样子。

想到他们在街上时的行径，珍姆就确定他们是奔自己而来的。奔她来搞么子，那是不用说的，佫老东四处抓花姑娘的劣迹数都数不清，他们还能搞么子人事？珍姆真希望有游击队突然冲出来，撂倒这两个佫老东，可是这也是做梦。从今儿的情况看来，游击队在调弦口对岸被打得全军覆没，十有八九是真的了。有游击队在离湖一带的时候，佫老东哪里敢三两个人下乡——出门时至少是一二十人，人少，他们害怕游击队的突然袭击。

珍姆挑着一对箩筐紧走，身上冒出的汗使衬袄都贴在了肉上。在一个小拐弯处，她往后一看，两个佫老东离她不到半里远了，那个乡丁则被远远地甩在了后面。不用说，这两个佫老东的目的，已经确定无疑！

珍姆希望后面能有一大群人赶路过来，但是她看到那个落在后面的乡丁身后，也只有远远的三个人影。她不晓得这些人会不会帮她。不过，就是他们要帮，也不一定能有多大的作用。侉老东带着枪，老百姓不敢冒犯。再说，有血气的男将，大都参加了游击队或自卫队，剩下的，要么是老老实实的糯米坨，要么是上了年纪的，他们能有多大的勇气冒犯侉老东？

珍姆顾不上矜持地小跑起来。

侉老东见珍姆发现了他们的企图，干脆露出了他们的真面目，由快步变成了小跑。

站住！侉老东大喊。

珍姆不吭声，她咬紧牙，跑得更快了。

咚咚咚咚……侉老东紧跑起来，两双皮靴的声音响得像炸雷一般。

侉老东一边大步奔跑，一边叽里哇啦地叫。因为急，侉老东不再说生硬的中国话，叫的全是他们的鬼话。

珍姆身前身后的两只箩筐猛烈地东摇西晃，里面的鱼肉、鞭炮、布料、香烛、纸钱、年画、红糖等等，纷纷地飞落出来，掉得一路都是。珍姆拼命地往前跑，本能地大叫救命，然而，她的呼叫声和侉老东的叫喊声，以及急促的脚步声，反而吓得她快要追上的两个男将也向前奔跑起来。于是，在这段路上向西的方向，最前面跑着两个男人，接着是珍姆，再接着是两个侉老东，侉老东后面是一个乡丁，乡丁后面是三个不明身份的人。

珍姆的心一横，扔掉两只箩筐，只留着一条扁担，准备随时拼命。她不再顺着原来的路向前跑了，而是拐了一个弯，顺着一条小路向西北方向奔跑。西北方向是往王家老爷坮去的，那儿不远处，有一个前几天干过塘取过鱼的鱼塘，塘里的水加上塘底的淤泥，最多也就没过膝盖，珍妞准备跳到那个塘里去。她已下了拼死的决心，绝不能让这两个侉老东得逞！她清楚自己跑不掉了，也跑不动了。要是肚子里有得胎儿，她也许还会往前跑，争取活下来，现在，她晓得自己的一条命算是保不住了。她跑到水塘中间去后，侉老东肯定要开枪。

珍妞现在只有求死了。

珍妞跑得越来越慢了，脚上的鞋也只剩下一只了。她跑得心几乎都要从嘴里蹦出来了。她听到侉老东的皮靴声响得震天动地，仿佛发生了强烈的地震。这声音把她的耳朵里灌得满满的，同时还猛烈地冲击她的耳鼓，直要往她的脑壳里钻！

侉老东也看见了前面那个大鱼塘，他们大概也明白了珍妞的想法。侉老东在追赶中国女人的时候，这些女人跳河的跳井的跳崖的，么样的都有，用脑壳撞墙撞柱子的则更多。他们真不明白，她们为么子把身子看得比命还重。跑在前面的小胡子军曹习惯性地举起枪来。这时，后面有人大声喊叫，太君，不要开枪！不要开枪！小胡子军曹回头看了看，恼怒地皱起眉头。原来，竟有三个不要命的中国男人追了上来。而这追上来的不是别个，正是刚刚才上任的维持会长三九麻嫩，还有他手下的两个乡丁。三九麻嫩跑得有些东倒西歪，身上的长袍也绊着他的两条腿，这使他奔跑的样子就像一截斜着的木头，显得笨拙而滑稽。他一向有冇干过么子活，身体本就不怎么结实，他冇有跑多远就气喘如牛、口干舌焦。

小胡子军曹恼怒地停下来，他晓得这个麻子是铁了心要坏自己的好事，他早就恨不得杀了他。早晨在街上时，他就打起了那个卖菜女人的主意，却被这个麻子以马上要举行维持会成立仪式为由硬将他催走。他人虽走了，心却更切地留在了这个漂亮的女人身上，走了几步，他才想起一个主意，应当以新四军游击队探子的罪名将这个女人抓走，等维持会的成立仪式结束了，那不是想怎样就怎样。他只得怪自己每临大事，总是在事后才想出解决的好办法，他在部队上也是这样，否则他早当上了曹长，不会混到现在还是一个老军曹。他决定等维持会成立仪式一结束，再来街上找这个女人，又担心这个女人早离开了街市，所以整个上午，他一直心绪不宁。仪式结束后，他的心又闹腾起来，他正要找个借口上街，哪晓得这个女人竟然出现了，于是，他的欲火立刻又烧了起来。他跟麻子会长说是要去逛街，带着手下的小兵就要走。他晓得麻子会长看出了他的意图，因为麻子极力劝他先喝了酒再逛街，并表示要陪他。他哪里再耐得住性子，他说不喝这个庆祝酒了，他自己到街上去喝，并拒绝麻子会长陪同，然后，他带了手下的那个小兵，大步就向街市的方向走。麻子只好说，太君不喝酒，我们自己也喝着冇得意思，等一会儿我回乡下老家算了，刚好我的老姆妈病了，我要回王家老爷台去。

这个时候，三九麻嫩就决定要保护珍姆了。

小胡子军曹才不管他呢，只管往街市上走。他甩掉了麻子会长，带着小兵拐过一条巷子，从街后又拐向维持会的方向。跟着的小兵有些不解，他便告诉他，是要去追那个漂亮女人。小兵一听乐坏了，爹开大嘴巴，乐颠颠地走得脚下的皮靴咚咚震响。

现在，他们终于要抓住这个漂亮女人了，可这个臭麻子竟然跟过来了。他听这个麻子说过,他的家就在这个方向的离湖边上,他也说过要回家看他的老姆妈,但是,小胡子军曹想的,是这个臭麻子成心要坏自己的好事。小胡子军曹再也按捺不住心中的怒火,他歪咬着牙,迅速拉开枪栓,扣动了扳机。

小胡子军曹的枪声响过,同时倒下了两个人。这两个人一个在东,一个在西北,一个是侉老东身后大半里路的三九麻嫩,一个是跑得离水塘只有七八丈远的珍姆。其实他们两个人都有中弹,小胡子军曹的这一枪,是向三九麻嫩那边开的,但是他的枪口是向上的。小胡子军曹虽然恨麻子会长恨得牙齿发痒,但他毕竟是一个职业军人,他清楚上司为找一个合适的维持会长,费了好几个月的劲,上司再三交代他不能对这个麻子失礼,不能坏了"中日亲善"的大事,而且还要他保护好他的安全,因此,他还不敢轻易杀掉他。他不过是警告三九麻嫩不要多事。

小胡子军曹见三九麻嫩只听到枪声就倒了,不禁歪咬着嘴唇,轻蔑地狞笑起来。他相信这个怕死的家伙再也不会过来了。他太了解这种被称为汉奸的中国人了。果然,他见那个被他们用在后面的乡丁也停了步。这个乡丁晓得,他们马上就要抓住这个漂亮的女人了,他不能再近距离地来看他们怎样对待这个女人。

这个女人为么子也倒下了呢?小胡子军曹认为,她也应当是被吓倒的,他相信,她跟过去那些被他追赶的中国女人一样,魂魄早已经被吓掉了,只等他去享用了。

小胡子军曹得意地想,这个女人既然吓瘫了,那就很好对付了。这样被他吓瘫的中国女人,他自己都数不过来了。他用发黄的眼睛瞥了瞥站在身旁的小兵，小兵马上明白了他的意思，赶紧会意地后退了两步。这个侉老东小兵也跑累了，他干脆坐到了地上，大口大口地喘息，准备先歇歇气，补充一哈体力，等一会儿也好好地快活一把。他们这样配合已有两次了，抓到中国女人，小胡子军曹满足了，小兵再接着上。

这个小兵还掏出烟来用打火机点上，他清楚军曹需要的时间不短。

珍姆不是被枪声吓倒的，她是被地上的一个小土堆给绊倒的。

她的一双解放脚跑了这么远的路，右脚又只穿着袜子，这只脚实在抬不高了。她不晓得小胡子军曹是向三九麻嫩那边开的枪，也不晓得三九麻嫩从后面追了上来。在侉老东的枪声响过之后，她终于松了一口气。她以为自己中弹死掉了，也就不再动了。可是，接下来周围的突然安静，却使她马上清醒过来。她冇有死，她睁开眼睛还能看到地上的泥土，她的鼻子还能闻到泥土的土腥味儿。她正困惑自己到底是死了还是活着，又听到侉老东的皮靴声一步一步地响了过来。这回，侉老东的皮靴声响得不紧不忙，那是一种坛子里捉乌龟般的稳当脚步。看来，侉老东是认为她吓傻了、吓晕了，甚至是吓死了。

珍姆本能地爬起来就跑。她本能地用一只手护在摔痛了的肚子上，她想，胎儿怕是保不住了。

珍姆跑的时候，冇有忘记拖起地上的扁担。随着她的跑动，扁担头在地上拖起一路灰尘，扁担拖过的地方，草筋不断地一路弹跳，泥尘不断地一路飞溅。这是一条极好的楠竹扁担，是永骄去长阳山里放排时亲手做的，上面带着他留下的刀斧痕迹，也带着他的手和肩头磨出的光亮，还带着他的汗味儿。

珍娴要用丈夫做的这条扁担，对付追上来的侉老东。

小胡子军曹眼见这个漂亮的女人就要到手了，笑得嘴壳大张，上下牙齿牵上了好几条浓稠的涎丝。可是，他冇有想到这个女人突然又爬了起来，一只脚穿着鞋子，一只脚穿着袜子，继续向前面的水塘跑去。她跑得虽然很慢很吃力，但离水塘已经很近了。他晓得这个女人一跳到水塘里去，她就是不想要命了，而他除了开枪打死她，是不会跳下去抓她的。他想，一大早就盯上了这个女人，真是太可惜了。

嗯！死了也不放过她！

小胡子军曹突然生出一个恶念。他狠狠地想，这样不放过被打死的女人，也不止一次了！

小胡子军曹以军人的果断和冷酷，很快地举起了枪。他不想让自己一大早就打算好的快活事化为乌有。他追了这么远而让她跳到水塘里去了，就亏得太大了！

珍娴离水塘只有一丈多了，她已经攒足了力气，作好了跳下水塘的姿势。然而就在这时，小胡子军曹的枪再次响了。

珍娴的右背上中了一枪，子弹猛烈的推力使她朝前扑倒下去。在扑下去的一瞬间，她下意识地想飞起来，飞到水塘里去。但是，她却被一根只有虎口粗的小枸树挡住了。小枸树被珍娴撞得向水塘歪过去，却成功地挡住了扑向水塘的珍娴。在珍娴倒在地上的时候，小枸树又弹了回来，晃下几片残存的枯叶，将它们摇落在珍娴的头上和背上。

珍娴昏了过去，又仿佛是死了。她感觉自己被翻了一个身，接着裤带被抓住，再接着是一个冰冷的硬东西压到了小肚子上，它往上一挑，

789

裤带就断散开了。这是永骄用过的一根红裤带,是在他犯太岁那年她给他做的。前不久,因怀了身子,她也想用它来驱邪,也想借丈夫的气息来保护肚里的伢子,她便找出来自用,冇有想到这条驱邪的红裤带,最终却还是驱不了邪。她感到裤子被重重地撕开,又被重重地往下扯,扯不下去了,就感觉脚上剩下的那只鞋被扯掉了,裤子接着也被扯脱了。立刻,她感到两条腿被风吹得冰冷。她想挣扎,但是身子却变得像千斤重的石头。她的脑壳里嗡的一声,一股腥热的浆汁从喉咙里猛地涌了上来,嘴里充满了一股热热的甜丝丝的味儿。

痛苦与绝望,使珍姆吐出了鲜血!

一个沉重的东西压向珍姆,死死地将她压紧,压得她嘴里腥甜的浆汁挤了出来。她闻到一股热烘烘的臭气,那是烟臭、口臭、牙缝里食物残渣的臭混合的臭味,无比的恶心,令她翻胃作呕!终于,一种本能的意识,使珍姆突然清醒过来。她用力睁大眼睛,看到一双凶狠邪恶的黄眼珠,就像她以前在洲上的草丛遇到的野狗的眼珠。她眼里除了这对浊黄的野狗眼,其他么子也看不到。她本能地张嘴就咬,咬到的应当是鼻子,她立刻听到了野狗般的嚎叫。接着,她某一边的脑壳猛然遭到重重一击,脑壳里一声轰响,就又昏死过去了。

珍姆嘴里的腥甜的浆汁就不断地直往外涌!当一个东西挺进她冰凉而干燥的下身时,她突然有了清晰的意识。而正是这意识的清晰,又紧接着使她的意识猝然中断。在意识中断的那一瞬间,她感觉脑壳骤然张大,大成一个巨大的空壳,大得无边无际,大成一片漆黑的空蒙。

黑天!

这是珍姆残存的一丝意识发出的一声呼喊，虽然无声，也十分模糊，却像是秤砣砸在心上，沉痛无比！

灰沉沉的天上飘起了雪花。

雪花早就飘起来了，在珍姆弯腰调整箩筐发现佤老东时，它就飘下来了。只是在那个时候，雪花被她忽略了。

三九麻嫩也发现天上飘起了雪花。

三九麻嫩被佤老东的枪声惊倒之后，并没有立刻爬起来，而是脑壳里飞快地转了起来。在这短短的一刻，他想到了很多很多。他想到为了改变自己在村人心中低下的形象，为了在乱世中挣点家业，他脑壳发昏，随一个"利"字当头的朋友当了"黄卫军"；他又想到在游击队的教训下，他清醒地认识到，佤老东哪怕是能在中国待上一百年，但最终也是要走的，而他的祖坟、他的身骨、他的子子孙孙，始终是离不开这块土地的；他还想到自己从游击队开了小差，以为从此就可以苟且偷安地过自己的小日子，却不料很快就被佤老东抓住，他架不住皮肉的痛苦和牵连父母的威胁，招出了游击队的人数，也承认了游击队有可能会向江南转移。他晓得，不管自己有没有出卖游击队，他已是无法向人洗清自己了，他已做好了以死明志的准备。他除了找机会杀向鬼子，再没有第二个办法来洗刷自己的清白与耻辱。而这个时候，正好佤老东逼他当维持会长。他以生意人的本能算了一笔账，如果当维持会长，他就不仅可免受皮肉之苦，还可以借这个身份做点大事，也可以先安排好家人，那样要划算得多。他其实也不怕死，只是很怕受皮肉之苦，他觉得要死就死得痛快，一颗子弹或一颗手榴弹送掉他的命，他倒是一滴都不怕。于是他装着十分勉强的样子，答应做这个维持会长。他计划找一个机会来炸侉老东的军营，或是烧掉他们的军火。总之，他要做一件轰轰烈烈的事，然后再去死。为此，他将当"黄卫军"时给堂客二梅防身用的一支勃朗宁小手枪时刻藏在身上，里面压满了七发子弹，准备随时给自己一个痛快。他要让那些一向看不起他的人看看，他王三九到底是么样的人。他要让子子孙孙永记得，他也是一条好汉！他觉得人们骂他是九头鸟实在也冇有骂错，他确实做了一些糊涂事。就在昨儿下午，他得知游击队在调弦口对岸被侉老东打得大败，春雷牺牲，永骄生死不明，他受到了深深的震动。别个不说，就说春雷，他一身武艺，人才了得，妻儿双全，为了抗日，他能死得，我王某又不是么子天生的贵种，我为么子就死不得？我好歹也是七尺男儿，我为么子要让地方上的老老少少戳脊梁骨？我的子子孙孙将来不能抬起头来做人，他们是不是也会跟别个一样骂我？还有，眼前这个女人，她可是这十里八乡的观音神仙，就连自己这个有些好色的家伙，也从不会对她有任何的歪念，现在，老子一个堂堂的男将，就这样眼睁睁地看着心中的神仙被玷污？何况，她还有恩于我！

三九麻嫩在维持会早看出了小胡子军曹的意图，如果连这个他都看不出，人们就不会称他九头鸟了。他见小胡子军曹带着小侉老东向街市方向走后，马上安排一个乡丁向相反的方向去，令他悄悄盯住通往长堤垸方向的路口——也就是珍姆回家的方向，如果发现小胡子军曹往那个方向去，立马向他报告。果然，乡丁不一会儿就跑回来报告，说他料事如神。三九麻嫩便带了两个乡丁，准备假装带着两个乡丁回家，去将老姆妈抬到街上来治病,随机干预小胡子军曹对珍姆的不轨行为。他们不敢跟得太近,只得远远地跟在小胡子军曹和小侉老东的后面吊线。他想,光天化日之下,自己这个维持会长出面干预,好言地劝他,然后让一个乡丁带他去找街上的暗娼,小胡子军曹肯定不会胡来。哪晓得这个家伙竟然真的要一条路走到黑,对他开起了枪。

一阵冷风吹来,三九麻嫩打了一个冷战。他突然咬起牙来,在心底下发出叫喊:老子要堂堂正正地做回一个男将!老子不是九头鸟,老子是人楚国的九凤鸟!

三九麻嫩从地上爬起来,冲着扶他的两个乡丁叫喊,你们扶老子搞么子,你们还不快去打侉老东?!

三九麻嫩甩开两个乡丁的手,拔出匣子枪,顶上了火,瞪圆眼睛向前跑去。他一边跑一边喊,你们两个,如果还是个男人,就跟老子一起打侉老东!

你们还发么子呆,老子跟你们说,就算你们能跟着侉老东去东洋外国,你们的祖坟,也还在这块土上!

你们听着,人总归是要死的,野鸡日的,我们要死出个样子来!死后不要让后人戳脊梁骨!

坐着呼烟等着享快活的侉老东小兵听不懂三九麻嫩的大叫大喊,但他从他的语气和行动上明白情况有变,于是慌忙挂枪站起。

侉老东小兵刚把枪往起端,三九麻嫩的匣子枪就响了。一团蓝烟从枪口冒起,像是从枪管里喷出一团丝绸,一见风,便散展开来,飘飘袅袅。

侉老东小兵中了枪,他摇晃着想站稳,马上又挨了三九麻嫩的第二枪,他的身体往后一坐,扑通一声倒了下去。

两个乡丁明白过来,互相看了一眼,两人几乎是同时拉开了枪栓,跟着三九麻嫩朝小胡子军曹扑去。

小胡子军曹肥大结实的白屁股还在那儿耸动,发乌的肛门摇起一片虚幻的黑影与臊臭。这个恶棍一声听到了两声枪响,却处惊不乱。他以为是等待接替他的小兵在射击靠近这儿的中国人。他只是稍稍慌了一哈,马上又镇定起来。这样的事儿他俩以前干过,有一次小兵就射倒了三个中国老百姓,两人得意得像豺狼吃上了人肉。此时,他的感觉全交给了他的阳物,令他不太满意的,是这个女人的血腥气熏得他有些分心。他甚至能听到她伤口里的鲜血被一下一下压挤出来而发出的声音。这样的血涌的声音,他是第一次听到,这种新鲜的感觉也使他有些分心。正是因为这样的分心,使作为一个身经百战的老油子兵,他竟然忽略了步枪声和匣子枪声的不同,从而误判了开枪的人。

小胡子军曹已经完全变成了禽兽,他咬着牙用着劲,沉醉在他的兽欲的满足之中,几乎忘记了令他讨厌的麻子维持会长。当他听见身后响起好几个人的脚步声时,才意识到情况有异。他还是十分舍不得起身,竟然又拖延了片刻,然后才伸手去摸放在一旁的枪。作为训练有素的军人,枪很快就到了他的手上,他右手的食指也驾轻就熟地扣上了扳机。可惜他用的是步枪,在近身开枪之前,调整有得那么迅速。他正要以就地翻滚的方式坐起来寻找目标,他的帽子却被人扯掉了,露出一颗满是半寸长的黑毛的脑勺。他感到受到了奇耻大辱!他扭头一看,看到的是一根瓦蓝的新枪管。这是他早上亲手交给三九麻嫩的一把匣子枪,这是他的上司送给这个维持会长的上任礼物。他看见枪管后面,果然是三九麻嫩气歪了的脸。因为脸皮的歪扯扭曲,这张脸上的麻子也成了歪斜的椭圆。

三九麻嫩脸上椭圆的麻子随着小胡子军曹的瞳孔的张大而变得巨大。无数巨大的麻子重重叠叠地变幻摇晃,甚至旋转起来。

三九麻嫩那转得像满天的星斗的麻子,使这个从不慌乱的老兵油子的脑壳里,竟然出现了一瞬间的空白。

就在这一瞬间,瓦蓝的枪管颤抖了一哈,发出一声闷响,一粒尖锐灼热的比筷子头粗一丁点的弹头,从崭新的枪管里直接撞进了小胡子军曹的脑壳。

三九麻嫩的眼珠立马红了。他感到那粒黄铜子弹钻穿白色的脑骨,挤开和撞断细线般的血管与经络,发出老鼠一样的吱吱的叫声;它像一条小泥鳅一般地没进浓稠的灰白的脑浆里,又冲断和挤开一些血管与经络,再击穿另一边的脑骨,然后钻了出来。

一粒蜂蛹一样的红黄的弹头,像一个捉着迷藏的淘气小伢子,它从小胡子军曹的脑壳里钻出来,带出一线红红白白粗粗细细的浆汁,画出一道又红又黄又白又紫的浆汁的虹线,噗的一声,斜钻进水塘边潮湿的泥土里,留下一个小指粗的圆圆的泥孔,泥孔里立刻冒出被弹头灼出的一小团灰白的热气。

这个一瞬而逝的情景,看得两个乡丁的眼睛,睁得像四只斑鸠蛋一般。

四只"斑鸠蛋"呆了片刻,互相一看,这才一滚两滚,眼皮一眨两眨,当啷一声地缩回原样,里面流荡起解恨的快意。

小胡子军曹感到脑壳里突然撞进一根粗短的钉子,猛然地一颤,脑浆被那东西烫得骤然滚热,就像铁匠将一颗铁钉扔进了淬火的水中,烫得那水立刻冒出气泡、热气与白烟,这使他的脑壳里产生起尖锐的灼痛。

八格!

小胡子军曹心里发出耻辱的号叫。他的嘴里发出的则是哇哇的怪叫。

三九麻嫩晓得小胡子军曹身手十分厉害,心狠胜过虎狼,他硬起胆子,带着紧张与恐慌,冒着危险抵近开枪。他担心子弹伤了他心中的观音神仙。

小胡子军曹从那个柔软的身体上滚倒下来,他仰面朝天,四肢发了神经病似的抽搐。他的裤子垮到了长着野兽般的黑毛的黄腿的膝盖下面,壮硕而结实的屁股把身下的土坷垃碾成了一片黄色的粉末。

三九麻嫩一阵恶心,心中一阵翻涌,喉头直哽,差一滴就要呕吐。他咬牙忍住恶心,又朝小胡子军曹的脑壳连开两枪。这两枪打在他的脸上,直打得他面目全非,一张脸成了一团血肉模糊的烂肉。

两个乡丁眼里的快意不再跳荡了,他们带着血丝的红眼睛的目光,都射在小胡子军曹的胯间。他们不约而同地抡起褐亮的枪托,向那根丑恶东西一阵猛捣!

快!三九麻嫩说,赶紧救人!

三九麻嫩蹲下身来，替他心中的观音神仙拉上棉裤。他的两手抖得像弹棉花，把那根被刀子割断了的红裤带结上。他见她白嫩的腰肢上，浅蓝色的血管如丝如线，根根清晰可见。他痛惜得上下牙齿不断地相磕，眼雨双双滑下。

狗日的作孽呀，天打雷劈呀！三九麻嫩一边骂，一边替他心中的观音神仙拉好棉衣，遮住她的裤腰。接着，他用自己的手巾敷在她的伤口上，又叫乡丁解下小胡子军曹的绑腿，将心中的观音神仙的伤处捆紧。

往哪儿抬？

往街上！

街上？

街上才有好医生！

那那那那……那很危险。

危险？佫老东这些狗日的，只要还在我们中国，哪里都一样危险！快快，有事全往我身上推！

她流了这么多血，十有八九是不行了。

只要她还有有断气，我们就要救！

三九麻嫩和两个乡丁背着垂死的珍姆，撒腿就往观音寺街上急赶。她虽然还有一丝儿气，但他们不晓得东街头上的吴打师能不能让她活下来。

永骄喂，我的参谋长哪，我有有保护好你的堂客呀，我王三九对不起你啊——她虽说是你的堂客，也是我心中的观音神仙啊。我看来也活不成了啊，你如果还活着，就把我糊里糊涂开小差的事一页揭过吧，

797

你就使劲地骂我吧。

三九麻嫩像个女人似的一路哭喊,眼雨哗哗地淌到脸上,洼进他脸上的麻子坑里。雪光之中,洼着眼雨的麻子发出闪闪的冷光,仿佛也在无声地哭泣。

在遥远的江心沙洲边,在那个回水湾里的沙滩上,你似乎听到了三九麻嫩悔恨的哭喊。

你的脑壳里用尽最后的力气一搐,然后彻底沉寂下来,静得像坟茔底下埋葬了好几代的棺木。同时,你的脑壳里也跟坟茔底下一般,变成了死一般的黑暗。

那些在你脑壳里飘落的茫茫白雪,也在这一刻不见踪影,不知是突然消失了,还是突然变成了漆黑的颜色,融入了这死一般的黑暗之中,因而看不出它的形迹。

黑天!

黑雪!

黑血!

黑色的雪花密密匝匝地填满了你的世界,宰杀了整个天地!

## 十

河面上晨雾已净,天地间雪花稀疏,赵家桥前哭声一片,气氛沉痛而悲壮。

一条大船顶着逆流而上。船上是近二十个两鬓花白的庄稼汉。他们中一半是赵家垴人,一半是长堤垸内其他八村十二姓的人。船上的人都腰扎白布腰带,头罩白布头巾,全是孝子的打扮。这长堤垸九村十三姓的人,难道他们竟有一个共同的长辈去世了?这显然是绝不会有的事。而自古以来,只有皇帝驾崩,才可让万民戴孝,这民国之世,可有得皇帝。这近二十个戴孝的半百汉子,他们一个个寂然无声,用力划着划龙船的桡子,将大船划离河岸,划过赵家桥,向西而行。

这是小年这天,时近中午,半个时辰之前,厚基族长得到三九麻嫩派人送来的消息,离湖游击队二十多人在调弦口对岸遇难。经过简短的商量,他让业鉴木匠吹响了牛角号。赵家垴的牛角一响,相邻村子的也响起了牛角号。不一刻,整个长堤垸九个村子都响起了牛角号。

牛角号是江汉平原最高的报警信号,它比敲锣更令人心惊。牛角号不响则已,一响必有重大的事件发生,全垸的村子必须统一行动,共同应对。一般情况,牛角号只有在突然遇上性命攸关的兵匪凶事时才会吹响。某村一吹,同垸的其他村子就会接着吹响,然后,村中的族长保长就会向最先吹响牛角号的村子赶去,以商量对策和展开行动。现在,召集的牛角号竟然是垸中为首的赵家垴发出,说明事件必然特别重大。在村中头面人物赶赴赵家垴的同时,各村的其他理事已开始召集人马,拿着家伙赶往赵家垴。当他们明白是离湖游击队遇难之后,立即决定前往出事地点去找回游击队员的遗体。

离湖游击队里,有近半数的兵就是长堤垸的子弟。现在,这一船的老杆子,全都为他们的子弟兵戴了孝。他们的这些抗日子弟,就是长堤垸的人!虽然他们年纪轻、辈分低,但是完全值得这些年长分尊的人来敬!

　　白发人找黑发人,这一船的人,眼中都含着悲愤的泪水。

　　厚基族长和业鉴木匠立在船头,望着远方的长川河水,神情悲怆。

图书在版编目（CIP）数据

江汉谣歌.下册/赵照川著.--北京：北京联合出版公司,2024.12.--ISBN 978-7-5596-7873-7

Ⅰ.I247.5

中国国家版本馆CIP数据核字第2024RP4587号

Copyright © 2024 by Beijing United Publishing Co., Ltd.
All rights reserved.

本作品版权由北京联合出版有限责任公司所有

江汉谣歌（下册）

作　　者：赵照川
出 品 人：赵红仕
责任编辑：孙世燕
封面设计：柒拾叁号

北京联合出版公司出版
（北京市西城区德外大街83号楼9层　100088）
北京联合天畅文化传播有限公司发行
北京山华苑印刷有限责任公司印刷　新华书店经销
字数：247千字　880毫米×1230毫米　1/32　10.75印张
2024年12月第1版　2024年12月第1次印刷
ISBN 978-7-5596-7873-7
定价：108.00元（全2册）

版权所有，侵权必究
未经许可，不得以任何方式复制或抄袭本书部分或全部内容
本书若有质量问题，请与本公司图书销售中心联系调换。电话：（010）64258472-800